문학과지성 소설 명작선

이 소설 총서는
초판 간행 이후 시간의 벽을 넘어 끊임없이
독자와 평자 들의 애호와 평가를 끌어 열고 있는,
말의 바른 의미에서의 '스테디셀러'들을
충실한 원본 검증을 거쳐 다시 찍어낸,
새로운 감각의 판형과 새로운 깊이의 해설로
그 의미를 더욱 풍요롭게 만든,
우리 시대 명작 소설들이 펼치는
문학적 축제의 자리입니다.

◇ 문학과지성사에서 펴낸 최윤의 책

열세 가지 이름의 꽃 향기(1999)
첫 만남(2005)

저기 소리 없이 한 점 꽃잎이 지고

최윤

문학과지성사
2011

문학과지성 소설 명작선 26
저기 소리 없이 한 점 꽃잎이 지고

초판   1쇄 발행__1992년 11월 5일
초판 19쇄 발행__2006년 3월 22일
재판   1쇄 발행__2011년 12월 16일
재판   3쇄 발행__2016년 8월 25일

지 은 이__최윤
펴 낸 이__주일우
펴 낸 곳__㈜문학과지성사

등록번호__제1993-000098호
주   소__04034 서울 마포구 잔다리로7길 18(서교동 377-20)
전   화__02) 338-7224
팩   스__02) 323-4180(편집) 02) 338-7221(영업)
전자우편__moonji@moonji.com
홈페이지__www.moonji.com

ⓒ 최윤, 2011. Printed in Seoul, Korea

ISBN 978-89-320-2246-8 03810

이 책의 판권은 지은이와 ㈜문학과지성사에 있습니다.
양측의 서면 동의 없는 무단 전재 및 복제를 금합니다.

저기 소리 없이 한 점 꽃잎이 지고

차례

당신의 물제비   9
회색 눈사람   36
판도라의 가방   79
갈증의 시학   101
아버지 감시   118
벙어리 창(唱)   155
한여름 낮의 꿈   188
저기 소리 없이 한 점 꽃잎이 지고   217

초판 해설 고통의 아름다움 혹은 아름다움의 고통 · 김병익   306
신판 해설 부재의 효과 · 이수형   328
초판 작가 후기   344
신판 작가 후기   345

당신의 물제비

 밤의 창에 비친, 불 밝혀진 우리 삶의 실내는 현실보다 더욱 그윽하고 아름다운 비밀에 감싸인 듯하다. 단면만이 비치기 때문일까.
 유리의 반대편에는 세상이 없기라도 한 것처럼, 단지 아름다운 것을 반사하기 위해서만 거기 있는 듯한 베란다의 긴 유리창은 겨우 장롱의 반쪽과 그 위에 놓인 마른 꽃이 꽂힌 꽃병, 그리고 잡동사니가 늘어놓은 응접실의 한쪽을 비추고 있을 뿐이다. 반사각이 만드는 특수한 요철의 환각적 효과.
 창 속의 그림에서 배어 나오는 비밀은 공연히 다가갈 수 없는 것처럼 마음에 울려온다. 분명 내가 있고 나와 연관된 물건들이 있고, 내가 소유하고 있다고 생각하는 삶의 흔적들이 있는 이 풍경이 아주 멀리 있는 어떤 것처럼. 귀를 기울인다. 먼저는 톡톡 어디선가 돌아가는 시침 소리. 시간의 물방울 소리는 누가 조절해놓았기에 저토록 정확히 떨어질까. 그렇다. 늦은 시간이다. 귀를 기울여야, 아주 먼 곳에 쳐진 은유의 방벽 뒤에서나 울려옴직한 웅웅거리는 그 무엇 외에는 시계 소리뿐이다.

다시 애써서 내가 듣고자 하는 것 쪽으로 몸을 기울인다. 옆방에서, 아주 연약하지만 아이의 고른 숨소리가 분명히 들려온다. 나는 아이의 숨소리가 만드는 리듬과 높낮이에 맞추어 숨을 쉬고자 한다. 하나 둘 하나 둘…… 그러나 한번 귓속으로 들어온 시계 소리, 웅웅거리는 소리는 물러나려 하지 않는다.

아, 늦은 시각이다. 너무 늦은 시각. 저녁나절에 여행을 떠난 남편이 돌아올 리는 없다. 나는 가끔 아무런 이유 없이 가히 원시적이라 수식할 만한 불안에 휩싸일 때가 있다. 껄끄러운 주변이 모두 제거되어 거의 인위적으로 완벽한 아름다움을 지녔던 창 속에 비친 실내가 음험한 지뢰밭으로 변하는 듯한 착각에 빠진다. 저 반사된 풍경 속의 아름다움이란 얼마나 불안정한 것인가. 삶은 아무래도 고체보다는 액체에 가까운 모양이다.

그리고 또 다른 소리가 있다. 마치 딴사람이 내 속에 살고 있는 것같이, 갑자기 생소하게 들리는 바로 나 자신의 숨소리. 아무것도 아닌 어떤 것이, 한순간만 지나도 지워져버리는 사소한 것이, 반사된 풍경의 거의 완벽에 가까운 조화를 단번에 위험스런 바다를 항해하는 배 한 척의 외롭고 어두운 선실로 바꾸어버리는 그런 때가 있다.

그렇다. 언젠가 나는 함몰 직전의 선박에 갇혀 한때를 보낸 적이 있다. 그것을 나는 돌의 이야기라고 불렀고, 그렇게 이름 붙이는 것 외에는 달리 나의 이야기를 할 수 없었다.

한 여자가 있었다. 그리고 한 노인이 있었다. 그는 돌을 가지고 있었다. 누구나 심장 한구석에 깊이 박힌 돌이 있을 것이다. 사람들은 그것에 물을 주고 그 주위를 가꾼다. 어느 날 많은 시간이 지난 후에 그 돌이 아주 하찮은, 여느 들길에서 흔히 발견되는 그런 조약돌에 불과하다는 것을 알아차릴 때까지. 돌을 심고 가꾸는 것은 삶의 행로에 닥쳐드는 아픔을 이겨내기 위함이다. 우리는 그 아픔을 받아들이기 전에 그것을 의문부호로 바꾸어버리고 그곳에 없을지도 모르는 비밀을 미련스럽고 집요하게 추적한다. 아, 슬프고도 힘든 추적. 그것은 여느 것이 되어버린 그 돌을 버리기 위한 하나의 제의인지도 모른다. 창 속의 풍경과는 달리 자주 어긋나는 삶의 추를 제자리에 돌려놓기 위한 모든 제의처럼 말이다.

그날, 나는 저녁 9시쯤에 경찰로부터 온 전화를 받았다. 그리고 한 시간 40분 후에 그 끔찍한 사건의 현장에 도착했다. 그 어둠 속에 둥그렇게 무리 지어 있던 사람들은 예외 없이 한곳을 향해 서 있었다. 현장 주변에 모여든 자동차 헤드라이트의 화려한 군집과는 대조적으로 국도 저 밑 강변의 어두운 경사지 어딘가에 뒤집힌 자동차의 거무스름한 차체가 눈에 들어왔다.

나는 경관 두 명의 부축을 받고 가까스로 서 있을 뿐이었다. 한시라도 빨리 사망자의 신원을 확인해주기만을 바라는 그들의 요구가 귀에 들어오지 않았다. 나는 경악을 이기기 위해 미친 듯이, 내 귀가 먹도록 소리를 질러대고 있었기 때문이다. 그렇게 고개를 내휘두르고 악을 써대면서 경찰관에게 이끌려 나는 경사지를 내려갔다. 사고는 지독했다.

어느 한순간 나는 악쓰는 것을 뚝 멈추었다. 차는 뒤집힌 채였고 그 안에 들어 있던 사람은 이미 밖으로 끌어내져 차 밑 쪽에 널브러져 있었다. 먼저 한 남자가 있었다. 그것은 분명 남편이었다. 상처의 흉악함과는 대조적으로, 그 정신없는 나의 시선에 가벼운 미소로까지 비친 그런 표정을 한 그 사람은 나의 남편이었다. 다시 보았다. 그것은 확실히 미소였다. 지극한 만족을 표현하는 미소. 미소가 만들어내는 미약한 공기의 움직임을 물리적으로 표상하듯이 남편의 입 주변에 가느다란 피 한 줄기가 흐르고 있었다.

남편 옆에 나란히 또 하나의 시체가 누워 있었다. 그것은 물론 남편이 아니었다. 얼굴은 알아볼 수 없이 망가져 있었고 옷은 찢겨져 있었지만 그것은 분명 한 여자의 몸이었다. 마구 흐트러진 풍성한 머리칼이 얼굴을 덮고 있었다. 아마 바로 그 순간 나는 까무라쳤을 것이다.

눈을 다시 떴을 때 나는 어딘가에 뉘어 있었다. 어떤 차의 뒷좌석이었고, 가까스로 기능을 되찾은 나의 시력은 먼저 흐릿한 얼굴 비슷한 윤곽을 보았고, 이어서 부드러운 주름이 깊게 파인 한 노인의 얼굴, 아주 익숙한 한 얼굴을 부분적으로 붙잡았다. 안심한 듯한 노인의 미소였다. 그 얼굴이 제대로 다 형성되기도 전에 나의 눈은 피로로 다시 감겼다. 악몽의 끝자락 어디에선가 어렴풋한 소리가 들려왔다.

"꼭 이런 현장을 보여주는 것이 옳았을까요? 젊은 부인의 충격이 너무 크군요."

"저 여자가 죽은 사람 부인이래요. 그러면 같이 사고를 당한 여자는……?"

"차 안에서 두 사람 빼내는 데 시간이 엄청 들었답니다."

저속으로 재생된 녹음기에서 흘러나오는 것처럼 느리게 느리게 들리는 혼란된 목소리들이었다.

 팽팽하게 죄어진 기타 줄 같은 것이 끊어질 때처럼 투명한 소리가 머리 저쪽 어디선가 들려오는 것을 끝으로 나의 의식은 다시 게으르게 수면 속으로 잠수했다.

 나를 구해준 사람이 민 박사라는 사실은 내게 우연 이상이었다. 나는 그때 미성숙한 스물다섯의 나이였고, 간호학교를 나온 후 잠시 D대학병원에서 근무를 하다가 사귀어오던 남편과 결혼을 하는 것을 계기로 직장을 그만두었다. 그런 내가 거의 일생을 그 병원에서 보낸, 그리고 병원 안은 물론이요 세계적인 명성을 얻고 있는 외과의인 민주환 박사를 왜, 사건 현장에서 깨어났을 때 단박에 알아보지 못했는지 이해할 수 없는 일이었다. 물론 민 박사는 같은 병원에 잠시 간호사로 근무했던 나를 알아보았기 때문에 돌보아준 것은 아니었다. 그는 우연히 여행 도중 사건을 목격하고 차를 멈추게 되었고, 의사였기 때문에 혹시 도움을 줄 수 있을까 해서 다른 사람들보다 오래 현장에 머물렀을 뿐이었다.

 나의 치료를 맡은 사람은 민 박사가 아니었다. 그는 그즈음 정년퇴임을 한 후였기 때문이다. 그리고 실상 치료할 것도 없었다. 나의 증세라는 것은 가끔 열에 들떠 횡설수설해대는 것뿐이었다. 충격에 의한 고열과 약한 섬망 증세. 절대적 안정 요. 딱하게도 노인의 얼굴이 나타났다 하면 나는 섬망 증세를 보여, 박사님도 남편이 짓고 있던 미소를 기억하느냐고 다그쳤고, 죽는 사람은 어떤 경우에 미소를 짓느냐고 물어댔다. 노인은 난처한 얼굴로 자신이 현장에서 사망 확인을 했지만 그런 것은 본 적이 없노라고 낮은 목소리로, 매번 지치지 않고 반복해주었을 뿐이다.

그러나 나의 회복은 빨랐다. 교통사고를 당한 것은 내가 아니었기 때문에, 그저 환자복을 입고 안정제를 맞으면서 잠을 자는 것 외에 딱히 받을 만한 치료도 없었다. 어떻건 가끔 알 수 없는 경련이 일기는 했지만 신체적인 어떤 쇠약 증세도 드러나지 않았기 때문에 얼마 지나지 않아 나는 퇴원했다. 그사이 민 박사는 매일 전화로 나의 안부를 물었고 세 번은 내 병실에 들렀다. 간단한 안부. 그리고 나의 동일한 질문에 대한 동일한 답변의 성실한 반복.

한 젊은 여자의 불행이 노인의 동정심을 자극했던 것일까. 민 박사가 내가 입원해 있는 동안 여러 면으로 나를 보호할 수 있는 조치를 담당 의사에게 부탁했음을 나는 후에 알았다. 내가 안정을 되찾을 기간 동안만이라도 사건에 관련된 일로 경찰 같은 사람들이 나를 찾아와 어떤 충격을 만들 가능성을 없애려고 입원을 고집한 것도 그였다. 경찰은 물론이요 가족들도 그대로 돌아가거나, 시어머니처럼 통곡을 하면서 병실 안으로 쳐들어왔다가도 간호사의 주의를 받고는 해 진 뒤의 그림자처럼 사라져갔다.

실제로 나는, 병원에 있는 동안 아마도 문자 그대로 아무 생각 없이, 모든 것을 잊고 잠을 자고 또 깨면 다시 잠을 자면서 보냈다.

어느새 오월. 벌써 정원에는 낡아 빠진 분무기가 생쥐 울음 같은 소리를 내면서 약하게 돌고 있었다. 꽃보다는 나무가 있는 정원, 잘 다듬어져 있다기보다는 두꺼운 잎과 팽팽한 수액이 느껴지는 무질서한 정원이었다. 25년의 사계를 지나쳤지만 내게 그것은 첫번째 맞는 봄이었다. 누구에게나 처음으로 맞는 일들이 있다. 처음으로 맞는 겨울, 처음으로 해보는 여행. 겨울을 수없이 지나쳤으면서, 수 없이 여행이라는 이름으로 일상의 자리를 떠나보았음에도 말이다. 그렇게 죽기 전까지 그 처음의 맛을 보지 못하고 가는 사람도 많이 있다는 것을 나는 그때 알았다. 민 박사 댁으로 거처를 옮기고 난 바로 다음 날 아침에. 그리고 처음으로 경험하는 가까운 사람의 죽음도 있었다.

새벽같이 일어나, 어느 누구보다도 먼저 내 손길을 기다리는 정원의 수도관을 열고 그리 넓지 않은 정원을 돌아다니는 것이 내게는 어느새 습관이 되어 있었다. 민주환 박사가 아니었더라도 나는 살아날 수 있었을까. 꼭 목숨만을 말하는 것은 아니다. 사고를 당한 것도 죽은 것도 내가 아니니 말이다. 그는 정말 여러 가지 의미에서 나의 삶의 은인이었다. 결혼한 지 막 1년을 넘기고 나서 일어난 그 사건으로 인해 나의 운명은 민 박사와 뗄 수 없는 것이 되어버렸다.

어떻건 죽음의 단순함에 반비례해 무한히 부산하고 복잡한 사건의 수습 후에, 민 박사는 내게, 괜찮다면 그의 집에 기거하면서 일을 도와달라는 제안을 했고 나는 기꺼이, 어떤 식으로건 새로 시작될 수밖에 없는 삶의 막차에 가까스로 뛰어오르는 기분으로 그 제안을 받아들였다. 민 박사는 정년 퇴임 후, 재직 기간 중에는 간헐적으로밖에 할 수 없었던 약초에 대한 연구에 많은 시간을 바치고 있었고, 그 일을 위해서는 나 이외에 젊은 한의사 장 선생이 그의 연구 조교 겸으로 같이 기거하고 있었다.

봄은 오래 계속되지 않았다. 그렇다고 여름으로 연결되지도 않고 곧 끝나버렸다. 모든 처음이 영원히 계속될 수 없다는 평범한 까닭 때문만은 아니다. 사건 후의 그 길고도 긴 절차에 짓눌려 감히 자리를 차지하지 못했던 내 머릿속의 부산하고 음험한 활동이 다시 시작되었기 때문이다.

그래. 남편이 죽었다. 그것은 누구나 말하듯 '애석한 잃음'이었다. 그때 그의 나이가 스물일곱이었으니 그것은 인생이 꽃피기도 전에 스러진 애석한 죽음인 것만은 분명했다. 그건 그의 입장에서 본 것이었다.

그러나 그것이 누가 보기에도 애석한 일이었다 해도 나는 사건이 일어난 후 한번도 자유롭게 슬퍼본 적이 없었다. 병원에서의 발작에 가까운 헛소리도 슬픔이라고 수식할 수는 없는 어떤 것이었다.

내게 남편의 죽음은 받아들일 수 없는 죽음이었다. 나의 머릿속에는 슬퍼할 여유의 자리가 없었다. 나의 머릿속은 사건의 어떤 장면으로 가득 차 있었기 때문에. 남편의 입가에 영원히 지워지지 않게끔 고정되어버린 그 미소. 그리고 그에 그림자처럼 딸려오는 풍성한 머리채를 가진 그 여자. 그리고 그것을 지워버릴 정도로 강력하게 되살아오는 그 이해할 수 없는, 지고의, 그 미소. 내 25년 삶의 끝이자 내가 도저히 파고들어갈 수 없는 그 어떤 것의 시작인 그 미소. 모든 것을 무의미하게 만들어버리는 그것.

사랑? 혹은 질투? 아니었다. 나를 사로잡은 의문은 그 이전, 혹은 그 이후에 속하는 것이었다. 내가 알 수 없는 그 무엇이, 나와 무관한 그 무엇이, 숨이 끊어지는 바로 그 순간 그 사람의 얼굴에 미소를 만들어놓았을까.

민 박사는 내게 두 가지 일을 주었다. 2층 양옥집의 사방에 널려 있는 책들을 내용에 따라 나누어서 정리하는 일과, 전날 밤에 민 박사가 소형 녹음기에 대고 말한 것들을 아침나절에 문장으로 옮기는 일이었다. 내가 아닌 누구라도 할 수 있는 일이었고, 그것은 내가 기다리고 있는 앞으로의 삶만큼이나 그전에 내가 하던 일과는 판이한 것이었다. 층계의 양편까지 뒤덮고 있는 책들은 그가 넘겨주는 테이프 속 내용의 범위만큼이나 양적으로 방대했다. 그렇지만 어려운 일처럼 보이지는 않았다. 하룻저녁의 녹음 분량도 많은 것이 아니었다. 어떤 날은 테이프의 한 면이 다 돌 때까지 아무런 목소리가 흘러나오지 않는 날도 있었다. 물론 나는 그의 서재에서 그가 말하는 것을 당장에 받아서 쓸 수도 있었다. 그러나 그는 그 방법을 탐탁지 않게 여겼다. 그는 자신 이외의 다른 사람이 서재에 있는 것에 습관이 되어 있지 않다고 말했다. 오랫동안 혼자 산 늙은이의 병이라고 하면서 나의 제안을 점잖게 거두어들였다.

이미 삶보다는 죽음에 더 가까운 칠순의 노인이 만들어내는 목소리에는 이상한 안정감이 있어서, 그 일을 할 때에 나는 어느 정도의 평화와 자유로움까지 맛볼 수 있었다. 게다가 내가 이해하기에는 지나치게 전문적인 내용이 나를 잡념 없이, 기계적으로 그 일에 몰두하게 했다. 참으로 큰 위안이었다.

책 정리하는 일은 주로 오후에 할 수밖에 없었다. 나는 그 일을 너무 수월하게 생각했었던 것 같다. 책들은 자꾸 뒤섞였고 손에서 자꾸 미끄러졌다. 분류하는 단순한 작업은 나의 끊임없는 집중을 요구했다. 그리고 끝이 없었다.

민 박사는 오후에는 대개 밖에 출강을 하거나 산책을 위해 외출을 했기 때문에, 오후면 동료의 한의원에서 진료를 보아주는 장 선생까지 없는 집 안은 갑작스레 넓어 보이고 나는 어두운 몇 가지 질문을 운명처럼 달고 그 큰 공간에 갇혀버린 사람처럼 긴, 그 시간의 끝이 다가오기를 기다렸다. 정원으로 나가 쪼그리고 앉아 있어보아야, 이미 시들어버린, 계절을 잃은 정원이 있을 뿐이었다. 대체 그 일은 어떻게 해서 일어났던 것일까.

그날 아침에는 남편의 지방 출장 준비를 위해서 일찍 일어났다. 그는 강릉으로 3일간의 출장을 예정하고 있어서 작은 가방을 챙겼다. 그래도 남편은 자고 있어 나는 신혼의 아내답게 사랑한다는 뭐 그런 말을 쓴 짤막한 편지를 넣으려다가, 엉뚱하게 출장지의 토산물을 사오라고 부탁하는 밋밋한 편지를 가방 속에 집어넣었다. 그리고…… 나는 잠들어 있는 그의 곁에 미끄러져 들어갔고 그의 출장에 앞서 그리고 그의 죽음에 앞서—나같이 둔감한 사람도 죽음에 대한 예감을 했던 것일까—마지막으로 가히 추억에 남을 만한 사랑을 나누었다…… 출장을 떠난다면서 그는 저녁 7시경에 회사에서 전화를 했고 출장 중 묵을 호텔의 이름과 전화번호를 알려주었다.

이것이 내가 재구성할 수 있는, 너무 여러 번 반복해 떠올려 거의 허구적인 것이 되어버린 사건 당일의 내가 알고 있는 일의 전부였다. 그로부터 사건이 일어나기까지, 죽어 있는 남편의 얼굴에 지펴져 있던 그 불가해한 미소까지는 너무도 멀고 어두운 터널이 놓여 있을 뿐이었다. 그것도 통로가 막혀버린 터널.

경찰은 긴 머리채의 여인의 신원을 확인하지 못했다. 물론 회사의 동료 직원은 아니었다. 외출복 차림이었다는 것 외에 여자의 신원을 밝혀줄 만한 어떤 물건도 발견되지 않았다. 사건이 일어난 지 이 주일이 지나도록 어느 누구도 그 여인으로 추정되는 사람의 실종을 알려오지 않았다. 경찰은 시댁 사람들과 마찬가지로 내가 일의 전말을 알고 있으면서도 숨기고 있다고 목소리를 높였고 친정집 사람들은 쉬쉬하며 일이 커질 것을 두려워했다. 경찰의 말투는 때로 내가 사건을 야기시킨 장본인이라도 되는 것처럼 사건 당일의 나의 기억을 샅샅이 물었다. 마치 남편이 운전했던 회사 차의 부속을 내가 계획적으로 빼놓아 사건을 일으키게 하고도 시치미를 떼고 있기라도 한 것처럼.

그렇지. 그날 아침에 나는 평소보다 일찍, 몇 시였더라, 그래, 한 5시 반쯤 일어났어. 그리고 일어나자마자 여행용 소형 가방을 꺼내, 속옷과 다려진 와이셔츠 그리고 또 뭣을 집어넣었지…… 생각은 끝도 시작도 의미도 없이 꼬리를 물고 뱅뱅 돌았다. 따뜻한 오후, 정원의 나무들이 물구나무를 서서 뺑뺑돌이를 했다.

대답될 수 없는 의문에 매달리는 일, 그것을 알면서도 대답을 찾고자 하는 일, 그것은 광기에 입문하는 일이다. 진실을 밝혀내고자 하는 인류의 모든 시도 속에는 광기의 위험이 있다. 모든 학자는 이성의 이름으로 무한히 광기에 접근한다.

나는 이런 식의 알쏭달쏭한 단문들을 오래된 책들 사이에 끼어 있는 빛바랜 종잇조각 귀퉁이에 썼다가는 쓰레기통에 버리곤 했다. 어깨너머 글이라고, 민 박사의 집에 기거하면서 나도 모르게 배운 풍월이었는지 모르겠다. 어떻건 나는 광기 비슷한 것이 이미 내 속에 살고 있음을 알고 있었다. 그건 꼭 연탄가스 같은 것이 아니던가. 조금만이라도 한데다 정신을 두고 있으면 어느 틈엔가, 소리도 형상도 없이 슬쩍 스며들어 신경에 구멍을 내어버리는 어떤 것. 그런데 한나절에 걸려 매달려봐야 흔적도 없는 이 같은 책 정리가 나를 미치는 일에서 보호를 해줄 수 있는 걸까.

저서 스물여섯 권(그중 다섯 권은 외국어). 논문 백세 편(그중 스물한 편은 외국어). 수필 여덟 편. 일주일에 걸쳐 나는 최소한 한 가지 일을 마쳤다. 그 끝도 없는 책 더미에서 민주환 박사의 글들을 모아놓는 데 성공했고 그것은 나를 안심시켰다. 언젠가는 저 책들이 어떻게든 책장의 자기 칸을 찾겠지. 비 오기 전날 밤 미친 듯이 대추나무 가지에 몰려드는 새들이 제각기 가지 위에 자리를 찾아 가지런히 앉듯이.

이상한 사실이 있었다. 주로 의학 잡지 등에 발표된 여덟 편의 수필은 모두 그의 고향 근처라는 가평에 관한 것이었다. 수필 같은 것과는 관계가 없는 민 박사라고 해서 고향에 대해 글을 쓰는 것이 이상할 것은 없었다. 그렇지만 가평은…… 남편의 차가 뒤집힌 바로 그곳이었다.

내가 6년간의 외지 생활을 청산하고 귀국을 마음먹은 것은 어떤 친구가 말하듯이 애국심이나 애향심 때문이 아니외다. 나는 꼭 찾아볼 사실이 있었소이다. 그것은 나의 고향과 관련은 되었으되 비밀이라고 함으로써 매력의 여지를 남겨둘까 하오. 기차로 조금의 시간만 들여도 가볼 수 있는 곳에 위치하고 있는 곳이오만 남들처럼 가슴 뛰는 마음으로 고향을 찾을 수 없었던 것은 내 개인의 특수한 이력 때문이오. 가평으로 말할 것 같으면 〔……〕(『의학 신보』, 1959)

지금은 젊은이들이 많이 찾는 유원지가 되었지마는 나는 인적이 한적한 주중에, 그것도 늦은 밤에 가평과 그 주변에 있는 강변의 명소에 자주 들른다. 동란 때 사생을 걸고 밤배를 빌려 탄 기억이 지워지지 않는 까닭도 있으나 그보다는 내가 밤배놀이의 고요를 즐기는 연유로 〔……〕(『명사들의 명소』, 1964)

가평 부근에서 나는 약초는 많으나 여기서는 한 가지만 말하고자 한다. 속칭 장다리 덤불이라고 불리는 이 풀은 물가에서 찾을 수 있으며 정혈에 좋다고 하는 잡목과이나 체질이 특수하다. 대개는 줄기를 씻어 말린 후 달여 즙을 마시는데 수질에 따라 효과에 변화가 있는 특성이 있다. 때로는 보약이 될 수도, 때로는 극약의 요소를 내보이니 〔……〕 안심하고 약재로 쓰이지 못하는 흠이 있다. 〔……〕 다리만 길고 볼품이 없으며 군락지도 형성하지 못하고 〔……〕(『한의회보』, 1976)

나는 그 오래된 글 속에 내가 찾고자 하는 진실이 있기라도 한 것처럼 훑어내려갔다. 그러나 나머지 다섯 편의 수필은 이것들보다 더 딱딱하고 더 멋없는 어투로 그의 고향 근처의 지리와 산세에 대한 장황한 지식을 말하고 있었다. 그러나 『한의회보』에 쓴 것을 마지막으로 그는 이후 수필도, 고향에 대한 글도 쓰지 않았다.
깜빡 잠이 들었던 모양이었다. 층계에 앉은 채로였다. 민 박사의 모습은 보이지 않았지만 내가 따로 더미를 만들어놓았던 그의 저술들이 두 개의 작은 더미로 나뉘어져 있었다. 나는 그의 서재로 올라갔다. 민 박사는 한쪽 편의 것은 이제 쓸모없는 것이니 버리라고 했다. 나는 묻고 싶은 일이 많았지만 입도 뻥긋하지 못하고 내려와 그의 명령대로 버리라고 한 책과 논문들을 문밖으로 내다 놓았다. 물론 수필류도 그 안에 끼어 있었다.

나는 그제야 그가 내게 맡긴 일의 성질을 어렴풋이 깨달았다. 내가 분야에 따라 책들을 구분해놓는 것은 민 박사가 그중에서 필요 없는 책을 좀더 수월하게 가려내기 위한 것이었다. 이 일에 관해서만은 그는 예외적인 성급함을 보여 작은 무더기가 모이기만 해도 어느새 그의 손길이 닿아, 버릴 책들이 따로 놓이곤 했다. 문외한이었기 때문일까. 나는 책을 내다 버리는 일을 은근히 즐기고 있었다. 버리기 위해서 분류하고 정리하고 있다는 사실이 알 수 없는 부유함을 안겨주었다.

민 박사가 장 선생과 약초를 캐러 며칠간 등산을 떠났다. 틈을 타서 나는 밖으로 나갈 결심을 했다. 오래간만의 외출이어서 겁이 나는 것이 아니라 내가 혹시 직면하게 될지도 모르는 어떤 사실이 무서웠다. 나는 관할 경찰서로 가는 버스에 올랐다.

벌써 뙤약볕이 따갑고 바람이 줄어드는 계절이었다. 버스는 진공 속을 지나가는 것만 같았다. 그 뒤로 과거가, 그 온갖 기억이 흡수되고 마는 그런 기적적인 대기층이 있다면, 나는 단 하나의 기억을 팔기 위해 무엇이라도 내줄 준비가 되어 있다. 단 하나…… 아 명명하기도 싫은 그 의문. 나는 빈자리에 앉아 심심풀이로 집어 들고 온 잡지의 접힌 면을 펴들었다.

〔……〕 선생은 동란이 시작된 직후 가족의 몰살을 경험한다. 당시 선생은 부인 이정향 여사와의 사이에 일남 일녀를 두고 있었다. 현재 선생의 슬하에는 민복동 씨가 양자로 입적되어 있을 뿐이다.

1954년 도미, 외과 전문의로서 약 5년간 그곳에서 활발한 활동을 한 후 귀국, 지금까지 D대학병원 외과 과장으로 일한 바 있다. 일생 재혼을 거부한 선생은 오로지 의술과 저술에만 몰두하였으며, 1960년 대 초부터 한의학에도 관심을 쏟아 1960년대 중반부터 1970년대 중반까지는 약초 채집을 위해 전국을 여행하였고, 한때는 한의학으로 불사(不死)를 이룰 수 있음을 증명하려 했던 신비주의 의학 단체에도 가입해 여러 편의 논문을 발표하기도 해서 자자히 인구에 회자된 바도 있다. 〔……〕

나는 몇 번이고 머릿속에 들어오지 않는 글자들을 다시 읽었다. 그러나 내가 보고 있는 것은 국도 위를 달리는 한 대의 자동차 안이었다. 남자는 집에 전화를 마치자마자 다시 빠른 손놀림으로 다이얼을 돌린다. 한 여자의 목소리가 나온다. 남자는 노변에서 기다린다. 그리고 다가오는 한 그림자를 향해 차의 문을 연다. 여자가 차 안에 올라탄다. 그들은 달린다. 국도가 어두워지고 말다툼은 심해진다. 남자는 비웃음을 웃는다. 여자는 남자의 옆얼굴에서 시선을 떼지 않는다. 여자의 손이 남자의 넓적다리 위에 놓이고 점점 느린 속도로 그곳을 향해…… 그리고 한순간…… 남자는 서울을 빠져나가자마자 국도에 서서 도움을 청하는 어떤 여자를 차에 태운다. 여자는 도주 중으로 떨고 있다. 그 얼굴에서 남자는 무엇인가를 본다. 그가 모르고 있던 어떤 것, 그러나 그가 오랫동안 찾고 있었을지도 모르는 무언가가 거기에 있었다. 그것이 무엇인지는 아무도 모른다. 그 자신까지도. 남자는 앞만을 바라보며 운전하고 있다. 이상한 평온이, 이제는 더 이상 바랄 것이 없는 그런 상태에서만 느낄 수 있는 평온한 느낌이 남자를 사로잡는다. 여자는 어느새 눈을 감고 잠들어 있다. 남자는 그것이 죽음이 유혹하는 평온인지를 알지 못한다. 그도 서서히 눈을 감는다. 어두운 국도 위에 비치는 차의 원거리 조명이 숲의 요철들을 현란하게 드러내 보인다…… 그러나 이 모든 것은 남자에게 어울리지 않는다.

남자는 깊은 생각에 잠겨 있다. 그는 집에 있는 아내에게 쓸 편지의 문구를 머릿속으로 다듬는다. 우리가 3년 전에 갔었던 하조대 생각나나? 가을이었지. 그 하늘의 짙푸른 띠에 둘러싸여 투명한 흰색으로 떠오르던 해변의 사구. 우리는 얼마나 오랫동안 모래밭에서 누워 잤던 거지? 일어나니까 바람에 날린 모래들이 머리카락에 들어와 박혀 아주 애를 먹었지. 그때 머리카락을 털며 네가 보여준 미소라니. 그것은 우리가 나눈, 수없는 사랑을 그저 하나의 상징으로 바꾸는 그런 미소였지. 나는 어려울 땐 바로 하조대에서의 우리의 오수 그리고 그때의 너의 미소를 생각한다……

어느 것도 내가 본 남편의 그 미소와 부합하지 않았다. 그러나 그 밤, 경관이 비추어주던 그 얼굴 위에 나타난 그것. 그것이 정말 미소였던가. 그것은 확실한가. 부검을 위해 시체가 서울 병원으로 옮겨졌을 때 나는 그 미소를 다시 한 번 보았던 것이 생각났다.

조 형사는 사건 당일 찍은 사진을 사건이 처리된 후 처분해버렸노라고 말했다. 그렇다고 그를 붙잡고 그때 사진 속 사람의 표정을 자세히 묘사해보라고 할 수는 없었다. 설령 그랬다고 대답한다고 하자. 그렇다고 진전되는 것도 없었다. 그것은 내 머릿속에 박혀 있었고 이미 부식액의 강한 농도로 나의 삶을 조금씩 지워나가고 있는 그러한 미소이므로. 일단 들어가 박힌 다음에는 자치적으로 활동을 계속하는, 다루기 힘든, 기억이라는 바이러스.

내가 묻지 않았음에도, 조 형사는 세 달이 지났는데도 머리 긴 여자의 신원은 확인되지 않은 채라고, 대한민국에 이렇게 실종되는 사람이 얼마나 많은지 알기나 해요, 하면서 나의 방문을 귀찮아했다. 그사이 실종된 가족을 찾는 예닐곱 명의 사람들이 그 여자에 대해 문의하기 위해 왔다가 그냥 돌아갔을 뿐이라고 했다. 그 사람들 주소를 좀 달라고 했다. 조 형사는 아니 정말 귀찮게 구시네, 거 죽은 사람 누군지 알아서 뭐해요, 하면서도 내 요구 사항을 들어주었다. 실제로 나는 왜 그런 부탁을 했는지 알 수 없었다. 그들과 나를 이어주는 것은 아무것도 없었다. 무의미한 우연밖에는. 나는 조 형사에게 머리 긴 여자의 신원을 아는 데 혹시 도움이 되는 일이 생긴다면 꼭 알려달라고 하면서 연락처를 남겨놓았다. 분하기도 하시겠지만 이제 그만 잊어버려요, 라고 말하는 조 형사의 말뜻을 나는 한참 동안 이해하지 못했다. 그는 내가 남편과 모종의 관계가 있었던 여자의 뒷조사를 시작하고 있다고 생각하는 모양이었다. 다른 사람들도 그렇게 생각하겠지.

다음 날도 나는 책 정리에 손도 대지 않았다. 나는 오전 내내 화단 옆에 새로 생긴 개미집 주변에 개미들의 대열이 만들어내는 어지러운 선들을 바라보았다. 그리고 오후에는 또 외출을 했다. 이번에는 남편과 가장 가까웠던 친구 사무실로 찾아갔다. 상대편이 불행하리라고 나름대로 단정해버리고 있는 사람과의 대화만큼 어려운 것도 없었다. 나는 불행했는가. 그 말만큼 무미하고 퇴색한 말도 있던가.

내가 얼마나 그 녀석 좋아했는지 잘 아시죠. 정말 아까운 녀석이

빨리 갔어요. 지연 씨 만난 후부터 사람이 변해서 그렇게 행복에 겨워하더니 말이죠…… 그 친구는 침묵했다. 그가 무엇 때문에 입을 꼭 다물었는지 알 만했다. 그런데 웬일인지 나도 입이 떨어지지가 않았다. 다행이었다. 무엇이라고 질문을 했겠는가. 당신의 친구를 알고 있던 대로 정의해보시오. 그리고 어떤 경우에, 어떤 근육 내지는 신경의 작용으로 사람은 죽는 순간에 미소를 짓게 되는지 그 가능성을 열거해보시오. 그것은 단순히 관골근의 순간적인 활동에 의한 것입니까.

세상을 등진 것처럼 고요하게 흘러가는 민 박사 집의 내 방에 가만히 누워서 나는 가끔, 내가 해양학 관계의 조사를 하는 잠수선을 타고 깊은 바다를 항해하고 있다는 착각에 빠진다. 배의 작은 현창으로는, 미미한 푸른 색조의 바닷물 같은 구분이 안 되는 시간이 지나간다. 모험 영화에 나오는 늙은 학자 선장이 찾고 있다는 고대의 희귀종 물고기의 자취는 보이지도 않고, 단지 기름을 수유받기 위해서만 잠시, 허구적으로 지상에 정박하는 그런 배. 모든 사람에게서 잊힌 전설 속의 배처럼 말이다. 잠시 햇살이 그 깊은 수심으로 내려 비치기도 했지만, 그것은 하도 알맞게 미지근하여 잠든 어느 수초 하나, 한가히 부유하는 어떤 물고기 하나 고요에서 벗어나지 않았다.

어느 날 사십대 중반쯤으로 보이는 한 남자가 문을 들어섰다. 얼굴이 햇볕에 그을린 영락없는 시골의 농부로, 큼지막한 보따리를 두 개나 들고 있었다. 그는 짐을 조심스럽게 현관에 내려놓으면서 아버님이 위에 계시냐고 물었다. 멍청하게 서 있는 내게 그는 자신이 민 박사의 아들이라고 말했다. 민 박사는 서재에 있었다. 남자는 보따리 속에 든 것을 풀어놓으라고 하면서 2층으로 성큼 올라갔다. 남자는 문을 두드리지도 않고 서재로 들어갔다. 민 박사의 수양아들이라는 바로 그 사람인 모양이었다. 보따리 속은 꿀이며 산채며, 햅쌀에 차조 같은 농작물과 미지근한 백설기 덩이까지 담은 올망졸망한 봉지들로 꼼꼼히 채워져 있었다. 왠지 가슴이 뭉클해지고 눈물을 핑 돌게 하는 수확물들이었다. 민 박사의 집에 묵은 지 벌써 한 계절 이상이 지나가버린 후였다. 그리고 나는 한 발짝도 더 앞으로 나가지 못한 채였다.

나는 층계참에 앉아서 2층에서 들려오는 소리에 멍하니 귀를 내맡기고 있었다. 방금 도착한 남자는 목청을 높여, 느릿느릿한 사투리로 그해의 농사 사정이니 동네 사람들 이야기를 민 박사에게 전달하는 것 같았다. 가끔, 허, 저런, 그래서, 어이쿠 같은 감탄사를 발하면서 민 박사는 방문자의 끝도 없는 말을 듣고 있었다. 왜 아부지도 기억하실 턴디요, 고 코 쪼끔 째진 담배 밭 주인 말이요, 하면 그럼 기억나고말고! 하는 식의, 내용보다는 서로의 마음의 흐름을 확인하는 것이 더 중요한 그런 대화 말이다. 민 박사 집에 내가 살기 시작한 이래 그토록 길게 그와 이야기를 나눈 사람을 나는 보지 못했다. 두 사람의 정다운 대화는 저녁 늦게까지 계속됐다.

그날 저녁 민 박사는 아들과 단둘이 상을 받았다. 박사 아버지에 농군 아들. 그렇지만 민 박사는 참 이상한 사람이었다. 그날 저녁의 민 박사는 꼭 일생을 그렇게 아들과 살아온 사람처럼 평소와는 다른 사람이 되어 있었다. 나는 일찍 내 방에 들어가 잠을 청했다. 저녁 늦게야 나는 민 박사가 장 선생을 불러 시간이 늦었으니 아들을 차로 시골까지 데려다 주고 오라고 이르는 소리를 들었다. 민 박사의 아들이라는 사람은 여전히 부산하게 떠들었고 장 선생에게는 오래된 지기처럼 반말을 하면서 거절은커녕, 집에 담가놓은 술이 있다면서 오히려 장 선생의 밤 운전을 부추겼다. 그들이 떠나고 난 후 집 안은 다시 예의 바다 밑의 고요와 정지된 것 같은 푸른 시간을 되찾았다. 잠수함 속에는 선장도 조수도 없었으며, 현창 밖에는 수초들의 미로만이 있었다.

아무 이유도 없이, 단지 밤 운전을 매개로 한 기계적인 연상 작용 외에는 아무런 연관이 없는데도 나는 차가 떠난 후부터 잠을 이룰 수가 없었다. 새벽 4시가 넘어 문밖에 머무르는 자동차의 소리가 들리고, 이어 철문에 열쇠가 꽂히는 소리가 들릴 때까지.

사람들이 무언가를 추구할 때는, 전혀 상관없는 것처럼 보이는 사실에서 엉뚱한 유사성을 발견하곤 하는 모양이다. 특히 그 추구하는 것의 끝이 보이지 않는 절망적인 상황에서. 혹은 이것은 나에게만 해당되는 경우일까?

민 박사 댁에서 산 지 6개월이 넘은 즈음 나는 우연히 민 박사의 삶에 관한 한 가지 사실을 듣게 되었다. 책으로 기둥을 이루었던 층계 주변이 훤하게 비었고, 2층의 서재를 둘러싼 서가가 드문드문 빈칸이 생길 정도로 환해졌다. 참으로 많은 책과 많은 글 들이 쓰레기통에 버려졌다. 다락이나 광에 널브러져 있는 책들을 제외하면 집 안에 있는 것들은 어느 정도 정리가 되어가고 있었다. 민 박사의 지시대로 일단 자리를 찾은 그 책들에 분류 번호를 표시하기 위해 부착용 종이를 한 무더기 사가지고 집에 들어오는 날, 나는 아마도 그 집에 살게 된 이후 처음으로 민 박사와 장 선생에게 반짝 빛나는 웃음을 선사했다.

그러나 기실 나는 지쳐 있었다. 그사이 간헐적으로, 그럴 때는 꼭 미친 듯이 나의 비밀스런 조사에 매달렸다. 어쩌면 비밀스러울 것도 없었다. 장 선생은 잘 알고 있는 일이었다. 많은 사람을 만나보았다. 남편의 직장 동료들, 그의 가깝고 먼 친구들, 사건을 전달받은 사람들. 그리고 아주 여러 번에 걸쳐서 조 형사를 찾아가 괴롭혔고, 그가 준 아무 주소나 받아 들고 상관없는 그들을 찾아가 엉뚱한 질문을 하고 오곤 했다. 여전히…… 아무것도…… 아무도…… 이런 부정의 서두로 시작될 수밖에 없는 고통스러운 그 수많은 헛걸음들.

나는 그만 민 박사 댁을 떠날 때가 왔다고 생각했다. 책의 정리도 대강 되었고 녹음테이프의 내용을 기록으로 바꾸는 일은 누구든지 할 수 있었다. 하기는 책 정리도 마찬가지. 나 아닌 다른 사람이었으면 어쩌면 한 달 안에 끝냈을 일이 아니었던가. 이러한 운 좋은 그러나 거추장스러운 괄호와도 같은 삶의 유예 기간은 너무 오래 지속해서는 안 될 것이었다. 나는 새롭게 살길을 찾아야 했다. 나는 나의 감금된 우주를 덮어버리는 그 미소에서 어떻게든지 헤어나야 했다. 어떻게든지. 나는 가끔 집으로 민 박사에게 안부 전화를 하는 D병원의 수간호사 홍 선생을 찾아갔다. 어디든지 하다못해 보조원의 자리라도 구할 수 있겠지.

바로 그때 나는 수간호사에게서 민 박사에 얽힌 돌의 이야기를 들었다. 그 수간호사는 젊었을 때 나처럼 민 박사의 일을 도운 적이 있었다. 나는 새 일자리를 부탁하는 대신에 한 노인과 돌의 이야기를 가지고 집으로 돌아왔다. 아니 내 심장에서 자라나던 돌의 이야기. 나는 또한 민 박사가 외출하고 없는 어느 저녁 시간에 장 선생에게도 민 박사의 돌에 대한 얘기를 해달라고 졸랐다. 어쩌면 진부할지도 모르는 이야기. 관심만 조금 가지면 주변의 어느 가정에서나 한 번쯤은 듣게 되는 비슷비슷한 이야기. 그러나 답 없는 비밀의 미로에 빠진 그 시절의 나 같은 사람에게 삶의 모든 것은 출구를 표시하는 지표들이었다.

어떻게 잡히지 않는 이 이야기를 단순하게 할 수가 있을까. 한 의사가 겪은 평범한 전란의 이야기를 나는 다음과 같이 이해했다. 이것은 나의 월권일까? 이 이야기에 민 박사 자신은 동의할 것인가?

여기 삼십대 초반의 한 외과 전문의 민주환이 있다. 부인과 일남일녀를 둔 젊은 의사. 그리고 전쟁이 일어났다. 민주환은 근무처인 서울 시내의 한 병원에서 전란의 소식을 듣고 집으로 돌아온다. 피난을 가려고 해도 억수 같은 비 때문에 동네 어귀까지 나갔다가 다시 되돌아온다. 이튿날 아이들을 지하실에 피신시키고 방에 들어와 짐을 정리하면서 정황을 보고 있는데, 창문이 깨지면서 안방에 자그마한 돌 하나가 떨어졌다. 허리가 잘록 들어간 조약돌 한 개. 돌에는 쪽지가 매어져 있었고 거기에는 다음과 같이 씌어 있었다.

"삼차 숙청에 민 선생님 이름이 올라 있으니 얼른 피신을 해주시오. 샛골 어귀 농가에 가서 채민형을 찾으시면 고향 가는 배편 도움을 줄 것이오."

민주환은 그 글의 주인을 알지 못했다. 자신의 신상을 잘 알고 있는 듯한 이 사람은 대체 누구일까. 고향 사람일까, 아니면 사상은 달라도 그를 아까워하는 누구? 물론 그 글의 주인이 찾아보라는 채민형이라는 이름도 처음 듣는 것이었다. 그는 종이를 태우고 난 후, 한밤중에 아이들을 깨워 피난길에 올랐고 몇 날 몇 밤을 걸어 샛골에 도착, 쪽지에 적힌 채민형이라는 사람을 만나 그의 도움으로 무사히 부모가 있는 고향에 다다른다. 대구 지방에 살던 동생도 와 있었다. 그리고…… 채 열흘도 되지 않아, 이렇게 한자리에 모인 온 집안이 몰살을 당했다. 안방에 당당하게 앉아 있던 부모부터, 다락에 숨어 있던 동생, 잠시 뒷산에 갔던 아내 그리고 마당에서 놀던 어린아이들까지. 단지 뒷간에 구덩이를 파고 매달려 북군이 마을을 빠져나가기를 기다리고 있던 민주환만 제외하고.

뒤늦게 정신을 차리고 이미 반쯤 타버린 샛골의 그 농가를 찾아보아야, 강을 건너게 해준, 단 한 번 만났던 채민형이라는 사람에 대해 고향 사람들 주위로 수소문해보아야…… 아무런 것도 알 수 없었다. 그 인물은 그 지방 사람이 아니었다. 고향의 어느 누구도 그런 이름을 알지 못했다. 그는 모든 것을 잃고 홀홀히 이 땅을 떠난다. 그리고 다시 돌아온다.

귀국 후의 민주환은 중년의 중요한 시기를 한 가지 일에 바쳤을 것이다. 약초 채집. 그렇지만 그에 앞서 민주환은 전쟁 전에 그가 살던 서울의 동네로 돌아가 그에게 돌을 던진 장본인이 누구일까에 대해 모든 가능한 수소문을 했으리라. 가정(假定)만 있을 뿐인 함정들. 고향 사람과 타향 사람, 적과 은인, 제자와 배반자가 뒤섞여 모두 어두운 이력으로만 다가오던 그 음험한 수소문들. 불확실하며 위험스런 가정을 버리고 그가 찾아야 했던 것은 채민형이라는 사람의 자취였다. 적어도 한 번은 확실하게 맞대면한 적이 있는 그 사람.

　단 한 가지 질문을 하기 위하여, 그는 미국에서 돌아왔다. 대체 누가? 무슨 목적으로? 한밤중에 그의 집에 돌을 던졌을까. 돌에 묶인 쪽지에서처럼, 그를 숙청 대상에서 구하기 위해? 아니면 온 가족을 한자리에 모아놓고 단번에, 쉽사리 없애기 위해?

　42세에서 57세에 이르기까지 15년이라는 세월을 민주환은 그 한 가지 사실을 밝히려 국토를 헤매고 다닌다. 약초에 대한 연구의 이름으로 행해진 수많은 여행의 자취들은 바로 채민형이라는 인물과 연관된 사람들이 살고 있는 지역들과 일치했을 것이다. 그러나 채민형의 자취는 아무 데서도 발견할 수 없었음에 틀림없다. 그의 수소문과 추적은 그의 연구만큼이나 철저하고 단계적이며 세밀했으리라. 그러나 사람들이 제공하는 그 인물에 대한 정보는 많건 적건 의미가 없었을 것이다. 민주환이 찾은 것은 그였기 때문에. 바로 돌의 임자, 민주환을 채민형에게 보낸 바로 그 사람의 진정한 의도였기 때문에.

　단 한 가지 그가 찾아낼 수 있었던 것은 채민형의 아들이라고 추정되는 한 고아였을 뿐이다. 그러나 그것도 정확하지가 않다. 민주환은 열서너 살의 복동을 찾고부터, 그의 고아원 신상 기록을 통해 몇 사람을 더 만난다. 그러나 그 또한 시간과 인연으로부터 너무 멀리 비켜 간 무의미한 우회의 길이었으리라. 어떻건 언뜻 보아서는 이해되지 않는, 민주환과 복동의 관계는 이어진다. 복동을 고아원에서 빼내와 고향의 한 부인에게 맡기고 그의 성년기까지 부친만이 가질 수 있는 자상함으로 양육과 교육을 돌보면서도 그는 여전히, 철저한 그의 추적을 계속했고 그에 대해 한 번도, 단 한마디의 언질도 복동에게 주지 않았을 것이다. 복동이 29세에 이르러 법적 절차를 밟아 민주환의 양자로 입적될 때까지도. 그때 민주환의 나이는 57세였다.

결국 민주환은 아무런 대답도 얻지 못하고 주변적이며 불분명하고 연관성이 없는 잡다한 사실들만을 얻은 채 그의 질문을 포기하는 데 이른다. 어떤 계기로 그가 그것을 그만두었는지는 알 수가 없다. 어쩌면 구체적이며 사건적인 계기는 없었을 것이다.

물론 나는 이 사실들을 알고 있다는 것을 민 박사에게 내색하지도 않았거니와 더 많은 사람들을 통해 자세한 사실들을 확인해보지도 않았다. 그것이 내가 그토록 많은 신세를 진 민 박사에 대해 베풀 수 있었던 최소한의 배려였다. 그리고 그것은 내가 이해한 한 노인 민주환이었다. 민 박사는 거의 1년 전 그 사건의 현장에서, 죽은 남편의 얼굴에 그토록 선명히 남아 있던 미소를 보았음에 틀림없다고 확언하는 것 또한 나의 권리에 속한다. 그는 죽은 자의 미소에 못 박혀 있던 한 젊은 여자의 시선에서 무엇을 보았던 것일까. 그것을 슬픔이 만든 왜곡된 미로의 시작이었다 하자. 그는 나에 앞서 그것을 보았겠지. 출구 없는 미로에 빠져본 사람은 절대적인 고독이 가르쳐주는 직관으로 세상을 감지하니까. 그러나 이제 와서 그게 무슨 의미가 있겠는가. 어떻건 그 이후 나는 서서히 죽은 남편의 유령 같은 미소에서 멀어져갔다.

나는 그 후 6년이나 더 민 박사 댁에 머물렀다. 그가 복동 씨의 통곡에 젖은 무릎 위에서 운명을 한 후에도 한참을 더. 어느새 나는 민 박사와 스스럼없이 가까워져 있었고, 임종 얼마 전, 할아버지에게 어리광을 부리듯이, 한 학자의 반생을 뒤흔든 그 돌조각의 행방을 물은 적이 있었다. 그는 대답 대신 딴청을 부리며 나들이나 가자고 했다. 우리가 간 곳은 그의 고향 근처, 복동 씨의 집이 있는 한강가 마을이었다. 그는 강가의 길을 걷다가 길 위에 널브러진 여느 조약돌 중의 하나를 집어 들었다. 그리고 그것을 내게 건네주며 강물 멀리멀리까지, 가능한 한 멀리 던져보라고 했다. 내 손을 떠난 그 납작한 조약돌은 한 번, 두 번, 세 번 매끄러운 수면 위를 스치며 날아갔다. 물 차는 제비처럼 날렵하게. 내 짧은 생애에 가장 멋지게 띄워본 물수제비였다.

민 박사가 우리를 떠난 후 나는 뒤늦게 장 선생의 멋없고 건조한 청혼을 받아들였으며 그를 도와 민 박사의 업적을 정리·출판하는 일을 맡았다. 그중의 한 논문에서 본 다음과 같은 구절이 오랫동안 내 기억에 남았다. 드물게 쓰레기통 신세를 면한, 「과학의 우연성에 대한 소고」라는 제목의 짧은 논문이었다.

〔……〕이처럼 두 신체 부위에 대한 엄청난 지식이 총망라되었다고 해도 그 접합의 다양한 외과적 실험에 있어서 과학자에 의해 계산된, 바로 그 결과가 나타내는 예는 실로 드물다. 이는 인간 역사의 한 가지 행동이나 의도가 꼭 그 예상된 결과를 낳지 않음과 같다. 이때 과학자는 질문한다. 나의 지식의 어딘가에 차질이 있었던가 하고. 그러나 불가지론과는 무관하게 과학의 세계는 늘 예상 외의 놀라운 결과를 연출하며 이 앞에서 과학자는 한계성과 무한성이라는 심히 아름다운 상반된 우주의 법칙을 마주하게 된다. 그때 과학자는 자신이 질문을 잘못 던졌음을, 다른 방식으로 질문을 던져야 함을 인정

하는 것을 배운다 [……]

민 박사가 그의 힘겨운 추적을 그친 바로 다음 해 발표된 것이었다.

[1992년 가을]

회색 눈사람

거의 20년 전의 그 시기가 조명 속의 무대처럼 환하게 떠올랐다. 그 시기를 연상할 때면 내 머릿속에는 온통 청록색으로 뒤덮인 어두운 구도가 잡힌다. 그렇지만 어두운 구도의 한쪽에 쳐진 창문의 저쪽에서 새어 들어오는 따뜻한 빛이 있는 것도 같다. 그것은 혼란이었다. 그리고 무엇보다도 아픔이었다. 그것이 미완성이었기 때문에? 그러나 삶의 단계에 정말 완성이라는 것이 있기는 한 것인가. 아, 그때…… 하고 가볍게 일축해버릴 수 없는 과거의 시기가 있다. 짧지만 일생을 두고 영향을 미치는 그러한 시기. 그래도 일상의 반복의 힘은 강한 것이어서, 많은 시간 그 청록색의 구도 위에 눈비가 내리고 꽃이 지고 피면서 서서히 둔감한 상처처럼 더께가 내려앉아 있었던 모양이다.

우리—그렇다, 지금쯤은 우리라고 불러도 좋겠다—는 매일매일 저녁을 알 수 없는 열기에 젖어 그 퇴락한 인쇄소에 갇혀서 보냈다. 서울 변두리의 허름한 상가 한 귀퉁이에 자리 잡고 있는 평범한 인쇄소였다. 우리는 거의 석 달을 매일 저녁 만나, 서로에 대해 아는 것이 없이 일에 매달렸다. 그 평범한 인쇄소의 이름이 왜 지금에 와서 아무리 생각해도 떠오르지 않는지 알 수 없다. 아주 정교하게 고안된 기억의 제동 장치의 결과라고밖에는 그것을 달리 설명할 길이 없다.

그 시기가 다시 어제의 일로, 현재의 일로 다가온 것은 아주 우연히 시선을 던진 한 일간지의 서너 줄짜리 사회면 기사 때문이었다. 이미 이틀이나 지나버린 신문의 그 기사가 눈에 들어온 것은 그러니까 하나의 자그마한, 그러나 중대한 사건이었다. 왜냐하면 국립 도서관의 자료실에 앉아 내가 뒤적여야 하는 것은 사회면이 아니라 사설란이었기 때문이다. 나는 나를 고용하고 있는 한 전직 교수의 저술을 위한 자료를 찾고 있었다.

나는 그 짧은 기사를 읽었다고 할 수 없다. 거의 번개 같은 속도로 나의 눈이 그 위를 훑었고, 읽기도 전에 그 내용을 파악했다는 편이 옳다. 커다랗게 확대되어 나의 이름이 눈에 들어왔고 그러자마자 내 심장이 미친 듯이 뛰었다. 그 뛰는 심장으로 한참을 망연히 앉아 있다가 나는 또 놀란 듯이 주변을 훑어보았다. 자료실 안의 이쪽 칸은 늘 그렇듯이 거의 비어 있다. 벌써 며칠 전부터 통계 자료를 앞에 펼쳐놓고 반나절을 조는 안경 낀 한 남자가 있을 뿐이었다.

그제야 나는 입술을 움직거리면서 지극한 애무의 말을 연습하듯이 그 기사를 속살거리며 읽었다. 머릿속에 잘 들어오지 않는 공식을 암기하듯이 여러 번을. 그 기사는 다음과 같았다.

지난 26일 뉴욕의 센트럴 파크에서 한 한인 여인이 죽어 있는 채

회색 눈사람 37

로 발견되었다. 이 여인은 이미 오래전에 무효가 된 강하원(41세)이라는 이름의 여권을 지니고 있었으며 한인회는 그녀의 신분을 부인한 바 있다. 불법 체류자 명단에 올라 있던 이 여인의 사인은 쇠약에 의한 아사로 판명되었다.

나는 날짜를 확인하고 다른 일간지의 사회면을 뒤지기 시작했다. 다른 어떤 신문에서도 그와 비슷한 기사는 찾아볼 수 없었다. 나는 다시 펼쳐진 신문의 면으로 돌아왔다. 격렬했던 심장의 고동이 잦아들고 서서히 저 깊은 곳에서부터 이상한 감각이 약한 경련을 동반하면서 밀려 올라왔다. 맨 먼저 그것은 오랫동안 그래왔던 것처럼 도저히 수리될 수 없을 것 같은 후회의 감정이었다. 어떤 구체적인 대상을 지닌 것도 아니었다. 그리고 그 후회의 자리에 서서히 들어앉은 것은 역설적이게도 안도감이었다.

그때의 우리들 중 내가 아닌 누군가가 이 기사를 보았더라면 어떤 반응을 보였을까? 이럴 때는 서로에게 한시라도 빨리 연락을 취하려고 전화기 쪽으로 달려가는 것이 옳지 않은가? 그러나 어느 누구도 이 기사를 보지 못하고 지나쳤을지도 모른다. 그보다는 내가 그들에게서 잊힌 지가 너무 오래되었다. 그들은 어쩌면 신문의 기사보다 훨씬 앞서 이런 종류의 일을 예상했을 수도 있다.

그럼에도 불구하고 나의 손은 성급하게 가방 속의 낡은 주소록을 뒤지고 있었다. 지금은 연락을 취해봐야 쉽사리 만나보기가 어려운 바쁜 위치에 놓인 사람들의 주소는 한 번도 사용되지 않은 채 남아 있었다.

나는 떨리는 손으로 볼펜의 날을 세워 기사 주변에 깊은 금을 그으면서 그것을 오려냈다. 오려낸 기사를 나는 수첩 안쪽으로 깊이 밀어 넣었다. 보던 자료들과 짐을 정리하고 나는 국립도서관을 나왔다. 가을 하늘은 무연히 맑았다.

그 시절 우리―왜 나는 우리라는 단어 앞에서 여전히 수줍고 불편함을 겪는가―는 모두 넷이었다. 물론 우리는 처음부터 우리가 아니었다. 그들을 알았던 많은 사람들은 나의 이 우리라는 단어의 사용에 반대할 수도 있다. 그러나 나는 감히, 그들의 견해와는 무관하게 이 단어를 쓰기로 한다.

우리를 만들어준 것은 알렉세이 아스타체프의 『폭력적 시학: 무명 아나키스트의 전기』였다. 그러나 이 무의미한 책의 제목이 중요한 것은 아니다. 그저 기억에 남는 한 책의 이름일 뿐이다.

대학에서의 첫 학기가 끝나자마자 나는 교재를 내다 팔고 다음 학기 교재를 구입해야 하는 어려운 시절을 보내고 있었다. 그 인연으로 여러 번 들락거리던 청계천의 한 헌책방에서 나는 이 무명 저자의 책을 라면 값에 구입했다. 이제는 까마득하게 멀기만 한 까만 장정의 그 책은 "동지여, 당신에게 용기가 있거든 두 손을 속박하는 이 책을 던져버리시오. 당신에게 의식이 있다면 이 책을 읽고 이것마저도 불에 태우시오……" 뭐 이 비슷한 어조의 선동적인 인용문으로 시작하고 있었다.

나는 그즈음, 당시에는 금서로 되어 있었던 이런 종류의 책을 헌책방에서 열심히 주워 모으면서 총기라도 수집하는 듯한 쾌감을 느끼고 있었다. 그렇지만 돈이 떨어지면 언젠가는 다시 내다 팔아야 하는 일종의 저금 형식이었고 내 자취방을 떠나야 하는 운명의 책들이었기 때문에 열심히 탐독했다. 그 시절 나는 그저 생활비를 절약하기 위해 청계천의 헌책방을 들락거릴 수밖에 없는 가난한 학생일 뿐이었다. 가장 평범하고 보잘것없는. 게다가 나는 누군가가 고향에서 올라와 나를 잡아가리라는 막연한 불안에 시달리고 있었다. 그리 되면 이 작은 방 한 칸도 내주고 다시 끌려가야 할 것이기 때문에 어디에서고 나는 자유로울 수가 없었다.

강의는 듣는 둥 마는 둥 하고 어떤 때는 용돈만 된다면 낮에도 코흘리개 아이들 과외 수업부터 시작해서 밤늦게까지 국·영·수는 물론이요, 때로는 한 번도 배워본 적이 없는 이히 빈 두 비스트, 코망탈레 부를 당일치기로 예습해서 가르치는 일도 비일비재한 때였다. 언제 들통이 날지 모르는 이런 일이 생기면 무조건 맡아 우선 돈을 축적해두는 것이 문제였다. 한밤중에 나의 차가운 방으로 돌아와서는 갓 배우기 시작한 끽연이 유일한 낙이었다.

과외 수업 하나도 걸려들지 않는 운이 없는 학기가 있었다. 나는 학기가 끝나기도 전에 책을 싸들고 자취방이 있는 Y동 꼭대기에서 청계천까지 걸어갔다. 과외 수업이 걸려들지 않는 학기는 헌책도 잘 안 팔리는 모양이었다. 내가 싸가지고 간 교재들은 책방 구석에 무더기로 쌓여 있었다. 바로 그런 이유로 나는 안—그의 이름은 밝히지 않기로 하자—을 만났다. 내가 벌써 여러 달 전에 구입해 제목조차 가물가물한 알렉세이 아스타체프라는 사람의 책을 어떤 사람이 찾고 있다고 하면서 책방 주인은 전화번호 하나를 건네주었다. 사방이 맥주병 바닥의 두꺼운 유리처럼 어두웠던 날이었다. 나의 배고픔은 하루를 넘기지 못하고, 남아 있는 단 한 개의 동전을 전화기 속에 밀어 넣었다.

어떤 구체적인 소속을 상상할 수 없는 사람들이 있다. 어디서 왔는지, 가족이 있는지…… 마치 공중의 전선에 매달려 있다가 어느 날 앞에 나타나 아무렇지도 않은 듯 이 얘기 저 얘기 나누다가 사라져버리는 그런 사람들 말이다. 그렇지만 그러한 겉모양과는 달리 안의 소개는 구체적이었다. 그는 명함이나 카드 등속을 만들어내는 작은 인쇄소를 차리고 있고 음악 감상이 취미이며 가령 에릭 사티 같은 사람을 아버지로 가지고 있다고 말했다. 나는 그러한 사실들에서 공통점을 발견할 수가 없었고, 그런 일에 능동적인 관심을 가지기에는 당면한 가난에 질려 있었다. 음악이라고는 라디오 이외의 것을 접해본 적이 없는 나는 그의 농담을 이해하는 데에, 그의 아버지라는 이상한 이름의 사람이 외국의 작곡가라는 사실을 아는 데 무려 2개월이나 걸렸다. 나는 내가 가지고 간 책을 일주일치 생활비로 넘겼다. 확인도 하지 않고 책을 가방 속에 집어 넣은 그는 덤덤하게 말했다.

"보아하니 사정이 딱한 모양인데 당신이 할 수 있는 일을 찾아봅시다."

나의 어떤 모습이 그로 하여금 이런 말을 하게 했었을까? 누추한 복장? 태어날 때부터 우울을 짊어져 쪼그라든 마른 체구? 그것은 나의 시선 저 깊숙이 숨겨져 있는 갈구의 빛 때문이었을지도 모른다. 그것이 무엇이었든 간에 그날의 나는 미신적인 기적 외에 바랄 것이 없는 상태였다.

이틀 후에 나는 약속대로 그를 다시 만났고, 그 후부터 일주일에 세 번 오후 시간에 그의 인쇄소에서 잡일을 보기 시작했다. 교정을 보기도 했고, 인쇄되어 나온 카드나 청첩장을 반으로 접는 일 등이 주어졌다. 어떤 때는 배달도 맡았다. 안과의 만남은 내게 일자리와 약간의 생기를 동시에 주었다. 하지만 나는 여전히 자기의 취미를 음악 감상이라고 하는 사람을 믿을 수 없었다.

새 학기에 휴학을 할 작정으로 나는 전적으로 인쇄소 일을 보았다. 잡일에 조판하는 일이 덧붙여졌고, 배달을 하는 일이 더욱 잦아졌다. 일이 많지도 않았고 퇴근 시간은 인쇄소에서 일하는 세 사람이 어김없이 지켰기 때문에, 저녁 시간이면 나는 아직 생소한 서울 거리를 헤매다가 자취방으로 돌아가곤 했다. 연탄은 늘 꺼져 있기가 일쑤여서 밥 짓는 일이 힘에 겨웠고 어딘가에서 주운 다리미를 엎어 책으로 받쳐놓고 그 위에다 싸구려 빵조각을 덥혀 끼니를 때웠다.

나는 그 시절, 내가 틀림없이 곧 죽게 되리라고 생각하고 있었다. 나는 막연히 죽는 일자까지를 상상해두었다. 그것이 그해가 될지 다음 해가 될지는 몰랐지만 사월일 것이 틀림없었고, 나의 죽음은 아무의 관심도 끌지 못한 채 한참이 지나서야 나의 단 하나의 혈육인 이모에게 알려질 것이었다. 어쩌면 이모는 "저것이 고렇게 도둑질까지 하고 도망을 쳐대더니 결국 제명을 다하지도 못했구먼……" 하며 안도의 한숨을 내쉴지도 모른다. 나의 죽음이 이렇게 구체적으로 다가올 때 나는 안절부절못하면서 좁은 방 안을 휘둘러보았다. 그렇지만 방에서 한 발자국도 나갈 수 없었다.

이런 순간 가끔 안의 얼굴이 떠올랐다. 그 사실에 나 자신이 먼저 놀랄 수밖에 없었다. 안을 알게 된 지 벌써 여러 주가 지났지만 그가 인쇄소에 나타나는 경우는 드물었고, 그와 개인적으로 말을 나눌 기회는 그 후 한 번도 주어지지 않은 상황에서, 어처구니없는 연상이었기 때문이었다. 딱한 애야, 안은 서울에서 네게 친절을 베풀어준 단 하나의 사람이기 때문이야, 나는 자신에게 중얼거리곤 했다. 이럴 때면 유독 앉은뱅이책상 위에 놓여 있는 단 한 권의 두꺼운 외국어 책자가 눈에 들어왔다. 이탈리아 역사가의 독일어본 저서였는데, 나는 유서를 쓰듯이 그 책의 번역에 매달렸다. 이탈리아어도 독일어도 제대로 배운 적이 없는 내가 할 수 있는 구차한 도전이었다.

이렇게 마구 엉겨 붙는 세 나라 말의 문법처럼 내게 삶은 불가해하고 생소한 것이었던 반면, 최소한 죽음의 느낌은 분명한 것이었고 쉽사리 친해질 수 있는 것이었다.

겨울에 들어서자 연하장과 부고문의 주문이 인쇄소에 쇄도해 늦게까지 일을 하는 날이 많아졌다. 그래도 일주일에 두 번 이상은 정상으로 근무가 끝났다. 인쇄소 일을 안 대신 도맡아 하는 장 아저씨는 대목을 놓쳐 아쉬운 것 같았지만, 안의 전화를 받으면 한 번도 거역하지 않고 인쇄소를 정상 시간에 비웠다. 그 대신 주말이라는 것이 없었다. 나는 매일 방 밖으로 나올 수 있는 기회를 가진 행운에 감사했다. 아무도 인쇄소 주인인 안에 대해 말하지 않았고, 나 또한 그에 대해 말을 꺼낼 분위기가 만들어져 있지 않았다.

연하장 주문이 끝나고 나니 이젠 정말 참기 힘든 겨울이었다. 나는 고향으로, 이모에게로 되돌아가지 않으려고 안간힘을 썼다. 한 번 가면 통곡을 하면서 사죄를 하고 그냥 주저앉을 것 같았기 때문이었다. 인쇄소의 기계적인 일은 내게 너무도 큰 위안이었다. 너무 외로움이 컸을 때 나는 간호 보조원이 되어 서울에 와 있는 고향 친구를 찾아갔다. 때마침 친구는 침대에 누워 있어 나의 근황이나 집

주소를 물을 정도의 경황이 없었다. 친구는 맹장염 수술을 받아 누워 있다고 말했는데 나는 그 애가 근무하는 병원 문을 나서면서 "저 애는 내게 거짓말을 하고 있군. 그렇지만 낙태 수술로 누워 있는 게 틀림없어"라고 중얼거렸다. 나는 아무도 믿지 않을 정도로 피폐해 있었던 모양이었다.

사람이 하는 행동 중에 꼭 논리 정연하게 설명되는 일이 얼마나 있을 것인가. 친구의 병원에서 나오면서 10시가 넘었음에도 나는 집으로 가는 대신 어느새 인쇄소를 향하고 있었다. 무엇을 두고 온 것도 아니었고 꼭 끝내야 할 일이 있는 것도 아니었다. 내 가방 속에는 인쇄소의 뒷문 열쇠가 들어 있었다. 철문은 내려져 있었지만 거기서 희미한 빛이 새어 나오고 있었다. 나는 마지막으로 문을 잠그고 나오면서 불의 스위치를 내리던 나의 동작을 선명히 기억할 수 있었기 때문에 의혹에 사로잡혔다.

가까이 다가가자 기계가 돌아가는 소리가 분명히 들려왔다. 쪽문을 살짝 당겨보았지만 열리지 않았다. 나는 감히 열쇠를 넣고 돌려볼 엄두를 내지 못하고 문 저쪽에서 나오는 소리에 귀를 기울였다. 사무실로 꾸며져 있는 안에서는 남자들의 낮은 목소리와 음악 소리가 들려왔다. 웅얼거림으로 낮아졌다가는 격해지기도 하는 삼중주는 모두 남자들의 낮은 목소리였다. 그 삼중주의 부드러운 화합에 귀를 기울이면서 나는 안의 목소리를 구별해내었고 그것을 좇아가고자 애썼다. 내용을 이해할 수 있을 정도로 그의 목소리는 크지 않았고 그의 음색보다는 약간 굵은 다른 음색이 곧잘 그의 음색을 덮어버렸다.

물론 나는 문을 두드리거나 그의 이름을 부르거나 하지 않았다.

그저 그렇게 한참을 서 있었다. 앞쪽 철문에서는 규칙적인 인쇄기 도는 소리가 먼 곳에서 다가오는 기차 소리처럼 들리기도 했다.

인쇄소에서 일한 지 한 달 반이 넘었고 그제야 나는 처음으로 안과 마주 앉았다. 안의 호출이었다. 아니 그의 저녁 초대였다. 우리는 시내의 한 중국집에서 간단한 식사를 마쳤다. 버스 안은 만원이어서 말을 할 수가 없었고, 중국집에서는 나의 신상에 대한 가장 간단한 질문에 대답을 하기 위해서 목청을 높여 반복을 해야 할 정도로 주위가 어수선스러웠다. 예를 들면 고향이 어디냐는 질문에 자취방 주소를 대는 식의 절름발이 대화였다. 게다가 나는 딱히 할 말이 없었다. 일자리를 주어서 고마웠다고, 그렇지 않았으면 나는 도둑년이란 표딱지를 달고 고향의 이모에게로 내려갈 수밖에 없었을 것이고 그 일이 죽기보다 싫었으므로 무슨 일을 저질렀을지 나 자신도 알 수 없었을 것이라는 말만 멍청하게 머릿속을 휘돌 뿐 입은 점점 더 꽉 다물어질 뿐이었다.

우리의 겨울은 모든 병원균이 단번에 소독될 정도로 순수하게 차갑고 투명했다. 비원 쪽으로 찻집을 찾아 걸어가면서, 서울로 온 이래 처음으로 느낀 이런 종류의 말을 나는 안에게 하고 싶었다. 그러나 약간 앞서 걷는 그의 옆얼굴은 생각에 열중해 있는 것 같았다. 그는 물론 나보다 키가 크고 나보다 더 말랐고 나보다 더 나이가 많다. 그렇지만 그는 나보다 더 말이 없다. 이 두 종류의 확인 사이에는 아무런 연관도 없었다. 나는 당황하고 있었다.

안은 익숙한 동작으로 거리의 한 영업소의 문을 밀고 들어갔다. 어떤 내용인지는 알 수 없지만 저 사람은 오늘 내게 아주 충격적인 어떤 것, 어쩌면 내가 일생을 두고 기억할, 내 일생의 방향을 단번에 바꾸어놓을 어떤 결정적인 말을 할 것이다. 안의 뒤를 따라 문을 들어서면서 내가 한 생각이었다. 나는 그대로 집으로 돌아갈 수도 있었다. 그렇지만 나의 몸은 벌써 실내의 따뜻하고 혼탁한 기운에 둘러싸여 있었다. 아, 이렇게 사람들은 운명을 만드는구나. 닥쳐올 파국을 충분히 감지하고 있으면서도 순간적인 방임인 양 어떤 거역할 수 없는 질서에 게으르게 몸을 맡겨버리면서 사람들은 삶의 나침반을 바꾸어버리는지도 모른다. 그러나 그것 역시 한 선택이다.

상황의 성격과는 아무 관계없이 오랫동안 인상에 남는 장소의 표지들이 있다. 이를테면 그날 술집에 걸린 달력 속에서 환하게 웃고 있던 여배우의 얼굴 같은 것 말이다. 맥주잔을 앞에 놓고 나는 여배우에게서 시선을 뗄 수 없었다. 그 웃음이 끝내는 과장되어 보이고 화려한 의상에서 싸구려 분위기가 풍겨올 때까지 나는 그 무의미한 얼굴을 바라보며 다가올 어떤 시간을 연기하고자 애썼다. 다음 달이면 찢겨져나갈 사진, 저 사진은 오려져서 어느 종업원의 머리맡에 붙기에는 너무 개성이 없다.

"그래 그사이 뭣 좀 알아냈습니까?"

나는 거두절미한 안의 질문에 흠칫 놀랄 수밖에 없었다. 놀랐기 때문에 침묵했다.

"내 뒷조사를 열심히 한 걸로 알고 있는데요."

그제야 나는 안이 나를 불러낸 이유를 알아차렸다. 처음으로 우연히 밤에 인쇄소에 들른 이후, 자주 그 일이 되풀이되었던 것은 사실이었지만 안의 목소리를 확인하고 돌아섰을 뿐 그는 물론 인쇄소의 다른 사람을 그 시간에 마주친 적이 없었기 때문에 놀라움은 더욱 컸다. 바로 그 당장 인쇄소 골목을 서성거리다가 그 어두움 속에서 안과 마주 부딪치기라도 한 것처럼, 나는 창피함으로 얼굴이 벌겋게 달아오르는 것을 느꼈다.

"미안합니다."

나는 고개를 푹 숙였다. 그제야 나의 행동의 기괴함이 또렷이 인식되었다. 나는 미안하다고 다시 한 번 덧붙였다. 안은 팔짱을 끼고 엄숙한 얼굴로 나의 표정을 살피고 있었다.

"강 양은 자신의 호기심에 책임을 질 자신이 있습니까?"

내가 죽음의 유혹에 시달리고 있기 때문에 자꾸 밖으로 나오고, 갈 곳이 없기 때문에 인쇄소 근처를 서성이고, 문 뒤에서 들려오는 그의 목소리를 들으면 안심이 되었기 때문이었다고 말한다면 그는 이해할 것인가. 그건 분명 구체적이건 막연한 것이건 호기심 때문은 아니었다. 그는 이해할 수 없을 것이다.

"그건…… 호기심이 아니에요."

그렇지만 나는 말을 계속할 수가 없었다. 공연히 속이 꽉 막혀왔기 때문이었다. 한밤중에 여행을 할 때 당신은 불빛이 있는 쪽으로 걷지 않나요. 내가 그 불빛을 당신의 인쇄소로 정했다 해서 내 여행이 죄스러울 필요는 없을 것입니다. 가끔 당신에게는 하찮은 것이 위로가 될 때는 없습니까. 예를 들면 어떤 사람의 목소리나 어떤 분위기 같은 것 말입니다. 내가 당신의 목소리와 당신들이 하고 있는 일을 선망으로 바라보면서 약간의 안도와 위로를 얻었다고 해서 당신에게 누가 된 것이 무엇입니까. 나는 침을 꿀꺽 삼키는 것으로 안에게는 이해되지 않을 이 말들을 삼켜버렸다. 그는 여전히 나의 답변을 기다리는 기색이었다.

"원하시면 인쇄소 일을 그만두지요."

나는 처음으로 원망을 가득 담고 그의 얼굴을 똑바로 쳐다보았다. 나는 거울 속에서 자주 나의 이런 일그러진 모습과 마주치기 때문에 그것이 상대편에게 어떤 느낌을 주리라는 것을 상상하기가 어렵지 않았다.

"그러시오."

안이 순순히 말했다. 나는 더 이상 할 말이 없었기에 옆에 놓인 가방을 집어 들고 천천히 일어날 채비를 했다. 약간의 침묵 후에 안이 덧붙였다.

"대신, 저녁에 우리 일을 도와주지 않겠소?"

내게는 안의 말이 농담처럼 들렸다. 그리고 실제로 그는 크게 눈에 흰자위를 드러내 보이며 웃고 있었다. 이모는 눈에 흰자위가 많은 사람을 조심하라고 했었다. 안의 웃음은 조금은 궁지에 몰린 사람의 웃음이었다. 나는 다시 가방을 내려놓고 의자에 앉았다.

"어떤 일이냐고 묻지 않습니까?"

나는 고개를 흔들었다. 저 사람은 결코 나를 이해하지 못할 것이다. 나는 그 생각만 되뇌었다. 통행금지를 앞둔 막차에 오르기 전에 안은 내게 접힌 종이를 내밀었다.

"내게 판 책 생각나요? 이런 서류가 책갈피에 끼어 있던데 나도 잊어버리고 있었어요. 잘 간수하시죠."

나를 이모에게 맡기고 미국으로 미군 운전병을 따라가버린 후 소식이 없었던 어머니에게서 최근에 도착한 초청장과 짤막한 편지였다. 그곳에서도 고국 소식의 끔찍한 정도가 오랫동안 무감해진 어머니의 감각을 순간적으로 자극했는지도 모르는 일이었다. 아니면 사는 정도가 조금 나아졌거나. 그것도 아니면 내가 가지 않으리라는 것을 잘 알고 부려본 변덕이거나. 내가 고향을 떠날 때 가지고 나온 것은 이 편지와 이모 몰래 준비한 대학의 입학금을 위해 훔친 돈이었다. 이모부의 병원비를 위해 판 땅값의 전액이었다. 까맣게 잊어버리고 있던 서류였다.

학교가 내게 분에 넘치는 것이 점점 분명해졌다. 나는 학교를 아예 그만두기로 결정했다. 그러고 나자 마음은 더욱 안정이 되었다. 이제 이 커다란 서울 구석에서 어느 누구도 나를 찾지 못할 것이다. 나는 일찌감치 휴학 원서를 집어 들고 왔다. 나에게는 물론이요 어느 누구에게도 특기할 만한 일은 아니었다. 두번째 휴학이 될 것이었다. 게다가 1년여 적을 둔 학교에서도 나를 아는 사람들은 거의 없었다. 나는 부정기적으로 일주일에 서너 번, 그러다가는 거의 매일 저녁에 인쇄소에 가는 생활을 시작했다.

나는 아직까지도 정처 없이 거리를 헤매는 버릇을 버리지 못하고 있지만, 그 시절에는 그 경향이 더욱 심해서 저녁에 인쇄소에 가기 전까지 남아 있는 긴 시간을 버스를 타고 이쪽 끝에서 저쪽 끝까지 혹은 그 구간의 상당 부분을 직접 걸어본다든지 하면서 보냈다. 그것은 심심풀이였다기보다는 어떤 성향 같은 것이었으리라. 영원히 삶에 정착할 수 없는 소수의 사람들에게 서식하는 불치의 병 같은 것 말이다. 나만큼 서울의 구석구석을 많이 걸어본 사람이 있을 것인가. 마치 내가 한번 지나침으로써 그곳이 조금은 나의 삶의 일부가 되기라도 하는 것처럼. 그러나 이 도시에서 아무리 만지고 냄새 맡고 열망해보아야 어느 거리, 어느 사람에게도 나는 받아들여지지 않은 채, 여전히 내가 처음에 기차에서 내렸던 바로 그 순간처럼 이 도시는 생소한 차가움으로 나를 거부하고, 나는 이 지상에서 여전히 유령처럼 적을 둔 곳 없이 부유할 뿐이었다. 어디서부터 잘못되었던 것일까.

오래전의 그 시기, 술병 밑바닥 유리의 어두운 두께로 다가오는 그 시기는 어쩌면 내 일생에서 가장 사건적인 시기인지도 모르겠다. 그 시기라도 없었다면 나는 나의 삶에 대해 정말 이야기할 만한 것이 없어져버린다. 비록 그것이 많은 곡해와 불안과 의혹의 시기였다 할지라도 그때부터 무언가가 다시 시작되었기 때문에.

나는 아직까지도 왜 안이 그 시절의 나를 더 오래 문책하지 않고 같이 일을 해보자고 제안했는지 이유를 알 수가 없다. 나는 그러니까 5년 이상 지하 운동으로 결성, 활동해온 문화혁명회가 사라지기 3개월 전에 그곳에 가담한 셈이 되었다. 나는 확신 있는 사회주의자도 아니었으며, 그 계통의 책은 사 모으고 있었지만, 이 모든 것에 대해 이론적으로 무장해 있지도 않았다. 그러나 나는 주어진 일을 해내는 고용인의 성실성으로 이들이 만들어내는 글을 읽고 교정했고, 위험한 경우가 아닐 때만 간헐적으로 이 인쇄물들을 배부하는 심부름을 맡았다. 모든 종류의 반정부 움직임이 발각되자마자 해체되어버리던 마당에 어떻게 이들의 활동이 5년여나 계속될 수 있었는지도 불가사의했다.

나는 인쇄를 담당하고 있는 안과 김, 그리고 동회에 근무한다고 해서 모두 주사라고 부르는 정을 만났다. 그들의 입에 오르내리는 이름들은 무수히 많았지만 나는 그 이름이 본명이었는지, 그들이 진짜 존재하는지의 여부도 알 수 없었고 묻지도 않았다. 안과 정,

김이 존재하는 것은 확실했고 그 확실성이면 내게는 충분했다. 대부분 시위 현장이나 지방에 배포될 전단의 인쇄와 교정을 맡고 있었던 나와 그들 사이에는 늘 일정한 거리가 있었지만, 그렇다고 그들이 일부러 내게 일의 전반적인 절차를 숨기거나 나를 따돌리지도 않았다. 어떤 때는 그들이 내게 취하는 거리가 마음 편하게 느껴졌는가 하면 어떤 때는 그것이 며칠간의 불면을 만들기도 했다. 내 편에서 그 거리를 없애기 위한 노력을 하지도 않았다. 모든 것이 힘에 겨웠다.

어느 날 아침, 나는 발작적으로 일어나 미국의 주소로 어머니에게 편지를 보냈다. 특별히 어떤 계기가 있었던 것은 아니었다. 내가 그리워했던 것은 어머니가 아니었다. 그러나 그날로, 초청장이 있어야만 가능했던 그 당시의 어려운 여권 신청 절차를 밟았다. 어머니, 어제로 나는 스무 살이 되었습니다. 우리가 떨어져 살기 시작한 지 어언 10여 년이 되었고 어머니가 미국으로 가신 지 4년째군요. 하신다는 봉제 공장 일은 힘들지 않은지요…… 더 쓸 말이 없었다. 나는 미국행 편지에 나의 주소를 알리지 않았고 내가 여권 수속을 밟고 있다든지, 서울에서 무엇을 하고 있다든지에 대해서는 일언반구도 하지 않았다. 저녁에는 인쇄소에서 침묵한 채 일에 열중했다. 그다음 날 나는 방 밖으로 나가지 않았다. 잘 덥혀지지 않은 방에 두꺼운 옷가지를 있는 대로 걸쳐입고 나는 오랫동안 한구석에 버려두었던 독일어로 씌어진 이탈리아 역사가의 저서를 우리말로 번역하는 데 하루 종일 매달렸다. 그날은 물론 인쇄소에도 가지 않았다. 통행금지 시간이 될 때까지 몇 번이나 일어서서 밖으로 나갈 채비를 하기도 했다. 자정 시보가 라디오에서 울렸을 때야 나는 포기하는 심정이 되었다. 하루 종일 채 석 장도 못 되는 양의 번역을 했을 뿐이었다. 그날 밤엔 유난히 바람이 거세었고 언덕을 올라오는 술 주정꾼들의 객설이 밤늦도록 심심치 않게 이어졌다. 사람들은 추위가 깊을수록 더 깊이 취하는 모양이었다.

이튿날 혼자서 동료들을 기다리고 있던 안은 조금 일찍 인쇄소에 도착한 내게 다짜고짜 연락처부터 물었다. 전날 내가 나타나지 않아서 일에 차질이 있었고 나에 대해서도 걱정을 많이 했다는 것이다. 그의 어조 어딘가에는 나의 신상에 대한 걱정보다는 약간의 불신을 동반한 불안의 기색이 있었다. 나는 집주인의 전화번호를 알고는 있었지만 문제를 만들기 싫어서 주소만을 가르쳐주었고, 피신 중이니 절대 다른 사람에게 주어서는 안 된다고 말했다. 안은 믿을 수 없다는 표정으로 내 눈 속을 깊이 들여다보면서 뜻을 새기는 기색이었다. 나는 지극히 개인적인 이유라고 덧붙였다. 그가 나의 말을 믿든 믿지 않든 그것은 중요한 것이 아니었다. 나는 은연중에 그들과 나의 처지가 어떤 면으로는 같다는 것을 전달하고 싶었는지도 모른다.

그들의 토론은 점점 더 길어졌고 점점 더 격렬해졌다. 나는 한구석에서 교정지에 시선을 고정시킨 채 되도록 몸을 조그맣게 만들려고 애쓰면서 그들의 대화에 신경을 집중해 듣곤 했다. 그들이 그처럼 열변을 토할 때면 나는 자주 너무 불필요하게 무겁고 자리만 많이 차지하는 처치 곤란한 가구라도 된 느낌으로 모든 움직임을 삼갔다. 나는 그들의 말을 한마디도 빠뜨리지 않으려고 신경을 모았다. 주로 그들 모임의 취약점이나 그들이 준비하고 있는 글에 대한 일들이 대부분이었다.

　나는 그들의 신상에 대해 아는 것이 거의 없었다. 그럼에도 간간이 잡담을 통해, 정이 동회에 근무하다 최근에 그만두었다든가 김이 연극평을 하고 있다는 것, 그리고 안과 정은 동향이며 안은 음대를 다니다가 제적되었다는 주변적인 사실들을 알게 되었다. 그것이 다였다. 그들의 나이는 우연히 그들의 대화를 통해 알 수 있었을 뿐이었다. 안은 당시 27세였고 정은 안보다 한 살이 적었고 김은 안보다 세 살이 위였고 결혼해 아이가 둘이었다. 그들의 모임에 문제가 제기될 때 자주 언급되는 이름들이 있었다. 김희진이라는 이름이 그중의 하나로 모든 계획의 상당 부분을 담당하는 듯했다. 실제로 나는 그 이름으로 서명된 글을 한두 편 교정한 일도 있었다. 언제부터인가 나는 교정을 위해 글을 읽으면서 그것을 쓴 사람의 얼굴을 상상하는 습관이 붙어 있었다. 어떤 사람에게는 턱수염을 길게 늘여 붙였으며, 또 다른 사람에게는 우울하고 가느다란 얼굴을 부여했다. 지극히 드물게 그중의 한두 명이 인쇄소에 들르는 일이 있었는데 물론 나의 상상의 어느 한구석 맞아떨어지는 경우는 드물었다. 어떻든 대부분 예외 없이 인쇄소에는 우리 넷뿐이었지만, 내가 있어서였는지 각자의 사생활에 관한 한 그들의 대화는 그 이상 진전되지는 않았다.

　그들의 얘기를 듣고 있으면 나는 사는 일이 그다지 지옥 같지는 않을 수도 있다는 엷은 희망이 생겨나기도 했다. 내가 원하기만 하면 좀더 적극적인 방식으로 이들과 한 식구가 되어 지금까지와는 다르게 한 걸음을 걸어도 그것이 푹푹 발이 빠지는 모래밭을 걷는 기분이 아닐 수도 있을지 모른다는 낙천적인 마음이 들기도 했다.

나는 내가 만들어낸 인쇄물이 어떤 경로로 어떻게 쓰이고 그들이 바라는 효과가 무엇인지 조금씩 구체적으로 알게 되었다. 그러나 역시 나는 그들에게서 멀리 있었다. 그들은 내게서 멀리 있었다.

가끔 안은 귀갓길에 "강 양이 일을 그만두고 싶으면 언제든지 떠나도 좋다. 일만 많고 보수가 넉넉지 못한 것을 잘 알고 있다"고 말했다. 나는 떠나기는커녕 누구보다도 일찍 인쇄소에 도착했고 가라는 말이 떨어지기 전에는 일어서지 않았다. 김은 그런 나를 강 찐드기라고 별명을 붙여 놀리기도 했다. 그렇지만 이들 셋 중의 어느 누구도 그들의 회합에 같이 가지 않겠느냐고 제안하지 않았다. 그 불균형의 균형 속에서 날들이 지나갔다.

귀가가 늦어진 어느 날, 쪽문에 채 머리를 들이밀기도 전에 주인집 아줌마가 후닥닥 방에서 튀어나왔다. 경찰이 왔다 갔다는 것이다. 나는 기계적으로 부엌의 판자문에 나갈 때면 채워두는 자물쇠로 눈이 갔다. 어두워서 보이지는 않았지만 열려 있는 것 같지는 않았다. 나는 진정을 하고 사정을 물었지만 집주인은 경찰이 내일 다시 온다고 했다는 말만을 전하고는 겁먹은 표정으로 다시 방으로 들어가서 문을 소리나게 닫았다.

나의 즉각적인 반응은 안에게 인쇄소로 전화를 걸어볼까 하는 것이었다. 그러나 그것은 더욱 위험한 일일 수도 있었다. 나는 방 안에 인쇄소에 관한 정보를 줄 만한 무엇이 있는지를 점검했다. 벽에 나란히 놓여 있는 헌책들이 눈에 띄었다. 그중에는 경찰의 시선을 자극할 것이 여러 권이 있었다. 나는 그것들을 우선 한구석에 놓인 옷 보따리 속에 숨겼다. 시계를 보았다. 자정에서 기껏해야 10분

정도를 남겨둔 시간이었다. 나는 안에게 전화를 거는 것을 포기하고 방바닥에 주저앉았다. 저녁 시간만 일하게 되는 고로 연탄불이 꺼지는 일이 드물었고 따스하게 덥혀진 아랫목의 이불 속에 손과 발을 넣고 앉아 있노라니 어떤 운명적인 느낌과 함께 공연히 눈물이 주르르 흘러내렸다. 밥상 겸 책상에는 영원히 끝날 것 같지 않은 번역하던 책이 열린 채로 놓여 있었고 그 위로 아주 조그만 거미가 한 마리 기어가고 있었다. 방 안을 다시 한 번 둘러보고 자리에 누웠지만 잠이 오지 않았다. 어떤 경로로 인쇄소의 일이 발각될 수 있었을지 여러 가지 가능성을 생각해보았다. 그러나 생각은 곧 멈추어질 수밖에 없었다. 생각을 멀리 해보기에 내가 그들에 대해 아는 것이 너무 적었다. 불신과 서운함의 무게가 가슴을 누르는 것을 느끼면서 나는 밤이 여러 어둠의 결을 보여주면서 지나가는 것을 눈을 뜨고 바라보았다. 밤은 한순간도 완전히 검지 않았다. 보라색이었다가 짙은 회색이었다가…… 경찰이 오기를 기다리는 불안한 밤의 색깔은 가히 현란했다.

어처구니없게도 나를 찾아온 사복 형사는 내가 까맣게 잊어버리고 있었던 여권 발부 절차 중의 하나로 신원 조회를 하러 온 것일 뿐이었다. 그때만 해도 직접 사람을 만나보아야 신원이 확인된다고 믿던 순진한 실증의 시대여서 나는 형사를 데리고 언덕 중턱쯤에 있는 다방으로 가서 그의 몇 가지 질문에 덤덤하게 응했다. 그렇지만 나의 심장은 시종일관 뛰었다. 이미 자취방을 흘낏 훔쳐본 형사의 질문은 간단했다. 나는 어머니를 보러 가기 위해서 휴학을 할 예정이며 가끔 과외 수업으로 생활을 하고 여비는 조만간 미국에서 도착할 것이라고 말했다. 아마 내가 가장 믿을 수 없는 일이 있다면 그것은 바로 어머니를 찾아 미국으로 가는 일이었을 것이다. 그러나 나는 이 모든 것을 확신에 차서 말했다. 죄 없이 멀쩡한 사람도 신원 조회라면 돈을 집어주던 당시의 관행조차 무시하고 형사는 종종걸음으로 끝나지 않을 것 같은 언덕의 경사를 내려갔다.

나는 거의 한 달 후에 여권을 손에 넣었고 어머니의 초청장을 들고 삼엄하기 그지없는 미국 대사관에서 비자 절차도 밟았다. 다행히 나의 본적은 이모네 집으로 되어 있었기 때문에 이민을 꺼려하는 그들의 신경을 자극하지 않았다. 절차가 끝나자마자 나는, 헛된 비용과 시간을 소비한 데 대한 앙갚음이라도 하듯이 신경질적으로 여권을 잡동사니 보따리 속에 쑤셔 넣었고 헌책방의 금서들을 일렬로 벽에 세워두었다.

어떤 날은, 그들도 물론 어두운 시기를 지나고 있음을 알아차릴 수 있었다. 평소에 농담을 잘하는 연극쟁이 김조차도 저녁 내내 한마디 말없이 우두커니 앉아 있고, 나머지 사람들 또한 난로 주위에 앉아 안주도 없는 술로 시간을 보내기도 했다. 아주 작은 일이 언쟁이 되었고 이미 인쇄된 종이들이 찢기기도 했다. 그럴 때가 내게는 제일 어려웠다. 나의 존재가 그들의 언쟁에조차 방해가 되는지 나의 눈치를 보는 게 역력했기 때문이었다. 일이 없다고 먼저 자리를 뜨기도 어색했고 무슨 일이 있느냐고 물을 수도 없었다. 나는 인쇄소에 오기 전의 긴긴 낮 시간을 메우기 위해 읽던 책들에 건성으로 시선을 주면서 이 긴장과 불안의 시간이 지나기를 기다렸다. 단 한번 정은 아주 간접적이기는 했지만 나를 두고 안을 공격한 적도 있었다. 나의 참여가 위험하다는 식의 발언이었고, 안은 그런 나에 대해 드러내놓은 정의 의심에 대해 아무런 반응도 하지 않고 정을 보고 씩 웃을 뿐이었다. 나는 나를 더 적극적으로 변호하지 않은 안에게 서운한 마음이 들었다. 그러나 안으로서도 나에 대해 달리 할 말이 없었을 것이다.

그즈음 검열과 조사가 극에 달했고 신문에서는 거의 매일 사람들의 검거 기사와 이적 출판 행위의 처단에 대한 기사가 실렸다. 그러나 신문의 기사는 빙산의 일각이었다. 벌써 얼마 전부터 우리는 300면가량의 부정기 간행물의 출판을 위해 거의 매일 저녁 인쇄소에 모였다. 그들의 말에 의하면 이미 우리가 조판하고 있는 글의 필자 중의 두 명이 붙잡혔다고 했다. 기껏해야 일주일가량을 남기고 있는 중요한 회합에 절대적으로 필요하다고 하면서 안은 일을 재촉했고 자정이 넘게 일을 하는 경우도 있었기 때문에, 그리고 아침에는 인쇄소를 깔끔하게 치워놓아야 했기 때문에 그들은 번갈아가면서 혹은 둘이 짝이 되어 인쇄소에서 밤을 보내는 것 같았다. 대부분 김과 안이 남아 있었다. 나는 그들이 외부에 전화를 거는 것도 전화를 받는 것도 본 적이 없었다. 그렇지만 차질 없이 원고가 들어왔고 내가 초교를 보면서 의문부호 표시를 해 넘긴 부분은 손이 가해져 어김없이 하루나 이틀 뒤에는 교정지용 플라스틱 바구니 안에 놓여지곤 했다.

자연스럽게 어느 날 나는 자정을 넘겨 인쇄소에 남아 있었다. 정과 김은 다른 곳에서 처리할 일이 있었던 모양으로 일찌감치 일을 내게 떠맡겼다. 뒤처리를 내가 하고 갈 테니 먼저 들어가라고 해도 안은 쓸 것이 있다고 하면서 오히려 그를 돕기 위해 내가 인쇄소에 남아 있는 것을 당연하게 생각하는 것 같았다. 나는 양철통 속에 담겨 있는 조개탄을 듬뿍 난로 속에 집어넣었다. 오랫동안 살아온 나의 집을 덥히기 위해서 하는 것 같은 익숙한 나의 동작에 내 자신이 놀랐다. 안은 내게서 등을 돌리고 철제 책상에 앉아 무언가를 쓰고 있었다. 나는 그가 쓰고 있는 글의 내용을 벌써 몰래 훔쳐본 바 있었고 그 진행이 궁금했다. 나는 연속 방송극을 좇아가는 심정으로 그의 글의 진전을 흥미롭게 지켜보았다. 나 또한 플라스틱 바구니 속에 들어 있는 교정 용지를 집어 들었다.

자정이 지나면 바람도 차지는 모양인지 허술한 창 밑으로 쌩쌩 바람이 들이쳤다. 나는 난로의 문을 조금 열어놓고 그 옆에 의자를 놓고 교정쇄를 무릎 위에 놓고 앉았다. 안이 지나치는 말투로 물었다. 내가 안을 만난 지 111일이 지나려 하고 있는 저녁에 처음으로 한 반말이었다.

"강 양은 여기 일에 깊이 연루되지 말고 일찌감치 손을 떼는 게 어떠니."

나는 안의 말을 어떻게 해석해야 좋을지 몰라 그를 멍하니 쳐다보았다. 그는 쓰는 일을 멈추지도 않은 채였다. 나는 그의 말을 괘념치 않기로 하고 다시 교정지로 시선을 돌렸다.

"학교도 계속해야 할 것이구, 그다음엔 안정된 직장도 가지구, 시집도 가야 할 테고."

평소 같으면 한 사람에 대한 결정적인 평가절하로 연결될 이런 진부한 말이 고개를 돌린 그의 어두운 표정 때문인지 의도적인 모욕으로 들렸다.

"그러려면 일이 터진 다음에는 곤란할 거야."

그는 내 쪽으로 돌아앉았다. 난로불이 막 활활 일기 시작했고 열기가 얼굴로 옮아 붙은 듯해서 나는 의자를 뒤로 당겼다. 그렇다고 안이 농담을 하고 있다고는 생각되지 않았다. 피로로 인해 그의 얼굴의 요철이 더욱 분명하게 드러날 뿐이었다. 어쩌면 한 사람의 얼굴이 저렇게 달라 보일 수 있을까. 난생처음 보는 사람과 한밤중에 마주 앉은 것처럼 나는 그를 뚫어지게 바라보았다.

"내가 하는 말을 불쾌하게 들으면 안 돼."

"그 정도로 자신이 없는 일에 왜 매달려요, 안 선생님은?"

"지금 나는 나에 대한 말을 하고 있는 게 아니라구. 언젠가 가까운 미래에 좀더 자신 있는 사람이 많이 생기기를 바라기 때문이겠지."

우리는 잠시 침묵했다. 안과 나와의 대화의 내용과는 관계없이 나는 그와의 한밤중 이 드문 속살거림이 한편으로는 오래 계속되기를 바랐고 다른 한편으로는 그가 어서 저 피곤하고 지쳐 시든 얼굴을 다시 원고지 위로 돌려주었으면 좋겠다는 두 가지 상반된 마음이었다. 그러나 한번 크게 기지개를 켠 안은 한순간에 평소의 생기를 회복한 듯했다. 그는 책상 쪽으로 돌아앉으면서 말했다.

"어떻든 이번 일이 끝나면 당분간 집에서 내가 연락할 때까지 기다리는 게 낫겠어."

그들은 이렇게 나에 대한 계획을 세워두었던 것일까. 하기는 신원도 색깔도 불분명한 나 같은 애가 처치 곤란이었겠지. 지금까지 같이 일을 해오면서도 어떤 더 분명한 증거를 그들은 원하는 것일까. 안은 부드러운 목소리로 덧붙였다.

"미리 등록금은 조금 도와주지."

이런 도움이 자존심을 자극하는 것을 보니 지난 몇 달간의 생활이 여유로웠던 것인지도 모른다. 그의 음성의 따뜻함까지가 내게는 계산된 차가운 거리로 다가왔다.

"안 선생님, 나에 대해서 걱정하지 마세요. 조만간에 나는 이 나라를 떠날 예정이에요. 여권 절차도 벌써 마쳤구요."

조금은 희극적으로 들릴 수 있는 나의 갑작스런 발언에 그는 뒤돌아보지 않았다. 나의 말에 반응하지 않았다.

2시가 넘자 그는 일을 끝냈는지 불을 끄고 군용 침대를 펴고 누웠다. 나는 잠도 오지 않고 할 일도 있었지만 그의 수면을 방해하고 싶지 않아 남아 있는 조개탄을 난로에 던져넣고 불구멍을 줄인 후, 그가 나를 위해 남겨둔 난로 곁의, 군용 침대보다는 편안한 낡은 장의자에 누웠다. 나는 오랫동안 잠이 들지 못한 채 뒤척이면서 소음을 내지 않으려 애썼다. 숨소리를 가다듬으려 했기 때문에 오히려 큰 한숨이 솟아나기도 했다. 나는 눈을 감고 안에게 얘기하는 것을 상상했다. 선생님은 나에 대해서 아무것도 몰라요. 나는 말이죠, 충청도 시골에서 태어났어요. 어린 시절요? 가난하고 불행했어요. 좀더 큰 다음에는 이모네 집에서 살았어요. 어머니가 일자리를 구해 도회지로 나갔기 때문인데 이모네도 시골이었어요. 엄마가 돈을 보내오긴 한 모양인데 가난하고 불행하긴 마찬가지였어요. 중학교는 중간에 그만두고 고등학교를 검정고시를 쳤어요. 그때도 역시⋯⋯ 모든 것이, 내가 거쳐온 짧은 시간들이 이렇게 생소할 수가 없어요. 내가 알고 싶은 건 말이죠. 나만 이렇게 느끼는 건지, 아니면 다른 사람도 조금쯤은 그렇게 느끼는지 하는 거예요. 예를 들어 안 선생님은 전혀 그런 것 같지는 않은데 어떠세요?

안의 고른 숨소리와 뒤척임을 들으면서 나는 잠이 들었다. 한밤중, 누군가 목까지 담요를 끌어다가 가볍게 눌러주는 것을 그리고 그 동일한 손이 나의 움푹 들어가고 까칠한 뺨을 살짝 스치는 것을 멀리, 마치 먼 과거의 꿈처럼 느끼면서 나는 깊고 짧은 잠에 빠져들었다. 잠 속에서 나는 오랫동안 흐느껴 울었던 것도 같다.

얼마 전부터 주중보다는 주말에 더 많은 일을 하는 나에게 오래간만의 주말이 있었다는 것이 벌써 이상한 징조였을 수도 있었다. 비록 두 달 남짓한 기간이었지만 밤에 그들의 일을 돕기 시작한 이래 이틀간의 연속 휴일은 가져본 적이 없었다. 참 이상한 일이다. 아주 드물게 내가 이때를 생각할 때면 나는 기억의 왜곡을 경험한다. 저녁 일을 분명 7시경에 시작했음에도 불구하고 내 머릿속에는 우리가 매일 한밤중, 도시는 물론 지구 전체가 모두 잠들어 있는 어두운 시간에 작업을 한 것 같은 착각이 든다.
나는 그들이 나를 제외하고 긴밀하게 할 일이 있어 내게 주말을 집에서 보내도 좋다는 허락을 내린 것으로 굳게 믿었다. 단지 인쇄의 잡일을 돕기 위해 고용되었다는 그들과 나 사이의 무언의 약속은 이런 경우에 효력을 발휘해 그들은 결코 나에게 속사정을 말하는 경우가 없었다. 안마저도 아무런 말을 덧붙이지 않았다. 일하지 않는 이틀을 나는 어디에고 속하지 못한 사람이 자주 가지게 되는 방어적인 의심으로 괴로워하면서 보냈다. 산동네의 자취방은 겨울 바다에 불안정하게 떠다니는 섬이 되었고 나는 아무런 이유도 없이 그 무인의 섬에 누군가가 와서 불러주기를 간절히 기다렸다. 토요일 저녁에는 눈이 내렸고 주인 아줌마가 다 탄 연탄재가 남아 있으면 으깨어 집 앞 언덕길에 뿌리라고 내 방문을 두드렸을 뿐이었다. 연탄재조차도 남아 있지 않았다.

책상 위에 영원한 장식처럼 펼쳐져 있는 번역에도 매달렸으나 반면을 못 넘기고 지쳐 떨어졌다. 나는 방 안에서 단 한 벌의 반코트를 걸치고 시려오는 두 손을 겨드랑이에 끼워 넣은 채 그들의 대화 속에 회자하던 책을 읽었다. 지금은 그 책의 제목도 저자도 생각이 나지 않지만 그 책의 독서를 끝낸 후 내가 썼던 글의 제목이 지금도 생생한 것을 보면 나 같은 사람에게조차 일말의 자기중심적인 도취가 존재하는 모양이다. 「가난이라는 소외의 탈역사적 경향에 대한 반성」이라는 것이었다. 주말은 이렇게 느리게 지나가고 있었다. 다시금 밤이 내리기 시작하면서 나는 안정을 찾기 시작했다. 나는 더 이상 아무도 기다리지 않았다.

아침이 되었을 때 나는 외로움의 감옥에서 완전히 벗어나 있었다. 나는 시간을 빠르게 흘려보내기 위해서, 즐거운 마음으로 오랫동안 방치해두었던 방 안 청소를 했고 휘파람을 불면서 눈과 연탄재가 범벅이 된 회색의 비탈길을 하릴없이 두어 번 오르내렸다. 미약한 햇살마저 판자벽을 슬쩍 벗어나 있었고, 그런 응달에서 볼이 튼 어린 아이들이 재와 흙으로 범벅이 된 회색 눈으로 눈사람을 만들고 있었다. 나는 그 아이들이 몸통을 만들고 둥근 얼굴을 얹고 그 위에 돌조각으로 눈을 만들어 붙이고 입을 만드는 것을 오랫동안 바라보았다. 나는 거의 마지막 손질 단계에 있는 우리의 인쇄 책자를 생각했다. 주초에는 그 책에도 눈이 붙여지고 코가 붙여질 것이다. 이상한 흥분이 나를 사로잡았다. 나는 그리워하고 있었다. 사람을 그리워하는 것이 아니라 일을. 아무 일이나 그리운 것이 아니라, 비록 외곽에서의 잡일이기는 하지만 몇 달 전부터 내가 하기 시작한 바로 그 일을. 바로 그 인쇄소에서, 다른 사람 아닌 바로 그들과 일하는 것을. 아이들이 눈사람을 다 끝내고 쉰 목소리로 만족의 환호성을 질렀다. 나는 내 목을 두르고 있던 목도리를 벗어, 멋진 나뭇가지 콧수염을 단 회색의 눈사람의 목에 감아주었다. 조개탄을 아껴 써야 했던 어느 저녁, 안이 오버 주머니에서 꺼내 목에 둘러주었던 목도리였다. 다시 한 번 터지는 아이들의 환호성을 뒤로하고 나는 단숨에 언덕을 뛰어올랐다.

나는 결국 책이 만들어진 것을 보지 못했다. 그리고 결국 인쇄소의 낡은 문에 내가 소중하게 간직하고 있는 열쇠를 꽂을 기회를 영원히 잃고 말았다.

긴 주말 끝의 월요일. 나는 해가 기울어지기도 전에 방문을 나섰다. 그렇다고 아무 때나 인쇄소에 얼굴을 들이밀 처지가 못 되었던 만큼 인쇄소까지의 긴 길을 걸었다. 이번에는 한 장의 버스표를 아끼기 위해서가 아니었다. 낮에 인쇄소에서 일하는 사람들과의 마주침을 피하라는 안과 정의 원칙은 철저한 것이었고, 정확히 알 수는 없어도 그것이 어떤 결과를 가져올는지를 상상하는 것은 어렵지 않았다.

평소처럼 골목을 돌아 뒷문에 이르는 길을 택하지 않은 것을 행운이라 이름붙일 수 있을까. 당연히 셔터가 내려져 있어야 할 인쇄소의 입구가 먼발치에서 눈에 띄자마자 나는 단번에 모든 일이 틀어져버린 것을 감지할 수 있었다. 올려진 셔터, 환하게 켜진 불빛, 활짝 열려 있는 유리문. 문의 유리의 하반부가 깨어진 것이 바로 눈 앞에 있는 것처럼 확연하게 드러난 듯도 했다. 그 속에는 분명 누군가가 부산하게 움직이는 것 같았고, 문밖에는 양복을 입은 두 명의 남자가 담배를 피우며 등을 돌리고 서 있는 것이 보였다. 나의 가슴은 터질 것처럼 뛰고 있었다. 절대 황망히 뒤로 돌아서지 말아라. 뛰지 말고. 절대 서두르지 말고 길을 가로질러라. 제발 인쇄소 방향으로 고개를 돌리지 말고. 나는 떨리는 손을 주머니에 집어넣고 행인들 사이에 섞여 건널목 앞에 섰다. 길의 통과를 무한히 금지하고 있는 것만 같던 건널목의 적색등. 이미 날은 어두워져 실제로 먼발치에 있는 그들이 나의 모습을 알아보거나 뒤쫓을 위험이 없었음에도 그 짧은 기다림의 순간에 세계는 위험한 밀고자들의 소굴로 변신했다. 당장이라도 옆의 행인이 나의 팔을 우악스럽게 잡고 "강하원이지. 순순히 나를 따라와" 하고 귀에다 속삭일 것 같았다. 나를 앞뒤로 둘러싸고 있는 행인의 얼굴을 쳐다보고 싶은 유혹은 견뎌내기 힘든 것이었다.

  길을 건너고 가장 가까운 골목으로 기어들어 가고, 거기서 다시 큰길로 나오고 다시 골목으로 들어가고…… 충분히 인쇄소에서 멀어졌다고 판단되었을 때부터 나는 달리기 시작했다. 얼마 동안을 어떤 길로 해서 달려왔는지 아무런 기억이 없었다. 나는 뛰면서 입으로는 내가 한 번도 해본 적이 없는 기도 비슷한 것을 수없이 반복하고 있었다. 제발 내가 이 자리에서 잡혀 동료들에게 누를 끼치지 않게 해주십시오. 나는 잃을 것이 없는 사람이지만 그들은 그렇지 않습니다. 그들은 할 일이 많은 사람들입니다.

  그 뒤로는 모든 일이 순식간에 진전되었다. 우리가 기획하고 있던 책은 물론이요 다른 단체들을 위한 인쇄물을 끝내지도 않은 채 일이 터지고 만 것을 나는 신문을 보고 알았다. 연행된 사람들의 이름이 서넛 실려 있었지만 교정으로 낯이 익은 한 이름만 제외하고는 생소한 이름들이었다. 그들의 활동은 이런 종류의 기사가 늘 그렇듯이 신문의 눈에 띄지 않는 한구석에 서너 줄로 요약되어 있었다. 그것은 안을 비롯한 우리 인쇄 담당이 안전하다는 것을 보장해주기에는 불충분했다. 만약 내가 알고 있는 그들의 이름이 본명이라면, 어떻든 그들의 이름은 신문에 나지 않았다.

불안한 나날이 시작되었다. 문밖에서 조그만 소리만 들려도 나의 가슴은 두근거렸다. 정말 이상한 일이었다. 나의 가슴은 두려움 때문에 두근거리고 있는 것이 아니었다. 그것은 기다림이었고 그리움이었다. 그것은 더 구체적으로 말하면 안에 대한 기다림이었다. 안이 나의 주소를 알고 있는 단 하나의 사람이었기 때문에. 그러나 그보다는, 마치 어느 날 안이 나타나면 다시금 우리가 일을 시작할 수 있기라도 한 것처럼. 날씨가 조금씩 풀려가고 있었다. 나는 며칠을 누워서 보냈다. 나는 병이 없는 신열을 앓고 있었고 단 하나의 치유법은 수면이었다. 가끔 집주인이 불안한 듯 방문을 살며시 열었다 닫았다. 그녀가 죽음의 확인을 하러 오는 것 같은 생각이 들었고 그 기대에 부응하기라도 하려는 듯이 나는 그럴 때마다 꼼짝도 하지 않았다. 기대의 두근거림이 포기의 심정으로 변했을 때 나의 아픔은 극에 달했다. 그들과 일할 수 있는 기회가 어쩌면 영원히 오지 않을 수도 있다는 확신은 참을 수 없는 것이었다. 마치 나의 잘못으로, 나의 고발로 그들의 활동이 저지되기라도 한 것처럼 환각적인 죄의식에 시달리기도 했다.

나는 거리를 헤맸다. 어디에고 그들과 연락을 취할 수 있는 방법은 없었다. 그들과 보낸 서너 달이 남긴 흔적이라고는 하나도 없었다. 단 하나. 청계천의 헌책방이 있었다. 그러나 책방의 주인은 바뀌어 있었다. 어느 저녁 나는 인쇄소 쪽으로 가보기도 했다. 그러나

간판이 떨어진 인쇄소는 아주 오래전부터 폐쇄된 금지 구역처럼 보였다. 수소문해볼 사람도, 전화로 문의를 해볼 만한 대상도 없이 나는 지쳐서 방으로 돌아오곤 했다. 그러나 설령 수소문을 할 건덕지가 있었다고 해도 나의 어떤 행동이 그들에게 누를 끼칠 것이 두려워 아무것도 할 수 없었을 것이다. 이성적으로 다시는 그들을 만날 수가 없음을 알고 있음에도 나는 끈질기게 그들 중의 하나를 기다렸다.

나의 초라한 육신을 관리하기에도 지쳐 있는 상태에서 한밤중 나는 깨어 일어났다. 나는 둔화된 기억의 촉수를 다시 갈아세우고 절망에서 벗어날 수 있는 전파를 보내기 시작했다. 수신자 없는 고독한 전파였다. 나는 책상에 공책을 펴고 앉았다. 나의 모든 기억을 동원하여, 내가 적어도 두 번 이상 교정을 본 바 있는, 준비하던 책자에 수록된 원고들의 제목을 하나하나 공책에 쓰고, 생각나는 대로 각 원고의 내용을 거칠게 요점만이라도 정리해 내려가기 시작했다. 망각의 신비만큼 가끔 기억은 놀라운 힘을 발휘할 때가 있다. 가끔 한 문단 전체가 고스란히 기억에 되살아오는 것에 나 스스로 경악하기도 했다. 하룻밤에 나는 머리말까지 합쳐 모두 세 편의 논문을 그런대로 재구성할 수 있었다. 모두 열여덟 편의 논문이 있었고 그중의 두 편은 번역이었다. 그중의 한 편은 내가 부분적으로 참여하기도 한 것이어서 나는 보따리 속에 뭉텅이로 갇혀 있던 종이 뭉치에서 복사한 원문을 찾을 수 있었고 다음 날 하루 꼬박 걸려 그 논문의 번역도 끝을 맺었다. 되살아나는 기억이 사라질 것이 두려워 나는 감히 눈을 붙일 생각도 못 하고 미친 듯이 그 일에 매달렸다. 그것은 일종의 기도라면 기도였다. 기억이 살아 있는 한 그들을 향한 나의 송신기가 작동을 하고 있다는 미신적인 자기 암시였다.
 믿음 없는 기도에도 응답이 있었던 것일까. 저녁나절, 안으로 잠근 부엌의 판자문을 가볍게 흔드는 소리가 들렸다. 그리고 이어 집주인의 목소리.
 "학생, 나와봐. 사촌이 찾아왔어."
 나는 숨을 죽이고 가만히 앉아 있었다. 밖에서 웅얼거리는 집주인의 목소리가 계속 들려왔다. 나는 맨 먼저 상 위에 펼쳐진 공책을 덮었고 왜 그랬는지 보따리 속에 들어 있던 여권을 꺼내 상 위에 놓고 밖에 찾아온 사람이 문을 부수고 들어오기를 기다렸다. 가슴이 두근거리지조차 않았다. 단지 사촌이라는 말에 힘이 빠질 뿐이었다. 한눈에 잡히는 좁은 공간을 꼼꼼하게 뜯어보고 있는데 이번에는 또 다른 여자의 목소리가 들려왔다.
 "하원이, 안에 있니?"
 친한 친구나 친동생을 부르는 듯한 부드러운 목소리였다. 그러나 난생처음 들어본 목소리였다. 여자 사촌이라고는 없었던 만큼 나는 직감적으로 그 방문이 안과 관련된 것임을 알아차렸다. 그 목소리의 무엇 때문인지는 알 수 없어도 나는 당장에 내 몸에 남아 있는 희미한 힘의 자취조차도 스르르 어디론가 빠져나가는 것 같은 느낌을 받았다. 내 이름을 부르는 목소리의 주인공이 좋은 소식의 전령자이건 나쁜 소식의 전령자이건, 나는 주저할 여지가 없었다. 나는 방문을 열고 방문자를 안으로 맞고 주인집에는 고맙다는 인사를 과장되게 했다.
 "김희진이라고 해요. 안 선생이 주소를 주면서 도움을 청하라고 하더군요."

회색 눈사람 67

두 발을 옆으로 모으고 내 앞에 앉아 있는 여자는 피곤한 듯 등을 벽에 기댔다. 창백하기는 그녀나 나나 마찬가지였을 것이다. 조금 섬뜩한 아름다움을 지닌 얼굴이었다. 아주 먼 곳에서 와서 다시 먼 곳으로 떠나가버릴 것 같은 느낌을 자아내는 얼굴. 그렇지만 그녀의 지친 표정이나 행색은 그 모든 것을 교묘하게 가려버리고 있었다. 그녀의 눈은 열에 들떠 번들거리고 있었다. 한눈에 보아 앓고 있는 게 틀림없었다. 나는 우선 그녀의 등 뒤에 베개를 대 벽에 편안히 기대게 했다.

그녀와 나는 서로를 바라보면서 침묵하고 앉아 있을 뿐이었다. 들고 온 큼직한 가방의 손잡이에 놓인 그녀의 손은 마디가 굵었고 투박해 보였다. 자세한 설명을 듣지 않아도 그녀의 심신의 피폐 상태가 어느 지경에 이르러 있는지를 쉽게 알아차릴 수 있었다. 나는 아마도 오랜만에 이루어졌을 그녀의 휴식을 방해하지 않으려고 조심하면서 물었다.

"모두들 무사한 건가요?"

"더러는. 그렇지만 모임은 거의 해체 상태로, 준비 중인 일은 모두 압수당했고 모두들 연행되었거나 도피 중이지요."

"안 선생님은?"

김희진은 지극히 어두운 표정이 되어 눈을 감았다.

"모르겠어요. 모르겠어요."

김희진은 낮은 목소리로 그녀가 아는 여러 사람의 소식을 알려주었다. 모두가 나는 한 번도 만난 적이 없고 대개는 이름도 모르는 사람들이었다. 안은 그녀에게 나의 주소를 주면서 나에 대해 아무런 설명도 덧붙이지 않았던 것일까? 그러나 김희진에게 나의 주소를 주었다는 것으로 그사이에 내가 안에 대해 가지고 있던 모든 오해가 단숨에 지워지는 느낌이었다. 김희진은 오래 사귄 사람의 깊은 신임을 가지고 내게 모임이 처한 위험에 대해 말했다. 왜 그랬을까, 나는 그녀에게 사실을 말하지 않고 그녀가 믿고 있는 대로 오랫동안 모임에 가담한 것처럼 그녀의 말에 반응을 보였고 모르는 이름들, 기껏해야 가끔 들어봤을 이름들을 그녀가 언급했을 때, 오랜 지기나 되기라도 하는 것처럼 그들에 대한 우려를 표정에 담았다. 아니 나는 진정으로 그들을 우려했다는 것이 옳다.

약간의 여유가 생기자 나는 수줍게 말했다.

"나는 김희진이라는 이름을 들을 때마다 남자라는 생각을 했어요."

그녀는 갑자기 생각난 듯 말했다. 그러나 그 어조에는 어떤 불편함이 있었다.

"아 참, 안 선생이 하원 씨에게 전하는 편지가 있어요······"

그녀는 가방 속에서 주변이 낡아진 편지 한 통을 내밀었다. 편지는 봉해져 있었고 얄팍했다. 나는 그녀 앞에서 편지를 열지 않았다. 이유도 없이 나는 그것을 바지 주머니에 황급히 집어넣고 밖으로 뛰어나갔다. 그러나 밖에 나와서도 나는 편지를 뜯지 않았다. 어쩌면 너무 오랫동안 기다렸던 소식이기 때문에 시효가 지나가버린 것 같은 아득한 느낌이 먼저 자리를 잡았기 때문이었다.

나는 연탄불을 활짝 열고 밥을 안치고, 주인집에서 빌려온 곤로 위에 찌개를 끓였다. 이 노천에 가까운 부엌에서 음식 냄새가 나지 않은 지가 참으로 오래되었기에 가슴이 다소간 설레기도 했다. 서울 하늘 아래 방 한 칸을 잡고 생활을 한 이래 누군가가 나의 거처를 방문한 것이 처음 있는 일이었다. 나는 그것이 이모나 이모가 보낸 친척이 아닌 것에 자축을 보냈다. 나는 시멘트 부뚜막에 앉아 편지를 뜯었다.

    강 양!
    급히 몇 자 적습니다. 내 몸처럼 중요한 사람을 보내니 도움을 부탁하오. 우리 당분간은 만나기 힘들 것이오. 거두절미하고 어려운 부탁을 합니다. 강 양이 지니고 있는 여권을 빌렸으면 하오. 큰 도움이 될 것이오. 일의 성질이 그러하니만큼 거절한다고 해도 이의는 없소. 그러나 다시 한 번 말하건대, 만약 강 양이 동의한다면 얼마만큼의 도움이 될는지는 아무도 알 수가 없소. 그럴 경우 나머지는 김희진과 상의하기 바라오. 안.

    짧고 정확한 내용을 전달하는 사무적인 편지였다. 나는 안의 그런 편지를 오래 들여다보았다. 이것이 정말 안이 쓴 편지인가. 확실히 안의 글씨였다. 그는 내게 이런 일을 부탁할 권리가 있는가? 있었다. 왜? 그러나 왜인지에 대해서는 나도 대답을 할 수가 없었다. 안은 다른 식의 편지를 쓸 수도 있지 않았을까? 그러나 만약 다른 식의 편지를 썼더라면 나는 정말, 위로받을 수 없을 정도로 상처를 받았을는지도 모른다.
    음식이 담긴 쟁반을 들고 방으로 들어갔을 때 김희진은 반쯤 누워 있다가 몸을 일으키면서 쟁반을 받아들었다. 그녀의 팔이 경련을 하는 것이 보였다. 우리는 침묵한 채 식사를 끝냈다. 아주 오래전에, 이처럼 무겁게 내려앉은 늦은 밤, 침묵 속에서 앞에 앉아 있던 피로에 지친 얼굴을 조심스럽게 바라보면서 식사를 하던 때가 있었다. 상 반대편에는 일에서 돌아온 피로를 화장으로 숨긴 엄마가 있었고 상의 이쪽 편에는 기껏해야, 여덟, 아홉의 어린 내가 있었다. 그러나 김희진은 그때 상 저편에 앉아 있던 얼굴과는 성질이 다른 피로를 내보이고 있었고 그 얼굴에서는 발견되지 않던, 웬만한 피로로는 꺼지지 않게끔 질기게 가꾸어온 느낌을 주는 특수한 빛이 있었다. 김희진의 나이가 그때의 엄마의 나이쯤 되었을까? 아니었다. 김희진의 얼굴은 훨씬 젊어 보였다. 그녀의 얼굴에는 나이가 없었다.

그때나 그 후나 그녀의 모습을 떠올릴 때면 나는 늘 한 가지 강박관념에 사로잡힌다. 그녀의 얼굴, 그녀의 자태가 내게 야기시키는 그 어떤 것을 꼭 말로 그려내야만 한다는 생각이다. 그리고 그녀가 지닌 아름다움만큼 그려내기 어려운 것도 없다. 누구를 닮았다거나 어떻게 생겼다거나 하는 비유적인 설명으로는 불충분한 어떤 것을 그녀는 지니고 있었다. 그저 아름답다는 가장 단순한 형용사밖에는 떠오르지 않는. 아니면 그것은 고독하고 어린 나이의 한 철없는 여자아이의 환상이었을까. 확실히 그것은 아니었다. 나는 생각했다. 만약 안의 부탁 편지가 없었더라도 내 자신이 그녀에게 잠시 잠적할 것을 제안했을 거야. 그것이 김희진이건 장이건 박이건…… 틀림없이. 나를 부르는 사람이 누구인지도 모르면서, 밖에서 그녀의 목소리가 들려오자마자 저렇게 그 목소리를 위해 여권을 준비해놓고 있었잖아.

"무슨 생각을 하느라 내 얼굴을 그렇게 뚫어지듯 보지요?"

나는 상 한 귀퉁이로 몰려나 있던 여권을 집어 들면서 대답했다.

"앞으로 내가 할 일을 생각하고 있었어요."

김희진은 밥상 너머로 두 손을 내밀었다. 나는 말없이, 뜨겁게 열이 올라 있는 그녀의 손을 잡았다. 그녀의 손이 가볍게 힘을 주어왔다. 나는 손을 빼 이번에는 나의 손으로 그녀의 두 손을 감쌌다. 나는 끝내 그녀와 안과의 관계에 대해 묻지 않았다.

 나는 가끔 희망이라는 것은 마약과 같은 것이 아닌가 하는 생각을 할 때가 있다. 그것이 무엇이건 그 가능성을 조금 맛본 사람은 무조건적으로 그것에 애착하게 된다. 그렇기 때문에 희망이 꺾일 때는 중독된 사람이 약물 기운이 떨어졌을 때 겪는 나락의 강렬한 고통을 동반하는 것이리라. 그리고 그 고통을 알고 있기 때문에 희망에의 열망은 더 강화될 뿐이다. 김희진이 도착하던 날, 그녀의 피곤에 지쳐 눈 감긴 얼굴을 쳐다보면서 나는 이미 오래전부터, 나도 모르게, 그 성격을 규정하기 어려운 희망이란 것에 감염되었음을 알아차렸다. 그리고 그것이 결국은 어떤 형태로든 일생 동안 나를 지배하리라는 것도. 나는 막연한 희망에 대한 막무가내의 기대로 김희진을 돌보았다.

 도착하는 날부터 그녀는 앓기 시작했고 나는 저녁나절에는 그녀를 간호하고 낮에는 그녀를 대신해, 그녀가 알려준 대로 새로운 소식이나 도움을 줄 수 있는 사람을 찾아 서울의 구석구석을 헤매 다녔다. 그러나 대부분의 경우는 잘못된 연락처였거나 상황에 대한 극대화된 불안 때문에 오히려 내게 근신을 하고 적당한 때에 다시 들러줄 것을 부탁했다. 가끔 경제적 도움을 주는 경우도 있었다. 물론 그것도 자주 있는 일은 아니었다. 어떻든 뒤늦게 나는 많은 사람들을 만났고 그것은 내게 많은 힘이 되었다.

나는 여러 사람을 거치면서 겨우 정을 만날 수 있었다. 친구가 경영하는 다방에서 불안한 나날을 보내고 있던 정은 나를 보자 죽었던 사람의 유령이라도 만난 듯 반가움보다는 걱정 어린 놀라움을 나타냈다. 그의 표정에서 나는 이러한 상황에서 대부분의 사람들을 사로잡을 수 있는 나에 대한 불신의 역력한 흔적을 보았다.
　"아니 이게 누구요. 내 있는 곳은 어떻게 알았어요? 혼자 왔습니까?"
　그러나 정의 태도는 더 이상 내게 상처가 되지 않았다. 그를 놀라게 한 것은 김희진이 나의 집에서 앓고 있다는 소식이었던 것 같다. 정 또한 안이 지방으로 피해 가 있다는 것 외에 다른 친구들의 소식을 전혀 모르는 채로 고립되어 전전긍긍하고 있었다. 나는 그에게 안의 편지 내용과 김희진의 뜻을 전했고 여권을 맡겼다.
　여권 위조와 동회에서 근무한 적이 있는 것이 무슨 연관이 있는지 알 수는 없었지만 사흘 후에 정은 나의 사진이 들어 있는 자리에 김희진의 사진이 감쪽같이 대치된 여권을 내 앞에 내밀어보였다. 그러나 그것을 건네주기를 꺼리면서 다시 서랍 속에 집어넣었다. 다방 뒤켠의 한 방구석에서 취할 대로 취해 있던 정은 늦은 시간인데도 나를 자꾸 붙잡아 앉혀놓고 안에 대한 불평을 늘어놓았다. 내가 인쇄소에서 그들과 같이 일을 하기 전부터 안이 나의 여권에 관심을 가지고 있더라고 말하기도 했다. 모두가 다 계획된 일이었다는 것이다. 나도 그의 말에 동의했다. 애초부터 그것은 안과 나 사이에 비밀리에 계획되었던 일이었다고 했다. 그러나 정은 나의 말을 주의 깊게 듣기에는 너무 취해 있었다. 정은 또 안이 문제를 확대시키지 않기 위해서 김희진의 미국행을 서두르고 있다고 분개했다. 나는 그가 술에 취해 나가떨어지기를 기다렸다. 다행히 그는 통행금지가 되기 전에 코를 골았고 나는 서랍 속의 여권을 집어가지고 나왔다. 내 등 뒤에 대고 정은 크게 소리쳤다.

"미안합니다, 하원 씨."

나는 무엇에 대한 사과인가를 묻지 않았다. 그렇다고 그 사과를 받아들이지도 않고 뒤돌아서서 그 다방을 나왔다. 저 사람은 나를 영원히 모르는 채로 다시는 보지 못하겠지. 그러나 그런 독백도 내게 조금의 감흥을 주지 않았다.

김희진은 내 방에서 약 20일을 머물렀다. 그사이 그녀는 서서히 회복되어 어떤 때는 밤늦게까지 무엇인지 일에 열중하기도 했다. 시간 여유가 생길 때 나는 그 옆에서 논문들을 되살려내는 일을 계속했다.

어느 날 밤, 방 밖에서 달그락거리는 소리에 나는 잠이 깼다. 책상 위는 서류와 폐지로 산란스러웠고 방 안은 비어 있었다. 방문을 열자 행주를 들고 찬장이며 부뚜막을 열심히 닦고 있는 김희진의 모습이 보였다. 정말 동생 집을 방문해 집을 치워주면서 정을 표현하는 여느 사촌 언니처럼 김희진은 팔을 걷어붙이고 부엌을 바닥까지 말끔하게 닦아놓은 다음이었다. 나의 기척에 그녀는 몰래 하던 일을 들킨 사람처럼 나를 보고 소리를 죽여 웃었다. 그러나 그 웃음 속에는 불안기가 서려 있었다.

"걱정하지 마세요. 모든 일이 다 잘될 테니까."

그때쯤 그녀는 웬만큼 건강해져 있었다. 나는 그녀의 여행을 준비하며 그녀가 기거하는 내 방에 안이 한 번쯤 들러줄 것을 막연하게 기대했다. 그러나 그것은 당시 그가 처한 상황으로는 불가능한 것이었다. 김희진은 서서히 기운을 회복했고 결국 안을 보지 못한 채로, 그리고 시골에 있다는 가족에게 감히 연락을 취하지도 못한 채로 시간이 지나갔다. 내 방을, 서울을, 이 나라를 떠나는 날 그녀는 내게 예닐곱 장의 전달할 편지와 가방 가득히 무언가를 남겼다.

"하원 씨가 보관해주세요. 보잘것없는 글들인데, 때가 되면 빛을 보게 되겠지요. 곧 다시 만나요. 곧 다시 돌아올 것을 약속해요."

그녀는 위조된 여권과 내가 구입한 비행기 표를 들고 혼자 김포로 향했다. 만일을 대비해 나는 공항까지 전송을 하지도 못했다.

그녀가 떠난 직후, 이번에 나는 집안 식구 아닌 누군가가 나를 연행하러 올 것을 기다리면서 마음의 준비를 하고 집에서 보냈다. 그러나 내게는 아무 일도 일어나지 않았다. 내가 하던 논문의 재구성이 다 끝났고 김희진이 남기고 간 글들을 하나도 빠짐없이 다 읽을 때까지 내 누추한 거처의 문을 두드리는 사람은 없었다. 김희진은 무사하게 떠났음에 틀림없었다. 봄이 오는 기색이 완연했건만 내 마음의 계절은 여전히 끝도 없는 겨울이었다. 햇볕이 짧은 이 동네의 눈사람은 여전히 녹지 않고 비탈에 서 있는 것이 보였다. 그 일이 있은 후 딱 한 번 발신인도, 주소도 적히지 않은 엽서 한 장이 도착했을 뿐이었다.

"강 양, 고맙소."

그것이 내용의 전부였다. 그리고 얼마 지나지 않아 나는 안의 검거에 대한 제법 큰 기사를 읽었고 뒤늦게 나의 익명의 동료들의 활동에 대한 왜곡되고 과장된 해석의 기사를 읽었다.

나는 늘 그 시기에 대한 짧은 보고서 형식의 글을 쓰고 싶어 했다. "아, 그 길고도 긴 길의 우울한 초겨울 풍경이라니! 사방은 술병 바닥 두꺼운 유리의 짙은 색깔처럼 흐렸지만 나는 그때 처음으로 희망이라는 단어를 만났다……" 이렇게 시작되는 글을. 나는 여전히 우리의 사고가 활자화되는 것을 신성시하고 있는 모양이지만 내게는 그 시기를 분명하게 회상해 써낼 만한 글재주가 없다. 그러나 무엇보다도 나의 삶은 얘기될 만한 흔적이 없다. 안이 일할 때면 가끔 틀어놓던 그 높낮이도 없고 비슷비슷하게 연결되어 하오의 잠 같기도 한 음악의 소절 같은 나의 삶에 대체 그 누구가 관심을 가질 것인가. 당치도 않은 일이다.

김희진은 내게 연락을 취하려고 해도 취할 수가 없었을 것이다. 나 또한 아무에게도 알리지 않고 서울을 떠났기 때문이었다. 나는 대학을 아주 포기하고 이모에게로 내려가 이모의 농사를 오랫동안 도왔다. 그러면서 내가 맛본 희망의 색깔을 주변과 나누려고 여러 가지 일을 벌이기도 했다. 그 후의 나의 삶도 그다지 변하지 않았다.

그사이 안은 유명한 민중 예술가이자 운동가가 되어 여러 지면을 통해 그의 견해를 기탄없이 발표하고 있었고 내가 살고 있는 시골에서 멀지 않은 도시에도 수차 강연을 온 적이 있었다. 벌써 몇 년 전, 나는 한번 강연 즈음에 맞추어 그 도시에 간 적이 있었다. 주최자 측에 가방 하나를 안에게 전달해줄 것을 부탁하기 위해서였다. 마을의 젊은이들에게는 강연에 참석할 것을 극구 권했으면서도 나는 그 시간을 기다리지 않고 다시 시골로 돌아왔다. 그 가방 속에는 김희진이 남기고 간 글과 그럭저럭 재구성한 이후 한 번도 다시 읽어보지 않은 우리가 같이 일하던 논문들의 묶음이 들어 있었다. 후에 어떤 잡지에 그 글의 일부가 실린 것도 보았다.

이제 내 수중에는 그 시기가 실제로 존재했었다는 물증은 아무것도 없다. 아, 한 가지가 남아 있었다. 불안과 고립의 시간과 싸우기 위해 나 혼자 하던 이탈리아 사학가의 독일어본 역사책의 한글 번역의 미완성의 원고. 그러나 이제는 너무 오래 버려두어서 원고지의 색깔은 노랗게 변했거니와 그 책으로 말할 것 같으면, 아마 나보다 나은 전문 번역가에 의해 이미 출판되었을 터였다. 그렇지만 나는 그것을 확인해보지는 않았다.

나는 그 이후로 딱 한 번 한 남자를 사랑했다. 그렇지만 그는 나의 친구와 결혼해버렸고 내가 그의 입장이었다고 해도 나보다는 내 친구를 선택했을 것이다. 몇 년 전에 나는 무슨 일 때문인지 학교를 그만두고 필생의 저술을 집필하기 위해 내가 사는 시골로 낙향했다는 한 교수를 만났다. 그는 언어학자였는데 『우리 시대의 언어 사회학 강의』라는 제목의 저서를 준비하고 있다고 하면서 그를 대신해 자료도 찾고 원고도 정리해줄 사람을 찾고 있다기에 내가 자청해서 그의 집으로 찾아갔다. 이후 나는 그의 조수로 일하고 있으며 일주일에 한 번씩 그를 대신해 서울의 도서관으로 자료를 조사하기 위해 올라간다. 그렇지만 나는 그의 저서가 언젠가 빛을 볼는지에 대해서는 확신이 없다. 노교수의 방대한 사고는 매주 계획이 확대되기만 할 뿐이기 때문이다.

나는 시골로 내려가는 기차를 타기 위해 역 쪽으로 걸었다. 어쩌면 이 계절의 하늘은 이토록 무연히 맑을까. 그리고 그 시절의 아픔은 어쩌면 이리도 생생할까. 아픔은 늙을 줄을 모른다. 아픔을 치유해줄 무언가에 대한 기구가 그만큼 생생하고 질기기 때문일까. 이

번 겨울에는 동네 아이들을 모아 비어 있는 들판에 커다란 눈사람을 만들어볼까. 며칠 전에 지구를 뜬 그녀의 별에 전파가 닿게끔 머리에 긴 가지로 안테나도 꽂고…… 그러나 사람이 죽은 다음에 별이 되지 않는다는 것은 누구보다도 그 아이들이 더 잘 알고 있지 않은가. 아프게 사라진 모든 사람은 그를 알던 이들의 마음에 상처와도 같은 작은 빛을 남긴다.

〔1992년 여름〕

판도라의 가방

 여러분! 이렇게 많이 모여주셔서 감사합니다. 오늘은 우화 하나 얘기해드리겠습니다. 우화라고 읽으셔도 좋고 우화로 읽으셔도 좋습니다. 한자는 생략하겠으니 마음대로 뜻을 붙여 생각하세요. 그저 그럴듯해 보이라고 붙여본 것이니까요. 사실은 제 이야기를 하려는 것이지만 여러 번의 경험으로 미루어보아 아무도 믿지 않을 것이 분명하거든요. 애정결핍증에 걸린 한 과장증 환자의 상상 정도로만 웃고 말더라구요. 그렇다고 내가 하려는 이야기가 굉장한 이야기는 절대 아닙니다. 그저 평범한 가방에 관한 이야기지요. 적어도 겉모양은 평범한 이 작은 여행 가방이요.
 나로 말할 것 같으면 고아입니다. 이 땅에 부지기수로 널려 있는 고아 말이에요. 그렇지만 나는 고아라도 다른 고아와는 질과 격이 다르고 그것을 늘 부모님께 감사하고 있고요. 그것은 내가 얼굴도 본 적이 없는 부모지만 저 바다를 마주 보고 앉은 S시에 나를 버려주었다는 사실 때문입니다. 나는 그들이 나를 강보에 싸안고 전국 방방곡곡을 헤매며 무한히 고심했을 것임을 의심치 않아요. 그렇게 백날백일을 돌아다닌 후 마침내 S시의 그 고아원을 발견하고는 나를 문간에 버려두고 줄행랑을 쳤겠지요. 그들의 득의만만한 미소가 눈앞에 선합니다. 어차피 고아 생활일진대 여느 시정의 골목에 위치한 고아원 생활과 앞이 수천만 리 터져 있는 바다를 바라본 곳에 위치한 고아원의 생활이 격이 같은 수가 있겠어요? 선견지명이 있었던 부모는 바로 그 차원을 일찍이 보았던 거예요.

 S시의 SS라는 이름의 고아원은 바로 바다를 내려다보고 있는 언덕에 위치해 있었는데, 바다 쪽에 철망으로 된 벽이 쳐져 있었고 바로 그 앞에 평균대가 하나 놓여 있었지요. 눈을 감고 잠시만 상상을 해보십시오. 사람들은 고아로 자라면 굉장히 불행할 것 같은 편견을 가지고 있는데 꼭 그런 것만은 아닙니다. 한 예로 평균대만 해도 그래요. 하루 종일 평균대의 이쪽 끝에서 저쪽 끝까지, 저쪽 끝에서 이쪽 끝까지 땅에 떨어지지 않고 걷는 연습을 하는 것을 보면서 쯧쯧 다른 노리개가 없으니 저러는구나 하는 눈으로 쳐다보는 사람들이 있는데 전혀 그렇지가 않다 그겁니다. 밤을 새우고 그 위에서 놀아야 누가 뭐랄 사람이 있나요, 잘못한다고 꿀밤을 주는 사람이 있나요. 어떤 때는 원장님이 외출한 틈을 타서 먼 동네 아이들이 학용품 같은 것을 바치면서 제발 그 위에서 놀게 해달라고 구걸하는 사태도 종종 있었지요. 평균대를 바라보지도 않고 바다에 그윽한 시선을 던지고 그 위를 날듯이 미끄러지는 내가 멋져 보였던 게지요. 괜히 저렇게 말해도 저 허구한 날 그 짓이 얼마나 지루하고 외로웠을꼬 하고 말하겠지만 그건 천만 오해입니다. 모든 것이 내가 원하는 대로만 이루어졌다면 나는 지금도 그 위를 왔다 갔다 하는 데서

무구한 행복을 느끼며 살고 있을지도 모르지요.

내가 이해할 수 없었던 것은 그 평균대가 놓인 곳 부근에 철망으로 된 벽에 나 있는 개구멍이었어요. 머리가 커진 고아들이 도망가기 위해서 뚫어놓은 것으로 기우고 나면 곧 다시 구멍이 뚫어지곤 했는데, 나는 이해할 수가 없었던 겁니다. 원하기만 하면 정정당당히 정문으로 나가서 되돌아오지 않을 수 있는 방법이 많은 데다가 점점 더 심한 재정난으로 자립하겠다는 고아가 있으면 고아원의 모든 식구의 환영을 받으면서 집을 떠날 수가 있었을 것이기 때문이에요. 그들은 분명 스릴을 좋아하는 기질이었을 거예요. 혼자 바다를 만나기 위해 죽음의 위험을 무릅쓴다는 착각 말이지요.

그러죠, 평균대 얘기는 그만하죠. 그러니까 SS고아원은 무슨 수녀단이 여러모로 돕고 있었던 모양으로, 어떤 날은 스무남은 명의 수녀들이 한꺼번에 무더기로 와서는 왁자지껄 소란을 만들면서 고아원을 한 바퀴 돌고 가곤 했는데 그들 앞에서 나는 멋지게 저의 평균대 묘기를 자랑하곤 했죠. 그러면 수녀들은 와그르르 손뼉을 쳐대며 웃었어요. 나는 행복했습니다. 정말 행복했습니다. 내가 머리가 커질 즈음해서 그중의 어느 한 수녀가 저를 예쁘게 보았던 모양입니다. 그래서 나를 S시 외곽에 어떤 슈퍼의 배달꾼으로 취직시켜주었어요. 그때부터 나는 평균대를 떠나서 자전거에 올라타 씽씽거리면서 S시의 구석구석에 주문된 물품을 배달하는 배달꾼이 되었던 거예요.

다시 말씀드리지만 나는 행복했습니다. 사람들은 이렇게 말하면서 죄의식을 느끼는 경향이 있는데 나는 그렇지가 않았어요. 자전거 뒤에 짐을 싣고 바닷가를 따라서 가노라면 내 머릿속에는 난생

처음 본 그림들이 지나가는 거예요. 돼지나 새 같은 짐승들로 시작해 어디서 봤는지 기억에도 없는 무수한 사람들이 머릿속을 걸어다녔고 가끔가다가는 먹을 것이나 경치들도 있었어요. 그 그림들이 떠오르는 게 문제의 발단이 되었던 거지요. 때로 그림들은 아주 아늑한 분위기를 전달할 때도 있었는데 그럴 때면 길가에 자전거를 세우고 벌렁 눕는 일이 생겼고 이 일이 더욱 잦아졌습니다. 자꾸 수평 자세로 돌아가 머릿속의 그림들을 쫓아가고 싶은 고민을 아주 깨놓고 주인 아저씨한테 얘기했더니 요놈이 꾀가 생겼다고 하면서 나를 내쫓아버렸어요. 사실은 어떻게 하면 머릿속에 떠오르는 것들을 드러내어 보일 수 있는 길이 있는가를 물어보고 싶었는데 말이지요. 아마 오해가 있었던 것 같아요. 참 내가 그 얘기를 하지 않았군요.

S시에서 조금 떨어진 곳에 집이 몇 채 있었어요. 다른 지방에서 하릴없는 사람들이 시도 때도 없이 바다를 보러 올 때 머무르는 곳이었던 모양인데, 하루는 그중의 한 집에서 물건 배달을 부탁해서 갔던 일이 있어요. 거기서 한 여자를 만났습니다. 그 여자 집 바로 앞에서 자전거의 바퀴 바람이 빠지지 않았더라면 나는 그 길로 다시 가게로 돌아왔겠지요. 그런데 그만⋯⋯ 그때 나는 처음으로 여자와 잠을 잤어요. 성관계를 가졌다는 것이 아니라 그냥 잤다는 거예요. 물론 그 후에는 그렇게 됐지만요. 그 여자가 어떻게 생겼는지 내가 그때 몇 살이었는지는 내가 하려는 이야기와는 아무 상관이 없습니다. 사실은 하고 싶지 않은 얘기지만 내가 어떻게 가게에서 쫓겨나게 됐는지를 말하려니 하게 된 거지요. 내가 배달을 가서 돌아오지를 않으니까 주인 아저씨가 전화를 걸어서 내가 그 집에서

밤을 보낸 것을 알게 됐고 그게 자주 반복되고 하니까 후에 쫓겨난 동기가 된 겁니다. 그러니 슈퍼에서 쫓겨나서 당장 갈 데가 없는데 어떻게 합니까. 그 여자 집의 문을 두드렸지요. 정말 내키지는 않았지만 어쩔 수가 없었어요. 그 여자의 고약한 비밀을 하나 알고 있었거든요.

그 문제가 궁금하시다면 여러분께 그저 사방 천지에 널려 있는 포르노 필름 한 편 보시라고 권하는 편이 낫겠습니다. 그 흔한 얘기를 또 어떻게 반복한단 말입니까. 딱 한 가지 배운 교훈이 있다면 인간이란 참 질리지도 않고 늘 똑같은 일을 반복하는 데서 기쁨을 찾는 저능적인 존재라는 거지요. 아, 그건 전혀 다른 문제입니다. 평균대로 말할 것 같으면 그건 반복이라고 말할 수 없…… 알겠습니다. 여러분은 정말 저의 평균대 얘기를 싫어하시는군요! 그러면 왜 마음이 내키지 않았는지를 말하지요. 그 여자한테는 이상한 버릇이 있었는데 그때만 해도 나는 그게 일반적인 경향인지 그 여자만이 가지고 있는 건지 알 수가 없었기 때문에 공연히 미적미적 눌어붙어 시간만 지나갔죠. 그 버릇이라는 것이 뭔지는 내 귀를 보시면 아실 거예요. 그것은 그 여자가 절정에 가까이 가면 상대편의 귀를 물어뜯는 버릇이었습니다. 결국 막연히 예상한 대로 저는 끝내 한쪽 귀를 물어뜯기고 말았지요. 다른 귀까지 물어뜯길까 봐 야반도주를 했습니다. 그게 그 여자와의 사건의 끝이에요. 귀를 뜯길 때의 아픔은 사실 아무것도 아니었습니다. 나는 그만 어두운 구멍을 보고 말았어요. 쾌락이 강해지면 강해질수록 무섭게 변하는 육체의 이기주의라는 구멍이요. 그 구멍은 두 사람의 합일이고 어쩌고가 아니라 완전한 고독이었어요.

어떻건 가까이 와서 이 귀 좀 보세요. 뜯긴 자리가 흉하지요. 한 번은 주린 배를 움켜쥐고 바다낚시 하는 사람들 틈에 끼어 술잔을 얻어 마시고 있는데 그중의 한 사람이―그 얘기는 나중에 시간이 있으면 하지요. 재미있는 사람이었어요―귀 하나가 없으니까 내가 뭐 반 고흐인가 하는 네덜란드의 화가를 닮았다고 하더라구요. 나도 그림이라는 것하고 조금 인연을 맺어놔서 어떤 사람이냐고 물어봤죠. 그 사람은 미쳐 죽었다고 하더군요. 그러니 뭐 그 사람 닮았다는 게 칭찬이겠어요. 자, 잘 보셨죠. 그 여자가 어떤 사람인지는 이 날카로운 잇자국만으로도 충분히 알 수 있을 겁니다. 그 이후로 저는 여자만 보면 이빨부터 쳐다보는 못된 버릇이 붙었는데 쉽게 없어지지가 않는군요.

어떻게 보면 그때 그 집을 나와 떠돌기 시작하면서부터 내가 아무 벽에나 그림을 그려대기 시작한 것 같습니다. 태어나서 잡일만 한 사람이 그림을 그려보아야 얼마나 그렸겠어요. 그렇지만 세상에 벽이 모자라지는 않았습니다. 벽이 보이면 그림 생각이 났고 머릿속에 그림이 떠오르면 아무 벽 앞에나 붙어 서서 닥치는 대로 그려 댔습니다. 벽 주인들의 원성이 얼마나 컸던지 한동네에 오래 붙어 있을 수가 없었지요. 어떤 때는 동네 아이가 칠해놓은 낙서도 내가 그렸다고 뒤집어씌움을 당하는 경우도 있었습니다. 또 한 번은 공공질서를 혼란시킨다는 죄목으로 구치소에도 들어갔습니다. 물론 구치소의 벽도 그 사람들이 낙서라고 부르는 것으로 가득 찼지요. 그때 얼마나 호되게 당했는지 사실 얼마 동안은 벽에 그림 그리는 일을 자제했습니다. 정말 그림이 아주 선명하게 머릿속에 떠오르기 전에는 아무리 손이 간지러워도 섣불리 남의 벽으로 다가가는 일을 피했지요. 그러다가 나는 아주 기이한 일들을 경험하기 시작했습니다.

제게 남은 거라고는 헌 자전거 한 대하고 옷가지가 든 비닐봉지 하나뿐이었어요. 다시 SS고아원으로 돌아가고 싶은 마음도 있었지만 제 머리통은 이미 너무 커져 있었습니다. 한밤중에 바다 쪽의 언덕을 기어올라 겨우 철조망 저쪽 편에 비어 있는 평균대만 쳐다보다가 눈물을 흘리면서 돌아섰습니다. 알았습니다. 알았어요. 다음 얘기로 넘어가지요. 원하신다면 끝부터 말씀드릴 수도 있습니다. 토끼 얘기를 할까요, 세상을 등지고 산으로 들어간 사람 얘기를 할까요? 같은 얘기지만 초점을 어디다가 맞추는가에 따라 달라지거든요. 그러죠, 토끼 얘기를 하죠.

나는 T시에서도 한참 들어간 산골 마을에 들어가게 됐어요. 바위산만 병풍처럼 둘러쳐져 있는 산간 지방이었는데 참 숨막히게 아름다운 곳이었어요. 나보다 2년 먼저 고아원을 도망 나온 고아원 동기가 거기서 살고 있다는 소식을 어렴풋이 들은 나는 무작정 그를 찾아 나선 것이지요. 그런데 한참을 헤맨 후 첩첩산중에서 한 노인을 만났습니다. 그에게 도움을 청하려는데 그 친구의 이름이 생각나지 않는 것이었어요. 밤은 어두웠지요. 산골의 밤은 시정의 밤보다 몇 배는 더 어둡답니다. 그런데도 노인은 동정은커녕 제 모습을 보고는 줄행랑을 치는 거예요. 산속을 무작정 걷는데 저 멀리서 갑자기 하늘이 쩍 빛을 뿜으면서 갈라지고 그 마른번개 속에 난데없이 집 한 채가 건너편 등성이에 또렷하게 드러나는 것이었습니다. 그러고는 다시 칠흑 같았어요. 어렵사리 도착한 그 집 안으로 나는 무작정 들어갔죠. 의외로 큰 집이었어요. 물론 인기척이라고는 없었습니다. 문이 삐이걱 하며 저절로 열리더라구요. 어디서 많이 들은 얘기라고 했어요? 그다음에는 여우가 변신한 요녀가 나올 거라구요? 하하, 그럴는지도 모르지요. 그렇지만 제 얘기는 여우에 대한 것이 아니라 토끼 얘기예요. 참을성을 가지고 더 들어봐주십시오.

 사랑방에는 온기가 가득했고 방 한구석의 난로의 재 속에서는 군밤이 타고 있어서 그 불로 등잔에 불을 붙였지요. 요즘 세상에 전기도 없는 곳이니 얼마나 깊은 산간으로 들어갔는지 짐작하시겠지요. 그러고 앉아 있는데 그 친구의 별명이 토끼였다는 것이 생각났습니다. 군밤으로 허기를 가시고 나니까 토끼가 그리고 싶더라고요. 그래서 초배만 바른 벽에다가 토끼를 그리려는데 자꾸 손이 미끄러지더니 친구의 얼굴이 되는 거예요. 다 그리고 나서 약간 떨어져 바라보는 순간이었습니다. 아 글쎄 바로 그때 문이 열리더니 친구가 들어오지 않겠어요! 정말 기절을 할 뻔했어요. 그를 못 본 지가 오래되었던 만큼 뭔가 변화를 주려고 턱수염까지 그려 넣었는데 바로 그 모습대로 말입니다. 친구는 완전히 산사람이 되어서 산삼이나 한방 약초 같은 것을 캐다가 파는 것으로 연명하고 있었던 거예요.

 물론 여러분은 내가 그린 그림과 친구를 만난 것 사이에는 아무 연관이 없으며, 그것이 흔한 우연 중의 하나라고 말하겠지요. 나도 처음에는 그렇게 생각했으니까요. 그렇지만 그 일이 있은 후 비슷한 일이 자주 일어나는 걸 난들 어떻게 합니까. 언제였는지 어디서였는지는 정확히 기억이 나지 않지만 어떻건 낯선 어떤 도시의 누추한 방에 누워서 다음 날 일자리를 찾을 걱정을 하고 있었습니다. 내 사정을 더 잘 보여드리기 위해서 제가 누워 있던 방을 길게 묘사할 필요는 없겠지요? 나는 속수무책으로 마지막 한 개비 남은 담배를 피우고 있었어요. 다음 날에는 하루 한 끼를 어떻게 때워야 하는 지조차 알 수 없는 형편이었지요. 나 같은 사람에게는 저 끝까지 간 낙관주의 같은 것이 있어서 징징 짜거나 하지는 않았습니다만, 그 래도 방바닥 밑이 쩍 갈라져 저의 몸이 굴러떨어지기만을 기다리고 있는 것 같았어요. 나는 눈을 감고 평균대를 생각했습니다. 그 위에 서 날듯이 뛰어다니던 몸의 흔쾌한 가벼움을 생각한 거지요. 아니 왜 그렇게 평균대 얘기만 하면 신경을 곤두세우십니까, 참! 그러고 있는데 그 담배 연기 사이로 한 번도 본 적이 없는 삼십대의 한 남 자 얼굴이 흘끗 보이는 거예요. 나는 또 여인숙의 방 벽지 위에 그 남자의 얼굴을 놓치지 않으려고 맘껏 그림을 그렸죠. 이번에는, 산 중에 살던 친구가 그랬던 것처럼 그 남자가 문을 열고 들어오지 않 았습니다. 내가 그 남자를 찾아 하루 종일 도시를 돌아다녔지요. 그 림을 그릴 때 머리에 떠오른 대로 주로 자동차 정비 공장 주변에서 그를 찾았죠. 나는 하마터면 그 남자를 못 알아볼 뻔했어요. 내가 그를 보았을 때는 차 밑에서 정비를 하다가 막 빠져나온 뒤라서 얼 굴에 앙괭이를 그리고 있었거든요. 그렇지만 어떻게 자신이 그린 그림을 알아보지 못한단 말입니까. 나는 곧장 그 사람에게로 다가 가 장이도 씨! 만나서 반갑습니다, 하고 말했지요. 나는 내가 당신 그림을 그린 사람입니다, 하고 내 소개도 곁들였습니다. 그는 하던 일을 멈추고 대번에 세수를 하고 나를 따라나섰습니다. 이런 일을 경험하다 보면 사람의 종류는 참 여럿이라는 생각을 하게 됩니다. 장이도 씨처럼 단번에 일의 진상을 파악하는 사람이 있는가 하면 나를 미친 사람 취급하면서 내모는 사람도 있어요. 그런가 하면 여 러분처럼 피식 웃으면서, 그래 설을 풀어라, 맘껏 풀어봐! 심심하던 차에 아주 잘됐다! 하는 표정으로 호기심을 발동하는 사람도 있지요.

장이도 씨와 나는 장이도 씨가 근무하는 장성 빵구 빠떼리에서 그리 멀지 않은 기사식당에서 해물잡탕을 먹었습니다. 그리고 한잔을 꼭 내겠다고 해서 또 포장마차에 가서 오래간만에 거나하게 술까지 걸친 다음이었습니다. 장이도 씨가 내 손을 꼭 잡았습니다. 그러고는 내가 그린 자기의 그림을 좀 근사하게 고쳐달라는 거예요. 그러면서 몇 가지 주문 사항을 얘기하더군요. 그는 많은 것을 바라지도 않았죠. 그저 정비 공장을 떠나 멀리멀리 여행을 떠날 수 있는 여건만 되었으면 좋겠다는 것이었어요. 그의 갈구는 눈물이 되어서 철철 흘러넘치더라구요. 우리는 완전히 취한 채 헤어졌고 그의 호의로 노천에서 자지 않고 다시 여인숙 방으로 돌아올 수 있었습니다. 나는 그의 주문 사항을 머릿속에 새기면서, 무엇보다도 그의 눈물을 되살리면서 정신을 집중해서 벽에 그려진 그림을 뜯어고치기 시작했습니다. 그의 목에는 푸른 스카프가 매어져 있었고 그의 머리칼이 바닷바람에 마구 날리게 되었죠. 그는 커다란 배의 선원이 되어 있었던 것입니다. 나중에 내가 탄 아주 커다란 여객선 말입니다. 나는 장이도 씨를 다시 만나지 못했습니다. 그 도시에서 일자리 찾는 일을 포기하고 다른 지방으로 떠나기 전에 정비 공장에 가보니 그는 벌써 떠나고 없었습니다.

물론 이런 일이 자주 일어나는 것은 아니었어요. 글쎄 1년에 한두 번 정도가 고작이었습니다. 그리고 꼭 좋은 일만 일어나는 것은 아니었어요. 한번은 내가 그림을 그려준 사람이 불만을 품고 나를 구타하기도 했습니다. 어떤 사람은 몇 달이나 걸려서 나를 찾아내서는 아예 감금해버리고 이런 걸 그려라 저런 걸 그려라 명령을 하기도 했지요. 물론 그런다고 될 일이 아니었지요.

나는 가끔씩 역 앞에 앉아서 역 앞 광장을 지나치는 수많은 사람들을 멍하니 쳐다보는 습관이 생겼습니다. 그림이 만들어내는 이상한 일은 사람들이 말을 하지 않을 뿐이지 누구에게나 일어나는 사실임을 어렴풋이 알아차리기 시작한 거죠. 세상은 어떤 면에서는 그림 그리는 사람으로 가득 찼다는 생각이 든 거예요. 많은 사람들 중에 누가 어디서 나를 그리고 있을까도 궁금했습니다. 그림이 저지르는 일을 어렴풋이 알아차린 나는 마침내 결심했지요. 내 부모를 한번 그려보자. 나는 눈을 감고 한 번도 본 적이 없는 내 부모의 얼굴을 머리에 떠올리려고 밤새 내내 잠자리에서 뒤척였습니다. 그런데 그때 내가 누워 있는 방의 벽은 시멘트 벽이었는데 아무리 긁어봐야 내가 긋는 어느 선 하나 받아들이지를 않았어요. 끙끙거리면서 애를 쓰는 사이에 머릿속에 떠오른 그림이 그만 아물거리면서 끝내는 사라져버렸죠. 그래도 나는 실망하지 않고 여러 밤, 여러 낮을 생사를 걸다시피 거기에 매달렸지요. 그리고 드디어 한 개의 그림이 벽 위에 나타났습니다. 그런데 그게 뭐였는지 아시겠어요? 평균대였어요. 나는 그만 미친 사람처럼 밖으로 뛰어나가 마구 소리를 질렀습니다. 목이 쉬고 기진맥진해질 때까지요.

점잖은 신사분이 하나 입에 파이프 담배를 물고 지나가다가 멈추어 서서 턱을 괴고 나를 관찰했어요. 그러더니 자기 집으로 가서 바로 그렇게 분노로 고함을 지르는 자세로 한 시간만 꼼짝 않고 서 있어달라는 것이었어요. 한 시간에 섭섭지 않게 계산해서 돈을 주겠다는 것이었어요. 그 신사분의 집에 도착해서야 나는 그 사람이 직업적으로 그림을 그리는 사람이라는 것을 알았죠. 나는 머리를 빨리 회전시켰습니다. 이 사람으로 하여금 나의 멋있는 초상화를 그리게 하자. 그래서 나는 제발 그림 중의 하나만이라도 벽에다 그려달라고 부탁했지요. 늘 벽 그림의 경험만 가지고 있는 나는 다른 것은 신용할 수가 없었어요. 신사분은 벽에 장난으로 그릴 수는 있지만 벽을 떼다가 팔 수는 없으니 안 된다고 했습니다. 그렇지만 무엇보다도 그 신사분의 전문 영역은 고함을 치는 사람을 그리는 것이었어요. 그의 집은 갖가지 얼굴과 나이와 갖가지 포즈를 취한 고함을 지르는 사람들의 그림으로 가득 차 있었습니다. 그의 관심은 단 한 가지, 포효하듯 머리를 쥐어뜯으면서 고함을 지르던 불에 댄 사자 같은 나의 모습이었어요. 거기에 대해서는 조금의 협상의 여지가 없었습니다. 나는 나의 모습이 그렇게 고정돼버릴까 봐 겁이 나서 시간을 끌면서 아저씨는 많은 그림을 보셨을 텐데 내 얼굴을 닮은 그림은 못 봤느냐고 물었더니 그는 길거리에서 소리를 지르는 청년이 그림에 관심을 갖는 게 대견했던 모양입니다. 한참 동안 그의 서고를 뒤적거리더니 대여섯 개의 그림을 보여주었어요. 나는 그 그림을 그린 사람의 이름을 물었죠. 그중에는 벌써 한 번 들은 적이 있는 반 고흐라는 이름이 또 나오더라고요. 이미 죽었다고 들었으니 그 사람을 찾아가 다른 사람들이 나한테 했던 것처럼 그림을 고쳐 그려달라고 할 수가 없지 않겠어요. 나는 나머지 이름들을 받아 적고 주소를 아느냐고 물었지요. 불행히도 신사분은 한 사람을 빼고는 그 사람들도 이미 모두 고인이 되었다고 하더군요. 신사분의 말에 의하면 그 사람은 H라는 섬나라에서 활동 중인 것 외에는 아는 게 없다는 것이에요. 신사분은 벌써 캔버스를 내놓고 열심히 손을 놀리기 시작했습니다. 나는 태어나서 처음으로 남의 얼굴 한중간에 한방을 먹였습니다. 신사분이 쓰러진 틈을 이용해 나는 그가 벌써 그리기 시작한 그림을 발기발기 찢고 그 집을 빠져나왔습니다. 길거리 한복판에서 고함을 치는 남자로 남는 것을 누군들 참을 수가 있었겠어요. 신사분에게는 미안했지만 어쩔 수가 없었던 겁니다. 그렇지만 그 후에 나도 모르게 사거리로 뛰어나가 소리를 지르고 싶은 욕망이 자주 일어나는 것을 보니 그 신사분은 분명 그 일을 당한 뒤에도 고집스럽게 나를 인물로 삼아 그림을 그렸던 모양입니다.

 이렇게 되니 H국으로 가 나를 그린 화가를 만나봐야겠다는 생각은 점점 조급하게 나를 사로잡았습니다. 나는 H국으로 가기 위해 돈을 벌어야 했습니다. 그리고 초청장도 있어야 했지요. 비행기는커녕 뱃삯만도 나의 상상을 초월하는 정도의 금액이었으니까요. 나는 무작정 H국으로 떠나는 배가 정박하는 항구도시 P시로 왔죠. 그리고 그곳 어시장에서 청소부로 근무하고 있었습니다. 조금이라도 그 배에 가까이 가기 위해서였죠. 나는 물론 저녁 늦게 어시장이 끝난 후에야 청소를 하는 행운을 가졌지만 가끔 낮에도 수시로 불려 뒤처리를 해야 하는 때가 많았습니다. 거기다 월급까지 적으니 인부들이 자꾸 줄어들어 여름에는 평소의 반의 인원으로 그 넓은 바닥을 청소해야만 했었죠. 한여름, 어시장의 생선 썩는 냄새! 그 속에는 하루하루 H섬으로의 여행이 연장되는 것을 뻔히 보면서 썩어가는 내가 있었습니다. 그즈음 나의 정신은 너무나 피폐해 있어서 그림을 그리지 않은 지가 오래되었고, 더 정확하게는 내가 그린 그림들에 대해서 너무나 후회를 하고 있어서 가능하기만 했다면 일일이 찾아다니면서 그 벽화들을 모두 없애버리고 싶을 지경이었어요. 내가 그린 그림과 비슷한 사람이 어시장 어귀에서 어른거리기만 해도 나는 줄행랑을 쳤습니다. 시간이 갈수록 나는 H국으로의 여행을 거의 포기해야 할 것 같은 절망적인 마음이 들기까지 했습니다. 돈이 모이지 않았던 겁니다. 길거리 한복판으로 뛰어나가 고함을 지르는 일이 점점 더 빈번히 일어났습니다. 두 손을 마주잡고 하늘을 향해 절망적인 모습으로 말입니다. 나는 나의 그런 모습에서 감동을 받았다는 신사분을 얼마나 원망했는지요. 그를 그저 당장에 끝장내지 않고 그 집을 나온 것을 후회하기까지 했습니다. 나를 찾아와 구타한 그림 속의 인물들이 이해가 가고도 남았습니다. 그럴수록 나의 H국으로의 여행은 급박한 것이 되었고 그럴수록 나의 포효는 길어만 갔습니다.

내가 묵고 있는 합숙소를 가려면 넓은 공터를 지나쳐야 했습니다. 그 공터에는 며칠 전부터 어둠 속에서 한 노인이 의자를 내다 놓고 앉아 수염을 쓰다듬고 있었습니다. 처음에는 꼭 내가 지날 때 노인이 앉아 있는 것이 이상했습니다. 더위를 피해 나와 있다고 생각했지만 주변에는 집이 없는 공장 지대였습니다. 그런데 합숙소에 있는 다른 사람들한테 물어보니 그 노인은 늘 거기 그렇게 앉아 있다는 얘기였어요. 시장에서 좀 늦게 돌아올 때면 어둠 속에서 고개를 숙이고 부동의 자세로 앉아 있는 노인이 그만 동상으로 변해버릴 것 같았어요. 어쩌면 동상인지도 모르는 일이었지요. 나는 그에게로 가까이 가보았습니다. 자세히 보니 그는 수염을 쓰다듬고 있는 것이 아니라 다리를 꼬고 한 손으로 턱을 괴고 고개를 숙이고 있는 것이 깊은 생각에 빠진 사람 같았습니다. 그때 머릿속에 얼핏 한 생각이 스쳤습니다. 나는 용기를 내어 그에게로 다가갔지요. 의외로 그는 그다지 나이가 든 편이 아니었고 건장한 신체와 풍성한 머리숱을 가지고 있었고 야성적인 멋까지 있었습니다. 누군들 놀라지 않았겠어요? 나는 단번에 그 사람의 본질을 파악했습니다. 누군가가 당신의 그림을 그렸던 게로군요 하고 나는 조심스럽게 물었습니다. 그는 그제야 고개를 설레설레 흔들었습니다. 그의 표현을 빌리자면 그를 골탕 먹인 것은 그 따위 그림 한 장이 아니라는 것입니다. 나는 자존심이 무척 상했지만 그의 사정을 계속 들었죠. 누군가가 한 단편 속에서 그를 공터의 의자에 앉아서 생각하는 등장인물로 써버렸다는 것이었어요. 그는 작가라는 사람들은 그림 그리는 사람보다 훨씬 더 교묘하고 구체적인 방법으로 등장인물들을 꼭두각시로 만든다고 말하면서 그들의 무책임에 대해서 한참을 흥분했습니다. 나는 그러면 허구한 날 여기 앉아 무엇을 하느냐고 물었죠. 그는 그를 이런 등장인물로 만든 작가가 파국에 말려드는 줄거리의 소설을 구상 중이라고 하면서 얼굴에 강렬한 분노의 빛을 드러냈습니다. 바로 동일한 이유로 H국으로의 여행을 준비하고 있는 나 자신의 정신을 바짝 들게 하는 그런 무서운 얼굴이었습니다. 나는 현기증에 견딜 수가 없었습니다. 모든 만드는 사람과 만들어진 사람과의 사이에는 어쩔 수 없이 불화가 생기게 마련 아닙니까? 나 자신도 그 불화의 원인이 되기도 하고 희생이 된 여러 경험을 가지고 있는 만큼 나는 그의 태도가 단순하게 보이지 않았던 것입니다. 그 불화가 점점 더 커다란 사다리를 만드는 것은 생각만 해도 끔찍한 일이었습니다.

밤새 내내 잠을 설친 나는 한밤중에도 몇 번씩이나 밖으로 뛰어

나가 하늘에 대고 고함을 치고 싶은 것을 참았습니다. 참 어렵고 긴 밤이었지요. 그리고 날이 밝기가 무섭게 공터에 있는 생각하는 사람에게로 갔습니다. 그도 마침 의자에 나와 앉아 길게 기지개를 켜던 참이었습니다. 그는 기분이 매우 좋아 보였지요. 그는 그의 소설의 구상을 끝냈다고 하면서 관심을 가져주는 나에게 흥분된 목소리로 그 구상의 한 자락을 말하려 했습니다. 나는 그의 말을 저지했지요. 그건 들으나 마나 뻔한 이야기일 것이기 때문이었지요. 나는 그에게 나의 계획을 말했습니다. 우리가 이렇게 공터에 앉아 있는 신세지만 길거리 한복판에서 분노로 몸을 비틀면서 고함을 치는 사람으로 남아 있을 것이 아니라 거기서 벗어나보자고 제안했지요. 나는 H국에 산다는 그림 그리는 사람에 대해 그리고 나의 여행 계획에 대해 얘기했습니다. 그 사람을 설득해 우리의 초상화를 새롭게 그려달라고 부탁하자는 거였습니다. 배를 타고 가는 동안 어떤 그림을 부탁할 것인가를 곰곰이 생각할 시간이 있을 것이라고 했습니다. 그렇지만 내가 벽화의 효험만을 믿듯이 그는 소설만을 신임했습니다. 그를 설득하지 못하는 것도 그랬지만 현실적인 문제도 여전히 해결하지 못한 상태여서 나의 표정이 어두워졌어요. 나의 얘기를 다 듣고 난 노인은 나를 동정의 눈길로 그윽하게 바라보더니 H국에 갈 수만 있다면 위험도 불사하겠느냐고 물었습니다. 나는 물론 그렇다고 대답했지요. 생각하는 노인은 나에게 T동에 있는 모 씨―이름을 밝힐 수 없어 죄송합니다―를 만나보라고만 하고는 다시 생각하는 자세로 돌아갔지요. 그는 모 씨라는 사람의 전력에 대해 아무 말도 덧붙이지 않았습니다. 나는 다시 한 번 H국으로 같이 가보자고 노인을 설득해보았지만 소용이 없었습니다. 그는 공터에서 생각하는 사람으로 남아서 그가 끝낸 구상을 실천에 옮기겠다는 굳은 결심을 바꿀 것 같지 않았습니다.

여러분 혹시 P시의 T동에 대해 들어보신 적이 있으십니까? 아마 없으실 겁니다. 왜냐하면 P시의 지도상에는 없는 이름이니까요. 벌써 오래전 도시의 구획이 재정비된 때 주변 구역에 나뉘어져 편입되었는데 그 어느 곳에도 편입되지 않고 누락된 작은 구역을 사람들이 그저 옛이름을 따서 T동이라 부르는 것을 그 도시 출생이 아닌 내가 어떻게 알았겠습니까. 나는 어시장에서 같이 일하는 P시 출신의 청소부에게 물었습니다. 그는 마땅치 않은 안색으로 마지못해 대강의 장소를 알려준 후 꼭 필요한 일이 아니면 그곳에는 발을 들여놓는 것이 바람직하지 않다고 말했습니다. 지금은 도시 재개발 계획에 걸려 다 철거되고 말았지만 그때만 해도 T동은 정말 이상한 곳이었습니다. 작은 골목을 따라 나지막한 판잣집들이 줄지어 나 있었고 그 골목은 달팽이의 껍질 모양을 한 미로를 만들어내고 있었지요. 동네는 소리도 냄새도 나지 않았고 아무도 살지 않는 빈 동네 같았지요. 때마침 떨어진 여름 소나기 속에서 마을은 죽어 있는 것 같았단 말입니다. 그래도 나는 골목을 따라갔습니다. 마침내 골목은 끝이 나고 놀이터 비슷한 모래밭이 펼쳐져 있었는데…… 거기서 내가 무엇을 보았는지 아십니까? 어떻건 내 눈에 제일 먼저 드러난 것은 빗속에 흠뻑 젖어 있는 모서리가 썩기 시작한 평균대였습니다. 그리고 내게서 등을 돌리고 그 위에 앉아 있는 한 사람의 뒷모습이 이어서 눈에 들어왔습니다. 그 사람은 누군가가 다가오는 기척을 들었을 것임에도 뒤를 돌아보지 않았습니다. 내가 좀더 다가갔을 때 그 사람은 내가 찾고 있는 모 씨라고 하면서 자기의 얼굴을 모르는 편이 나을 테니 질문을 던지지도 말고 그저 등 뒤에 서서 하는 말만을 듣고 그대로 실행하라고만 말했습니다. 나중에 찾아와 딴소리하는 사람은 딱 질색이라고 덧붙였습니다. 나는 그 사람의 말을 갑작스레 다가오는 오한에 떨면서 들었습니다. 그리고 그 사람이 말을 끝내고 평균대에서 일어서 모래밭을 떠나는 것을 멍하니 바라보았습니다. 그 사람이 떠나고 난 다음에야 나는 그 사람이 남자였는지 여자였는지 나이가 어느 정도였는지 조금도 가늠할 수 없었던 사실을 깨달았습니다. 그 사람이 떠난 후에 나는 빈 평균대가 더욱 검게 드러나는 것을 보았습니다. 그렇지만 나는 그 위에 올라가지 않았습니다. 그 위에 올라가서 옛날에 익힌 수많은 묘기를 부려보지도 않았습니다. 낡은 나무는 나의 무게를 견뎌내지 못하고 내가 그 위에 몸을 싣자마자 무너져내릴 것만 같았기 때문입니다. 나는 그 사람이 한 말을 되뇌면서 골목을 다시 빠져나왔습니다.

　나는 드디어 평균대 위에 앉은 사람의 지시에 따라 P시의 역에 위치한 지정된 보관함으로 다가갔습니다. 보관함의 문이 찰각 소리를 내며 열리는 순간 나의 심장이 어찌나 뛰는지, 나는 중요한 순간에 호흡장애를 일으켜 쓰러질까 봐 걱정이 되었습니다. 나는 숨을 들이쉬고 문을 열었습니다. 그 속에는 평균대의 사람이 말한 대로 딱딱한 가죽으로 뒤덮여 있는 튼튼하게 생긴 007가방이 하나 들어 있었습니다. 나는 가방을 집어 들고 주위를 살펴볼 여유도 없이 황망히 가까이 있는 여관 안으로 숨어 들어갔습니다. 평균대 위의 사람은 이렇게 말했었지요. 이 가방을 들고 H국으로 가는 배를 타십시오. 당신의 여권과 왕복 배표는 가방 속에 준비되어 있습니다. H국의 항구에 도착하면 부둣가에 나와 있는 한 여인에게 가방을 전달하십시오. 그 여인은 흰 모자를 쓰고 손에는 새장을 하나 들고 있을 것입니다. 그 여인에게 당신이 새장을 든 여인입니까 하고 물으십시오. 그러면 여인은 미소를 지으면서 아, 나의 크낙새! 라고 말할 것입니다. 그 여인에게 가방을 주십시오. 가방 속의 배치를 마구 바꾸거나 호기심으로 가방의 속을 뜯어본다거나 하는 실수를 삼가십시오. 가방 속에는 당신의 여행에 필요한 모든 것이 있을 테니 그 이외의 것에 손을 대지 마십시오. 그 속에는 내가 지금까지 한 번도 손에 쥐어보지 못한 놀라운 금액의 여행 경비도 들어 있었습니다. 그 이외에 가방 속에는 아무것도 들어 있지 않았습니다. 가방을 뒤집어 조심조심 흔들어보아야 그 안에서는 아무것도 떨어지지 않았지요. 나는 나의 이런 경솔한 행동이 여행을 망칠까 봐 곧 호기심의 동작을 멈추었습니다. 내 눈앞에 있는 007가방은 아무리 뜯어보아야 나 같은 사람에게는 과분한 H국으로의 왕복표와 여행 경비 외에 값진 것을 감추고 있는 것 같지 않았습니다. 그런데 왜 그렇게 가슴이 마구 아파오던지요. 그토록 기다리던 H국으로의 여행인데 말입니다.

다음 날 당장 나는 배에 올라탔습니다. 그 커다란 배에는 나까지 합쳐 기껏해야 스무남은 명의 선객이 있을 뿐이었습니다. 나는 넓은 빈 선실에 자리를 잡고 갑판 위로 올라가 바람을 쐬었습니다. 물론 가방을 귀중하게 손에 든 채로였지요. 선객들은 모두 짝을 지어 난간에 기대서서 멀어져가는 P항구를 배경으로 찰칵찰칵 사진을 찍었습니다. 나는 그것도 신경이 쓰였습니다. 내가 들고 있는 가방에 무엇이 들어 있는지 알 수 없는 이상 어떤 나도 모르는 위험한 일에 연루되어 있을 가능성을 배제할 수 없었기 때문이었지요. 나는 되도록 남의 사진 속에 들러리가 됨으로써 증거를 남기지 않기 위해 그들을 피했습니다. 그리고 보아서 그런지 사람들이 모두 가방을 노리는 것만 같아 갑판 위는커녕 화장실이나 목욕탕에도 마음을 놓고 갈 수가 없었습니다. 게다가 어쩌면 내가 탄 배의 선원이 되어 있을지도 모르는 장이도 씨를 만날 것도 두려웠습니다. 시간이 흐른 지금 그가 불만을 키우면서 나를 만날 날만을 기다리고 있는지 누가 알겠습니까. 사람들의 욕구만큼 변화무쌍하게 변하는 것이 또 있습니까. 나는 결국 사람들을 피해 급히 선실로 내려와 아예 문을 안으로 잠갔습니다.

배는 벌써 사위가 검은 망망대해 위를 미끄러지고 있었고, 선실의 유리창을 통해 가끔 멀리서 불 밝힌 배가 지나가는 것이 보였습니다. 실내등도 다 꺼진 것을 보니 한밤중인 모양이었습니다. 선실 입구에 비상등이 희미하게 빈 공간의 표면을 드러내고 있었습니다. 나는 나도 모르게 가방을 더듬거렸습니다. 나는 하루바삐 가방을 임자에게 건네주고 홀가분한 마음으로 H섬에서 활동을 한다는 화가를 만나고 싶은 마음뿐이었지요. 그런데 그렇게 생각하면 생각할수록 가방 위에 얹힌 내 손이 쥐가 오르는 것처럼 저려왔습니다. 그것이 온몸으로 퍼지면서 일종의 경련이 되었지요. 피로로 반쯤 눈이 감긴 상태에서 나의 손이 선실의 칸막이 벽 위로 옮겨가서는 귀중한 얼굴을 애무하듯 움직이기 시작했죠. 그런데 이상하게 머릿속에는 아무런 얼굴도 떠오르지 않은 공백 상태였습니다. 어쩌면 나는 깊은 잠이 들었던 것인지도 모르지요. 아니면 오래간만에, 실로 오래간만에 나는 그림을 그리고 있었던 것인지도 모릅니다.

여러분 중에 나와 비슷한 경험을 하신 분은 벌써 내 얘기의 끝을 짐작하고 계셨겠지요. 내가 바로 내가 그린 그림 속의 여인과 사랑에 빠진 사람입니다. 나는 그 거대한 여객선 선실의 벽을 잊지 못합니다. 그 여명 속에서 밤새 내가 그린 그림 속의 여인이 드러나던 순간의 전율을 한시도 잊지 못할 것입니다. 그 여인이 바로 새장을 든 여인이었어요. 나를 향해 신비의 미소를 짓고 있는 가방의 임자이기도 하구요. 나는 사람들이 깨기 전에 선실 칸막이 벽에서 그림이 그려진 부분을 잘라냈습니다. 그제야 내가 아무렇게나 잘라낸 그림이 얼마나 정확하게 내가 맡고 있는 007가방에 들어가는지를 알고 놀랐지요. 단언하건대 나는 가방의 크기를 염두에 두고 그림을 오려내지도 않았으며 가방 안의 우단의 천이 만들어내는 곡선이 그림의 모서리와 부합한다는 것을 그제야 알아차렸을 뿐입니다. 늘 그랬듯이, 내가 그린 그 그림이 결국 나의 여행 행로를 바꾸어놓고 말았습니다. 다른 모든 그림이 그랬던 것처럼 말이죠. 나는 오랫동안 가방 속에 들어간 그림을 바라보았습니다. 그러곤 가방을 닫고 열쇠로 잠갔습니다. 그리고 서서히 항구로 다가가는 배의 갑판 위로 올라가 그 열쇠를 멀리멀리 던졌습니다.

물론 H국의 항구의 부두에는 평균대에 앉은 사람이 말해준 모습을 한 어떤 여인도 나를 기다리고 있지 않았습니다. 그리고 어느 누구도 나의 가방의 임자라고 나서지도 않았습니다. 게다가 나는 더 이상 H국에서 활동하고 있다는 나와 비슷한 초상화를 그린 화가를 만날 필요가 없었습니다. 새장을 든 여인, 내가 가방 속에 간직하고 있는 그림 속의 여인을 찾는 일이 나에게는 세계의 어떤 일보다도 다급하고 절대적인 일이 되었으니까요. 그다음은 여러분이 잘 알고 있는 얘기입니다. 왜 내가 전국 방방곡곡을 가방을 들고 돌아다니면서 우화를 빙자로 사람을 모으며, 나의 눈이 왜 여기 모이신 여러

분들 하나하나를 그토록 가슴 아픈 갈구로 훑고 있는가를요. 내게 불만을 품고 있는 그림 속의 인물들이 언제 어디서 나타나 나를 궁지에 몰아넣을지 모르는 위험한 상황에서 말입니다. 그들은 물론 이 가방을 뺏으려 할 것입니다. 이 속에 보물이나 든 줄 알고 가방을 열려고 할 것입니다. 그렇지만 나는 그 여인을 찾기 전에는 이 가방을 열 수가 없습니다. 나는 오늘도 쉼 없이 새장을 든 여인을 찾고 있습니다.

어디서 많이 들어본 얘기라고요? 네, 그러셨을 겁니다. 벌써 수년째 이렇게 돌아다니고 있으니 소문을 한두 번쯤 들으셨겠지요. 게다가 뭐 판도라인가 하는 이름을 가진 여자도 나처럼 007가방을 들고 돌아다니면서 자기 얘기가 오리지널이라고 하는 모양이니 아무쪼록 조심하시기 바랍니다.

〔1991년 가을〕

갈증의 시학

 네가 내게, 너의 쌍둥이 형제에게 전화하지 않은 지 두 달이 되었다. 네가 아파트의 뒤뜰에서 30분간의 조기 줄넘기를 하지 않은 지 한 달이 되었다. 네가 모든 적금을 중지한 지도 한 달이 되었다. 네가 그 일을 결정한 지는 6개월이 되었다. 네가 그 일을 위해 최신 모델의 새 차를 구입한 지는 10일이 되었다. 비닐로 좌석이 덮여 있는 차의 내부에서는 공장에서 막 생산된 모든 물품에서 나는 냄새, 복부를 저리게 하는 흰 행복의 냄새가 난다.
 네가 너의 협소한 이상에 맞는, 더 바랄 것 없는 직위에서 일하게 된 지는 5년이 되었다. 비서실장. 네가 소유하고 싶은 물건의 모두를 소유한 지는 3년이 되었다. 점진적으로 너의 아파트는 죽은 물건들의 침묵의 신전이 되었다. 네가 6개월 전에 결정한 그 일은 오늘 밤에 이루어질 것이다. 네가 아파트 곳곳에 자동 장치를 설치한 지는 2년이 되었다. 구체적으로, 호흡하고 있지만 심장이 멎은 지는 아주 오래되었다.

네게 약간씩의 고리빚을 지고 있는 모든 사람에게 이자와 원금의 청산을 요구한 지는 3주가 되었고 약 5일간에 걸쳐 전액이 회수되었다. 3일 전 너는 6개월 전부터 기다리고 있었던 결정적인 전갈을 받았다. 네가 10여 년이나 근무한 직장에서 사임을 발표한 지는 한 달이 되었고 너는 오늘 아침 퇴직금과 환송 갹출금을 받았다. 그 속에는 67번의 잠자리 대가로 현재의 위치까지 너를 올려놓은 사장의 특별 보너스도 포함되어 있다. 너는 너에게는 엄청난 금액의 수표들을 챙겨 들고 약속 장소로 떠난다.

어젯밤 너는 한 남자에게서 확인 전화를 받았다. 너는 몇 번이나 틀림없는가를 확인했고 상대편의 확언에 안심했다. 그러니까 너의 온몸이 괴기한 야광이 발하기 시작한 지는 사흘이 되었고 이후 너는 그 무엇에 홀려 몸에 앞서 이 세상을 떠난 듯도 하다.

어제 저녁만 해도 너는 환송회 겸 사업상 가까웠던 몇 사람을 초대하는 자리에서 실수를 할 뻔했다. 다행히 너는 빨리 제정신으로 돌아와, 술 대접으로 너의 방심 상태를 무마하면서, 예를 들면 다음과 같이 말했다.

귀중한 손님이 선물로 준 술이에요. 오늘 저녁 특별히 마개를 땄으니 조금씩이라도 맛보셔야 해요. 술 이름? 다크-오렌지-다이아몬드 크림. 술 이름이 복잡하다고 꼭 맛이 있는 것은 아니지만 이 술은…… 맛보면 알겠지만, 오르가슴 이상이에요.

사람들이 와아 웃었다. 분위기에 따라 적당히 외설스러울 수도 있고, 적당히 고상함도 꾸밀 줄 아는 비서실장의 노련하고도 능란한 기교와 무엇보다도 몇 년 사이에 이루어진 너의 눈부신 변신에 혀를 내두르면서. 그러나 민감한 사람이면 이런 모든 분위기가 너에게 그다지 자연스럽게 육화된 것이 아님을 곧 알아차릴 것이다. 그것이 오랜 각고와 훈련 끝에 이루어진 복잡한 법칙들의 배합이라는 것을.

너는 익명의 다수의 무수한 발길이 다져놓은 공고한 법칙들을 철저히 배웠고 그 안에서 평화로웠다. 그들 속에 무리 없이 용해되기 위해 너는 그들 욕구의 공통분모를 은밀한 정열로 모방하기 시작했고, 모방의 모체는 진정으로 너를 감염해, 너는 자신을 잊었다. 너 자신과 욕구의 대상을 혼동했다. 네가 물질을 욕구할 때 물질이 되고자 했다. 그렇게 너는 오랜 노력 끝에 물질이 되었고 물질만이 누릴 수 있는 백색의 희열 지대로 기꺼이 들어갔다.

그렇다. 너와 비슷한 시기에 이 땅에서 태어나지 않은 사람은 너의 거세된 행복의 본질을 알 수가 없다. 혀 밑의 침샘까지 마르게 하는 물질의 행복, 그 행복의 광신적 추구를 결코 이해할 수 없다. 농작물을 덮치는 역병처럼 그것은 인생의 우기에 잡념처럼 스며들어서는 잡음처럼 무성하게, 잡초처럼 끈질기게 한 세대의 몸속에 퍼진다. 그 일은 밤의 가장 어두운 시간, 절망이라는 이름을 붙이기에는 지나치게 농축된 가장 검은 수면의 격앙된 한순간에 빛보다 빠른 속도로 이루어져, 너 자신은 삶의 나침반의 비정상적인 회전을 인식하지 못했을지도 모른다. 칙칙한 밑바닥만을 내보이면서 눈 깜짝할 사이에 썰물이 일듯이 어느 때부터인가 너의 몸의 피가 한 방울 남김없이 몰려나가서는 다시는 밀려오지 않았다.

너는 늘 익명의 인파 속에 익사하는 것을 좋아해왔다. 늘 너의 고유한 이름을 불편해했고 너의 욕구가 조금이라도 익명의 인파가 좇는 욕구와 마찰을 일으키는 것을 두려워하기 시작했다. 유년에 겁

없이 피어나는 비상과 모험과 변화에의 꿈을 너도 간직한 시절이 있었다. 아이를 꼬드겨 뒷산으로 데려가 부드러운 살을 먹는다는 문둥이를 호기심에 눈을 반짝이며 따라갔던 적이 있었다. 동네 친구들과 무더기로 몰려 드높은 웃음소리로 잠든 밤의 꽃들을 깨운 적이 있었다. 제사 지낼 광 속의 곡식을 훔쳐 먼 동네의 냇가로 천렵을 간 적이 있었다. 전쟁의 폐허는 너의 즐거운 놀이터였다.

그리고 너는 많은 것을 보기 시작했다. 너와 너의 식구는 많은 것을 보기 시작했다. 온 동네가 한 계절 굶는 것을 보았고 창자가 뒤틀리는 한밤중의 꿈속에서 호박죽과 찐 감자와 김 오르는 꽁보리밥을 보았다. 빚에 몰려 도망치는 새벽의 기차 안에서 기적처럼 나무 사이로 피어오르는 차가운 햇살을 외면하고, 누적된 피로에 죽은 것처럼 잠들어 있는 초췌한 가장과 그의 아내의 검은 얼굴을 보았다. 경제 개발 5개년 계획의 대형 간판이 창밖으로 빨리 지나가고, 곧 너의 것이 될 부모의 아픈 미래에 전율하며 바라보던 너의 시선을 기억한다.

신문지로 뒤덮인 판자벽에 여름이면 추상화처럼 피어나는 곰팡이의 무늬를 보았다. 마흔도 안 되어 노역장에서 허리가 부러져 나간 가장이 그 대가로 사가지고 들어온 헌 교과서로 미래의 칼날을 갈았다. 그의 아내가 팔다 남은 푸성귀의 시든 갈피에서 파르랗게 배추벌레가 꿈틀거리는 것을 경이롭게 바라보았다. 온종일 버려져 흙 속을 뒹구는 세 살짜리 어린애가 변소에서 무더기로 기어나오는 구더기를 밥알로 혼동하고 허겁지겁 집어 먹는 것을 너는 보았다.

그때만 해도 너는 다 쓴 공책 위에 몽당색연필로 하늘과 구름과 바다를 그리고 그 위에 배를 띄웠다. 언제부터인가 하늘에 먹구름이 뜨고 바다가 거칠어지고 배가 멀미를 줄 정도로 흔들렸다. 어느 봄날, 오늘처럼 화사한 봄날, 너는 눈을 감고 그 검은 바다에 뛰어들어 흔들리는 배에 올랐다. 낮에는 멀쩡한 얼굴을 하고 있다가 밤만 되면, 아무도 모르게, 네가 그린 배를 타고 검은 바닷속을 항해했다. 너는 뒤를 돌아다보지 않았다. 너의 주변을 갑작스런 침묵과 낮의 규칙적인 의무 수행으로 안심시키고 밤에는 격렬한 도주의 음모를 진행시켰다. 너의 행실은 온건했고 가난한 환경을 극복하는 배달민족의 끈기로 만인의 귀감이 되는 빛나는 학업 성적을 보여준 너를 많은 사람이 칭찬했다. 밖에서는 군화와 반란과 혼란이 있었다.

너는 그 칭찬을 살기 어린 미소를 띠며 만끽했다. 담임 선생의 지시에 따라 숙제를 해오지 않은 학우의 목덜미에 '검'이라고 새겨진 나무 도장을 찍었다. 눈을 휩뜨고 경멸하듯 바라보는 몇몇 학우에게 너는, 지시에 따르고 있을 뿐이라고 설득력 있게 말하는 방법을 익혀갔다. 그러나 오래지 않아 너는 쉽사리 익힌 이 같은 삶의 방식들에서 또한 도피했다. 그에 대해 네가 어떤 종류의 판단을 내려서가 아니라 그렇게 터득한 요술이 네게 은연중 강요하는 몇 가지 제약들 때문에 어떤 결정을 내리는 것을 체질적으로 싫어했다.

검은 바닷속의 항해가 웬만큼 진전되었을 때 너는 매번 수평선이 무한히 멀리 있는 것을 보았다. 사력을 다해 파도를 헤치고, 항해 중에 만난 다른 배들을 추월할 때마다 더욱 많은 배들이 앞서고 있는 것을 보았다. 네가 탄 보잘것없는 배와 연한 손바닥을 짓무르게 하는 노질에 숨이 탁 막혀 또 다른 때를 복수처럼 기약하며 강한 증오의 시선을 수평선에 박아넣고 너는 뱃머리를 돌렸다. 너의 감염된 눈에 싱겁고 지루하며 불안정해 보이는 몇몇 추상적인 단어에 매달려 감히 그것을 지평선이라 부르는 사람들의 좁은 육지로 어깨를 늘어뜨리고 되돌아왔다.

너의 광기의 일종의 유예 기간에 너는 그를 만났다. 그저 같은 직장에서 손쉽게 그가 다가왔기 때문에, 너의 피곤함을 달래주는 살의 위로가 싫지 않았고, 언제든지 요구만 하면 나타나는 그의 유연성이 놀라웠으며, 잦은 변덕과 알 수 없는 너의 불만감 앞에서 고통스러워하는 그를 보는 오락이 상당히 재미있었다. 너는 그것을 애정의 증거가 아닌 소유의 확고한 증거로 받아들였다. 그의 인내력에 조금씩 설득되어갔다. 너의 그릇된 꿈을 이해하지 못한 채, 집요하게 대치할 것을 찾아주고자 노력하는 그의 진지하기 짝이 없는 몸짓들에 낮게 소리내어 웃기도 했다. 한순간 너는 다음과 같은 것을 생각했다.

쓸데없는 노력에 소비되는 저 집요함을 잘 길들여 다시 한 번, 이번에는 둘이서, 잠시 유보해둔 검은 바다의 항해를 준비하는 것도 가능하지 않을까. 이런 가상적인 희망에 부추겨져 너는 점점 더 자주 그를 보았다. 일주일에 네 번, 매일 저녁, 이어 하루에 두 번. 너는 내심으로 속삭였다. 그는 내가 인생의 전부라고 말했으니 내가 배를 띄우면 나와 함께 검은 바닷속으로 즐거이 뛰어들겠지. 그의 인생의 전부인 나의 요구에 충직하게 따라 평소 그의 집요함과 인내로 노를 젓겠지. 더 빠른 속도로 육지를 미련 없이 뒤로하고 마침내 검은 바다의 끝에 있는 수평선을 정복하게 되겠지. 너는 이 계획에 몰입했고 그가 그것을 공식적으로 인준해 요지부동한 것이 되도록, 그에 앞서 결혼을 생각했다.

그러나 너도 모르는 사이에 변화가 일어나 있었다. 모르는 새에 그에게 설득되어가고 있었고 결혼식의 날짜가 결정되었을 때, 너의 계획은 뿌리에서부터 흔들리고 있었다. 너는 흔들림과 의심이 무서웠다. 지루하고 싱겁고 보이지 않는 추상명사들에 매달려 일생을 사기당할 것이 두려웠다. 그 두려움이 유년의 결여에 대한 원시적인 공포를 휘저어 일으켰다. 잠든 유령이 깨어나듯이, 주렸던 배와 억눌렸던 물질에의 욕망 그것에서 도망치기 위해 단련해야 했던 묘기들…… 이들이 깨어 일어나 너의 배반을 질타했고 창백한 패배를 비웃었다.

마침내 너는 그를 살해하듯이, 하마터면 구차한 육지에 가두어버릴 뻔한 그에게서 영원히 도망했다. 당황한 하례객들이 사라져버리고 난 빈 결혼식장에서 30분 먼저 세상 빛을 본 너의 쌍둥이 언니, 나와 그가 마지막 순간까지 너를 기다렸다. 그러나 너는 끝내 나타나지 않았다.

그날 떠난 이후 너는 되돌아오지 않았다. 다시는 뒤를 돌아보지 않았다. 더 이상 너의 꿈을 의심하지 않았다. 이 결정적인 항해는 첫번처럼 맹목적이지 않았다. 너는 가문이나 인맥이나 학벌 같은 튼튼한 노 없이 칙칙한 바다를 건너 백색의 수평선에 다다라야 하는 것을 이번에는 시작부터 알고 있었다. 의외로 많은 사람들이 너보다 먼저 그런 길을 택하고 있었고 그들을 면밀하게 관찰하면서 먼저 간 그들이 표시해놓은 암호들을 익혔고 성실하게 실천했다.

때때로 너 자신을 헐값에 팔면 되었고 감정을 말소하고 복종하고 망각하면 되었다. 무엇보다 그 욕구가 신앙에 가깝게 확고해야 했고 이단자에게 잔인해야 했다. 잘 그어진 이정표를 따라 믿음으로 눈을 감고 인파의 이동을 쫓아가는 일이 너의 적성에 완벽히 부합했다.

 어느 날 기적처럼, 매번 뒷걸음질 치며 멀어져가던 수평선이 너의 눈앞에 고정되었다. 이미 그곳에 다다른 사람들이 홀린 표정으로 말하던 그 백색 희열의 지대였다. 너는 거기 기꺼이 정주하였다. 과거도 현재도 미래도 없는 그 비어버린 역사의 순간에. 너는 그렇게 익명의 그, 익명의 그녀, 익명의 그들이 되었다.

 도시의 한복판 오만하게 빛나는 고층 건물에 둘러싸여 무연히 맑은 하늘을 향해 물팔매질을 하는 원형의 분수는 찬란하다. 너는 방금 그 분수가 바라다보이는 호텔의 문을 열고 들어섰다. 그리고 승강기 근처에서 신경질적으로 열쇠를 흔들고 있는 단단한 근육, 불안한 시선의 한 남자에게로 곧장 다가간다. 남자와 너는 말없이 승강기 속으로 사라진다.
 승강기가 1층에서 9층까지 올라가는 데 소비되는 짧은 시간 동안 남자는 이미 너의 흰색 실크 블라우스의 앞단추를 두 개 정도 열고 너의 기대를 배반하는 껄끄러운 손으로 너의 가슴의 탄력성을 음미했을지도 모른다. 그리고 912호에 들어서자마자 서둘러 상체를 단번에 생선 껍질 벗기듯이 벗겨냈을지도 모른다. 벗겨진 여자의 상체를 허리께서부터 대각선으로 쓸어올리면서 어깨 위로 풍성하게 늘어진 너의 머리카락을 거칠게 잡아채 젖혀진 너의 얼굴에 절제 불가능한 호흡을 터뜨렸을 것이다. 너의 상체가 밀착되어 있는 남자의 매끈하고 단단히 부푼 흉부의 근육살을 너는 지극히 서운한 표정으로 바라보았을 것이다. 이제 너의 빈약한 젖가슴에 멈추어 경련하는 남자의 손을 누르고 너는, 비극적인 상봉을 연기해내는 서투른 배우처럼 남자의 적당히 섹시하게 굵은 목에 팔을 두르고, 목과 어깨의 근육이 만나는 움푹한 곳에 얼굴을 묻을 것이다.

이미 예정된 대로 남자는 네가 누르고 있는 손을 빼내 여자의 척추와 둔부 사이에 지나치게 깊은 곡선이 그려질 정도로 상체를 끌어당겨 다른 한 손으로는 척추의 하단부에서 시작해 하체 쪽으로 이어지는 미끄러운 경사선을 느리게 음미할 것이다. 다시 반대 방향으로 손은 거슬러 올라오고…… 이 같은 손의 상하 이동은 충분한 시간 반복될 것이다. 너는 남자의 하복부를 덮고 있는 바지의 천 위로 점점 단단해지는 돌출부가 부딪쳐오는 그다지 유쾌하지 않은 감각을 느낄 것이고 힘없이 버려져 있는 너의 손은 무심하게 들려져, 습관적으로 그 돌출 부분의 크기와 강도와 깊이를 점검했을 것이다.

남자는 포효하는 듯한 괴음을 내지르며, 그러나 밀착된 그들의 하반신의 배치를 흩트리지 않으려고 애쓰면서, 너의 손의 반응에 부추겨져 너를 침대로 운반할 것이다. 성급하게 내던져진 너의 발에 닿는 양탄자의 촉감은, 너에게 비슷비슷한 일련의 기억을 상기시킴으로 해서 너를 비정상적으로 전율하게 할는지도 모른다. 침대 덮개에서 풍겨 나오는 인조 과일의 향내는 너의 창자 저 구석진 곳에 유배되어 있던 구역질을 유발할는지도 모른다. 남자는 아마도 이 호텔 912호에 발을 들여놓은 이래 가장 집중한 자세로 너의 하체를 가리고 있는 천을 들어내고 요소요소를 답사하기 위해 침대의 끝 부분, 네가 누워 있는 옆에 비스듬히 무릎을 꿇고 앉아 마침내 드러난 여자의 하반신의 불안하도록 흰 탄력성과 펴자마자 거부의 표현으로 움츠러드는 검은 모발의 대조 앞에서 잠시 멈칫할지도 모른다. 그러나 남자는 오래 망설이지 않았을 것이다.

 승산 없는 도전임을 알고 있음에도 남자가 너의 소유되지 않는 건조한 몸에 위험스럽게 침투했을 때 너는 무의미한 힘을 소모하는 남자의 일그러진 얼굴을 복수하듯 냉철히 관찰할 것이다. 절정 없는 남자의 사정은 너에게 고통도 쾌락도 전달하지 못할 것이다. 신체의 몇몇 부위에 조건반사처럼 전달되는 생소한 느낌을 너는 절망의 느낌과 혼동할 것이고 그 느낌조차 곧 소비되고 말 것이다. 이 무용의 돌이킬 수 없는 방전은 오랫동안 햇볕에 바짝 마른 갱지의 바삭거리는 건조함 이상의 황량함을 줄 것이다. 남자는 너의 불가능 앞에서 다시 한 번 포효할 것이다.

 그러나 애초에 이 호텔 912호의 안락한 실내에서는 이 비슷한 종류의 어떤 일도 일어나지 않았을지도 모른다.

 너와 남자는 방에 발을 들여놓자마자 네가 오래전부터 기다려온 주요한 거래를 시작했다. 너는 아침나절 수표로 바꾼 10여 년의 노동과 투자와 투기의 합산인 엄청난 액수의 금액을 남자에게 넘겨주었다. 너의 구차한 청춘을 저당잡힌 금액. 그러나 너의 협소한 상상력을 수월히 포화시키기에 충분한 액수. 남자는 주도면밀하게 금액을 확인한 후 너에게 가죽이 덮인 사각의 상자를 건네주었다. 너는 천천히 상자의 뚜껑을 열고 눈앞에 나타난 금지된 영상에 감전이라도 된 듯 격해지는 호흡을 진정하느라 얼굴의 핏기가 가셨다. 남자의 존재를 완전하게 잊고 너는 희열과 고통이 뒤섞인 표정으로 상자 속의 내용물에 시선을 고정시키고 한참을 앉아 있었다. 이어, 독이 섞인 묘약을 들이마시듯 그 화학 작용이 완결될 때까지 기다렸다. 열린 상자에서 뿜어져 나오는 광물질의 광채가 너의 눈을 지지기라도 한 것처럼 너는 눈을 질끈 감고 앉아 있다.

　너는 남자에 앞서 호텔을 나왔고 토요일 오후의 인파를 가르면서 천천히 걷는다. 조금 전에 인수받은 작은 상자가 든 가방을 으스러지게 품에 껴안고. 나는 네가 마지막으로 들러야 할 곳이 어디인지를 알고 있다. 아니나 다를까 너는 분수에서 그리 멀지 않은 곳에 서 있는 백화점을 향하고 있다.
　너는 눈을 감고도 이 백화점 안을 구석까지 탐사할 수 있다. 이 미친 듯한 인파 중의 누군가가 스핑크스처럼 너의 앞을 가로막고, 한 켤레에 279,900원 하는 쟈넬리 스타킹의 위치가 어디냐고 묻는다면 너는 지체 없이 3층 승강기로부터 좌측에서 열세번째 진열대라고 대답할 것이고 이런 종류의 질문이라면 한 치의 실수도 없이 모두 통과해 무사히 백화점 문을 빠져나갈 수 있을 것이다.
　그러나 너는 얼마 전부터 뼈를 녹이는 것 같은 고통을 안고, 손에 넣을 수 없는 물건을 피해 백화점의 뒷문으로 도망쳐야 할 필요가 없다. 물질의 거대한 대양에 비해 협소하기 짝이 없는 너의 욕망의 상상력은 쉽사리 포화 상태에 이르렀기 때문에. 게다가 지금, 너는 불법의 생산 조건하에서 마구잡이로 태어난 사생아들인 이들 물질의 거대한 집적장 어디에서도 찾아볼 수 없는 희귀하고, 어쩌면 유일할지도 모르는 물건을 가방 속에 숨기고 있다. 너의 백색 희열의 결정.
　너는 오늘, 딴 목적을 가지고 지하 1층으로 내려간다. 너는 물건들을 세세히 바라보지 않는다. 부드러운 포만감으로 너의 눈은 사물의 표면을 애무하듯 훑는다. 1층으로 올라간다. 진열대 사이로

난 통로를 천천히 걸으면서 너는 손을 조금 들어 보이는 듯도 하다. 2층으로…… 3층으로…… 진열된 물건의 사열을 받는 여왕처럼 고개를 감격스럽게 위로 치켜들고 몇몇 상품 앞에서는 특별히 고개를 갸웃이 숙여 친히 답례하면서, 너는 이렇게 8층에 이르기까지 거의 모든 물건들에 정중하게 격조 높게 결별을 고한다. 물건의 국적을 가려가면서 아, 굿 바이, 아, 사요나라, 아, 아우프비더제엔, 아, 아듀를 무한히 반복하면서.

마지막 층, 마지막 진열대를 떠나면서 너는 복받치는 감격에 취해 눈물을 흘릴 듯도 하다. 사물들의 무표정이 너의 결별의 사열식에 극적인 의미를 배가시킨다. 그러나 이건 나의 착각이 분명하다. 너의 눈물샘은 이 계절이면 도시에 만연하는 독한 가스에도 반응할 줄 모른다. 너는 승강기를 타고 순식간에 1층까지 낙하한다.

너는 다시 거리로 나와 빠른 걸음으로 목적 없이 거리를 쏘다닌다. 세상의 소매치기는 다 어디로 갔을까. 그들조차도 어쩌면 너의 가방에 든 것을 훔치기 싫을는지도 모른다. 그들은 벌써 직감으로 그것이 단순히 썩어가는 너의 살의 깊은 지층에서 형성된 종기에 지나지 않음을 알아차렸을지도 모른다. 그런데 혹시, 네가 눈알이 튀어나올 정도의 고액에 구입한 가방 속의 물건이 가짜는 아닐까. 그러나 네가 방금 거래를 끝낸 물건이 진품이 아니었다고 해도 그것이 너의 계획을 바꿀 수 있었을까. 매물의 거래는 너에게는 꼭 거쳐야 할 제의적 절차에 불과할 것이다. 설령 너의 거래가 무산되었다면 너는 당장 다른 종류의 제의식을 고안해냈을 것이다.

불 꺼진 실내에서 너는 두 발을 가지런히 모으고 소가죽의 보드라운 소파에 앉아 있다. 회상하기에도 벅찬 어려운 시절을 아슬아슬하게 넘고 나자마자 거대한 공모로 사방에 쳐진 끈끈이 덫에 황홀하게 붙어버린 너의 차가운 두 발을 내려다보면서. 6개월 전 나는 네게 말했다.

지금까지 살아온 게 억울하지 않니?

너는 반응하지 않았다. 그 질문을 이해하지 못했다. 내가 너를 뒤흔들면서 악쓰듯 다시 물었을 때 너는 말했다.

당장은 꼭 죽을 것 같겠지. 그렇지만 곧 잊어버릴 수 있을 거야.

네가 앉아 있는 실내의 기온은 안락하고 그 안을 빈틈없이 채우고 있는 물건들의 정돈된 침묵은 너의 존재를 무화시킬 수 있을 정도로 자치적인 조화를 이루고 있다. 누구에게나 익숙하면서도 일상의 현실에서 슬쩍 비켜선 일종의 모델 하우스의 냄새와 분위기.

너의 무릎 위에 놓인 손가방 속에서는 가죽이 덮인 사각의 상자 속에서 네가 낮에 구입한 금강석—아, 다이아몬드라고 부르는 것이 더 구체적이다—이 너를 대신해 광물질의 호흡을 계속하고 있다.

이 크기와 모양이 희귀한 보석은 섭씨 1,200의 고도의 열기, 지하 1,000킬로미터의 깊이에 가로누워 있는 킴벌라이트 지층에서 오랜 시간을 걸쳐 형성된 그 다이아몬드일까. 감금된 지층이 몸을 뒤틀다가 어느 날, 용암의 기둥이 터지고 분노의 분출구를 통해 끓는 액체에 섞여 솟구쳤던 이 보석은, 여러 나라, 여러 시대를 거쳐, 수많은 밀수입자의 손에 손을 거쳐 네게까지 왔다. 너의 어처구니없는 해프닝을 위해 고안된 상징적 액세서리.

너는 6개월 전부터 너의 제의를 위해 이것을 기다려왔고 마침내, 다른 모든 물질과 마찬가지로 그것을 손에 넣었다.

자정에서 10분을 남겨두고 네가 탄 자동차는 분수가 있는 광장에 나타났다. 오월의 봄밤은 도시의 매연층조차도 감미로운 것으로 변화시킨다. 간덩이가 부은 밤이다. 저 숨는 달을 보아라. 이 밤은 돌이킬 수 없는 밤이 될 것이다. 광장 주변에는 기대 없는 흥분과 각질화된 꿈, 위태로운 안정과 곡예를 부리는 모든 사람의 체취가 배어 있다. 광장 중간의 불 밝혀진 불의 기둥은 황홀하다. 그 중간의 육중한 시멘트 기둥은 장엄하다.

너는 작업의 편의를 위해서 실내등을 켜놓고 있다. 어쩌면 너의 막을 수 없는 곡예를 내가 잘 볼 수 있도록 배려를 한 것인지도 모르지. 너의 얼굴은 무서울 정도로 평안하다.

이 밤. 분수를 가운데 둔 광장에 이르는 네 갈래의 도로가 약 2,3초간 동시에, 황색 신호로 차단되는 것을 너는 알고 있다. 도시가 아주 정지해버릴 것 같은 침묵이 광장을 지배하는 순간이다. 그때면 분수 주변에는 직경 40미터가량의 둥근 원이 생기고 그중 한 도로 앞에는 네가 일을 수행하기에 충분한 빈 거리가 생겨난다. 그 긴 공간이 형성되기를 기다리면서 너는 벌써…… 절정에 달해 있다. 그러나 무엇의 절정인지는 너 자신도 알지 못한다. 너는 서두르지 않는다. 벌린 입술 사이로 소리 없는 웃음을 흘리면서 광장 앞의 빈 거리가 너의 차 앞에서 가장 길게 확대될 순간을 기다리면서 광장 주변을 여러 번 돈다.

마침내 그 순간이 다가온다. 이 짧은 2,3초간의 정지의 순간을 놓쳐서는 안 된다. 너는 가방 속에서 유리병과 보석 상자를 꺼내 옆 좌석에 놓는다. 너의 손놀림은 불 켜진 계기판의 바늘의 움직임처럼 정확하다. 상자 속의 보석을 꺼내 들고 청색 액체가 채워진 유리병을 열어 든다.

억압되었던 광채를 홀로 난사하면서, 극한의 열의 조임 속에서 결정된 삼십이면체의 투명한 광선이 너를 바닥없는 심연으로 유혹한다. 너는 세공된 다이아몬드 덩어리를 입속에 던져 넣는다. 단단하고 날카로운 광채의 보석은 아쉬운 듯 목에 걸려 쉽게 넘어가지 않는다. 너는 병에 남은 액체를 모두 입안에 털어 넣는다. 네가 겪는 어려움으로 보아 보석은 상당히 큰 것임에 틀림없다.

이것은 신호등의 불빛이 바뀌기 전 2,3초간 머무는 정지와 운동의 전이의 짧은 순간에 재빨리 이루어진다. 착각과 흔들림과 순간적인 각성이 태어날 틈을 주지 않고 너에게 손짓하면서 너를 흠모하며, 비어 있는 공간으로 거친 파열음을 동반하면서 너의 차가 드디어 돌진한다.

너의 몸은 정확하게 자동차의 장치에 반응한다. 변속기가 순식간에 순차적으로 바뀌고 가속페달을 밟고 있는 너의 발은, 이미 청색 액체의 화학 작용이 야기하는 고통으로 심하게 경련한다. 실로 무서운 속도로 분수의 중앙 기둥이 너에게로 다가온다. 너는 결사적으로 운전대에 매달려 있다. 뒤틀리는 몸이 자동차의 속도만큼이나 강한 충격으로 운전대와 문짝, 등받이에 마구 부딪힌다. 가속기 위의 발의 경련이 밟아대는 데 따라 진동하며 홀로 질주한다.

자정.

너의 마비된, 어쩌면 이미 호흡이 정지한 몸을 실은 고속의 자동차는, 혼절한 듯 잠든 도시 전체를 경악게 하는 폭음과 함께 광장 중간의 분수의 돌기둥에 충돌한다.

뒤집힌 채 다시 한 번 기둥에 튕기는 차는 해체를 계속하면서 약 2초간 공중에 정지된다.

광장 주변을 빽빽하게 둘러싼 고층 건물에 일제히 환하게 불이 켜진다. 그 거대한 시멘트 숲의 방벽 뒤에 은신해 아무도 감히 밖으로 나오지 못한다. 너는 비록 원하지 않았다 해도, 너의 완벽한 공중 곡예는 이 밤, 안락사의 수면에 몰입해 있던 무수한 사람들을 깨워놓고 말았다. 뒷골목의 술꾼들도, 습기 찬 방을 전전하는 매춘부도, 매번 점점 더 큰 범죄를 잠 속에서도 계획하는 공모자들도, 모두, 숨을 죽이고 폭음의 반향이 스러질 때까지 정지했다.

12년 전 조야한 장식의 비어버린 결혼식장에서 그랬던 것처럼 비어버린 광장에 서서 나는 막을 수 없었던 너의 곡예를 바라본다. 굉음 뒤의 도시의 정적은 무서울 정도로 짙다. 마비된 도시의 정적 속에 멀리서부터 구급차의 자지러지는 사이렌 소리가 들려온다. 이튿날 신문을 펼쳐든 사람들의 중얼거림이 들리는 듯하다.

어머머! 어머머!
아, 끔찍해! 그렇게 잘 다듬어진 미녀가, 뭣 때문에……?
원 미친 거. 할 지랄이 없었구먼.
다이아를 큼지막한 걸 삼켰대니 태워보면 나오겠구먼. 건 누께 될꼬.
지진이야. 지진.
어허, 이게 누구야. 아니 이런 어처구니없는 사고가! 아까워, 암 아깝고말고, 그 조신하던 장기 근속 직원이!

마, 이런 걸 세기말 현상이라 카는 기다. 가뿌리자. 재수 읎다!

어쩌면 즐거이 물질이 되어버린 너의 죽음은 사회면의 한 줄을 차지할 가치도 없을는지 모른다. 오래 앓던 충치가 빠졌을 때, 혹은 악몽의 주인공이 꿈속에서 살해되었을 때 누가 부음을 내는 것을 보았는가. 그러나 나는 너의 죽음은 기억되어야 하고 사건화되어야 한다고 생각한다.

사이렌 소리가 가까워 옴에 따라 환하게 켜졌던 광장 주변의 건물의 불들이 하나하나 꺼지기 시작했다.

자정 뉴스의 일기예보에 의하면 이 밤, 강한 북동풍이 거센 속도로 불고 먼 바다의 파도는 광란, 강의 수면은 위험 수위로 높아질 것이라고 한다.

〔1991년 5월〕

아버지 감시

　아버지는 내가 아침에 집을 나서면서 보았던 바로 그 자세로, 등 없는 의자에 구부정하게 앉아 텔레비전에 시선을 고정시키고 계셨다. 마치 아나운서에게서 답변하기 어려운 질문이라도 받은 것처럼 고개까지 약간 숙이고, 응접실을 들어서는 나의 기척에도 반응 없이 앉아 계셨다. 프랑스인 아나운서가 프랑스어로 하는 뉴스를 한 마디도 알아듣지 못할 것이 분명함에도 넋을 잃고 그 앞에 앉아 있는 아버지의 태도가, 나와의 맞대면을 피하려는 위선으로 보이기까지 했다. 긴 주말이 시작되고 있었다.
　나는 목까지 칼칼하게 메어오는 야릇한 회한으로, 이미 흰머리가 온통 뒤덮인 아버지의 뒤통수를 노려보듯 주시했다. 텔레비전에서는 혁명 후 루마니아의 다각적인 변화의 전망을 분석하는 전문가의 격앙된 목소리가 흘러나오고 있었다. 이제는 너무 반복돼 그다지 새로울 것도 없이, 몇 주일 만에 재빨리 구태의연하게 들리기까지 하는 목소리였다. 벌써 수차 권했음에도 아버지는 소파를 마다하고

등 없는 의자를 고수함으로써 그러지 않아도 이리저리 부글거리는 내 심사에 불을 질렀다.

　아버지가 중공에서 도착한 지 겨우 일주일밖에 되지 않았음에도 불구하고 나는 벌써 심신이 지쳐버렸다. 아무리 밤이 늦도록 뒤척거리면서 아버지가 북쪽으로 사라져버리기 전의 기억을 회상하려 노력해보아야 그것은 우스꽝스러운 것이었다. 아무리 천재라도 어찌 태어나기 2개월 이전의 일을 기억하겠는가. 그러나 아주 어려서부터 나는 어머니가 해준 아버지에 대한 이야기이며, 아버지의 월북 이후 어머니를 비롯해 집안 식구들이 겪은 쓰라리고 모진 고생담을 마치 내가 스스로 겪은 일인 것처럼 착각하는 버릇이 붙어 있었다. 이 막연한 이야기들이, 내가 주변을 사릴 만큼 컸을 때 드디어 생생한 현실이 되어 더욱 깊숙이 뇌 속에 자리를 잡아버린 후부터, 나는 이 일종의 대리 경험의 무게에 눌려, 너무 일찍 늙어버린 느낌이었다. 아버지가 내가 배 속에 있을 때 사라졌건, 태어난 후에 사라졌건 그건 아무런 차이가 없었다. 우리 같은 경우에 처한 사람들은 잘 알겠지만 이런 종류의 아버지는 숨기면 숨길수록 더욱 일상의 갈피에 끼어들게 마련이다. 내가 비관적일 때 나는 아버지를 모방하려 했고, 낙관적일 때는 열렬히 아버지를 거부했다.

　나는 아버지의 도착 이후 점점 공허해지는 심장을 데워줄 만한 기억들을 찾아 불면의 밤을 뒤척거리면서 과거 속으로 행진했다. 그러나 줄줄이 이어지는 서러운 기억들은 가지에 가지를 치면서 점점 더 멀리 잠을 쫓을 뿐이었다. 내가 어렸을 때만 해도 입에 침이 마르도록 젊은 시절의 아버지를 칭찬하던 어머니도 자식들 머리가 커지면서부터는 아예 아버지에 대한 언급을 회피했고, 단 한 장 남아 있는 빛바랜 가족사진조차 벽의 액자에서 떼어져 어머니의 구닥다리 장롱 바닥으로 은신해버렸다. 그리고 이미 10여 년 전부터 우리는 서서히 아버지의 유령에서 벗어나 뒤늦게 사는 데 열중했다. 3년 전, 우리 가족의 소식을 묻는 아버지의 편지가 중공으로부터 시골의 큰집으로 도착하기 전까지는.

수신인이 불확실한 이 편지는 가족들 사이를 돌고 돌아 5개월이나 지나 프랑스에 와 있는 어머니께 도착했다. 먼 외가 쪽 친척의 도움으로 천신만고 끝에 남보다 두 배나 시간을 더 들여 학위를 끝내고 이곳의 한 식물학 연구소에 자리를 잡은 후, 노총각 막내아들을 늘 딱해 하시던 어머니도 오신지라 일단 정착하기로 어렵게 마음을 먹은 즈음이었다.

내가 편지 읽기를 마치자 어머니는 한참 동안 허공만 바라보시다가 이윽고 충격을 진정하느라 말씀까지 더듬으면서 우리 형제들끼리 의논해 정하면 당신은 그 결정에 따르겠노라고 했다. 집안의 막내인 나는 형들의 의견을 물으러 부랴부랴 서울로 달려갔다. 어렵게 한자리에 모인 우리 형제들에게, 이하운이라는 아버지의 이름 석 자가 쓰라리게 박힌 이 편지는, 놀라움이나 반가움보다는, 오랫동안 애써 숨겨둔 범죄의 증거가 백일하에 드러나기라도 한 것처럼 일종의 불편함으로 다가왔다. 긴 세월 아버지의 월북의 대가를 호되게 치른 사람들의 딱한 반응이었다. 이 첫 편지에는 아버지의 상황에 대한 자세한 언급은 없어도 이미 오래전에 새로운 삶을 시작했을 것이 분명하므로 공연히 양쪽에 쓰라림만 더하지 않겠느냐는 우려, 그래도 어머님의 소원 풀이를 위해 모셔 와야 한다는 견해, 나중은 어떻게 되건 답신은 하고 봐야 한다는 등 의견차가 분분했다. 우리들 중 어느 누구도 직접 언급을 하지는 않았지만 얼굴에 나타난 표정들로 보아 아무리 상황이 달라졌다 해도 아버지의 월북처럼, 혹 아버지의 방문이 법적으로 우리들에게 누를 끼치는 것은 아닐까를 모두가 저어하고 있는 게 분명했다.

그러나 사는 데 바쁘고 문제 해결에 게으른 형제들은 모든 결정을 어머니한테 맡기자는 식으로 결론을 보았고 나는 그 뜨뜻미지근한 결과를 가지고 서울을 떠났다.

"자식 될 자격도 없는 것들…… 이건 이제 더 이상 너희들 형제와 무관한 일이니 없던 일로 하거라!"

형제들과 의논한 결과를 전했을 때 문제의 편지를 주머니에 넣으면서 어머니는 단호하게 한 말씀 하고는, 이후 정말 그에 대해 아무런 언급도 없으셨다. 그에 대한 언급만 없었을 뿐 아니라 아무도 칠순에 가깝다는 것을 믿지 않을 만큼 건강하던 분이 그만 자리에 눕고 말았다. 너무 혹독한 일만 골라서 겪으셨던지라 그 연세에 이르러서는 그만 저항력도 탈진하셨던 모양이었다. 난생처음으로 나는, 생소하게 울리기만 하는 아버지라는 단어로 시작되는 편지를 어머니를 대신해서 썼다. 편지에 우리의 사진도 동봉했다. 아버지의 답신은 달필이었고 늘 간단했다. 정확하게 2년 5개월 전의 일이었다.

편지 왕래가 시작되던 초기만 해도 어머니는 다시금 건강을 회복하시는 것처럼 보였다. 젊으셨을 때의 삶에 대한 끈기를 되찾으신 듯, 아버지가 도착하실 것을 예상한 계획들을 세우기 시작하셨다. 두 분이 나란히 고향을 방문해 뒤늦게나마 친척들하고 화해를 하고 세상을 뜨시겠다는 등의 끝도 없는 계획들이었다. 그사이 색이 바랠 대로 바래 거의 백지 상태로 변한 가족사진이 오래간만에 다시 어머니의 방 한편에 모습을 드러내기도 했다.

그러나 아버지 쪽의 절차는 점점 더 지연될 뿐이었고 편지 왕래가 시작된 지 7개월째를 못 넘기고 어머니의 건강 상태는 악화되어 나는 어머니의 원대로 서둘러 어머니를 서울 형네로 모셔다 드렸다. 어머니는 결국 오래 버티시지 못하고 돌아가시고 말았다.

어머니의 연세는 잊어버리고 형제들은 내심으로 어머니의 죽음을 아버지의 재출현 탓으로 돌렸다. 그 내심은 슬픔이 복받치는 순간에 공공연히 발설되어 아버지는 단번에 어머니에게뿐 아니라 우리들에게까지도 파국만 몰고 오는 죽음의 사자로 단정되기에 이르렀다. 어머니를 잃은 슬픔에 우리는 아버지를 잊었다. 외국에 살고 있다는 이유로 큰형을 대신해 아버지의 초청 절차를 맡은 내가 다시 편지를 쓰기 시작한 것은 어머니가 돌아가시고 석 달이나 지나서였고, 그에 대해 아버지는 한참 동안 답신이 없었다. 그리고 이미 돌아가신 어머니 앞으로 쓴, 가위 철학적이라고 할 만한 감동적인 어조로 저세상에서의 재회를 약속하는 장문의 편지가 서울의 형과 내게 똑같이 도착했다. 아버지가 보낸 최초의 긴 편지였다. 이후 나는 이상하게도 어머니 생전 때보다도 더욱 열심히 아버지에게 편지를 쓰기 시작했다. 그러나 아버지의 답신은 다시 길어지지도 잦아지지도 않았다.

아버지는 혼자 사는 아들의 쓸쓸하고 협소한 아파트의 분위기를 더욱 강조라도 하려는 것처럼, 아예 등 없는 의자에 뿌리라도 내리려는 것인지 하루 종일 움직임도 말도 없었다. 나 또한 어디서부터 어떻게 서두를 떼어야 할지 모르는 채, 이상한 두려움으로 교묘하게 정작 건드려야 할 부분을 피하면서 어정쩡하게 일주일이 지나가버리고 말았다. 처음 도착하셨을 때는 낮에는 연구소 일에 매여 있었고 저녁에는 서울에 있는 형제들과의 간단하고도 부산스러운 국제 전화로 그럭저럭 시간이 지나갔다. 아버지가 도착하신 후 사흘간은 모든 것이 자연스럽기까지 했다. 마치 오랫동안 못 보았지만 소식은 가끔 전해 들은 무관한 사이의 친척이나 만난 것처럼, 형제들도 전화로 그랬고, 나도 저녁나절 시간에는 아버지의 지난 과거지사를 스스럼없이 물었다. 몇 년 몇 월에 어디에서 무슨 직장에 근무했고, 언제 재혼을 했으며 '자식'은 몇이며, 어떤 경로로 중공으로 갔고, 또 중공에서는 무엇을 했으며, 지금은 어떻게 지내는지 등등…… 이력서에나 적어넣을 성질의, 이미 대강은 알고 있는, 아무리 생각해도 낯 뜨거운 빈 질문들이었다. 그러나 아버지는 여독이 풀리기도 전에 빗발처럼 쏟아지는 질문들에 조금도 괘념치 않고, 오히려 그것이 당연하다는 듯이 느린 어투로 하나하나 대답하셨다. 아버지 또한 남의 과거지사를 기억나는 대로 전달하는 무관한 자세로, 월북하자마자 남쪽 사람이라는 성분 때문에 의심을 없애기 위해 곧 재혼하게 된 일이며—강조하시기를—내 여동생이 둘 남동생이 둘 생겼으며 북에서는 문화 관계 서류를 담당하는 데 보냈고, 오랜 계획 끝에 중공으로의 탈주를 결정했다고 대답하셨다. 그리고 약간의 무거운 침묵 후에 '내 막내 동생'은 탈출 당시 어려움 때문에 북한에 두고 와 지금은 세 동생하고만 살고 있다고 덧붙였다. 그러고는 그만으로, 중공에서의 생활에 대해서는 그저 "나는 야인이다, 그리고 야인의 생활이 만족스럽다"라는 말씀의 반복 외에는 더 할 말이 없는 것 같았다. 아버지 말씀의 어느 하나 아버지의 현재 상태를 분명하게 말해주는 것이 없음에도 불구하고 이상한 두려움으로 나도 더 따져 묻지 않았다.

아버지의 월북 후 우리가 겪은 길고 긴 어려웠던 시절에 대해서는 한마디도 하지 않은 채, 나 또한 대강 우리 형제들의 현재 가족 생활과 사는 양태를 간단하게 보고 식으로 마쳤다. 그러나 문제 많은 집안의 희생자로 아직까지 일정한 직장 없이 경제적 안정을 이루고 있지 못한 큰형에 대해서는 그저 개인 사업을 구상 중이라고만 대답했으며, 현재는 작은 기업의 중역으로 있는 둘째 형의 미래에 대해 과장해 덧붙였다. 그러고 보니 외국 국립연구소에 연구원으로 있는 나의 위치가 가장 그럴듯한 것처럼 보일까 싶어, 나는 그 부분에서 그만 아버지의 심정을 긁어드리고 말았다. 월북한 사람의 아들이라는 딱지 때문에 어려서부터 하도 지긋지긋하게 당해, 아예 나라를 떠나 떠돌이 생활을 결정했노라고.

그러나 그런 작은 폭발도 잠깐, 나는 냉정을 되찾았다. 일단 아버지 쪽과 우리 형제들 쪽의 지극히 간단하고 사건적인 과거를 드러내놓고 나니 나는 더 이상 무슨 말을 해야 할지 난감하기까지 했다. 그런 데다 아버지는 각별히 다른 사항에 대한 궁금증을 표시하지도 않으셨거니와, 친척들의 소식이나 하물며 어머니에 대해서조차 별다른 질문을 삼가시는 느낌조차 들 정도로, 내가 직접 얘기를 꺼내지 않으면 당신이 화제를 끄집어내거나 말머리를 돌리시는 경우조차 없었다.

사흘째가 되는 날, 나는 극도로 어머니가 그리웠다. 어머니가 살아 계셨다면 두 분은 어떤 말씀을 나누셨을까. 어머니가 안 계신 지금 아버지와 나 사이에는 오히려 없느니만 못한 처치 곤란한 거리만 생겨나고 있다는 생각이 들어 나는 무슨 소리를 지껄이고 있는

지도 정확하게 인식하지 못하고 국제도시로 탈바꿈한 서울에 대해, 180도로 변신한 한국에 대해, 외국 시장을 범람하는 메이드 인 코리아 상품에 대해 주절주절 상식적인 얘기를 늘어놓기 시작했고, 한번 시작하니 어쩐 일인지 멈추기가 힘이 들었다. 아버지는 내가 조성한 그 거짓된 상황을 제자리로 잡아놓기는커녕, 띄엄띄엄 여행담이라도 들려주시듯이 연변이나 북경 등지의 지방 풍습을 간단하게 묘사하셨다. 서로의 심경을 건드리는 부분을 교묘히 피한, 나로서는 참기 힘든 대화의 상황이었다. 나흘째에 접어들면서 나는 더 이상 무슨 말을 해야 좋을지 몰라, 관광차 들른 선배라도 처리하듯이 파리 시가지의 카페로 아버지를 모시고 가서 맥주잔을 앞에 놓고 멍하니 앉아 있다가 돌아왔다. 나의 태도가 여기까지 이르자 아버지께서도 그만 함구하셨다. 이제는 다른 형제들이 와서 이 지난한 상황을 깨뜨리는 일만이 기다려졌다. 아직도 열흘가량이나 기다려야 했다. 모두가 다 아버지가, 막연히 예정되었던 일자를 갑작스럽게 앞당겨 도착하신 탓이었다.

 시간이 갈수록 내 속에서는 우리를 버리고 혼자 북으로 가버린 추상적인 과거의 아버지에 대해서가 아니라 편지 왕래가 시작되면서부터 접하게 된, 되돌아온 아버지에 대한 구체적인 서운함이 뿌리를 내리기 시작했다. 그리고 이 서운한 느낌은 묘한 방향으로 진전되면서 나로 하여금 아버지의 일거수일투족을 추호의 여지도 없는 엄격함으로 바라보게 만들었다.

 일주일 전만 해도 공항에서 아버지 이름이 크게 쓰인 팻말을 들고, 어머니도 형제도 없이 혼자 서 있던 내 심정은 흥분을 넘어서 참담한 것이었다. 우리 쪽의 부탁에도 불구하고 아버지는 최근의 사진 한 장 동봉하지 않았거니와, 팥 알갱이보다도 작은 데다 알아보기 힘들 정도로 바랜, 내가 태어나기도 전에 찍은 가족사진 속의 아버지의 얼굴이나 어머니가 아버지에 대해 말씀하시던 상세하고 인상적인 묘사를 수십 번도 넘게 되살리려 해보아야 어렴풋한 초상화마저 떠오르지 않았다. 행여나 나의 어딘가에 아버지의 모습이 있을까 해서, 일생에 걸쳐 거울 속의 내 몰골을 그렇게 자주, 그렇게 골똘히 쳐다본 것도 아마 처음이었을 것이다. 우리 형제들 중에서 내가 가장 아버지를 빼어나게 닮았다고 묘하게 일그러진 표정으로 말씀하시곤 했던 외할머니의 말씀이 생각났기 때문이었다.

연구소를 아예 쉬고 비행기 착륙 시간보다 한 시간이나 일찍 나간 바람에 기다림에 지칠 때쯤 해서, 이윽고 여행객들 틈에서 구식 양복에 군청색 솜 외투를 걸치고 귀밑머리를 바짝 깎아 더욱 뾰족해 보이는 얼굴을 꼿꼿이 쳐들고 걸어 나오는 노인을 발견했을 때, 나는 기억에도 없는 아버지를 단번에 알아보았다. 국제공항을 채운 수많은 환영객의 시선도 잊고 나는 그때 당장에는 난생처음 보다시피 한 노인이 되어버린 아버지의 품으로 달려가 그 자리에서 한바탕 대성통곡을 했다. 뿌리 깊은 통한과 원망이 뒤섞인 통곡임에 틀림없었으나, 그것은 아버지를 되찾은 데서 오는 감격이나 본능적인 부자지정에서 우러난 것이라기보다는, 2년 이상이나 질질 끌어온 아버지의 여행 초청 문제가 거의 해결되었을 무렵, 그토록 바라던 남편과의 재회를 눈앞에 두고 갑자기 돌아가신 어머니에 대한 서러움이 복받쳐 올라온 까닭이었다. 유복자나 다름없는 나의 출생부터 시작해 늦게까지 독신으로 있는 나의 처지에 이르기까지 모든 것이 당신의 불찰 때문이기라도 한 것처럼 각별히 안쓰러워하시며 막내

아들 뒷바라지를 위해 말도 안 통하는 나라에 와서 불편한 말년을 보내시다 끝내는 돌아가시고 만 어머니를 부르며 나는 바짝 마른 노인의 협소한 품 안에서 헛몸부림을 쳐댔다. 아버지의 품 안에서 아무리 '어머니이'를 외쳐대고 얼굴을 비벼대보아야 척 와붙지 않는 껄껄하고 스산한 감촉이었다. 쭈글쭈글 주름으로 늘어진 눈꺼풀이 열리고 백태가 한 귀퉁이를 덮기 시작한 아버지의 눈에서도 눈물이 흘러내렸다. 어머니가 우리들의 어린 시절 귀에 못이 박히도록 그리고 또 그려낸 신화 속의 젊은 이하운의 모습을 지워버리는 처참한 눈물이었고, 나는 잠시 어머니가 이런 모습의 아버지를 맞대면하지 않고 눈을 감으신 것이 어머니의 의도적인 결단이기라도 한 듯한 착각에 빠졌다.

  나는 더 이상 아버지에게 소파나 안락의자를 권하는 것을 포기하고, 연구소에서 가져온 서류를 뒤적이기 시작했다. 다스리고 또 다스려도 간헐적으로 폭발하려 하는 아버지에 대한 사소한 불만은 아버지의 침묵 이상으로 부담스러웠다. 작은 꼬투리에도 터질 기회만 찾는 취태 같은 감정의 부침이었다. 주중이라면 일 핑계라도 대고 적당히 시간 조절을 해볼 수 있을 텐데, 꼭 학생 시절 처음으로 남의 빈집에서 아르바이트로 애 보던 때의 막막하던 기분이 다 되살아났다. 텔레비전의 프로는 루마니아의 새 수상 페트로 로만과 한 여자 아나운서와의 대담으로 이어지고 있었다.

  "수상님, 지난달에 수상님께서는 '당신은 공산당 독재 타도 혁명 후에도 여전히 마르크시스트인가'라는 기자의 질문에 대답을 보류하신 바 있는데, 한 달이 지난 지금 동일한 질문에 어떻게 답변하시겠습니까?"

사람 좋게 생긴 루마니아의 젊은 수상이 미소를 지으면서 지력과 야심 가득한 미모의 여자 아나운서에게 대답을 하려 하는데 아버지는 주머니에서 손수건을 꺼내서는 힝 하고 방 안이 울릴 정도로 큰 소리가 나게 코를 풀었다. 그리고 손수건을 다시 접어서 상체가 부르르 떨릴 정도로 재채기를 했다. 이어 손수건의 한 귀퉁이로 눈께를 비비시는 것이 보였다. 뒤쪽에 앉아 있는 나는 아버지가 어떤 표정을 하고 있는지는 알 수 없어도, 아마도 중공에 놔두고 온 가족에 대한 향수에 젖어서 저렇게 꼼짝도 하지 않는 것은 물론이요 어쩌면 몰래 눈물을 흘리고 있는지도 모른다고 아예 단정지어버렸다.
아무럼 감시가 추상같다는 북한에서 중공으로 탈주하느라 사선을 같이 넘은 가족이 사무치지, 겨우 8,9년을, 그것도 집에 붙어 있는 시간을 따져보면 같이 산 게 얼마 되지도 않는 가족이 무에 그리 중하겠는가. 일생 기다려온 아내라도 살아서 흥건한 눈물로 반겨주었다면 또 모를까, 이건 생면부지나 다름없는 데다, 맏이도 아니고 배 속에서 나오기도 전에 헤어진 자식이 정이 들었다면 얼마나 들었겠는가. 그것도 고향 땅에서 친족들에 둘러싸여 만난 것도 아니요, 이건 제나 내나 생판 타향인 제3국의 한 귀퉁이에서 만나보니…… 나는 화장지 상자를 아버지께 건네면서 슬쩍 아버지의 눈께를 훔쳐보았다. 그러나 나의 예상이나 상상과는 무관하게 아버지는 비록 왼쪽 눈에 백태가 끼어 있기는 해도 눈물이나 우울의 흔적이라고는 없는 영롱한 시선으로 화면을 주시하고 계셨다. 젊은 시절에는 재주가 다방면에 뛰어났다는 전적으로 미루어 어쩌면 아버지가 텔레비전의 프로를 다 이해할 정도로 프랑스어에 정통해 있는지도 모른다는 데에 생각이 미쳤다. 그러나 그보다 나는 아버지를 궁지에 몰아녕을 만한 꼬투리를 찾고 있었다.

"대담 내용…… 이해하시겠어요?"

아버지는 등은 움직이지 않으신 채로 불편하게 겨우 고개를 돌려 주름살이 두 배로 늘어날 정도로 얼굴에 미소를 지어 보이고는 다시 화면으로 시선을 돌렸다.

"무슨 내용인지 설명해드릴까요?"

아버지는, 이번에는 무릎 위에 놓인 화장지를 집어 크게 재채기를 한 후, 조금 쉰 목소리로 대답했다.

"그것 구구하니 설명해 뭐하겠냐. 대강 쳐다보는 게지."

"그래도 관심이 많으신 것 같아서요……"

"모든 게 많이 생경스러워서 이렇게 쳐다본다. 눈을 요리조리 치켜들고 상대편을 쳐다보는 아나운서도 우습고, 빙글빙글 웃는 저 젊은 혁명가도 우습고, 불란서 말은 또 왜 요렇게 경망스럽게 빠르냐?"

아버지는 정감 어린 목소리로, 정말 재미있다는 듯이 미소 진 얼굴을 내게로 향하고 말씀하셨다. 그러나 아버지에게 드물게 나타나는 이 다정함은 오히려 내 속의 심술보를 더욱 자극했다. 정말 나도 알 수 없는 노릇이었다. 속에서 부르르 치받쳐 올라오는 뜨거운 것이 있어도 '자식이라고 이렇게 멀리까지 오셨는데'를 되뇌며 이성적으로 누르고자 아무리 노력을 해도, 어떤 순간에는 바로 그 노력 때문에 심술 섞인 노여움이 오히려 꼬일 대로 꼬여 돌파구를 찾는 것이다. 나의 심술은, 아버지의 다정한 어조에서 이상한 말로 딴청이나 부리면서 껄끄러울 수 있는 화제의 방향을 딴 곳으로 돌리려는 단련된 속임수만을 보았다.

나는 텔레비전 화면을 아버지와 같이 바라보면서 일부러 과장된 영탄조로 사족을 붙였다.

"쳇, 세상에도 지독하던 루마니아가 저렇게 쉽사리 무너질 줄 누가 알았어요. 루마니아야 독재 켜가 앉아서 그랬다지만, 이젠 동구의 어느 나라 하나 온전히 버티는 나라가 있나 보세요. 이건 뭐 거대한 폭음을 내면서 무너지는 게 아니라 그저 기운 없이 풀썩 썩은 둥지 주저앉듯 하는 거예요."

나는 얘기를 하면서 아버지의 표정을 살폈다. 여전히 무엇이 그렇게 우스운지 미소를 띠고 화면을 주시하는 아버지의 표정에는 변함이 없었다. 나는 야박하게 한마디 더 덧붙였다.

"아버지는 동구의 공산주의가 저렇게 무너져 내리는 게 아주 재미있으신가 보지요?"

그러나 내심으로 하고 싶은 말은 이렇게 점잖은 말이 아니라 "아니 기껏 저렇게 무너질 것 때문에 일생을 폭삭 망치셨단 말예요" 같은 항의 조거나 "도대체 아버지는 어느 쪽입니까? 설마하니 아직도 저쪽은 아니겠죠?" 같은 차마 발설할 수 없는 의심 조였다.

아버지의 옆얼굴이 잠시 굳어지는가 했더니 여전히 예의 미소가 퍼지면서 천천히 말했다.

"재미있냐고? 그거야 난생처음 일어나는 일이니, 그렇게 말할 수도 있겠구나. 몸이 커지면 아무렴 알맞은 옷으로 갈아입어야지."

"⋯⋯?"

나를 멍청하게 만드는 이런 식의 대답은 정말 딱 질색이었다. 당신과는 조금도 상관이 없는 남의 집 불 보듯 하는 아버지의 태도는 급기야 내 속에 불을 지르고 말았다. 그렇게 시시껍적하게 무너질 것을 알았다면 왜 집안 식구들의 일생에 못이 박히게 북으로 갔으며, 한번 선택했으면 한자리에 뿌리를 박고 당신 말마따나 새 옷을 사 입든지 맞춰 입든지 할 것이지 왜 딴 나라도 아니고 중공으로 탈출해 일생을 사서 고생을 했는가 말이다. 이렇게 우스갯거리에 지나지 않는 것을 위한 희생치고는 좀 심하지 않은가. 아버지의 태도 여하에 따라 일촉즉발로 폭발의 기회만 기다리고 있는 원성들이었다.

동구의 무더기 사태를 신이 나게 보도하면서 예외적인 경우로 북한이나 중공이 텔레비전에서 들먹거려질 때마다 나는 행여나 아버지의 분명한 반응을 유도할 수 있을까 해서 더욱 과장해 비판적인 언급을 늘어놓곤 했다. 그러나 아버지는 그렇게 흥분해 떠드는 나를 그윽한 미소로 바라보실 뿐 이렇다 할 반응을 의도적으로 배제하고 있는 것으로 해석할 수밖에 없었다. 아버지의 반응이 뜨뜻미지근하면 할수록 나의 머리는 점점 열이 올랐다. 내가 연구소에서 일을 하는 동안, 아버지가 마치 만나서는 안 되는 사람을 파리의 한 구석에서 은밀히 만나기라도 하는 것처럼, 나는 어쩌면 자연스럽게 물을 수도 있는 것을 억지로 돌려가면서 아버지의 하루 일과를 묻기도 했다. 동네를 한 바퀴 돌았다든지 텔레비전을 봤다든지 아니면 서고에 꽂혀 있는 우리말로 씌어진 책을 읽었다든지 하는 아버지의 답변이 거짓임을 반증할 아무런 근거가 없음에도 불구하고 나는 무조건 아버지의 말을 믿지 않았다. 그리고 현관을 들어서자마자 나의 시선은 나도 모르게 현관 앞에 놓인 아버지의 신발이나 옷걸이에 걸쳐진 아버지의 외투로 향하면서 그것들의 조그마한 변화까지를 놓치지 않고 포착했다. 그저께는 일하던 도중 갑작스러운 불안에 휘말려 세 번이나 집에 전화를 걸었다. 그러나 매번 예외 없이, 조심스런 아버지의 목소리가 들려와 나를 실망시키기도 했다.

아버지는 나의 잦은 전화를 안부 인사로 이해하셨는지 감동을 하신 어조로 "아비 일에 신경 쓰느라 자주 전화하지 말고 일에 정진하라"는 조언을 덧붙이는 것을 잊지 않았다.

이런 나의 내면의 움직임을 아는지 모르는지 아버지는 텔레비전의 대담을 끝까지 다 보신 후에, 일렁거리는 부아를 삭이느라 입을 꾹 다물고 있는 내 쪽으로 천천히 돌아앉으며 주머니에서 부스럭거리는 무언가를 꺼냈다.

"이걸 좀 부쳐주겠니?"

씌어진 주소로 보아 중공 연변에 있는 가족에게 보내는 편지였다. 그러면 그렇지 그새가 얼마나 길었으면 떠나온 지 일주일도 안 돼 벌써 서신 연락일까. 나는 우리 가족의 생사를 알고도 빨라야 두 달에 한 번 꼴이었던 서신 왕래를 생각했다. 나의 얼굴에서 무얼 읽으셨는지 아버지는 낮은 목소리로 혼잣말하듯 말씀하셨다.

"내가 여기 와 있는 것도 모를 게다. 그저 북경에 다녀온다 하고 길을 떴는데, 아무래도 내가 가볍게 처신했지 싶다."

나는 마치 아버지의 엄중한 꾸지람을 받은 느낌이었다. 그러나 그 순간조차도 나는 아버지가 붙인 사족을 믿지 않았을 뿐 아니라 여차하면 편지를 열어서 내용을 확인해보고 싶은 유혹까지 일어났다. 나는 이 유혹에서 도망을 치기라도 하는 것처럼, 편지를 받아들고 그 당장에 우체국을 향했다.

집을 빠져나오자 나는 조금 숨통이 뚫리는 기분이었다. 파리 교외의 오후는 겨울 날씨답지 않게 따스했고 그 햇살 속을 걸으면서 나는 이미 오래전에 사라져버려 다시는 맛볼 수 없는 어떤 행복감에 대한 무작정한 향수로 저려오는 가슴을 감당하지 못해 전전긍긍

했다. 돌아가신 어머니가 자식을 대견하게 느끼실 때 지으시는 미소 어린 눈길. 아니면 기억의 저 깊숙한 곳에 갇혀 서서히 퇴색해버린 어떤 영상, 거주 이전 신고를 하러 들어가신 어머니를 기다리던 스산한 소도시 경찰서의 뜰에 내리쪼이던 무연히 맑기만 하던 가을 햇살. 천신만고 끝에 내가 대학을 졸업하던 날, 오늘처럼 따스하던 겨울 교정에서 막내의 사각모를 쓰고 수줍게 웃으시던 어머니. 어머니가 돌아가신 후 부쩍 자주 나를 사로잡는 이 지극히 감미로우면서도 쓰라리기 짝이 없는 기억의 범람에 걸음을 내맡기면서 나는 매일 지나 다녀도 여전히 스산하게 다가오는 거리를 빈 시선으로 더듬었다. 아아, 어머니만 살아 계셨더라면 아버지와의 재회가 이렇게 껄끄럽지 않았을 텐데…… 다시 한 번 공항에서 피로에 지친 노인네의 앙상한 가슴에 처음으로 얼굴을 묻었을 때의 딱딱한 감촉이 되살아나면서 좀 전까지 머릿속을 부유하던 영상들을 지워버렸다. 어두운 운명의 그림자 속에서 벗어나 막 숨을 돌리자마자 다시금 그 안에 갇혀버린 기분으로 나는 우체국 안으로 들어갔다.

  되도록이면 집에 들어가는 시간을 늦추느라 나는 동네 근처의 다방에서 이른 시간에 독한 위스키 한 잔을 시켜놓고 테이블 위에 놓여 있는 지역 신문의 시시껍적한 소식들에서 구인광고에 이르기까지 눈으로 샅샅이 훑었다. 그러나 신문을 내려놓자마자 무엇을 읽었는지 조금도 기억을 해낼 수가 없었다. 생각은 애초부터 다른 곳을 헤매고 있었고 윤곽은 많이 흐려져 있어도 머릿속에서 나타났다가는 사라지는 얼굴이 있었다. 그것은 공회당 비슷한 건물을 가득 채운 사람들 앞에서 연설을 하고 있는 한 삼십대 초반의 젊은 얼굴이었다. 그리고 입구 쪽의 한구석에 앉아 있는 자그마한 체구의 한 여인과 호기심 어린 시선으로 연단 위의 사람을 바라보고 있는 예닐곱 살 정도의 소년의 모습이 뒤이어 떠올랐다. 어머니와 형에게서 무수히 들은 이야기로부터 내가 그려낸 아버지의 가상 얼굴이었다. 어렸을 적, 수없이 근사한 모습으로 장식되고 부풀어져 한때는 나를 의기양양하게 만들기도 했던 얼굴이었다. 그러니까 내가 어머니 배 속에 자리를 잡기도 전, 형이 막 일곱 살을 넘겼을 때이고, 아버지가 사라지기 1년여 전의 이야기이다. 상상 속의 젊은이는 이상하게도 멋진 콧수염에 검정색 두루마기를 걸치고 있었고, 부드러우면서도 강인한 시선에 힘을 주어 좌중을 향해 열변을 토하고 있었다. 때로 이 젊은이는 한밤중, 그림에서나 볼 수 있는 갑옷에 투구를 쓴 채 말을 타고 시골 큰집 뒤에 있는 야산을 달리기도 했다. 그런가 하면 이 동일한 얼굴이 남하 간첩으로 분장하고 온 식구가 잠든 집 창문을 가볍게 두드려대 어린 시절의 불안한 잠 속에 틈입하기도 했다. 시간이 지나고 상상력이 퇴색함에 따라 내게 심히 불편한 느낌까지 주던 모습들이었다. 그래도 이처럼 오랜만에 엉뚱한 장소에서 떠오른 이 초현실주의적 그림이 이날처럼 껄끄럽게 다가온 적이 없었다. 야릇한 불안감이 다시 나를 사로잡으면서 그 모습을 깨끗하게 밀어냈다. 그 자리에 이제는 익숙하게 된 아버지의 피곤하고 주름진 얼굴이 서서히 자리를 잡고 들어서면서 한편으로는 내게 약간의 안도감을 주는가 싶더니 다른 한편으로는 분노를 동반한 배반감을 격렬하게 야기시켰다. 늘 이런 식이었다. 나 자신의 아버지에 대한 감정은 매 순간 동짓달 팥죽 끓듯 변덕투성이였다. 별것 없는 주량에 나도 모르게 다섯 잔째 시킨 술잔을 비울 때쯤 해서는 화인지 설움인지 구별이 안 될 정도로 마구 섞인, 어떻건 새빨갛고 농밀한 감정이 양볼에까지 치받쳐 올라왔다. 그것이 한계를 지나쳐 눈가가 알알하게 뜨거워져 올라오는가 싶더니 그만 잔이 넘치듯이 눈물까지 한 줌 쑥 빠져나왔다. 이 나이에 무슨 한심한 노릇인가. 내 자신이 한심하다는 생각이 감정을 가라앉히기는커녕 이제는 아주 주저앉아 아무에게나 대고 트집을 부리고 싶을 정도로 고조되는 것을 느끼면서 나는 이 불안정한 기복이 위험 수위를 넘기 전에 자리에서 일어섰다.

딱하게도 위험 수위는 아버지 앞에서 터졌다.
"아버지, 제발 좀 편한 의자에 앉으세요. 제가 불편해서 못 견디겠습니다."
집에 도착해 현관문을 열었을 때, 여전히 등 없는 의자에 꼿꼿하게 앉아 다탁 위에 얹어두었던 식물도감을 펼쳐 들고 있는 아버지가 시선에 들어오자마자 나는 거의 악을 쓰듯이 외쳤다. 아버지는 그제야 상체를 천천히 움직여 놀란 듯이 나를 돌아다보셨다. 격렬한 내 목소리에 놀란 것은 무엇보다 나 자신이었다. 나는 황망히 덧붙여 설명을 했다.
"화분이나 얹어두는 그 오뚝한 의자에서 한나절을 보내시는 아버지를 뵙는 제 마음이 어디 편하겠습니까?"
"네게 불편을 주려고 그런 것이 아니라 진작부터 망가진 허리가 나이가 드니 더 극심해져서 이런 의자가 편해 그런다."
정말 미안하다는 표정을 짓고 대답하신 후 아버지는 그림이 곁들여진 식물학 책을 다시 펼쳐 들고 예의 자세로 되돌아갔다. 그러고 보니 아버지가 도착하신 이래 우리 형제들 중의 어느 누구도 연로 한 아버지의 건강 상태에 대해 걱정 어린 질문 한 번 던진 적이 없었다. 마치 아버지란 사람에 대해 우리들이 느끼고 있는 파국의 감정의 강도가 아버지의 건강의 표지라도 되는 것처럼, 그리고 아버지가 다시 나타나 생생하게 과거의 파국을 상기시키고 있는 이상 그건 아버지의 왕성한 건강의 의심할 여지없는 증거이기라도 한 것처럼. 칠순을 넘긴 지 4년이나 된 아버지가 행여 팽팽하게 젊은 모습으로 도착했다고 해도 우리들 중 어느 누구도 놀라지 않았을 것이다. 나는 기이한 느낌으로 갑자기 더더욱 늙어 보이는 아버지를 바라보았다. 그 순간 나는, 아버지의 월북 이후, 사방으로 수소문한 결과 우리가 아버지에 대해 마지막으로 전해 들은 소식은 불행히도 심한 부상의 소식이었다는 것을 상기했다. 그러니만큼 감찰 보호 대상 가족으로 지정된 후 한 달에도 서너 번씩 들러 아버지에게서 온 연락의 내용을 대라는 형사의 다그침만큼 어머니의 복장을 지지던 일도 드물었다는 것이다. 그럼에도 불구하고 그런 다그침을 아버지가 살아 있다는 증거로 보고 한 달 이상 그 사람들이 들르지 않으면 어머니는 오히려 그것을 불안해하셨다니, 당시 어머니의 심경이 어떠했으리라는 것은 길게 상상할 필요도 없는 일이었다. 어머니는 돌아가시기 전까지도 당신의 건강 상태는 차치하고 그 시절을 떠올리시면서 새삼스럽게, 혹 그때의 부상이 지금에까지 누를 미치지나 않았을까를 걱정하셨다. 머릿속 어디에선가 아버지께 묻는 어머니의 목소리가 생생하게 울리는 듯했다. 그러나 내 목소리는 퉁명스럽기 짝이 없었다.

"허리의 부상은…… 언제 당하셨어요?"

"부상?"

아버지는 아직도 붉은 기가 가시지 않은 내 얼굴을 살피시듯 나를 관찰하시면서 반문하셨다.

"어머니 말씀에, 아버지께서 떠나신 후 얼마 지나지 않아 심하게 부상당하셨다는 소식을 마지막으로 들으셨다던 게 생각나서요."

아버지는 잠시 침묵하시고는 약간 씁쓰름한 표정이 되셨다. 그러나 그 표정은 오래가지 않고, 무언가 분명한 것을 요구하는 내 심사에는, 때로는 멍청하게 때로는 음흉하게밖에 보이지 않는 예의 미소가 그 자리에 영락없이 들어앉았다.

"부상이라고 하니 무슨 훌륭한 영광의 상처가 연상된다만, 내 허리는 그런 것과는 무관하다."

"그렇다면 어머니가 전해 들은 소식은 낭설이었나요?"

원래 대화의 맥락을 잃고, 나는 마치 잘잘못을 따지기라도 하듯이 아버지에게 대들었다.

"글쎄다. 어떤 소식을 들었는지는 알 수 없다만 전시에 한두 번 가벼운 상처 안 입은 사람이 있었겠느냐?"

아버지의 대답은 늘 이런 식이었다. 이현령비현령. 나는 물고 늘어지고 싶은 고집이 생겼다.

"수색 고모네 아는 분이 1·4후퇴쯤에 야전병원에서 치료 중인 아버지를 직접 두 눈으로 확인했다고 들었는데요."

"수색 고모가 누구더라?"

말할 필요도 없이 아버지는 딴전을 피우고 계셨다. 나는 그 소식을 들으신 이후 한동안 노심초사 잠을 못 이루고 몇 번이고 그 소식을 전한 사람에게 자세한 상황을 들으러 큰형은 걸리고 작은형은 들쳐업고 20리나 되는 수색 고모네를 어머니가 여러 번 방문했다던

형의 말이 생각나 새삼스럽게 어머니의 정성이, 내 자신의 정성이기라도 한 것처럼 억울하게만 느껴졌다. 대체 누가 어떤 방법으로 그 덧없이 소모되어버린 고통의 대가를 보상할 수 있겠는가, 제법 비극적인 어투로 중얼거려보았자 결론은 명명백백했다. 물론 그것은 아버지 장본인밖에는 없고, 방법 또한 아버지 스스로가 찾아낼 문제다. 그러나 아버지한테는 이 비슷한 생각이 떠오르는 기미조차 없었다. 도대체 아버지는 뭣하러 어머니도 안 계신 그 먼 길을 여기까지 왔는지 이해할 수가 없었다. 당신이 원하시기만 했다면 형과 의논해 약간의 시간이 걸리더라도 앞뒤를 알아보아 직접 서울의 맏이 집으로 모실 수도 있었던 일이었다. 그러나 어머니가 돌아가신 것을 아시고도 애초 예정했던 대로 내게로 오시겠다고 한 것은 아버지의 선택이었다. 하기사 떠날 때 중공에 있는 가족에게는 알리지도 않았을 정도이니, 이 여행에 아버지가 부여하는 중요성이라는 것도 대강은 알 만했다. 며칠 전의 대화 내용만 해도 그렇지, 중공에서 아버지가 한 일이 뭔지, 어떻게 생활하고 있는지에 대해서는 아버지의 특기임에 분명한 그 모호한 수사법으로 늘 말머리를 돌리시지 않았던가. 공연히 흥분할 것도 기대할 것도 없다. 그저 한 달만 참으면 저절로 중공으로 돌아가실 것 아닌가. 한창 젊을 때만 해도 수시로 나를 사로잡던 일종의 무력감이 다시금 내 속으로 똬리를 틀려 하고 있었다. 어렵사리 자제하고 포기하고 저항하면서 이제 간신히 뛰어넘은 이 역병 같은 것이 아버지의 출현으로 다시 재발된다면 이건 참으로 낭패스러운 일이었다. 나는 아예 입을 다물고 일어서려는데 아버지께서 뭐라고 중얼거리시면서 따뜻한 목소리로 내 이름을 부르셨다. 여전히 무릎 위에 펼쳐진 소형 식물도감에서 시선을 떼지 않은 채였다. 그 목소리에 감동이라도 받았는지 주책없이, 좀 전 카페에서처럼, 이번에는 콧등이 시큰해오는 통에 나는 엉거주춤 돌아섰다. 그러나 아버지의 질문 내용은 역시 나의 감상적인 반응과는 무관했다. 잡초 그림이 그려져 있는 면을 펴들고 아버지는 반갑기 짝이 없다는 듯 물으셨다.

"이것이 며느리밑씻개 아니더냐."

평소의 정상적인 상태였다면 웃음으로 넘겨버렸을 상황이 드디어 술기운의 도움으로 극적으로 전개되려 하고 있었다. 나는 아버지가 도착하신 이후 나도 모르게 조금 과장해서 지켜온 공손하고 예의 바른 태도와 말투를 마구 벗어던지고 경박하게 대들었다.

"아버지 정말 왜 이러십니까? 제게 하실 말씀이 그렇게 없으세요? 아니면 아예 말씀하기가 싫으세요? 왜 매번 화제를 돌리세요?"

"아니 식물학 박사님께 잡초 이름 하나 물은 게 잘못이더냐, 허허. 네가 만물박사처럼 보여서 그런다."

나의 태도에는 괘념치 않으시고 아버지는 정말 자랑스럽다는 듯이 가슴까지 펴면서 말씀하셨다. 나는 비아냥기까지 섞어 거침없이 되받았다.

"그렇죠. 저같이 그저 잡초나 붙잡고 10년이나 늘어진 한심한 놈이 행여 아버지처럼 고매한 뜻에 일생을 바치신 분과 말 상대가 되겠습니까!"

한번 화보가 터지고 보니 시원하기 짝이 없었다. 뿐만 아니라 지금까지 막연하던 것이 순식간에 명백한 진실로 자리를 잡으면서 나의 분노를 정당한 것으로 만들었다. 노총각으로 40을 바라보아야 하는 처지, 떠돌아다니는 데 진절머리가 난 데다가 일종의 유유상

아버지 감시 139

종의 감정으로 잡초의 생리를 전공으로 택한 것, 앞날이 촉망되는 학자가 되기는커녕, 일생 별 볼일 없는 연구원으로 썩을 것이 뻔함에도 불안정한 이국 생활을 택한 도피적이고 파괴적인 결정…… 명백한 진실이란 다름이 아니라 이 구차하기 짝이 없는 나의 상황을 만든 원인은 하나부터 끝까지 아버지의 망령 탓이라는 사실이었다. 나를 퍼뜩 깨우는 것 같은 이 갑작스런 진실은 험악한 표정을 동반하고 마구 내 입을 통해 쏟아져 나왔다. 그뿐만이 아니었다. 나는 점점 더 공격적으로, 점점 더 논리정연하게 아버지를 궁지에 몰아넣을 방도를 찾아, 돌아가신 어머니와 형제들을 대변해, 내가 직접 겪지도 않은 못된 기억의 구석구석을 펼쳐 보였다. 그런 중에서도 쥐꼬리만큼 남은 나의 이성이 활동을 했는지, 나는 정작 목까지 치밀어 오르는 아버지의 이념에 대한 의심 섞인 직접적인 모욕은 여전히 삼간 채였다. 그것은 아버지에 대한 존경심에서라기보다는 행여 나의 의심이 사실로 나타날지도 모른다는 두려움 때문이었다.

아버지는 별다른 충격의 표정도 없이, 눈을 감고 나의 폭언을 듣고 있었다. 그 무연함이 나를 더욱 화나게 만들어 결정적인 한마디를 하고야 말았다.

"아버지가 나타나지만 않았어도 어머니는 한 10년은 더 사셨을 겁니다. 아버지 망령에 시달리느라 우리 가족 중 누구 하나 온전하게 남아 있는 사람이 있는 줄 아세요?"

그러나 내가 말미를 맺기도 전에 아버지께서 내 이름을 부르시며 돌아앉으셨다. 아버지의 목소리는 완연히 변모되어 있었다.

"창연이, 나 좀 보거라. 그만하면 할 만큼 했다. 아직 시간이 있으니 두고두고 쏟아도 괜찮지 않겠느냐? 나도 네게 할 말이 좀 있다. 내가 바로 그 망령을 벗어나보고자 이렇게 온 게 아니냐. 너희들 속에 살고 있을지 모르는 내 망령을 더 늦기 전에 없애야 할 것이라는 생각을 오래전부터 해왔다. 그러나 다른 한편으로는 아예 그것이 나의 늙어가는 과정에서 생긴 기우이기를 더욱 간절하게 바랐기에 오랫동안 비교적 편안한 야인 생활을 할 수 있었다."

아버지는 잠시 침묵하셨다. 나는 씩씩거리기까지 하면서 냉소적인 얼굴을 하고 아버지를 똑바로 쳐다보았다. 아예 당장 자리를 박차고 뛰어나가 아버지가 내게—그것이 무엇이든—설명할 수 있는 기회를 일절 박탈하고 싶은 욕구가 솟아올랐다. 그러나 어떤 결정을 내리기도 전에 내 속을 맑은 물속 들여다본 듯한 아버지의 다음 말이 계속되었다.

"너는 지금 당장이라도 내가 하는 말을 듣지 않을 권리가 있다. 설령 네가 당장 방을 나간다 해도 나는 네가 있는 것처럼 말을 계속할 것이다. 그러니 네가 이 아비의 독백을 들을 의향이 있으면 고개를 들어 나를 똑바로, 있는 그대로 바라보기 바란다."

하기는 당장 자리를 박차고 일어서는 것은 구차한 도주에 지나지 않을 것이었다. 나는 도전적으로 고개를 들어 아버지를 똑바로 쳐다보았다. 이상하게도 아버지의 좀 전의 결연한 목소리와는 달리 얼굴에는 아무런 표정도 없었다. 아버지가 겪은 과거와는 무관한, 나이를 종잡을 수도 없고, 미움이나 애정 같은 감정의 기복과는 동떨어진 이 무표정의 표정은 이번에는 나로 하여금, 그저 생소한 사람의 흑백 사진을 바라볼 때와 같은 거리를 요구하고 있었다. 아버지와 나 사이의 이 무언의 시선의 교차는 한참이나 계속됐다.

이윽고 아버지의 얼굴에 그 특유의 미소가 번지기 시작했다.

"어디서부터 이야기를 끌어낼까가 막연하니 까짓것 아무 데서나 시작하자꾸나. 세월이 많이 지나갔으되 허무할 것도, 그렇다고 뿌듯할 것도 없구나. 한 번도 이 아비를 본 적이 없으되, 네 말마따나 망령으로만 접해온 너로서는 뒤늦게 나타난 아비에 대해 두루두루 불만족스러울 것이다. 생각건대 두 가지 생각의 가락 사이에서 주체할 수가 없겠지. 하나는 나에 대한 원망으로 내가 네 앞에서 그리고 이제는 이 세상에 없다만 네 어미 앞에서 무릎을 꿇고 한 번만이라도 용서를 빌면서 울부짖어주었으면 하는 것이겠고, 다른 하나는 이왕 모든 것 떨치고 떠난 바에야, 세상이 우러러보는 떠들썩한 위치에 있는 사람이 되어 너희들 머릿속 한구석에 살고 있는 그 망령의 한 자락에 부합하는 사람이 되어 있었더라면 하는 바람 아니겠느냐."

아버지의 말은 이 부분에서 재채기를 동반한 심한 기침으로 잠시 멈추었다. 아버지는 머리를 홰홰 내저으시면서 연거푸 서너 번 재채기를 하셨다. 아버지는 말할 필요도 없이 나의 태도를 잘못 이해하고 계셨다. 그러나 이상하게도 아버지의 오해가 다행스럽게 느껴졌다. 게다가 아버지의 목소리 어딘가에는 나의 분노를 식히는 호소력이 있었다. 아버지의 기침은 조금 오래 계속되었다. 그때서야 나는 어머니의 말씀이 생각났다. 겨울이면 재발되는 아버지의 만성천식이 하필 신혼 초야에 나타나, 그날 밤부터 참배를 한 궤짝이나 단번에 잡수시고야 나으셨다던 어머니의 말씀이었다. 이곳에 도착하신 이래 아버지가 저렇게 기침하시는 것을 자주 보았음에도 어머니가 그토록 자주 읊으신 아버지의 참배 사건이 한 번도 머리에 떠오르지 않은 것이 이상할 정도였다.

"그런데 나는 네가 보다시피 네 앞에서 울면서 내 과거지사에 대해 용서를 빈 적도 없거니와 그렇다고 내 긴 인생을 장식해줄 훈장 하나 달지도 않은 것은 물론이요, 이렇다 할 공적을 세우지도 못하고 네가 보기엔 참…… 딱한 삶을 연장해온 늙은이의 모습으로 나타났다. 그러나 네가 어찌 들을는지는 몰라도 나는 어느 누구에게 무릎 꿇고 용서를 빌 일을 한 적이 한 번도 없다는 게 내 생각이니라. 너희 세 형제와 네 어미가 내 월북 이후 겪은 수모를 내가 상상 못 하는 바는 아니다. 그에 대해서는 나로서도 할 말이 없다. 그러나 너도 이제 세상이 뭔지 알 만한 나이에 이르렀으니 얘기한다만, 그 수모의 책임 소재지를 나 한 개인에게 돌리는 어리석음을 범하지 않기 바란다. 물론 나는 아비 없이 성장한 경제적이고 심리적인 수모를 얘기하는 것이 아니다. 이미 이 땅에는 없는 네 어미는 알고 있겠다만, 나는 합의하에 내 뜻을 따라, 내 처지의 다른 많은 사람들처럼 다시 데리러 올 것을 약속하고 북으로 갔다. 모든 일에 어찌 갈등이 없었겠고 철없는 두 아들에, 특히 만삭을 바라보는 아내를 두고 떠나는 심경에 어찌 마음의 찢김이 없었겠느냐. 그러나 뜻 없이 건성으로 사는 일이 그 당시나 지금이나 내게는 가장 큰 부끄러움이니 어찌하랴. 용서할 거리가 없다고 우기는 사람을 용서하는 것이 얼마나 힘든 일인지 이 아비는 잘 알고 있다."

아버지의 말씀은 점점 더 내가 전혀 예상하지 않은 방향으로 흘러가고 있었다. 잠시 사라졌던 아버지에 대한 의심이 다시금 솟아올랐다. 3년가량이나 기다리면서 아버지가 내게 보일 수 있는 모든 태도를 상상하고 또 상상해본 나였지만 지금 아버지가 펼치고 있는 종류의 말은 너무 뜻밖이어서 나는 어떤 반응을 보이기는커녕 아버지 사고의 끄트머리를 따라잡느라 지독한 혼란을 겪고 있었다. 일생을 망령에 시달려온 우리 가족에 대한 모욕 같기도 하고, 꼭 그런 것 같지만은 않은, 어느 쪽에 발을 디뎌야 할지 곤란한 말씀이었다. 한 가지 분명하게 드러나는 것은—내게는 부당하게만 보이는—아버지의 당당함이었다. 그렇게 생각하고 보아서 그런지 노인의 주름진 얼굴은 상상 속의 아버지의 얼굴에 자주 나타나던 이상한 빛까지 발하는 것 같았다.

"다시 한 번 반복하는 꼴이 되겠다만 내가 온 것은 너희들에게 용서를 빌려는 데 뜻을 둔 것은 아니다. 네 생각은 어떨는지 몰라도 네가 난생 보지 못한 아비라는 사람한테 첫 답신을 보냈을 때 벌써 반 정도는 이루어진 일 아니겠느냐. 나머지 반은 시간과 우리의 노력 여하에 따라 두고두고 이룰 일이리라. 내 뜻은 딴 데 있었다. 나는 내가 어떤 모양새를 가지고 너희들 속에 살고 있는지 알 길이 없다만, 네가 방금 말한 대로 망령으로서 너희 살림의 주위를 떠돌아다녔다면, 이 내 망령이라는 것이 실제와는 천양지차일 것이라는 게 나의 소견이다. 그렇다고 늙은이가 주책없이, 죽기 전에 나 개인의 모양을 바로잡으려고 이 먼 여행을 계획했다고 생각하지 말기 바란다. 나는 바로잡을 모양새도 자랑할 만한 거리도 없다. 네 아비라는 사람은 그저 20여 년 이상 농사에 매달린 야인일 뿐이고, 내 보잘것없는 생애에 많은 우회를 거친 다음에 어렵게 이른 이 자리가 흡족할 뿐이다. 그리고 바로 있는 그대로의 나의 모습을 너희들에게 꼭 보여주고 싶었다……"

아버지는 드디어 그 오똑 의자를 떠나 창가로 가 뒷짐을 지고, 어느새 조금씩 흐려오는 겨울 하늘을 하염없이 바라보았다.

"겨울 날씨치고 따사하다 했더니 눈이라도 떨어질라는가 부다……"

내 귀에는 물론 아버지의 날씨 타령이 들어오지 않았다. 며칠 전부터 고집스럽게 나를 따라다니던 의심이 아버지의 말씀으로 증명이 된 것 같기도 하고 아닌 것 같기도 했다. 나는 잠시, 아버지가 말문을 여신 이 기회를 이용해 단도직입적으로 질문을 던져보는 방법을 생각했다. 그런가 하면 왜 내가 이다지도 고집스럽게 아버지에 대한 의심에서 헤어나지 못하는지 이해할 수가 없었다. 나는 나 자신을 설득이라도 하듯이 지금까지 그런대로 나를 안심시킨 여러 가지 사실들을 다시 떠올렸다. 무엇보다도 아버지가 벌써 오래전에, 그것도 죽음을 각오하고 나의 어린 '동생'들까지 이끌고 북한에서 중국으로 이주를 감행한 것이 사람들이 말하는 그 전향이라는 것을 증명하는 것이 아니겠는가. 그러나 늘 그렇듯이 이 사실을 상기해보아야 안심은 잠시일 뿐 또 다른 사실이 재빨리 머릿속을 비집고 들어왔다. 대부분 그런 부류의 사람들이 하는 것처럼 아버지는 한 번도 시원하게 그 도망쳐온 이북에 대해 이렇다 할 비판을 한 적이 없었다는 사실이었다. 도저히 그에 대해 길게 언급한 적이 없었거니와 나 또한 실상 한 번도 진지한 호기심을 가지고 북쪽의 상황을 물어본 적조차 없다는 데 생각이 미쳤다. 대한민국에서 사는 사람이면 누구나 가지고 있는 북쪽에 대한 확실한 지식이 있지 않은가. 게다가 우리 가족처럼 델 만큼 덴 사람들에게 있어서랴. 나는 아버지가 도착하신 바로 다음날 저녁 식사 중에 북한에 대한 나의 지식을 일부러 열을 올려가며 아버지 앞에서 쏟아놓던 일을 상기했다. 하기는 내가 아버지의 입장에 있었더라도 그토록 확실한 지식 앞에서는 감히 반론은커녕 조그만치의 부언조차 삼갔을 것이다. 나는 다시 한 번 지독한 혼란을 겪으면서 농사에 구부러진 아버지의 뒷모습을 씁쓰름하게 바라보았다. 마음이 조금 안정되었다. 설령 '그렇다' 치자. 그러나 74세의 노인이 활동을 해봐야…… 그것도 야인을 자처하시는 분이……

이런 종류의 야비한 계산에 몰두해 아버지의 뒷모습을 주시하고 있는데 갑자기 아버지가 내 쪽으로 돌아섰다. 몸에 갑자기 전류라도 닿은 것 같은 착각을 주는 강한 시선으로 아버지는 말없이 나를 내려다보셨다. 아버지에게서 처음 본 그윽하고 깊은 시선이었다. 아버지의 눈자위는 붉게 물들어 있었지만 여전히 마른 채였다. 저것이 아버지의 나에 대한 사랑의 표정인가. 아버지의 사랑이라는 것을 한 번도 경험해본 적이 없는 나는 홀린 듯이 중얼거렸다.

"잠시 허리 좀 펴고 누워야겠다. 한 30분 있다 깨워다고."

아버지는 느린 걸음으로 어머니가 쓰시던 침실 쪽으로 걸음을 옮기셨다. 뭉클한 덩이가 목줄기를 타고 올라왔다.

"아버지!"

정체를 알 수 없는 감동에 휩싸여 나는 무작정 이렇게 불렀다. 그러나 정작 할 말이 없었다. 피곤한 기색이 역력한 아버지의 얼굴이 나를 내려다보았다. 그러나 나는 올라오는 감정을 얼른 숨기고 투정하듯이 말했다.

"아버지, 왜 하필이면 고생만 되게 중국으로 도망하셨어요? 멀찌감치 일본이나 미국 쪽으로 길을 터보시지요……"

아버지는 내 말뜻을 잘 모르겠다는 표정으로 고개를 갸우뚱하시고는 잠깐 당황한 표정으로 서 계셨다. 그러더니 내 심중의 한곳을 짚으셨다는 듯이 고개를 천천히 끄덕이시며 말씀하셨다.
"길이 오르막길이면, 그 길에 오른 사람들은 목을 축일 샘이 있는 내리막길이 나타나겠지 하는 기다림으로 걷는다. 그러나 가도 가도 내리막길은 없는 오르막길이 있다. 그것을 알고 길을 오르는 사람, 그걸 모르고 내리막길만을 찾는 사람, 되돌아 내려오는 사람, 억지로 길을 깎아 내리막을 만드는 사람, 화가 나서 남을 탓하는 사람…… 수만 가지 사람이 같이 오르막길을 오른다. 너는 내가 어떤 사람인 것 같으냐?"
"길도 여러 종류일 텐데 하필이면 꼭 오르막길을 택할 이유가 있습니까?"
"그건 왠고 하니…… 변함없이 평평한 대로만 있다면 오죽 좋겠냐마는…… 설사 그런 길이 있다고 해도, 아마 그렇게 말하는 너부터가 먼저 진절머리를 칠걸."
내가 무슨 말을 덧붙일 여유도 없이 아버지는 방으로 들어가버리셨다. 그렇다고 선문답 비슷한 아버지 말씀의 진의를 따지고 들 여력도 없을 만큼 나는 지쳐버렸다.
얼마나 누워 있었을까. 가물가물 감기려는 시선에 응접실의 한구석에 놓여 있는 아버지의 남루한 여행 가방이 분명하게 들어왔다. 나는 내가 무엇을 하는지도 모르고 벌떡 일어나 아버지가 주무시는 방문 앞으로 다가가 귀를 기울였다. 가속도로 뛰는 내 맥박 이외의 소리는 들어오지조차 않았다. 조금 숨을 돌이켰을 때에야 약하게 코 고는 소리가 방 안에서 들려왔다. 나는 아예 가방을 들고 내 방으로 숨어들어가 문을 닫고 아버지 여행 가방을 뒤지기 시작했다. 손끝까지 바르르 떨릴 지경이었다.

나는 정작 내가 찾고 있는 것이 무엇인지도 모르면서 가방을 채운 것들을 흩뜨리지 않으려고 애쓰면서 온 신경을 손끝에 집중해 옷 갈피를 더듬었다. 솜이 두둑하게 든 색 바랜 천의 오버가 벌써 가방의 반 정도나 차지하고 있었고 앞자락이 반들거리기까지 하는 이 역시 남루한 양복 한 벌과 까칠한 모직 스웨터가 둘, 그리고 잘 다려진 네 벌의 와이셔츠와 여기저기 조금씩 손질한 흔적이 보이는 속옷과 양말 나부랭이들로 가방은 채워져 있었다. 드디어 나는 가방의 밑바닥에서 딱딱한 물건이 들어 있는 비닐봉지를 발견했다. 도둑질이라도 하는 것처럼 내 심장이 격렬하게 뛰었다.

그러나 비닐봉지 속에는 한 권의 책자와 고량주를 연상시키는 액체가 담긴 병이 하나 수건에 싸여 들어 있을 뿐이었다. 나는 서둘러 까만 장정의 책을 펴 들었다. 아무리 나의 한자 실력을 동원해 책을 훑어보아야 그것은 내가 막연히 예상했던 것처럼 이렇다 할 혁명가의 사상서도, 어록집도 아닌, 일종의 법국(法國) 여행 안내서에 불과했다. 나는 다시 한 번, 별 성과 없이 옷 갈피를 샅샅이 뒤졌다. 그러나 이렇다 할 종잇장 한 장 만져지지 않았다. 다시금 책자를 집어 들었을 때 한자로 가득 찬 책갈피에서 무언가가 툭 떨어졌다. 나는 나도 모르게 화들짝 놀랐다. 방바닥에 힘없이 떨어진 것은 한 장의 사진이었다. 어머니도 애지중지 보물처럼 간직하시던 동일한 사진, 그러나 아버지의 것은 훨씬 더 분명하게 윤곽이 남아 있었다. 눈에도 선한 시골 큰집 앞의 정자나무 밑, 세 줄로 나란히 이씨 집안의 자손들이 엄숙한 자세로 서 있었다. 두번째 줄의 왼쪽에 흐릴 대로 흐려진 채 아버지와 어머니의 얼굴이 보였다. 그리고 기껏해야 서너 살 정도의 큰형과 어머니 품에 안겨 있는 젖먹이 작은형.

물론 나의 모습은 없었다. 나는 대부분 이미 돌아가신 어른들의 얼굴까지 하나하나 마치 이 사진을 처음 보기라도 하는 것처럼 빨려 들어갈 듯이 들여다보았다. 그러나 수십 번도 더 들여다본 이 사진이 내가 알아내고자 하는 것을 뒤늦게 알려줄 리가 만무했다.

나는 가방을 정리할 생각도 하지 않고, 묘하게도, 가난했던 유년의 시기를 연상시키는 그저 낡았을 뿐인 아버지의 소지품들을 멍하니 바라다보았다. 조금 전 아버지의 시선의 이상한 효과가 다시 내 몸을 가로질러갔다. 그때야 나는 일종의 마취 상태에서 빠져나왔고, 내가 방금 저지른 행위에 내 스스로 진저리를 쳤다. 우리 가족이 거처를 옮길 때마다 한두 번은 꼭 집으로 찾아와 냉랭한 불신과 위협적인 시선으로 집 안을 한 바퀴 훑어보고 가던 소위 담당 구역 형사들의 비슷비슷한 얼굴들이 그것 보라는 듯 의기양양한 자태를 지으면서 눈앞을 스쳐 지나갔다. 그 얼굴들의 대열 맨 끝에서 마침내 탈을 벗은 진정한 망령의 얼굴이 슬픈 표정을 하고 멈추어 섰다. 불행히도 그 딱한 취조자의 얼굴은 다름 아닌 나의 얼굴이었다. 나는 아버지의 가방을 다시 건드릴 엄두조차 내지 못하고, 결국 수치스러운 일을 저지르고 만 내 두 손을 처치 곤란한 괴물 바라보듯 오랫동안 주시했다.

심한 공복과 한기에 나는 눈을 떴다. 9시가 넘어 있었으나 밖이 희뿌연 것을 보니 아침인 모양이었다. 나는 벌떡 일어나 방 안을 휘둘러보았다. 아버지 가방이 놓여 있던 자리가 비어 있었고 방문이 반쯤 열려 있었다. 그러나 어제 저녁 가방을 제자리에 가져다 놓은 기억은커녕, 어떻게 잠이 들었는지조차 기억에 없었다. 머리가 쪼개질 것처럼 아픈 것에 비해 몸과 마음은 의외로 가뿐한 것이 이상했다. 나는 가방과 함께 아버지가 사라지시기라도 한 것처럼 서둘러 방문을 열었다.

아버지는 예외 없이 등받이 없는 의자에 앉아 내게 이미 안면이 있는 법국 안내서를 읽고 계셨다. 어제 저녁은 물론이요 아침 진지까지 벌써 혼자 차려 잡수신 기색이었다. 아버지는 슬쩍 내 안색을 살피시면서 말씀하셨다.

"그래, 술맛이 괜찮더냐? 네 형들 도착하면 한 잔씩 돌릴 양으로 내가 직접 담가온 것인데, 네가 그렇게 좋아하는 줄 알았으면 한 병 더 가져올 걸 그랬구나."

"죄송합니다, 아버지."

술병보다는 가방 건을 생각하고 나는 진정으로 말했다. 그러나 아버지는 다른 내색 없이 눈까지 찡긋하면서 덧붙이셨다.

"죄송하긴…… 그런데 가방 속에 든 술병까지 감지할 정도면 너도 아주 대단한 술꾼인데. 속이 탈 텐데 내가 끓여놓은 해장국 맛도 보련?"

아닌 게 아니라 속이 바짝 말라 물이라도 한 대접 들이켜려고 식당으로 가던 참이었다. 나는 그만 두 손을 바짝 들어버리고 아버지가 손수 차려놓은 아침상 앞에 엉거주춤 앉는 수밖에 없었다.

"나도 파리 관광 좀 할까 하는데 대동해주겠니? 주중에는 네가 시간이 없을 것 같아서 말이다."

"어떤 관광요?"

아버지는 보시던 법국 안내서의 한 귀퉁이를 펼치셨다. 중국어로 씌어진 안내서의 내용을 전부 이해할 수는 없었지만 한 옆에 그려진 지도와 묘지라는 한자로 보아 페르 라 셰즈 묘지를 설명하고 있는 것 같았다.

"아니 하고많은 명소 중에 왜 하필이면 공동묘지부터……"

그러나 나는 곧 입을 다물어버렸다. 아버지가 그곳을 보고자 하는 의도가 막연히 잡혔기 때문이었다. 페르 라 셰즈라면 묘지이기 이전에 거기에 묻힌 유명 인사들의 무덤을 장식하고 있는 조각품과 공원의 경치로 유명해, 유학 시절 친구들과 어울려 한 번 가본 적이 있었지만, 40헥타르가 넘는 곳을 걷느라 발바닥이 부르튼 기억도 있고 해서 되도록 파리에 들른 친지들을 안내할 때마다 슬쩍 피해 간 장소이기도 했다. 아버지가 보고자 하는 것은 물론 쇼팽이나 아폴리네르나 들라크루아와 같은 예술인의 무덤은 아닐 것이다.

"아들 보러 여기까지 왔으니 최소한 그것은 보고 가야지 않겠냐?"

아닌 밤중에 홍두깨 격으로 나는 아버지를 모시고 나왔다.

아무리 관광이 좋다지만 한겨울에 그것도 일부러 우리 부자의 외출을 기다리기라도 한 듯 잔뜩 흐린 데다가 기온까지 갑자기 내려간 아침나절인지라 아무리 명소인 페르 라 셰즈라 할지라도 사람의 그림자 하나 보기 힘들었다. 그 안에 이르니 매운바람까지 때맞춰 우리를 맞았다. 나는 되도록 이 거대한 미로 속을 벌벌 떨면서 헤매는 것을 피하기 위해 정문에서 산 지도를 펴 들고 아버지께 여쭈었다.

"이 안을 다 둘러보시려면 서너 시간이 걸릴 텐데 다 보시겠어요? 아니면……"

온갖 멋을 부려 조각 장식을 한 서구식 무덤들보다는 이 묘지의 크기에 조금 당황하신 듯 잠시 멈춰 서서 첩첩이 무덤들인 사방을 휘돌아보시는 아버지의 얼굴이 벌써 추위에 반쯤 얼어 있었다.

"다 보긴…… 가로질러 곧장 그리로 가자."

"그러라니요?"

나는 너무 당연하다는 투로 말씀하시는 데 약간 반발을 하며 일부러 되물었다.

"녀석, 딴청을 하기는…… 나 같은 사람이 여기를 오자고 했을 때 그게 어디일 것 같으냐."

아버지는 조금도 거리낌 없이 말씀하셨다. 이 '나 같은 사람'이란 말씀이 강한 충격과 함께 여러 번 귓속을 울렸다. 나는 말없이 정문에서부터 동쪽 끄트머리에 위치하고 있는 '코뮌 병사들의 벽'을 향해서 걸었다. 공산주의권의 여행자들이 파리에서 빠뜨리지 않고 방문하는 상징적인 성소처럼 되어버린 곳이었다. 아버지는 솜으로 누빈 두꺼운 오버 깃을 더욱 여미시고 걸으면서 주변의 기기묘묘한 조각품들을 감상하는 것도 잊지 않으셨다. 나는 평소 파리를 방문한 친지들을 안내할 때면 하던 최소한의 설명조차 잊고 아버지의 '나 같은 사람'이라는 말 속의 뜻을 새기는 데 열중했다. 아무것도 증명하지 않는 여전히 막연한 표현이었다. 그러나 나는 더 이상 트집이라도 잡듯이 아버지에게 덤벼들지도 않았고, 말꼬리를 잡고 아버지를 다그치지도 않았다. 파리의 습기 찬 겨울바람이 뼛속까지 스며들어왔다.

"무덤이 많기도 하다만 참 잘도 장식해놨구나. 아직 멀었냐?"

돌길인 데다 적막한 추위 속을 걸으시기가 아무래도 힘드신지 아니면 나의 침묵이 너무 길었는지 한마디 하셨다.

"조금 남았습니다."

나는 건성으로 대답했다. 10여 년 전의 어느 여름, 친구들과 어울려 이곳을 방문했을 때의 한 장면이 기이한 선명함으로 다가왔다.

그때도 나를 포함한 세 명의 유학생은 파리 관광 안내서에 따라 이곳에 왔고 역시 안내서에 씌어 있는 대로 파리 코뮌의 막바지에 이곳에 스며든 국민병을 정부군이 생포 사살해 그 자리에 묻었기 때문에 역사적인 장소가 된 그 장식 없는 벽 근처로 다가갔었다. 다른 친구들은 꽃다발 하나로 조촐하게 남아 있는 흔적 없는 벽을 기억하고 있을는지 모르겠지만 내게 되살아오는 우울하고도 적막한 기억은 전혀 다른 것이었다.

우리가 그 벽 바로 앞에 있는 잔디밭에 앉아 막 사진을 찍고 났는데 검정 바지에 흰 와이셔츠를 입고 상고머리를 깎은, 비슷한 외양의 세 명의 동양인이 그 벽 앞으로 다가갔다. 그들 중의 약간 나이가 있어 보이는 사람이 말했다.

"이곳이 불란서 코뮌 당시 147명의 위대한 인민 혁명 전사들이 마지막 순간까지 싸우다가 무참히 사살된 역사적인 장소니 동무들 잘 봐두라우."

엉뚱한 장소에서 모국어를 듣는 순간 반갑다는 생각보다는 그늘에 앉아 지친 다리를 쉬고 있었던 우리들은 제각기 자신도 모르게 폈던 다리를 모아들였다. 그러고는 그 특이한 사투리와 용어로 우리말을 주고받은 사람들은 기이한 동물 보듯이 바라보았다. 막 유학 생활을 시작한 우리로서는 난생처음으로 가까이서 보게 된 북한 사람들이었다. 옆에 있던 유학생들의 머릿속에 어떤 생각이 스쳐지나갔는지는 알 수 없어도 어느 누구도 그들 앞에서 입을 뗄 엄두를 내지 못한 채 일종의 방어 심리와 호기심이 뒤섞인 모호한 표정을 하고 서로의 눈치만 보았다.

이 불편한 장면이 이토록 선명하게 기억에 되살아나는 것은 그 순간 내가 바로 아버지를 생각하고 있었기 때문이었다. 그렇지만 나 자신 또한 친구들과 마찬가지로 이들에게 감히 말을 걸거나 다가간다거나 하는 것은 생각조차 못 했을 뿐 아니라 이상하게도 미친 듯이 뛰는 심장 때문에 더더욱 위축된 채 숨을 죽이고 그들을 바라보았다. 저들이 빨리 설명을 좀 마치고 가버렸으면 하는 마음과 우리들의 시선을 인식하지 않고 좀더 머물러 더 떠들어주었으면 하는 상반된 감정에 묻어오던 그 어색한 거리감에도 불구하고 나는 그들의 얼굴 위에서 환각처럼, 기억에도 없는 젊은 시절의 아버지를 보고 있었던 것이다.

  나는 한바탕 들이닥치는 바람에 오버의 깃을 올릴 생각도 잊고 칠십대의 노인답지 않은 빠른 걸음으로 저만큼 앞서가시는 아버지의 구부정한 뒷모습에서 시선을 뗄 수가 없었다. 마치 10여 년 전 그 불편하던 여름날 이곳에서 아버지 생각을 한 이후부터 줄곧, 행여 아버지를 만날 수 있을지도 모른다는 기대 속에서 하루하루를 살아오기라도 한 것 같은 감정의 착각에 사로잡혀 나는 뛰다시피 아버지에게로 다가갔다. 정말 추우신지 바람에 온통 붉어지기까지 한 얼굴을 돌리시며 아버지께서 다시 물으셨다.

  "거 참 바람 한번 극성스럽구나. 아직도 멀었냐?"

  나는 길 저쪽 끝에서부터 또 한차례 몰려오는 바람을 막을 양으로, 아버지의 어깨를 껴안으면서 대답했다.

  "이젠 거진 다 왔습니다. 아버지."

〔1990년 10월〕

벙어리 창(唱)

 나는 대양의 흐름을 거슬러 올라가는 것을 꿈꾸는 사람입니다. 나는 그 광대한 액체의 나라에 사는 생명 중에서 각별히 연어를 사랑하는 사람이기도 합니다. 당신은 연어와 나라는 사람 사이에 존재하는 공통점이 무엇인지 아십니까?
 스무고개나 싱거운 수수께끼를 연상시키는 이 편지를 나는 급히 찢어냈다.
 불온한 음을 녹음했다는 이유로 원하지도 않는 입대 날짜를 갑작스럽게 통고받고 난 후, 별다른 진전 없이 이미 녹음해놓은 몇 개의 테이프를 만지작거리면서 시간을 보내고 있을 때, 나는 아주 이상한 장면을 목격하게 됐다. 그리고 그와 비슷한 때에 나는 어쩌면 집안에서 나만 모르고 있었을지도 모르는 우리 이모의 비밀을 알게 되었다.
 내가 벙어리 여인을 만난 것은, 아니 내가 그녀의 목소리를 처음 들은 것은 일주일 전 한 공중전화 앞에서였다. 그날도 나는 여전히 녹음기를 허리에 찬 채 할 일 없이 시내를 배회하고 있었고, 오후 5시경 기울어가는 도시의 한복판에서 힘겹고 외로웠다. 누군가를 불러야 한다는 긴박감에 이끌려 나는 가까이 있는 공중전화로 다가갔다.

공중전화 앞에는 한 여인이 통화를 하고 있었다. 그러나 당연히 들려와야 할 통화 내용은 물론이고, 수화기 앞에서 상대편의 말만을 듣고 있을 때라도 섞이게 마련인 최소한의 반응조차 없이 여인은 수화기를 귀에 댄 채 꼼짝도 하지 않고 서 있었다. 평소에 공중전화 앞에서 남의 대화를 녹음한 잦은 전적이 있는 내게, 어떤 경우에는 남이 통화를 끝내는 것이 오히려 아쉬울 때도 있었다. 전화할 대상이 딱히 없었던 나는 바쁠 것도 그렇다고 아쉬울 것도 없이 전화 박스 속에서 침묵하고 있는 여인의 뒷모습에 멍하니 시선을 주고 있었다. 그러나 여인은 당혹한 표정으로 뒤를 돌아다보고는 수화라고 부르는 이상한 손짓과 함께 낮은 신음 소리를 발하면서 조금만 기다려 달라는 신호를 보내왔다. 전화박스 속의 여인은 말할 필요도 없이 벙어리였다.

그런데 바로 다음 순간 아주 이상한 일이 일어났다. 내가 벙어리로 단정한 바로 그 여인이, 갑자기, 나로서는 한 번도 들어본 적이 없는 고음으로 완벽하게 연습한 듯한 소리의 연속을 만들어내고 있었다. 그것은 사람들이 일반적으로 아름답다고 말하는 선율이나 노랫가락은 아니었다. 높고 가늘지만, 순간적으로나마 거리의 소음을 말살해버리는⋯⋯ 창자 저 깊숙한 데서 나왔거나 아니면 심연의 밑바닥에서 끌어올린 소리, 마치 신화 속의 괴물이 때와 장소를 착각하고 내 앞의 공중전화에 나타나 포효라도 한 것처럼. 나는 당황한 나머지 허리에 차고 있는 소형 녹음기의 단추를 누르는 것조차 잊고 있었다.

목소리의 주인공은 약 1분간 현기증 나는 소리의 곡예를 계속했다. 그러고는 다시 침묵이었다. 이윽고 뒤돌아서서 전화박스를 나오는 여인의 얼굴은 지쳐 있었고, 도망하듯이 길을 내려갔다. 여인은 거기서 그리 멀지 않은 곳에 있는 하숙집임 직한 한 집 속으로 사라졌다.

이미 일주일 전의 일이지만 여인이 낸 이상한 소리는 점점 더 나의 궁금증을 자극했고 드디어 나는 이 이름도 나이도 주소도 모르는 벙어리 여인에게 편지를 쓰기로 작정한 것이다.

……당신이 통화하던 상대편이 누구이건 간에 나는 당신이 음으로밖에는 표현할 수 없었던 그 내용이 절망적인 구애의 음이었다고 감히 말하겠습니다…….

내가 다시 원고지 한 장을 뜯어냈을 때, 귀에 익숙한 소리가 대문에서 들려왔다. 이모가 또 반죽음이 되도록 이모부에게 두들겨 맞고 우리의 거처를 피신처로 찾은 모양이었다. 나는 기계적으로 시계를 보았다. 11시가 가까워오고 있었고 누나가 이미 자리에 누웠을 시간이다. 여느 때 같으면 매일 저녁 거행되는 누나의 오이 마사지가 끝나갈 무렵이기도 하다.

주위에 홍건히 널려 있는 각본과 별로 다를 바 없이 나는 서른을 반 이상 넘기고도 결혼을 하지 못한 누나에게 얹혀살고 있고, 그 대가로 내가 누나를 위해 하는 것이 있다면 가끔 가다가 달걀 푼 물에 오이를 담갔다가 누나 얼굴에 붙여주는 일이다. 그것까지를 불평할 생각은 없지만 제약 회사에 다니고 있는 누나이니만큼 피부 노화

방지를 위한 갖가지 화학 요법을 알고 있을 것임에도 불구하고 늘 생계란에 생오이로 적신 가제 수건을 뒤집어쓰고, 나이가 거꾸로 돌아가기를 바라는 누나의 원시적인 방법에는 어딘가 전 세대적인 슬픈 구석이 있다. 형광등 불 밑에 흰 가제 수건을 쓰고 누워 있는 누나를 대할 때마다 나는 마치 내가 시체에 염을 하는 장의사가 되는 것 같아 섬뜩했다. 바로 이런 이유로 나는 오이를 걷어내기까지 기다려야 하는 15분 동안, 누나가 엄격히 금지했음에도 불구하고 주변에서 주워들은 음담패설이나 유언비어를 들려주면서 누나를 웃기려 드는지도 모르겠다.

그러나 나이라는 불가능을 초극하고자 하는 누나의 의지는 굳건한 것이어서, 한 번도 마사지가 망쳐질 정도로 누나의 안면 근육이 강력한 반응을 보인 적이 없었다. 나는 한때 가짜 격언을 만들어내는 일에 몰두하고 있었는데 그중에 적어도 하나는 철저히 누나에게서 영감을 받은 것이고 당시 내 주변의 실없는 청중에게서 상당한 호응을 받은 것이기도 하다. 그것은,

시체는 웃지 않는다 —
는 것이었다.

그러나 가만히 들여다보면 얼마나 많은 세상 사람들이 시체가 웃는 것만큼이나 이상한 일, 시체를 웃기는 것만큼이나 불가능한 일에 매달려 살고 있는가. 내가 벙어리가 전화 통화하는 것을 보았고 또 벙어리의 목소리에 감명을 받았다고 한다면 모두들 "또 환청이로군" 하고 웃어넘길 것이다. 그러나 나는 분명 벙어리가 통화하는 것을 들었고 심연에서 솟아난 벙어리의 구애의 외침을 들었다. 그것이 지금 문밖에서 이모가 내는 소리보다 덜 현실적일 이유가 어

디 있겠는가.

이모는 내가 늘 감탄해 마지않는 끈기로 우리들의 신호를 기다리고 있었다. 수줍은 듯하면서도 그게 자연스럽다기보다는 기운 빠진 사람이 마지못해 두드린다는 의도를 내보이는 이모의 익숙한 리듬이요 강도였다. 평소 볼일이 있어 들를 때는 어김없이 초인종을 사용하는 이모는 오늘처럼 각별한 날은 꼭 손가락 마디로 철대문을 두드림으로써 볼일과 피신을 구별해왔다. 우리 남매가 서울에 정착한 이래 이모는 우리의 거처를 거리낌 없이 야밤 피신의 장소로 정했고 누나와 나 또한, 집안의 구박데기 이모에게 적선이라도 하는 기분으로 그 잦은 피신을 당연한 것처럼 받아들였다. 그러다 보니 우리는 이제, 아, 이번에는 이모 몸 어디에 멍이 들었나, 어느 부위가 얼마만큼 부러졌나, 이모가 신주 단지 모시듯 하는 머리카락에는 이상이 없나 하는 정도의 최소한의 호기심조차 가지지 않게 되었다. 충격 효과의 반복 적용에 따른 관심도의 점진적인 쇠퇴라고 누나는 이 현실을 명명했다.

60을 낼모레로 바라보면서도 이모는 이렇다 할 이유 없이 온 집안의 따돌림을 받고 있었다. 이모가 우리를 제외하고는 편들어줄 자식 하나 없고, 장안에서 둘째가라면 서러워할 술꾼이라는 것과, 전적을 알 수 없는 소위 사기꾼의 범주에 들어가는 남편을 두었다는 것 외에 그런 취급을 받을 아무런 이유가 없음에도 불구하고 이모는 집안의 구박과 푸대접을 당연한 것처럼 넉살 좋게 받아넘기는 것 같았다. 집안에 나쁜 일이 생기면 그건 말할 필요도 없이 살이 낀 이모 탓이었고 대부분의 집안의 대사는 이모에게는 기별조차 가지 않았다. 불행히도 이모는 조카들 중에서, 내가 음악도라는 단 하나의 이유로 무조건적으로 나를 위했고 그것까지도 밉게 보여 내게 닥치는 모든 불미한 사건은 예외 없이 이모 탓일 정도였다. 때로는 이모부의 매를 피해, 때로는 집안 대우가 서러워, 많은 경우 아무런 핑계 없이 이모는 만취해서 대문을 두드리거나 누나나 나의 이름을 목청껏 외치거나 했다.

나는 이모의 두드리는 리듬이 아다지오에서 알레그로로 바뀌는 것을 느끼면서도 꼼짝하지 않았다. 가만히 듣고 있자니 이모는 단순히 대문을 두드리는 것이 아니라 그럭저럭 박자를 맞추면서 어떤 곡의 리듬을 따라 손가락을 놀리고 있었다. 길게 상상할 필요도 없이 그 리듬은 어릴 때 술에 취한 이모가 내게 가르쳐준 이후 이제는 나의 십팔번이 된 구닥다리 유행가 「그대는 모를 거외다」의 한 소절이었다. 나의 심금을 울리자는 이모의 발랄한 발상이었다.

대문에서 가까이 있는 내 방에서 반응이 없자 이모는 좀더 효과적인—그러나 누나가 딱 질색하는—다음 단계로 넘어갔다. 이모는 누나 방 창문이 나 있는 담 쪽으로 다가가, 대문을 두드릴 때의 조심스런 태도를 내던지고 누나의 이름 석자를 고음으로 부르기 시작했다. 세번째의 부르짖음이 채 끝나기도 전에 누나 방문이 후닥닥 열리고 이어 씩씩거리는 분노의 숨결과 함께 허겁지겁 내 방문 앞을 가로지르는 발걸음 소리가 들려왔다. 누나가 본의 아닌 독신주의자라는 것을 동네에서 다 알고 있는 만큼 그 금단의 이름 석 자가 한밤중의 대기에 울려 퍼졌다고 사건이 될 수는 없어도, 그것이 당사자에게는 질겁을 할 모욕이리라는 것을 이모는 이중으로 계산하고 있었다. 목적에 골인하는 데 이모만큼 안면몰수하고 직진하는 사람도 드물 것이다. 곧이어 "이모, 이혼해요, 이혼" 하고 부르짖는 누나의 목소리가 들려왔고, 누나의 부아라도 긁으려는 것처럼 "아니 그 불쌍한 사람이 뭘 어쨌다고 헤어지래냐"고 시치미를 떼는 이모의 너털웃음이 들려왔다.

그러고는 빗장 여닫는 소리, 무언가 쿵 부딪치는 소리, 한숨 소리, 발걸음 소리가 내 방문 앞에서 멎는다. 나는 죄라도 지은 것처럼 숨소리를 죽였다.

"얘는 늦게까지 채집 나갔나 보지?"

평소처럼 과장되게 훌쩍거리기는커녕 술에 거나하게 취한 만족하고도 활기찬 목소리가 행여 내가 기척이라도 내면 당장 평소의 공모자인 내 방의 문을 열어젖힐 기세였다. 누나의 무답. 다시 신발 끌리는 소리, 방문 여닫히는 소리. 침묵. 그리고 얼마 안 있어 마치 내가 들으라는 듯이 울려 퍼지는 이모의 자유분방한 통곡 소리. 그러면 그렇지. 나는 입가에 미소를 떠올리면서, 나의 진정한 술 스승이기도 한 이모의 원색적인 울음소리를 다시 한 번 채집하고 싶은 충동이 일어났다. 그렇지만 저럴 때의 이모의 예외적인 생명력이 넘치는 울음소리를 담은 테이프가 무려 여섯 개나 되었다. 이모가 채집이라 부르는 것은 성능이 좋지 않은 휴대용 녹음기를 들고, 시장에서 벌어지는 싸움이나 갖가지 데모 현장, 다방의 옆 탁자에서 벌어지는 남녀의 밀담, 한 구절 건질 것 없는 유명 인사의 연설 같은 구체적인 것에서부터, 버스 안의 소음, 밤배 위의 바람 소리, 내가 자면서 내는 잠음 같은 막연한 것들을 마구 녹음해대는 나의 작업을 일컫는 말이다. 이 취미로 인해 봉변을 당한 것이 수도 없이 많았던 반면 때로는 방송국에서 일하는 선배에게 배음을 제공해 용돈을 벌기도 했다.

내 협소한 방의 벽을 반 이상 채우고 있는 이 테이프들이야말로 내가 어느 날 지구를 떠날 때 가지고 갈 수 있는 단 하나의 재산으로, 언젠가는―내게 스튜디오만 있다면―조작되고 재편집되어 기필코는 뭔지는 모르지만 뭔가를 뒤집어엎을―아니 김군 대체 지금 장난하는 건가? 무얼 어떻게 뒤집겠다는 거야, 대관절. 이 소리를 듣고 있자니 메슥메슥 내 속이 다 뒤집히네. 이걸 발표라고 하나? 교수님의 그 신체적인 반응이 바로 제가 들려드린 음, 죄송합니다. 소리의 참모습을 증명…… 아하, 자네하고 말장난할 시간 없네. 다음 학생 들여보내―새로운 음의 세계의 도래를 알릴―창수야 기가 막힌데. 기발해. 이게 정말 ×××가 아침 조깅 때 내뿜는 호흡 소리라 이거지. 한 번 더 틀어봐. 그 중간에 섞이는 건 뭐냐. 뭐 간이 공동 변소에서 채집한 소리를 변질시킨 거라구? 너 정말…… 뭐라고 설명하면 좋을까…… 그런데 이런 것도 음악이라 불러도 좋은 거니? 그런데 이 소리 좀 빌리자. 다음 날부터 방송국으로 나갈 두 번 죽는 남자에 배음으로 쓰게. 그런데 미안하지만 내 이름이 들어가게 될 거야. 실망하지 말고 정진해! 희망 있어. 이 선배의 귀를 믿으라구―중요한 자료들―씨팔! 여봐 젊은이, 지금 뭐 하고 있는 거야? 네가 뭐 경찰이야? 야 지금 막 뭐 하고 있었어? 녹음? 불난 집에 부채질하는 거야 뭐야! 손모가지를 배틀어놓을까 보다. 야, 너 끄나풀이지. 누가 시켰어? 그것도 자료라고 경찰에 갖다 바치겠다아 이거지? 야, 인마 꼭두에 피도 안 마른 짜식이 하는 꼬락서니라니. 그래 갖다 자료 제공해 인마. 어쭈 이게 덤볐어! 짜식아 자, 더 터지기 전에 불어. 누가 시켰어 임마. 얼마나 처먹었어. 불어, 새끼야, 어어 이게 이를 악물었겠다아! (그 순간에도 내 허리춤에 달린 녹음기는 돌고 있었지만 결국 테이프는 뺏기고 말았다.) 아니면—자 학생 순순히 타이를 때 말하는 게 좋아. 이 녹음은 왜 했나? 누구의 지시지? 그리고 이 조작된 소리는 뭘 의미하는 거야! 하긴 할 말은 이 녹음된 구호에 다 포함되어 있겠지. 아니 누굴 놀리는 거야, 이런 잡음하고 음악하고 무슨 상관이냔 말얏. 이거 순 무식쟁이 취급까지 하구 앉았네. 증거가 이렇게 있는데도—사내는 내 방에서 뒤져낸 여남은 테이프가 든 비닐봉지를 허공에 들고 깃발처럼 흔들어댔다—딴청 부릴 거야! 우린 너 같은 피라미한텐 관심이 없다구. 불어, 누구의 지시고 구체적인 목적이 뭔지 불지 않으면 국물도 없을 테니. 아니 이 새꺄, 어따 대고 딴청이야! 네가 무슨 직업적 기자라도 되냐, 왜 갖가지 시위 현장을 쥐새끼처럼 녹음하고 다녀 엉? 자, 맛 좀 볼래, 아니면 순순히 불래. 너를 단번에 저 속에 처넣을 자료들은 인마 얼마든지 있어—이었다.

이모의 울음소리는 예상 외로 오래 계속되고 있었다. 이모의 울음소리는 늘 심한 갈증을 불러일으켰다. 이모는 어쩌면 그 사실을 알고 내가 들으라고 일부러 목청을 높이고 있는지도 모른다. 나는 주변에 널려 있는 종이를 주워 모아 남김없이 쓰레기통 속에 던져 넣었다. 늘 똑같았다. 이모를 당할 사람은 이모부밖에 없을 것이다. 나는 급히 바지를 꿰차고 누나 방 앞으로 갔다.

"이모, 나와요. 우리 한잔하러 가요."

이마 언저리에 손을 대고 이모가 황급히 문을 열고 나왔다. 이불을 쓰고 누워 자는지 자는 척하는지 알 수 없는 누나를 뒤로하고 대문을 나서면서 이모와 나는 야밤에 박장대소를 하며 이유 없이 웃어제꼈다.

이모와 나는 이런 밤이면 늘 가는 포장마차 춘천집으로 들어갔다. 누적된 외상값에도 불구하고 늘 나를 피곤한 두 팔을 벌려 반기는 주인 아줌마는 우리가 입을 벌리기도 전에 소주를 우리 앞에 갖다 놓았다. 나는 이모가 불빛 속으로 들어오면서부터 아예 포기하고 드러내놓은 이마의 시퍼렇게 부풀어 오른 멍을 바라보면서 물었다.

"이번에는 또 뭐예요?"

"응 이건 말이지…… 얘 관두고 술이나 따라라."

우리는 말없이 순식간에 소주 반병을 비웠다. 춘천집 아줌마 앞에 놓인 소형 흑백 텔레비전 화면에 멀거니 시선을 주고 나머지 반병 또한 순식간에 비웠다. 그러고 나서 이모는 벌떡 일어섰다. 이모가 각성 상태에서 취중으로 이동한다는 신호였다.

"나 노래 한 곡조 뽑아야겠다."

때와 장소를 가리지 않고 이모는 노래를 부르려면 벌떡 일어서서 늘 아무 모서리나 부여잡는다. 젊었을 때 가수를 꿈꾸던 이모의 오랜 전통, 아무도 말리지 못하는 이 습관이 되살아 날 때야말로 60을 낼모레로 바라보는 이모의 얼굴이 가장 아름다워지는 순간이다. 나는 박자를 맞출 양으로 젓가락을 집어 들었다. 나의 젓가락 전주에 고개를 끄덕이면서 이모는 처녀 때 젊은 작곡가가 이모를 위해 지었다는—이미 나의 십팔번이 된—「그대는 모를 거외다」를 기가 막힌 목소리로 2절까지 단번에 뽑았다. 다른 어떤 취중에서보다도 정성들여 가다듬은 이모의 목소리는 취기 때문인지 지나친 정성 탓인지 마구 갈라져나갔어도 음울했던 지난 일주일간의 답답한 체증을 펑 뚫어주는 시원스런 것이었다.

노래를 끝마치고 이모는 갈채를 기다리는 진짜 가수처럼 눈을 질끈 감고 한참을 서 있었다. 늘 그렇듯이 내가 열렬한 박수를 보내자 그제야 깊은 한숨을 내쉬며 자리에 와 앉았다.

"창수야, 내가 왜 장대 아버지하고 또 치고받고 싸웠는지 얘기해 주랴?"

이모는 새삼스럽게 부부 싸움의 숨은 이유라도 있는 것처럼 목소리를 은근하게 낮추었다.

"됐어요, 이모. 뭐 층계에서 굴렀거나 아니면 기둥에 박치기 한 거 아녜요?"

평소 이모의 구차한 변명을 인용하면서 나는 천편일률적인 이모 부부의 시나리오를 다시 듣는 일을 피하고자 했다. 이상하게 이날은 춘천댁의 시선까지 신경이 쓰였지만 그녀는 어디서 주웠는지 모를 때 묻은 안락의자에 앉아 반쯤 졸고 있었다. 이모는 내 눈치를 살피다가 말머리를 돌렸다.

"사실은 말이지, 내 너하고 의논할 게 있어서 들렀다. 저, 다른 게 아니라 말이지……"

이모의 얼굴이 완연히 새빨갛게 상기되어 있는 것이 꼭 소주 탓만은 아닌 것 같았고 자세히 들어보니 목소리까지 조금 울먹이는 기색이 완연했다. 나는 이모가 한밤중 포장마차에 앉아 통곡으로 술주정을 하는 것이 아닌가 해서 이모의 주름진 얼굴을 가까이 들여다보았다. 이모는 태도를 돌변해 깔깔 웃으면서 내 뺨을 귀엽다는 듯이 토닥거렸다.

"얘는 뭐 하는 거니? 이모 조금도 취하지 않았다. 버릇없게시리……"

이어 다시 정색을 하고 이모가 물었다.

"너 나한테 가끔가다가 가수가 되라고 그랬지?"

"……?"

"그랬어, 안 그랬어?"

"그랬어요."

"네가 예술—이모는 이 예술이라는 말에 무한정 힘을 주었다—을 하는 사람이라서 너한테만 말하는 건데 말이지…… 나 가수가 되는 길로 나가기로 했다."

이모부의 솔직한 반응이 이모 이마에 남긴 흔적으로 보아 내가 이모의 이 고백을 처음 들은 사람이 아닌 것은 분명했다. 마치 내 마음이라도 읽듯이 이모가 덧붙였다.

"네 이모부는 아무것도 몰라. 너하구 나만 아는 일이다. 알았지? 그 사람 정말 아무것도 모른다. 너도 아무것도 몰라. 누구도 내 심정 모른다. 암 모르고말고."

이모는 긴 한숨에 이어 입가에 엷은 미소를 띠면서 잔을 내밀었다. 나는 잔 가득 소주를 따르고 이모의 다음 말을 기다렸다. 그러나 이모는 오히려 나의 말을 기다리는 눈치였다. 나는 이모의 취기를 깨지 않으려고 조심스럽게 말을 꺼냈다.

"그렇지만 이모! 「당신은 모를 거외다」 한 곡 가지고 가수로 나설 수는 없잖아요?"

"나 이제 다시는 그 노래 안 부를란다."

이모가 눈을 질끈 감으면서 말했다.

"……?"

"오늘 밤을 내 이별 무대 정도로 생각하렴. 이제부터는…… 창을 하기로 했다."

이미 다 심사숙고한 듯 이모는 거침없이 말했다.
"창이라니요? 그러니까 판소리 같은 창을 말하는 거예요?"
"얘는, 음악을 한다는 애가 무식하기는!"
이모는 단호하게 꾸짖었다.
"아니, 판소리만 창이냐! 다 알면서 어수룩한 척 따지고 들기는……"
"이모가 언제 창을 배우셨다고 창을 하시기로 했단 말예요?"
"그래서 지금부터 배우겠다는 거 아니냐?"
"이모 연세에?"
나는 그만 말실수를 저지르고 말았다.
"아니, 내 나이가 어때서. 그런 앞뒤 꽉 막힌 얘기로 누구처럼 남 속 뒤집지 말아라. 지금부터 배우면 될 게 아니냐. 한 1, 2년 후면 유명한 소리꾼이 돼서 라디오에도 나가고 텔레비전에도 나가련다. 암, 나가고말고."

이 저녁의 이모에게는 분명 평소의 이모에게라면 잘 어울리지 않았을 진지한 구석이 있었고, 이상하게도 그것이 나를 무한정 슬프게 했다. 라디오나 텔레비전에 나가기 위해 저 나이에 창을 배우기로 결심하다니 분명 이모는 너무 오랫동안 부당하게 받아온 구박을 엉뚱하게 보상해보려고 하는 것인지도 모른다. 어느 때보다도 딱해 보이는 이모의 얼굴은 짙은 화장에도 불구하고 10년 이상이나 늙어 보였다. 얼마 전까지도 동해안인가 남해안인가 휴양지를 전전해 떼돈을 벌겠다고 여기저기서 빚을 얻은 후 빚쟁이들이 셋방으로 몰려들어, 이모부의 단 하나의 혈육으로 종로 어디엔가 요정을 차리고 있는 도박꾼 여동생네로 피신했다고 들었는데…… 이모의 가수의 꿈은 그와 비슷한 성질의 것이겠지. 나는 술 한 병과 안주를 시키고 이모를 바라보았다. 이모는 춘천댁이 바라보고 있는 흑백 텔레비전에 멍하니 시선을 주고 있었다. 이모는 조금 망설이는 듯하더니 텔레비전에서 시선을 떼지 않고 지나치는 것처럼 물었다.
"이쪽의 텔레비전이나 라디오가 저쪽에도 나갈까?"
"이쪽이…… 저쪽으로 나가다니요?"
"이쪽의 라디오나 텔레비전 방송이 이북에까지 닿느냐 말이다."
"……"
내가 멍청하게 이모를 바라보자 이모는 혼잣말처럼 말했다.
"세상이 얼마나 바뀌었는데, 암, 벌써 그게 가닿았을 게라. 전화처럼 줄 없이도 아무 데나 가닿는 거니 말이야, 그렇지?"
"아니 이모 그건 알아서 뭘 하시게요?"
"내가 가수가 되려면 알 필요가 있어서 그런다."
"이모가 가수가 되는 거하고 그거하고 무슨 상관이 있게요. 이쪽 팬들도 밀려올 텐데 이북에까지 팬들을 두고 싶으세요? 이모는 욕심도 많으시지."
이런 종류의 기상천외한 질문을 자주 던지는 이모에게 익숙해진 나는 놀리듯이 답변했다.
"왜, 내 욕심이 이상하더냐? 자, 창수야, 술이나 따라라."
이후 우리는 시시껄렁한 얘기를 하면서 완전히 취할 때까지 마셨다. 나는 몇 시까지 이모와 춘천집에 머물렀는지 아무런 기억이 없었다. 단지 내가 이모와 마시다 취하기만 하면 습관처럼 물어보듯이 이날도 이모가 젊었을 때 알았다는 「그대는 모를 거외다」의 작곡가에 대해 얘기해달라고 졸랐고, 그럴 때마다 약속이나 한 듯이 그런 사람 안 적도 없다고 이모가 잡아떼고 나는 조르고 이모는 잡아떼고 하는 싱거운 실랑이를 벌였고, 집으로 돌아오는 길에 이모의 마지막「그대는 모를 거외다」를 우리의 구성진 이중창으로 동네가 들먹거릴 정도로 불렀던 것이 막연히 생각날 뿐이다. 이 동네의 잠귀 밝은 주민이라면 이제쯤은 이 노래의 가사를 휑휑 외우고 있을 지도 모르는 일이었다.

내가 되겠다던, 깊은 대양에서 한 마리 산란기의 연어가 된 나는 수십 미터의 폭포를 거슬러 오르고자 안간힘을 썼다. 가을 바다의 찬 기운이 뼛속으로 스며들었다. 동료 연어들의 대부분이 끝내는 바다 낚시꾼의 찌 달린 고리에 딸려 사라진 것을 보면서 나는 더욱 더 전력을 다해 폭포의 물살을 거슬러 뛰어올랐다. 몇 번째인지 몰라도 연어인 나는 폭포의 정상 아주 가까이까지 뛰어오른 적도 있었다. 나는 마지막 남은 힘을 다해 지느러미와 꼬리를 움직여 힘껏 뛰어오르다가 잠이 깼다. 꿈속에서 흠뻑 물을 들이마신 후인데도 목이 탔고 몸통을 패대기친 탓인지 사지가 뻑적지근했다. 지느러미 자리인 등뼈와 뱃가죽에 각별한 고통이 있었다. 연어에서 박창수로 재변신하는 데는 족히 한 시간 이상이 걸렸다. 지난밤에 지독하게 마신 것이 틀림없었다. 밤새도록 거짓말이라도 한 것처럼 입안이 텁텁했다.

눈을 뜨자마자 나는 먼저 이부자리 근처에 널브러져 있는 빈 원고지와 연필을 습관적으로 집어 들었다 놓았다. 이모의 돌연한 출연으로 쓰다 만 벙어리 여인에게 쓰던 편지의 서투른 문구가 들어왔다. 그 서투른 문구만큼이나 어제까지 나의 호기심을 자극하던 벙어리 여인의 목소리에 대한 기억이 마치 껄끄러운 현실처럼 흐릿하게 다가왔다. 나는 미완의 편지를 접어 봉투에 넣고 일어섰다.

나는 정말 벙어리 여인이 전화 통화하는 것을 들었을까. 벙어리 여인은 실제로 전화선 저쪽 끝의 어떤 미지의 대상을 향해 그녀가 고안한 고음의 언어로 절실한 메시지를 외치고 있었을까? 갑자기 이북에도 이남의 방송이 나가느냐고 묻던 어젯밤의 이모의 목소리가 그 자리에 들어섰다. 이모에게 이 편지를 벙어리 여인에게 전달해달라고 부탁한다면? 엉뚱한 생각을 가지고 나는 누나 방으로 갔다.

이미 11시가 가까워오고 있는데도 이모는 누나가 애지중지하는 장롱에 흐트러진 머리를 기댄 채로 멍하니 앉아 있었다. 시큼한 술꾼의 냄새가 코를 찔렀다. 여느 때 같으면 누나가 나를 위해 퍼놓은 밥주발 뚜껑을 열어놓고 뚜껑에 서린 수증기에 까만색 마스카라를 찍어 그 눈물 많은 눈의 화장을 하고 있어야 할 이모 대신에 할머니에 가까운 초췌한 모습의 이모를 발견하는 것은 그다지 즐거운 일이 아니었다. 아무리 심한 이모의 야밤 도피도 하루를 넘은 적이 없거니와 아침이 되기가 무섭게 나이답지 않게 말짱히 치장하고 누나를 출근시킨 후 떠나곤 하던 이모였다.

문지방에 엉거주춤 서서 놀란 눈을 하고 묻는 나를 무심히 바라보고 있던 이모가 아예 모로 돌아앉으면서 혼잣말하듯이 말했다.

"술도 제대로 받지 않는 걸 보니 나도 이젠 늙었나 보다. 더 늙기 전에 하루라도 서둘러 할 일을 해야지……"

이모는 그제야 정신이 드는 듯 벌떡 일어나 앉아 천재지변을 예언하는 신들린 무당의 말투를 흉내 냈다.

"며칠 뒤면 집안이 왈칵 뒤집어질 것이다."

"……?"

"암, 끝내 한 번은 뒤집힐 거면 그냥 뒤집혀야지. 안 그러냐?"

내 반응에는 관심도 없이 이모의 독백은 점점 더 모호한 방향으로 흘렀다.

"그렇지. 네가 이 이정분이의 속사정을 알 까닭이 없지. 그렇지만 너도 머리가 클 만큼 컸으니 판단해보거라. 아니 칼로 생살을 베는데 나올 피가 안 나오겠느냐, 닭의 목을 비튼다고 동이 안 트겠느냐. 벙어리도 다급하면 멱따는 소리라도 내지른다는데…… 나 이정분이 지금껏 입 한번 뻥긋한 적이 없이 살았다. 그러나 두고 보아라. 며칠 뒤면 집안이 왈칵 뒤집힐 것이니라."

동일한 후렴구로 이모는 이 이상야릇한 넋두리 겸 예언을 마쳤다. 그리고 말 상대자인 나는 바라보지도 않은 채 한참을 침묵했다. 가만히 있어도 화장한 눈꼬리가 절로 웃는 이모의 눈에는 알 수 없는 열기가 부글부글 끓어오르고 있었다. 분명 이모에게 무슨 일이 일어나도 단단히 일어난 것 같았다.

속수무책으로 나는 그렇게 눈을 부릅뜨고 앞만을 바라보고 있는 이모를 뒤로하고 문을 나섰다. 막 방문을 닫으려는데 이모가 우렁차게 나를 불러 세웠다.

"창수야, 돈 있으면 좀 두고 가거라. 내가 가볼 데가 있는데 그만 지갑을 집에 두고 왔구나."

물론 지갑을 집에 두고 왔다는 말은 거짓말이었다. 아마도 아침에 늦게 잠이 깨어 출근길의 누나에게 돈 부탁하는 것을 잊었음에 틀림없었다. 나는 내게 남아 있는 유일한 지폐를 꺼내 이모에게 건네주었다. 이모는 당장 일어서서 누나의 장롱을 열었다. 좀 전의 이모의 기괴한 분위기는 씻은 듯이 사라지고 없었다.

이모 자신의 장롱을 뒤적이는 익숙한 동작으로 이모는 누나의 옷들을 들추기 시작했다. 불행히도 이모와 비슷한 치수의 옷을 입는 누나의 몇 벌 되지 않는 옷들은, 이렇게 해서 가끔씩 사라졌다가 이모의 다음 방문 때나 되돌아오곤 했다. 이모는 누나가 얼마 전에 구입한 옷을 꺼내 들고는 평소의 낙천적인 목소리로 외쳤다.

"아니 요런 못된 것 봤나. 행여 내가 입고 나갈까 봐 내게 쪽지까지 남겨놨네. 뭐? 선볼 때 입을 거니 이 옷만은 입지 말라고? 요순 깍쟁이 같은 네 누이 좀 봐라. 제 년이 무슨 선을 볼 마음이나 있다고. 이 옷 입고 나갔다가는 성사될 일도 깨지겠다. 원."

이모는 조금도 괘념치 않고 누나가 붙여놓은 쪽지를 떼고는 내게 눈을 찡긋해 보이고 그 옷을 걸쳤다. 우리는 어젯밤처럼 둘이서 박장대소했다. 그러나 이번의 이모의 장난에는 어딘지 어색한 구석이 있었다. 마치 나를 안심시키려는 것처럼, 혹은 무엇인가를 얼렁뚱땅 숨기려는 것 같은 꾸민 냄새가 풍겨 갑자기 이모가 낯선 사람처럼 느껴졌다. 늘 우스꽝스러운 탈을 쓰고 기행을 부리던 사람의 진짜 얼굴을 벌어진 탈 사이로 흘끗 보았을 때의 씁쓰름이랄까. 따지고 보면 누나나 나나 이모를 잘 몰랐다. 이상하게도 이모가 어쩌면 오래전부터 일부러 저런 식으로 집안의 구박을 자청하고 있을지도 모른다는 생각이 들었다.

오후에 나는 벙어리 여인이 사라진 하숙집 근처에서 30분을 배회했다. 그 집의 문패에 적힌 주소를 수첩에 적었다. 집에 돌아와서는 먼지가 덮여 있는 오래된 녹음테이프를 정리했다. 그리고 그중에서 내가 막연히 찾던 한 테이프를 발견했다. 테이프 위에는 운산 폭포라고 표시되어 있었다. 어느 곳에 있는 폭포인지, 언제 녹음된 것인지 기억이 나지 않았다. 나는 테이프를 녹음기에 넣었다. 볼륨을 최대한으로 높인 폭포의 음은 거친 파도 소리처럼 들리기도 했고 함성 소리처럼 들리기도 했다. 나는 두 개의 녹음기를 사용해서 처음에는 작게 그리고 점차적으로 크게, 나중에는 거의 금속성의 소리가 날 때까지 고음으로, 반복해서 폭포의 녹음된 소리를 절단해 재편집했다. 나는 눈을 감고 재편집된 테이프를 처음부터 끝까지 들었다. 금속성의 고음이 포효처럼 1분간 계속됐다.

나는 순식간에 녹음된 음을 모두 지워버렸다. 마치 내 몸이 그 음들을 모두 빨아들이기라도 한 것처럼 삭제된 테이프가 내는 빈 소리를 들었다. 육성이 그리웠다.

누나는 집에 돌아오자마자 불에 달구어진 쇳조각처럼 화가 나서 팔팔 뛰었다. 이모가 새로 장만한 옷을 입고 나간 것뿐만 아니라 장롱 속에 넣어둔 비상금까지 가지고 나갔다는 것이다. 누나는 당장 이모에게 덤비기라도 할 것처럼 수화기를 난폭하게 집어 들었다. 나는 슬그머니 웃음이 나왔다. 사흘이 멀다 하고 거처를 바꾸는 이모네 연락처를 누나라고 알고 있을 리 없었다. 그러나 누나의 화는 그것으로 그만이었다. 이모가 어느 틈엔지 준비해놓은 반찬을 보자마자 누나는 어쩔 수 없다는 듯 고개를 절레절레 흔들었다. 우리는 이모를 잊고, 저녁 시간의 수많은 사람들이 하듯이 텔레비전 앞에 밥상을 놓고 앉아 멀거니 밥알을 씹는 빈곤한 기쁨을 누리면서 저녁을 끝냈다. 라디오나 텔레비전에 나가려고 가수가 되겠다는 이모 생각을 막연히 하면서 나 또한 멀거니 디스크에라도 걸린 것처럼 상체를 꼿꼿이 세우고 뉴스를 방영하는 아나운서의 입을 바라보았다. 밥알에 섞인 개흙이라도 골라내는 표정으로 주저하면서 오물거리는 아나운서의 뾰족한 입이 점점 크게 벌어지더니, 그 위에 짙은 화장을 하고 한 곡조 뽑아젖히는 이모의 커다란 입이 순간 겹쳐졌다.

"창수야, 그렇게 멀거니 있지 말고 이 오이나 갈아라. 군대 가면 이 일 하고 싶어도 못 할 테니 실컷 즐겨보렴."

누나는 어느새 오이와 달걀을 내 앞에 가져다 놓고 휴식 자세로 벌렁 드러누웠다.

나는 오이를 갈고, 달걀을 풀고, 가제 수건을 누나 얼굴에 덮고, 준비된 질퍽한 액체를 그득 얼굴에 얹었다. 꼭 진짜 시체에 염이라도 하는 장의사처럼 정성들여서, 그러나 익숙하고 빠른 동작으로 누나의 저녁 마사지를 시작했다. 달걀 푼 오이 물이 귀밑으로 흘러내려도 누나는 불평 없이 엷은 미소까지 띠면서 꼼짝 않고 누워 있었다. 평소보다 두 배가 되는 오이즙을 얹었는데도 누나는 정말 죽은 사람의 흉내를 내려는지 아예 온몸의 힘까지 쭉 빼고 숨까지 멈춘 것 같았다. 나는 무엇을 기다리는지 모르는 채, 그러나 간절하게 기다렸다. 갑자기 나는 질퍽한 두 손을 누나의 가느다란 목으로 가져가 숨통 부분을 누르면서 말했다.

"누나, 누나 처녀 아니지!"

어김없이 살아 있다는 것을 증명이라도 하려는 것처럼 누나는 벌떡 일어서더니 거침없이 내 뺨을 철썩 소리가 나도록 때렸다.

"얘가 이제는 망나니 이모부를 닮으려나. 이모부가 발작이 나면

애 없는 걸 핑계로 이모 목을 누르고 그런다더니⋯⋯"

누나의 말에 나는 공연히 등골이 오싹했다. 누나는 다시 드러누워 가제 수건을 깔고 손수 그릇 속에 남아 있는 즙으로 조금씩 얼굴을 덮어나가기 시작했다. 누나는 내 심한 장난에 그 이상의 반응을 보이지 않고 아무런 소리 없이 누워 있었다. 나는 가제 수건에 덮여 있는 누나의 얼굴이 웃기를 기다리면서 오랫동안 바라보았다.

전화가 울렸다. 왜 그랬을까. 나는 그 전화가 일주일 전에 본 벙어리 여인에게서 걸려오기라도 한 것처럼 가슴을 두근거리며 수화기를 귀에다 갖다 댔다. 그러나 그것은 불가능한 일이었다. 나는 오늘도 벙어리 여인에게 편지를 전달하지 않았다. 내가 존재하고 있는지조차 모르고 있을 그 여인이 왜 내게 전화를 하겠는가. 그러나 마치 나의 이상한 환상을 연장시키려는 것처럼, 수화기 저쪽 끝에서는 사람의 목소리 대신 불분명한 잡음 소리만 들려왔다. 나는 숨을 죽이고 잡음에 귀를 기울였다. 이윽고 한 목소리가 가느다랗게 들려왔다.

"창수냐, 창순이냐?"

"창수예요."

나는 이모만큼이나 작은 목소리로 대답했다.

"나 이정분인데 나 아주 멀리 와 있다."

내가 어디냐고 묻기도 전에 이모는 암호라도 외듯이 감정 없는 목소리로 먼저 있는 곳을 알려왔다.

"그러니까 여기는 동해안 등허리께 거진이란 곳이다."

"⋯⋯"

이모는 아무 말도 없이 한참을 침묵했다. 그러고는 중요한 성명

서를 발표하듯 띄엄띄엄 말했다.

"여기는 내가 절대로 와서는 안 되는 곳인데…… 에라 그냥 와버렸다. 내 대신 시골집에 전화해서 말썽꾸러기 네 이모가 거진에 가 있더라고 알려라. 아마도 집안이 왈칵 뒤집어질 것이다. 살살 말해라. 심장 약한 노인네들 한꺼번에 돌아들 가실라."

그러고는 이모는 또다시 침묵했다. 나는 이모가 무슨 말을 하는지 알 수가 없었다. 이모에게 무슨 심상치 않은 일이 일어난 게 분명했지만 내 머릿속에는 전화통 앞에서 침묵하고 있던 벙어리 여인의 뒷모습이 어른거릴 뿐이었다. 이모의 목소리에는 조금의 취기도 섞여 있지 않았다.

"창수야, 너 입대할 날짜가 아직 남았지? 내가 너한테 꼭 해줄 얘기가 있으니 이리로 오너라."

"어떤…… 얘기요?"

"네가 늘 해달라고 조르던 작곡가 얘기 말이다. 지금까지 너 말고 아무도 나한테 그 얘기를 해달라고 부탁한 적이 없었지. 벼락이라도 떨어질까 봐 너한테조차도 한번 시원하게 해보지 못한 얘기란다."

나는 이제야 행여나, 이모가 혼자 거진이라는 곳에서 무슨 일을 저지를까 봐 걱정이 되었다.

"이모. 그러지 말고 서울로 돌아오세요. 여기서 며칠 묵으시면서 얘기해주시면 되잖아요."

"아니다. 그 얘기라면 꼭 여기서 해야만 된다. 군대 가기 전에 바람도 쐴 겸 그저 이리로 오너라. 거진 와서는 민박을 찾아라."

그리고 이모의 전화는 끊어졌다.

"이모가 동해안의 거진이라는 데서 전화했는데, 왜 갔는지 혹시

짚이는 데 없어?"

누나는 대답하지 않았다.

"이모부의 거처를 수소문해서 알려야 되는 거 아냐?"

누나는 역시 대답하지 않았다. 나는 혼잣말하듯이 말했다.

"도대체 이모가 젊었을 때 알았다는 작곡가와 이모 사이의 사연은 어떤 걸까?"

나는 잠이 들었을지도 모르는 누나를 남겨두고 내 방에 갈 채비를 했다. 누나가 누운 채로 가제 수건 밑에서 입을 움직였다.

"거진이라면 사변 끝 무렵에 이모가 잠시 있던 곳이라고 엄마한테 언뜻 들었어. 잘은 몰라도 우리 이모 아주 불쌍한 분이란다. 가서 이모 모시고 와. 잘해드리고."

나는 방으로 돌아와 달력을 보았다. 입대까지는 열흘 정도의 시간이 남아 있었다. 나는 주머니에서 편지를 꺼냈다. 그러고는 큰 소리로 한 번 읽었다.

한미지 씨께

당신의 이름이 한미지가 아니라면 진지하게 사과합니다. 당신의 본명을 알게 되는 즉시 이 편지의 서두를 수정할 것을 약속합니다.

나는 대양이 되는 것을 꿈꾸는 사람입니다. 나는 그 광대한 액체의 나라에 사는 생명 중에서 각별히 연어를 좋아하는 사람이기도 합니다. 당신은 연어와 나라는 사람 사이에 존재하는 공통점이 무엇인지 아십니까?

나는 일주일 전, 5월 1일 오후 5시경 창천동 버스 정류장 근처의 공중전화에서 처음으로 당신을 보았습니다. 아니 처음으로 당신의 목소리를 들었습니다. 나는 벙어리임이 분명한 당신을 이런 식으로 모욕하려는 것이 아닙니다. 나는 벙어리인 당신이 어떻게 그토록 감동적인 소리를 연속적으로 만들어낼 수 있는지에 관심을 가지는 의학도도 아닙니다. 나는 당신이 수화기 저편의 상대방에게 고음의 연속으로 전달하고자 하는 내용이 무엇인지를 알고자 하는 호기심으로 당신에게 편지를 쓰는 것도 아닙니다. 물론 당신에게서 내가 받은 충격은 당신이 벙어리라는 사실과 무관하지는 않습니다. 나는 딱 한 번만이라도 당신의 목소리를 듣고자 하는, 그리고 가능하다면 그것을 녹음해 내가 받은 충격을 전달하고자 하는 한 음악도에 불과합니다. 직접 대면하는 것이 불가능하다면 전화로라도 그것을 허락해주시기를 간곡히 부탁하는 바입니다. 여기 주소와 전화번호를 첨부합니다. 가능한 모든 오해가 없기를 바라면서……

박창수 드림.

나는 편지를 봉투에 집어넣고 보내는 사람의 난에 내 이름과 주소를 기입했다. 받는 사람의 난에는, 5월 1일 오후 5시경 창천동 버스 정류장 근처의 공중전화에서 전화하시던 분 귀하라고 쓰고, 여인이 사라지던 집의 문패에 적힌 주소를 기입했다. 시계를 보았다. 11시가 가까워오고 있었다. 나는 겨우 편지를 그 집의 편지함 속에 넣고 돌아올 수 있었다.

거진. 지도에 겨우 표시되어 있는 동해안의 작디작은 포구들 중의 하나. 대강의 위치를 알고 있다 해도 그대로 지나쳐버리거나 헤매게 마련인 평범한 포구. 가끔가다 거세게 몰아치는 파도에 휩쓸려가버릴 것만 같은 점만 한 바위 마을. 휴전선에 가까운 대부분의 작은 어촌들이 그러하듯이 이곳 거진에도 때로는 해변을 따라 때로는 송림을 따라 빈틈없이 쳐진 철조망이 무연히 푸른 바다를 자르고 있었다. 여행객을 위한 변변한 횟집도, 그렇다고 그럴싸한 어선도 눈에 띄지 않은 채, 시멘트로 된 작은 집들이 까무라친 듯 옹기종기 엎어져 있었고 마을 어귀에 빈 초소처럼 공중전화 박스가 희한한 물건처럼 버티고 있을 뿐이었다. 아마도 이모가 지푸라기를 잡는 심정으로 거머쥐었을 수화기. 여기 온 지 벌써 반나절 반이 지났지만 누구 하나 공중전화 안으로 들어가는 것을 나는 보지 못했다.

나는 30여 년 전의 이 작은 어촌을 상상해보려고 애썼다. 어쩌면 포구는 인적 없이 비어 있었는지도 모른다. 실수처럼 버려진 몇 채의 돌담집을 제외하고는, 포구 앞을 가로막고 있는 검은 해석(海石)의 무리만이 여전히 희디흰 모래밭에 선이라도 하는 자세로, 거친 바다가 토해내는 갖가지 비밀들을 모르는 척 삼키고 있었을 것이다. 정확하게 37년 전. 해석은 어쩌면 더욱 검었을 것이며 그 뒤에 삼켰어야 했던 이야기, 대한민국 시민이라면 이렇게든 저렇게든 한구석쯤 걸려 있게 마련인 진부하기까지 한 사연들을 모두 삼켜내는 것이 힘에 겨워 지금처럼 많은 구멍을 지니지도 않았을 것이다. 필경 그때는 해석 뒤로 쳐져 있는 철조망의 외로운 대열도, 늘 비어 있는 채 북쪽으로 향해 있는 원거리 자동 공중전화 박스도 이 마을에는 없었을 것이다.

검은 해석 사이에는 서너 척의 고기잡이 쪽배가 지루한 듯 놓여 있다. 바로 저만한 크기의 작은 배를 타고 신진 작곡가 강우진과, 그와 이정분 사이에 태어난 겨우 일곱 달을 넘긴 젖먹이 아들 희석은 북쪽으로 갔을까? 그렇다. 바로 36년 전, 25세의 신진 작곡가 강우진과 20세의 이정분은 겨울 저녁 강진에 도착했다. 그들은 각자 고향 순천을 떠나 강릉, 강우진의 친지의 집에서 만났고, 만삭이었던 이정분은 가까스로 거기서 해산을 할 수 있었다. 강우진에게 올 무언가 중요한 연락을 기다리면서 두 달을 강릉에 머문 후, 그들은 거의 이 주일이나 걸려 강진에 도착했다.

「그대는 모를 거외다」의 성공 이후 서울에서 신진 작곡가로 활동하던 강우진은 전쟁이 나자마자 남로당원으로 변신해 고향으로 내려와 활동하기 시작했고, 이정분의 가족은 이미 얼마 전부터 약속처럼 되어 있었던 강우진과 딸의 관계를 이씨 집안에 내려진 저주처럼 보기 시작했다. 이정분 여사의 고난은 그때부터 시작됐다고 볼 수 있다. 딸은 가두어도 어느새 집을 빠져나가 회합이다 뭐다 하면서, 어려서부터 따르던 강우진을 떠나려 하지 않았다. 두들겨 패도 위협해도 소용없었다. 이정분은 여러 번 도망했고 매번 붙잡혀 고향으로 돌아왔다. 게다가 강우진이 없는 곳으로 도망가는 것은 의미가 없었다. 배 속의 아기가 눈에 띌 정도가 되기 전에 이정분의 가족은 딸을 마을에서 멀리 떨어진 곳으로 보냈다. 빨갱이의 애를 뱄다는 소문의 씨부터 도려내기 위해서. 게다가 때에 알맞게, 얼마 전부터 강우진은 아주 활동 지역을 옮겼는지 마을에서는 보이지 않았다.

이정분 자신도 어딘지 잘 알 수 없는 어떤 시골구석에서 점점 눈에 띄게 커지는 배를 거의 원시적인 공포로 누르면서 하루하루를 보내고 있을 때, 강우진이 그녀를 구하러 온 기사처럼 기적적으로 그곳에 나타났다. 그녀를 찾느라 대열에서 낙오된 강우진과 이정분은 그날 밤, 강우진이 강릉에서 할 일을 끝낸 후 동해안에 기거하면서 알맞은 때에 북쪽으로 가기로 결정했다.

이정분에게는 오랫동안 누적된 피곤을 푸는 잠의 기간이었다. 강우진은 때로는 일주일 때로는 열흘간씩 그들이 기거하는 돌담 단칸집을 비우곤 했다. 띄엄띄엄 한두 명의 사람들이 강우진을 찾아왔고, 밤이 되면 아무도 몰래 배를 타고 떠나곤 했다. 이정분이 혼자 있을 때 이들이 오는 일은 결코 없었고, 하루 이상을 머무는 일이 드물었다.

그리고 어느 날 거의 비어버린 것과 같은 이 마을에 세 사람이 이정분을 찾아왔다. 강우진이 어디론가 떠난 지 며칠 지난 다음이었다. 이정분의 가족들은 이정분을 타일렀고, 사태를 설명했고, 겁을 주고 위협했다. 이튿날 동일한 일이 어두운 방 속에서 똑같이 반복되었고 겨우 빨갱이에게 살아남았다는 삼촌은 화를 참지 못하고 이정분을 마구 두들겨 팼다. 기진맥진해 쓰러진 이정분의 눈앞에 삼촌과 사촌들이 말한 끔찍한 장면들이 왔다 갔다 했다. 그것이 일생 동안 계속될 위협의 시작이었다. 그들은 용의주도했다. 이정분이 지치기를 기다려 누군가가 그녀를 들쳐 업었고 그 와중에 이정분은, 겨우 일곱 달 된 아이를 강우진이 올 때까지 포구 안쪽의 한 어부에게 맡기자고 하던 삼촌의 목소리와 그녀에게서 떨어져 악을 써대는 아이의 울음소리가 나쁜 꿈속에서처럼 멀어져가는 것을 들으면서 그렇게 거진을 떠났다.

그것이 다였다. 1년 이상을 이정분은 몹쓸 병에 걸렸다는 명분으로 거의 감금되다시피 해서 살았고 이듬해 서울로 보내져 아무렇게나 만난 첫번째 남자와 결혼했다. 빨갱이와의 과거가 드러나는 날엔 패가망신이니 과거는 완전히 삭제되어야 했고, 친정에는 되도록이면 발길을 끊어야 했으며, 그녀가 받은 고난은 무엇이든지 자초한 것이니 생명을 부지시켜준 가족에게 할 수 있는 보답으로 아무쪼록 달게 받아야 했다. 강우진에 관한 것은 물론 어린 희석에 관한 일을 일절 잊어야 했다. 거진을 잊어야 했다. 이모는 그것에 보답하기 위해 스스로의 인생을 포기하고 담보로 잡혔다.

오후 2시의 이토록 한가롭고 감미롭기조차 한 이 마을이 이모의 그토록 엄청난 악몽의 현장이라니. 나는 해변에 놓여 있는 쪽배들 중의 하나에 들어가서는 바다를 등지고 앉았다. 눈 안에 단박 들어오는 작은 어촌의 구석구석이 따가운 햇살 아래서 선연한 상처처럼 드러났다. 나는 내 온몸을 휘감고 올라오는 풍기 같은 웃음을 참기가 어려웠다. 물에 젖은 배 바닥에 마구 주저앉아 나는 온몸을 뒹굴면서 웃어젖혔다. 대체 이모는 어떤 유령들이 연출한 부조리극의 희생자인가 말이다. 탈을 쓰고 살다 끝내는 탈의 얼굴이 되어버린 무모한 배우. 비극을 희극으로 바꾸고자 했던 우리의 여배우 이정분 여사. 나는 한순간 이모 일생의 연기를 강렬하게 증오했다.

나의 비명 같은 웃음에 낮잠이라도 깼는지 서너 명의 마을 사람들이 문밖까지 나와 철조망을 통해 나를 멍하니 바라보았다. 나는 다시금 뱃머리에 걸터앉았다.

이모는 어느 돌담집에서 다섯 달간을 머물렀을까. 나의 손위 사촌이 되었을 희석 형이 남로당원 부친 강우진을 기다리며 울고 있었을 집은 어디일까? 그런데 그들은 정말 배를 타고 거진을 아주 떠났을까?

 암 물론이지, 아주 유명한 작곡가가 되어 있을 거야. 희석이도 물론이고. 애기 때 울음소리만 들어도 금방 알 수 있는걸. 내 귀는 못 속이지. 내 말을 잘 들어라. 만나서 같이 살아야 할 사람들은 꼭 다시 만나게 되어 있느니라. 40년 동안 부글부글 끓는 심장에서 익은 고집이 어떤 건지 아무도 모를 것이다. 암, 내 꼭 만나고말고. 설령 내가 못 만나면, 창수야, 너도 꼭 훌륭한 음악가가 되어 네 형을 만나 내 애기를 전해줘야 하느니라. 이모의 대답이었다.

 나는 우리가 묵고 있는 거진의 단 하나의 민박으로 발길을 옮겼다. 주인은 이모가 근처의 산에 있는 계곡으로 나갔다고 말했다. 나는 계곡 쪽으로 걸으면서, 왜일까, 첩첩산중, 인적이 없는 한 계곡에서 누군가를 기다리며 앉아 있을지도 모르는 벙어리 여인에 대해 생각했다. 이 산속의 길로 곧장 가면…… 차 한 대가 겨우 다닐 만한 산길을 따라가면서 나는 저 밑의 계곡에서 헛되이 이모의 모습을 찾았다. 한 30분이나 걸었을까. 비포장된 흙길은 작은 소로로 변했다. 여전히 이모의 모습은 보이지 않았다. 민박 주인이 길을 잘못 알려주었을지도 모른다고 생각하고 오던 길을 되돌아 나오려고 할 즈음이었다. 어디선가 가느다란 신음 비슷한 소리가 들려왔다. 나는 소리가 들려오는 쪽으로 다가갔다. 그러나 정작 사람의 모습은 보이지 않았다. 한참을 걷자 신음은 고음으로 뽑아내는 목소리로 변했고 나는 그것이 이모가 내는 소리임을 이모의 모습을 보고서야 알 수가 있었다.

 계곡의 물이 바위에 걸려 작은 폭포를 만들고 있는 곳에서 이모는 발을 담그고 앉아 내가 방금 들은 괴성 비슷한 고성의 가락을 목이 터지라고 뽑아내고 있었다. 비탈을 내려 이모에게 다가가는 사람이 있는 것도 눈치채지 못한 듯 이모는 가사도 높낮이도 없는 고음을 숨이 끊어질 때까지 끌었다가 잠시 멈추어 숨을 들이마시고는 또다시 악을 쓰듯이 그 고음을 끌어 올리는 일을 반복했다. 마치 창을 하는 사람들이 목을 뚫기 위해 폭포 앞에서 목소리를 가다듬듯이 이모는 폭포의 낙수와 경쟁이라도 하듯이 온몸에 힘을 주어 어어이, 어어이에 실은 그 단조로운 가락을 끝도 없이 되풀이했다. 매번 이모의 상체가 경련하듯 떨었고 힘이 드는지 두 주먹까지 불끈 쥐고 있었다.

   나는 그제야 허리춤에 차고 있었던 나의 소형 녹음기에 생각이 미쳤다. 나는 이모의 고함이 오래 계속되기를 바라면서 녹음기의 단추를 눌렀다. 병풍처럼 바위로 둘러쳐진 계곡 속에서 이모의 고함에 가까운 창이 끝도 없는 메아리를 만들었다. 나 또한 이모에게서 그리 멀리 떨어져 있지 않은 바위에 정좌하고 앉아 녹음기가 녹음해내고 있는 이모의 고함과 폭포의 낙수의 음과 그것이 섞여 퍼지는 메아리를 눈을 감고 들었다.

   거진을 떠나기 전날 밤 나는 또 연어가 되는 꿈을 꾸었다. 나는 여느 때처럼 10여 미터가 넘는 높이의 폭포 밑에서, 폭포의 거센 물살을 거슬러 올라가고자 물패대기질을 하고 있었다. 폭포 밑에는 낚시꾼들이 모자를 비뚜름히 쓰고 서서 낚시를 멀리 던지려고 전력을 다하고 있었다. 무수한 낚싯줄들이 폭포 밑에서 어지럽게 엉켰다가는 풀어지고 다시 낚싯줄이 드리워지곤 했다. 언제 몰려왔는지 수많은 연어들이 제각기, 꼬리와 몸통과 지느러미를 거친 물살에 튕기면서 낚싯줄을 피해 폭포를 거슬러 오르느라 사방에서 푸드덕거렸다. 얼마나 지났을까. 몸통에 서서히 힘이 빠진다고 느꼈을 때, 나는 거의 기적에 가까운 가벼움으로 폭포의 물살을 거슬러 내 몸이 점점 더 높이 부상하는 것을 느꼈다. 점점 더 높이, 폭포의 정상이 곧 눈앞에 보이는 듯했다. 그리고 나는 내던져지듯 폭포 위의 평범한 수면 위에서 내 꼬리와 지느러미가 자유롭게 움직이는 것을 느꼈다. 나는 언뜻 내가 방금 뛰어올라온 절벽 같은 폭포 쪽으로 시선을 던졌다. 폭포 밑에 있던 수많은 연어들은 그 가파른 물살 밑에서 일렬로 서서 일종의 길고 긴 연어들의 사다리를 만들고 있었다. 그제야 내가 바로 이 수많은 연어들이 만들어놓은 사다리를 타고 폭포를 거슬러 올라온 것을 알아차렸다. 이윽고 또 한 마리의 연어가 폭포의 정상으로 올라와 온몸을 푸드덕거렸다. 이어서 또 한 마리의 연어가, 그리고 끝내는 줄을 지어서 수많은 연어들이 올라왔다. 놀란 채 입을 벌리고 연어들이 만들어내는 사다리를 보고 있는 낚시꾼들의 모습이 저 밑에 보였다.

이튿날 아침 이모와 나는 마을을 한 바퀴 돌고 민박을 나섰다. 도착하던 날과 마찬가지로 무연히 밝게 내리쬐는 햇살 아래서 여전히 비어 있는 공중전화 박스의 알루미늄 테두리가 날카롭게 빛났다. 우리는 마을을 뒤돌아보지 않고 그 앞을 지나쳤다. 지방 합승 버스 정류장과 그 앞, 뙤약볕 아래서 버스가 도착하기를 기다리는 마을 사람들의 볕에 탄 얼굴이 보였다. 이모는 걷다가 말고 멈추어 섰다. 이모는 찡긋 웃어 보였다. 우리는 약속이나 한 듯이 공중전화가 있는 쪽으로 걸어갔다.

이모의 거친 손마디가 114를 돌리는 것이 보였다. 그리고 이어서, 이모가 억지를 부릴 때면 내는 낮고 상냥한 목소리가 들려왔다.

"여보세요, 아가씨 좀 어려운 부탁을 하겠는데, 저 이북에 사는 강희석이라는 사람의 전화번호를 좀 알아봐주시구랴. 내 얼마든지 기다릴 테니."

나는 이모를 아예 미친 사람 취급을 해 대답조차 않고 전화를 끊어버리는 전화 안내원의 얼굴을 상상해보았다. 그녀는 하루에 몇 번 정도나 이런 종류의 장난 전화를 받을까. 상대편이 이미 수화기를 내려놓았을 것임에도 불구하고 이모는 열에 달은 유리 상자 속에서 잡음만이 들려올 것이 분명한 수화기를 귀에 바짝 붙이고 끈덕지게 기다렸다.

나는 이모에게서 수화기를 빼앗아 들었다. 묘한 웃음을 띠고 누나의 나들이옷을 입고 서운한 듯 나를 바라보고 있는 작은 키의 옹골진 우리 이모의 팔짱을 낀 채, 나는 누나의 직장으로 전화를 했다. 내게 온 한 통의 편지도 전화도 없었다는 누나의 대답이었다. 누나는 이모와 나를 위해 특별히 생선회를 준비해놓겠다고 말했다. 누나가 내 꿈의 내용을 알 리 없음에도 불구하고 나는 진저리를 치며 거부했다.

서울로 돌아오는 버스 안에서 나는 조금씩 벙어리 여인을 잊어버렸다. 뭐니 뭐니 해도 벙어리 여인이 어느 날 갑자기 노래를 하게 되었다 해서 그것이 무슨 기현상이란 말인가. 버스가 해안가를 떠나자 이모는 내 녹음기를 가리키고는 자랑스럽게 두 눈을 깜박이면서 말했다.

"어떠냐, 그만하면 이모도 거진 창 가수 같지 않더냐? 네가 휴가

올 때쯤이면 아마 이 이정분이의 창 솜씨가 사방에 쫙 퍼져 있을 것이니라."

〔1989년 겨울〕

한여름 낮의 꿈

　이맘때면 치르는 연중 행사의 하나로, 어느 날 나는 방에 가만히 앉아 있다가 방에 있는 가구의 위치를 바꾸기로 했다. 아내는 직장에 나가 집에 없었고, 여섯 살짜리 맏아들과 네 살짜리 둘째 아들은 일하는 할머니 따라 바깥바람을 쐬러 나갔고, 한 살짜리 막내딸은 건넌방에서 고요한 낮잠을 즐기고 있던 오후 3시 30분이었다. 아주 가까이에서는 이미 여름이 다가왔다는 것을 알리는 소란스러울 정도로 뜨거운 열기가 한창이었다.
　나는 서른다섯 살짜리 아내를 지니고 있는 서른다섯 살짜리의 어엿한 가장이고, 얼마 전까지만 해도 14평짜리 대양 무역회사 사무실에서 어엿이 사장님이라 불렸으며, 내가 원하기만 한다면 언제고 그 호칭을 되찾을 수 있는 여지가 있는 사람이다. 반복하건대 지금이라도 당장! 그러나 바로 얼마 전, 내 건강에 치명적인 환절기에, 불행히도 아내가 말하는 나의 여름병이 어김없이 도졌다. 의학적으로는 조울증이라고 한다는데 내게는 단순한 의욕 포기증이었다. 이름이야 어떻게 불리건 간에 증상은 단 한 가지, 내가 들어도 무섭게 가슴이 뛰는 것을 전조로 그 즉시, 내가 하고 있던 일을 멈추지 않으면 가까운 미래에 만회할 수 없는 파국이 도래할 것만 같은 확신이 나를 온통 사로잡는 것이다. 내가 일을 멈추건 멈추지 않건 일상의 모든 톱니가 어느새 자연스럽게 어긋나 끝내는 돌기를 멈추어버린다. 벌써 수년 전부터 나는 이 어두운 구멍으로 미끄러져 들어가는 것만 같은 야릇한 순간을 포착하고자 노력했다. 그러나 매번 이미 이루어진 일을 뒤늦게 확인할 뿐이었지 그 전이의 순간은, 불만스러운 꿈속을 뒤흔들어놓고 사라지는 얼굴 없는 여체만큼이나 매끄럽게 내 의식의 철책을 빠져나갔다. 나는 이 배신의 여신을 원망하지 않는 것처럼, 어쩌면 존재하지 않을지도 모르는 이 전이의 순간을 저주하지도 않으련다. 나라고 원인 모를 파국의 희생자가 되지 말라는 법이 어디 있으며 내 여름병의 증세라는 것은 말하자면…… 구차한 설명은 생략해버리기로 하자. 그러나 무엇보다도 적당히 얼버무리고 넘어가려고 비극적인 표정을 짓는 이 순간조차 나는 얼마나 위선적인가.

나는 언제 어떻게 해서 나의 소위 여름병이 시작됐는지 모른다. 이미 언급한 증세와 함께 나는 마냥 수평적 자세만을 갈망하면서 한 달 남짓한 나날을 보내기 일쑤다. 온몸을 오므려보았다 펴보았다, 왼쪽으로 누워봤다 오른쪽으로 누워봤다 하면서 머릿속으로는 하루 종일 수백 벌의 옷을 갈아입는가 하면, 나이 또한 마음대로 늘였다 줄였다 하면서 시공을 초월한 변신을 거듭하느라 저녁때가 되면 말대꾸조차 할 수 없을 정도로 기진맥진해버린다. 때로는 간헐적으로 때로는 몇 년 연속적으로 일어났던 증상이고 또 어떻게 한 계절이 지나면 깨끗하게 잊어버려 완전 무방비 상태로 돌아가기 때문에, 그 기간에 대한 정확한 정보를 그 누구가 정중히 요구한다고 할지라도—연대순으로 예를 들어보자면, 지금은 없어진 와신동 로터리의 정준구 의사, 막 군대를 마치고 부임하자마자 과제물을 제출하지 않은 아이들의 목덜미에, 팔려가는 소의 등허리에 하는 것처럼, 벌로 도장을 찍어대는 즐거움을 만끽하던 대능초등학교 그해 4학년 7반 담임이었던 장규 씨, 외갓집 근처의 저수지에서 만났던 이름 모를 한 여고생, 그리고 그리고 또…… 이미 떠났거나 절연했거나 아직 남아 있는 친구들, 아 그리고 신혼 시절부터 지금까지 불변의 끈질김을 보이는 나의 아내……—이 모든 사람들의 요구를 나는 무례하게 거절할 수밖에 없다. 그러나 아내를 제외한 어느 누구도, 적어도 나를 조금이라도 아는 사람이고 보면, 이제는 더 이상 나의 증세에 대한 최근 정보를 묻는 수고를 하지 않는다. 대개들, 마치 잊어버린 약속 시간을 갑자기 기억이라도 해낸 것처럼, 아 참 그렇지, 아 참 벌써 여름이구나, 그 친구한테 전화나 해봐야지 하고는 서너 번의 죄의식에 가까운 나의 거절을 믿지 않은 채 억지로 술자리를 만들어놓고는 내가 없는 자리에서 그들끼리 즐기고는 했다. 이들과는 달리 아내는 나의 여름병에 완강한 고집과 인내심을 표명해왔다. 그러나 아내는 결혼 초기에 그랬던 것처럼 더 이상 내게, 도대체 왜 그러느냐, 언제부터 그러느냐 심지어는 잘 생각해봐 형규 씨, 어렸을 적에 정신을 잃을 정도로 머리를 두들겨 맞은 일 없어? 아니면 심한 타박상이든지…… 등의 질문을 던지는 눈치 없는 짓은 하지 않았다. 결혼하던 해 우기와 함께 여름의 울기(鬱期)에 내가 첫발을 내딛는 것을 보고는 대뜸 잘 모르는 남편인 나의 개인사에 겸사겸사 지대한 관심을 보여왔고 나는 극적 효과를 고려해 되도록 대답을 지연했다. 식물의 명명법에 관해 대학원 논문을 쓴 때문인지 아내는 내 개인사를 여자 관계, 사회 관계, 가족 관계, 건강 문제 등등으로 착착 분류하고 조목별로는 가령 여자 관계의 경우, 과거의 여자와 현재의 여자, 무관한 관계의 여자 등 끝내는 머리 골치가 탕탕 울릴 정도로 분류를 세분화해서 따지는 바람에 사건 없는 나의 개인 역사가 얼마나 공허한지를 스스로 시큰둥하게 확인하고서야 그 조목에 대한 채근을 포기하곤 했다. 그럭저럭 한 여름은 이 끝도 없는 대질 심문으로 지나가버렸고 나는 그 시절에 대해 제법 감미로운 기억까지를 간직하고 있다. 그녀가 직장에서 돌아와 홑이불을 뒤집어쓰고 누워 있는 나의 머리맡에 살포시 내려앉아 가만히 이불깃을 들추기를 은근하고 간지럽게 기다리면서 하루를 보낸 적까지 있으니 말이다. 비록 자타가 칭송하는 지력을 소유한 아내였지만, 그녀의 분류적인 접근 방법에도 한계가 있었고 특히 나의 증상이 혹시 신체상의 결함에서 기인할지도 모른다는 가정에 이르자 식물의 조직과 인간 신체의 조직 사이의 근본적인 차이점을 솔직하게 인정하고는 신체 조직의 전문가인 의사들을 추적하기에 이르렀다. 이 방면에서도 아내는 철두철미했기 때문에, 성형외과와 치과를 제외한 분야의 이렇다 하는 전문의들과 심심치 않은 담소를 즐기면서 신혼 초기의 또 다른 여름들이 그럭저럭 지나갔던 것 같다. 내가 한 회사에 오래 머무르지 못하고 끝내는, 누구나 만류하고 엄포를 놓고 파산의 위험을 경고했음에도 용기 있게, 그리고 무엇보다도 증상이 없는 나머지 계절에는 남의 몇 배되는 에너지로 충만해 있었기 때문에, 궁여지책으로 작은 수출 회사를 자본 없는 친구와 차리게 된 것은 그러니까 순전히 언제 다가올지 모르는 이 무의미의 계절에 차질 없이 제약 없이 그 무한한 무의미를 맞대면할 수 있는 방편을 찾기 위해서였다. 게다가 그것은 아내의 건의이자 반 위협이었고 이 사업은 모든 사람의 염려와는 반대로 탈 없이 커가고 있는 중이다.

내가 간단명료하게 나의 주변 상황을 설명하고 나서 혈압 맥박 체온 등을 재보고자 하는 의사의 요구에 따라 웃통을 벗을 때마다, 청진기를 가슴에 채 대기도 전에 의사들은 이구동성으로 스트레스라는 단어를 남용하였다. 그때마다 나의 냉소적인 에스프리는 스트레스를 우리말로 하면 무엇이 되지요라고 되물으면서 구겨진 의사의 위엄을 탐닉하곤 했다. 비타민이나 정력제의 이름이 복잡하게 기입되어 있는 처방전을 건네주면서 일주일 후에 오시오, 열흘 후에 오시오 할 때마다 나는, 말씀드리기는 죄송하지만 한 번 본 의사는 다시 보지 않는 것을 원칙으로 하고 있음을 체념적인 어조로 전달하는 것을 잊지 않았다. 한방 의사의 경우도 마찬가지로 스트레스라는 말 대신에 양기 부족이라는 말이 그들의 무거운 입에서 경망스레 튀어나오곤 했다. 저녁 밥상머리에 앉자마자 아내가 형규 씨, 형규 씨 의사가 그래 뭐래요 하고 물으면 나는 백번 설득당한 표정으로 고개를 푹 숙이며 경우에 따라, 스트레스래, 혹은 양기 부족이래 하고 대답했다. 그러나 아내도 나도 곧 이 놀이에 싫증이 났고 나는 등을 흘러내리는 땀방울의 수를 세면서 남은 여름을 수평적인 자세로 보냈다.

그다음 해는? 그 다음다음 해는? 아내가 논리적인 설명, 이성적인 추리, 빛나는 과학의 성과를 시큰둥하게 바라보기 시작한 것은 그러니까 순전히 내 탓이었다. 나는 여봐, 상희, 설령 그런 것들이 내 상태를 설명해주지 못한다고 해도 무가치한 것이라고 치부하는 것처럼 경솔한 일이 어디 있겠어, 안 그래? 내 상태가 뭐 절대적 평가 기준은 아니잖아. 무슨 방법에건 늘 예외가 있는 법이고 오히려 나를 그 예외로 생각해봐 상희!라고 충고하면서 아내의 균형 잡혀 있었던 지성에 호소해보아야 별수가 없었다. 이후는 점쟁이와 부적, 무당, 손금 보는 사람, 독심술가, 중, 안수 기도자, 심령 철학자…… 이런 사람들을 찾아다니는 순례였다. 아내는 특별히 이 사람들의 연락처만 모아놓은 전화번호부를 따로 만들 정도로 이 분야의 전문가가 되다시피 했다. 각각 영험은 모두 개성이 있어서 한 사람이, 서른아홉 살에 죽을지도 모른다고 예고하고 나면 한 시간 후에 다른 사람은 긴 수염을 매만지면서 89세의 장수를 탁자를 두드리면서 예언했다. 나는 한가한 시간에 아홉 명의 점쟁이가 예고한 나이를 합산해 다시 아홉으로 나뉘는 그 수에 지극히 만족했다. 아내 또한 러키 세븐의 7자에 일단은 안심한 것처럼 보였지만, 어떤 무당이 내가 천생 두 집 살림을 차릴 팔자라고 말하자 나 몰래 시골에 연락해 호적등본을 재확인하는 배려까지 보였다. 셀 수도 없이 잦은 이런 종류의 순례 과정에서 어쩔 수 없이 드러나는 상반된 예언과 증언과 모순과 이율배반에 길을 잃고 기진맥진해져버린 아내는, 그녀 나름의 천성적인 낙관주의로 인해 한 가지 분명한 태도를 취했다. 그것은 영험 있는 사람들이 해준 말 중에서, 그녀가 그럴듯하고 긍정적이라고 판단한 사실들만 모아 목록을 만들어 믿기로 작정한 것이다. 그 목록에 따른 나의 초상화는 대략 다음과 같았다. 지체 높은 집안의 맏아들로 태어나—여러 점쟁이가 둘째 혹은 셋째 아들임을 주장했음에도 불구하고 아내는 단 한 사람이 맏아들이라고 한 것이 사실과 일치했으므로 그것을 택했다—별다른 우여곡절 없는 유년을 보내고 비교적 평탄한 학업에, 감정적 상처나 실수 없는 청년기를 마친 후…… 여복과 금전운이 있고 강직한 성격과 융통성이 부족해 가끔 잔근심이 있으나 건강을 해치는 정도는 아니다. 뜻만 있다면 맘껏 아무 포부나 키울 수 있고 삼십대 중반부터 운이 활짝 트인다. 한마디로 재미없는 고대 소설의 주인공 주변에서 흔히 발견할 수 있는바, 몇 면에 걸쳐 잠시 등장했다가 사라지는 엑스트라의 초상화와 다른 것이 없었다. 어떻든 이처럼 낙관할 만한 나의 운명에 대한 아내의 믿음이 확고하지 않은 것은, 여전히 여름만 되면 하루에도 서너 번 전화를 해서 나의 변화 없는 저조 상태를 점검하고, 퇴근 시간이 가까워올 즈음이면 형규 씨, 지금 나오지 않을래요, 우리 오랜만에 고궁 돌담길을 걸어봐요, 혹은 형규 씨 있잖아, 저기 어디에 기가 막힌 보신탕집이 있다는데 가봐요 등등의 안쓰러운 제의를 그치지 않고 해대니 말이다. 딱한 남편을 가진 딱한 아내여. 내가 정상적인 여름을 보낸다면 자네는 얼마나 심심하겠는가.

그러나 더욱 딱한 것은 내가 누구도 상상할 수 없을 정도의 고통을 받고 있다고 아내가 굳게 믿고 있는 점이었다. 여름만 되면 내 심경을 건드리지 않으려고 갑자기 은밀스러워져 역으로 나의 신경을 자극하는가 하면, 출근하기 전에 한편으로는 아무것도 알아듣지 못하는 아이들에게 다른 한편으로는 아이들을 돌보는 할머니에게, 아이들이 아빠를 귀찮게 굴지 못하게끔 엄격한 주의를 몇 번씩이나 쉿소리가 나도록 힘주어 속삭이는 것, 집에 돌아와서는 속으로는 궁금증으로 안달이 극도로 올랐음에도 불구하고 조심스럽게 나의

안색만을 살피며 나의 일과에 대한 직접적인 질문을 극구 피하는
태도 등이 실상은 나를 가장 고통스럽게 하는 점이었다. 그러나 아
내는 그녀 특유의 의사소통 수단을 이용해 나를 실없이 즐겁게 하
기도 한다. 아내가 일부러 펼쳐놓고 나간 부정기적으로 메꾸어진
일기장 속에서 나는 역시 과학도가 할 만한 고뇌의 어조를 발견하
곤 했다. "아아, 슈바르츠발트의 음지 식물이라 할지라도 H·K처럼
괴로울 수 있을까" "아메바의 자체 분열보다도 더 목적성 없는
H·K의 일상의 분해……" 물론 H·K란 말할 필요도 없이 홍콩의
준말이 아니라 형규라는 내 이름의 뻔히 드러나 보이는 약자이다.
 아내의 이러한 착각에 매일 물을 주어 해가 갈수록 확실한 사실
로 자연 변이시킨 것은 100퍼센트의 의도적인 것이었다. 지금 이
순간도 나는 나의 여름병을 몹쓸 역병처럼 제시하고자 온갖 애를
쓰고 있고, 끝없는 훈련 끝에 마침내 측근의 사람들이 예외 없이 아
내처럼 착각에 빠지게끔 훌륭한 연기를 반복한 결과 나조차도 때로
는 찌푸린 이마에 창백한 안색과 불안을 가장한 눈동자의 내 전체
적인 인상이 조금이라도 구겨지면 마치 대중 앞에서 발가벗김을 당
하기라도 한 것처럼 당황하기조차 했다.
 그러나 백분 용기를 내어 사실을 고백하자면…… 내게 떨어질 야
유를 불사하고 게으른 위선의 탈을 벗는다면, 내가 잃게 될 것을 뻔
히 알면서도 감히 용기를 내어보자면—텔레비전 방송을 통해 만인
에게 이 사실을 공표하는 것이라면 또 몰라도 이까짓 글 몇 줄로 끄
적여대는 것이 요즘 세상에 무에 그리 중요해서 내게 큰 누를 끼치
겠는가. 내가 잃을 것이 정 아깝게 느껴지면 그때 다시 모른 척하고
주워 담으면 될 것 아닌가—사실 나는 오래전부터 이 여름병을……

무엇과도 바꿀 수 없는…… 아주아주 감미로운…… 천국 비슷한 어떤 것으로, 비밀스럽게…… 혼자서만, 나 혼자서만…… 끔찍이 즐겨왔다는 것이다.

나와 같은 이중생활을 하고 있는 지구 위의 수천수만 사람들은 아마도 단번에 이 즐거움이 얼마만큼 값비싼 것인지를 알아차렸을 것이다. 내가 이미 사용했던바, 야릇한 절망이니, 어두운 구멍이니 무슨 심연이니, 병인이니 했던 말들은 그러니까 조금 혼란스럽더라도 저릿한 쾌감, 퇴폐적 전율, 고통에 가까운 쾌락 등의 단어로 바꾸어야 마땅하다. 양기 부족이라니! 스트레스라니! 그들은 단지 나의 이 비밀스런 행복의 잠복 기간을 한 번도 맛보지 못한 건조하기 짝이 없는 자들이었음에 틀림없다(그러나 나는 의사를 속인 환자에게 의도적인 오진을 내린 이들의 정당방위를 원망할 생각은 없다). 언제부터인가 나는 하루에도 수없이 부딪치는 익명의 얼굴 위에서 이 이상한 하강적 행복의 드문 보균자의 표지를 알아보곤 했다. 이들의 눈짓, 몸짓 어딘가에서 꼭 집어 말할 수 없는 동질감이 느껴지면 나는 만사를 제쳐놓고 무작정 그들의 뒤를 쫓고 싶은 유혹과 싸워야 했다. 반대로 나는 이런 낌새가 조금이라도 있는 사람을 측근에 두는 일을 극구 피했고, 지금의 아내와 결혼하기로 한 것 또한 그녀에게 그런 표지가 조금도 없음을 완전히 확신하고 난 다음이었다. 이 무슨 모순이며 이율배반인지! 마치 동류 앞에서 나의 은밀한 비밀이 백일천하에 산산이 부서져 내리기라도 할 것처럼 나는 능숙한 연기의 연막탄을 쳐댔다.

그러나 바로 이 여름, 나는 이 무엇과도 바꿀 수 없는 연중 오락에 과감히 종지부를 찍고자 하는 것이다. 이상하게 보일는지 모르지만 바로 이 어려운 결단의 일환으로 나는 어느 날 오후 3시 32분, 집 안이 고요한 틈을 타서 안방에 있는 가구의 위치를 바꾸기로 결정한 것이다. 서향으로 나 있는 창을 덮고 있는 커튼으로 방 안은 아늑했고 어중간한 오후의 실내 배치가 내 마음에 꼭 들었다. 그리고 요런 분위기 속에서 늘 그렇듯이 결혼 후 살림을 내면서 어머니가 물려준 장롱짝이 구닥다리 광채를 띠면서 내 시야에 성큼 다가섰다. 아내로부터 고색창연, 구세대 노랭이, 꽁생원 등의 다양한 비판을 뒤집어쓰면서, 아내가 고물상에게 팔아넘기려 할 때마다 온갖 지력을 동원해 말린 바로 그 장롱이었다. 아무리 살펴보아도, 값나가는 것처럼 보이는 방 안의 다른 가구들에 비하면, 비록 수리되고 덧칠이 되었다 해도 21세기를 바라보는 신선한 안방의 구도를 망쳐버리는 물건임에 틀림없었다. 건드릴 때마다 불평하듯 삐걱거리는 그 장롱을 처분하고 싶어 하는 아내의 뜻을 십분 이해하면서도 나는 왜 있지도 않은 가장과 가문의 권위를 궁여지책으로 내세우면서까지 매번 그 일을 막았는지 내 자신 이해가 되지 않았다.

양손에 답삭 들릴 만한 작은 가구들을 건성으로 움직여보다가 나는 마침내 부부 싸움의 심심치 않은 주제가 되었던 이참나무 장롱에 손을 댔다. 언제인지는 모르지만 증조 혹은 고조할아버지 때 목수를 시켜 직접 짜게 했다는 나지막하나 옆으로 퍼진 이 장롱은 나의 평균치 온몸으로 덤벼보아야 조금 움쩍했을 뿐 별다른 환영의 반응을 보내오지 않았다. 이미 예상한 이 저항이 독한 술처럼 내장의 쾌감 부위를 자극했다. 장롱을 쉽사리 옮기기 위해서 나는 그 속에 든 잡동사니들과 서랍을 하나하나 빼내기 시작했다. 사진첩과 다양한 크기의 속내의, 수년치 가계부, 철철이 철해진 갖가지 영수

증 묶음…… 한 가정의 내용 없는 내장에 해당되는 것들이 창피한 줄도 모르고 줄줄이 따라나왔다. 옛날 가구란 왜 그리 미련하게 무게가 나가는 것인지 서랍 하나 빼어내는 데도 온 중추신경이 동원되어 나는 당장 여름병의 피로를 빙자하여 끝없는 수평의 자세로 돌아가고 싶은 심정이었다. 자못 가벼워진 장롱을 조금씩 옆으로 밀어 나는 장롱 사이에 들어가 앉을 만한 틈을 만듦으로써 준비 운동을 마쳤다. 내가 그 틈새에 들어가 앉아 무릎을 세우고 깍지낀 손을 그 위에 살포시 얹었을 때 거실에 있는 괘종시계가 남성적인 톤으로 네 번 울렸다.

나는 가구의 나무판자에 코를 댄 채, 눈을 감고…… 기다렸다.
어머니는 여전히 밖을 헤매고 있었고 동생들은 벌써 사흘 전부터 외가에 맡겨져 있었다. 오전 수업이 파한 후 돌아온 텅 빈 집 안에는 요요한 파국의 기색이 배어 있었다. 뒤늦게 치른 홍역에서 벗어난 지 채 이 주일도 안 되어 나는 반수 상태에서 무릎에는 만주의 독립투사와 산적 사이의 전투가 벌어지는 만화책을 펼쳐놓은 채 나프탈렌 냄새가 나는 장롱 사이에 끼여 앉아 이제나저제나 어머니가 돌아오기만을 기다리고 있었다. 아버지가 소식 없이 집을 비운 지 닷새째 되어가고 있었다. 그때 내 나이가 여덟이었으니까 아버지는 지금의 나처럼 서른다섯이었고 한창 휘몰던 정치 바람에 부풀어 직장마저 팽개치고 삼삼오오 이 집에서 저 집으로 몰려다니면서 무언가 감당할 수 없는 큰 꿈에 시달리고 있던 즈음이었을 것이다. 비록 가정사에 무심한 가장이라고 해도 한 집안의 가장이 집을 비우면 그 흔적은 사방에서 드러나게 마련이다. 나는 벽에 기대앉아 유령처럼 여기저기 걸려 있는 후줄근한 옷가지들을 바라다보면서 밖에 나가 내 또래의 아이들과 어울릴 흥을 깨끗이 잃고 있었다. 동생이라도 집에 있었다면 데리고 나가 공지를 한 바퀴쯤 돌아볼 의향이 생겼을지도 모르지만 늘 뒤를 졸졸 쫓아다니면서 외출에 동참시켜 주기만을 바라는 동생의 눈초리도 없던 즈음이었다.

어머니는 벌써 며칠째 안절부절못하고 있었고 급기야는 평소의 어머니답지 않게 지금 내가 기대어 앉아 있는 장롱의 서랍 속에 아버지가 보물처럼 간직하고 있던 오래된 수첩들을 꺼내어 뒤져보는 일을 서슴지 않았다. 엄격한 시선을 세모꼴로 세우고 바라다보는 나를 어머니가 뒤돌아보더니 수첩의 한 면을 펼쳐 내게 건네면서 실종되었을지도 모르는 아버지를 수소문해야 하니 수첩에 적힌 주소를 베껴 쓰라는 것이었다. 불행히도 대부분의 주소가 내가 해독할 수 없는 달필로 씌어 있어서 나는 그다지 쓸모 있는 맏아들 노릇을 할 수 없었고, 너무 성급하게 어린 아들을 공모자로 참여시키고자 했던 어머니의 뜻은 산산조각이 난 한숨으로 변했다. 어머니가 어마어마하게 무서운 사건처럼 발음한 실종이라는 단어는 그 이후 아버지의 귀가에 이르기까지, 어떤 때는 중도에 깨어져버린 그윽한 꿈처럼 애틋한 향수를 불러일으키는가 하면 때로는 육지와의 인연을 훌훌 털어버리고 갑판을 오르는 선원의 고독하고 이해할 수 없는 자유의 냄새가 배어 다가오곤 했다.

일주일이 지나도 아버지는 돌아오지 않았다. 나는 물론이지만 어머니 또한 왜 아버지가 아무런 언질 없이 귀가하지 않는지 그 이유를 생각해보지는 않았던 것 같다. 그런 이유보다는 어디서 무슨 일을 당하고 있을지도 모르는 아버지를 찾는 게 급했다. 어머니는 아버지 친구들의 주소가 적힌 갱지 조각을 손지갑 속에 넣고 옥색 아사 치마저고리를 걸치자마자 적당히 머리에 빗질을 하고는 집을 나섰다. 나는 내 나름대로 길거리에서 아버지 닮은 사람의 모습을 찾는 데 많은 시간을 보냈다. 학교도 군것질도 시큰둥했고, 무언가 자극적인 것을 찾아서 어둑어둑해질 때만 되면 시장의 뒷골목을 어슬렁거렸다. 가끔 오후에 집에 돌아오면, 툇마루에 지친 다리를 얹어놓고 망연하게 앉아 있다가 나를 보자마자 소스라치듯 놀라 다시금 나갈 채비를 하는 어머니를 몇 번이나 보았다. 아무렇게나 뜰에 내던져져 있던 어머니의 흰 고무신이 당시 우리가 겪고 있던 사태의 심각성을 더욱 선명하게 해주었다. 만약 상태가 오래 계속된다면 어머니도 나도 한껏 부푼 풍선처럼 내일의 기약 없이 펑 소리를 내지르면서 그냥 터져버릴 것만 같은 이른바 포화 상태를 살고 있었다.

심심한 것도 도가 지나쳐 읽히지 않는 동화책이나 만화책을 무릎에 놓고 장롱 사이의 틈에서 잠깐 졸 때, 꿈속에서 나는, 엄마로 하여금 도시 바닥을 종횡무진 종종걸음치게 하는 아버지를 분노하게 할 만한 온갖 못된 모험의 주인공이 되었고, 그중에서도 가면 쓴 도둑놈과 골목 깡패로 가장 자주 분장했다.

꿈이 조금은 예언력이 있는 것인지 이즈음에 나는 나보다 훨씬 나이가 웃도는 명실상부한 골목 깡패들을 우연치 않게 사귀게 되었다. 그날은 날씨까지 나의 심경을 모방했던지 오후 늦게부터 계절에 맞지 않는 보슬비가 특별히 우리 동네 위를 흩뿌리고 있었다. 멀리 하늘을 보니 다른 동네 위에는 여전히 파란 하늘이 떠 있어 나도 모르게 60세 노인의 깊고 관록 있는 한숨을 내쉰 것이 생생하게 기억날 정도다. 수업이 끝난 후 나는 세 번이나 집에 들렀지만 매번 스산하게 빈 어둑한 방을 마주할 용기를 내지 못하고 끝내는 책가방을 마루 끝에 내던지고는 밖으로 나왔다. 내 책가방보다 더 외롭게 마루 끝에 내던져져 있는 어머니의 흙 묻은 버선짝이 내가 밖에서 서성거릴 동안 어머니가 집에 들렀음을 말해주고 있었다. 세상에서 제일 가난한 사람처럼 빈 주머니에 초라한 주먹을 구겨 넣은 채, 조그만큼의 위로의 여지도 남기지 않으려고 우산조차 받지 않고 나는 동네를 벗어나 멀리멀리 떠날 비장한 결심을 하고 걷기 시작했다. 옷과 마음은 순식간에 흥건히 젖었고 슬픔에 취한 채 낯선 길만을 골라 발을 옮기다가 후미진 층계로 끝나는 막다른 골목에 이르렀다. 비안개 속에서 흐릿하게 드러나는 계단 모서리, 그 위를 막아선 문 없는 벽을 막연하게 바라보면서 여덟 살의 소년이 받아들여야 할 천벌을 기다리는 심정으로 한 발 한 발 계단을 내디딜 때, 어디선가 웃음소리가 터져 나왔다. 동시에 두 개의 점만 한 불빛이 동물의 눈처럼 어둠 속에서 드러났다. 이어서 허술하게 앞쪽이 열린 교복 상의, 뒤통수 쪽으로 돌려 씌워진 모자챙, 이 사이에서 빛을 발하는 담배꽁초, 그 당시 깡패라는 말이 불러일으키던 나의 상상을 그대로 재현해놓은 것 같은 두 명의 고등학생이 두 갈래로 땋아 내린 머리를 그중 하나의 어깨에 기대고 있는 사복 차림의 여학생을 사이에 두고 내가 가까이 다가오기를 기다리고 있었다.

"꼬마가 어디를 늦게 싸돌아다녀!"

훈계와 위협조의 굵은 목소리를 다듬으면서 다 피운 담배꽁초를 여학생의 고무장화 속에 던져 넣었다. 그 같은 장난에는 익숙한 듯 여학생은 소리 한번 내지르지 않았고 숨을 죽인 채 눈앞의 장면에 감격하고 있던 나를 빤히 쳐다보기까지 했다.

이렇게 해서 나는 미래의 권투 선수의 꿈을 키우고 있던 김정구, 황사용 그리고 가출한 가짜 여학생 고숙자를 알게 되었다. 그들은 대낮까지 김정구의 자취방에서 뒹굴었고 막국수로 속을 채운 다음에는 오후 내내 뿔뿔이 흩어져 나로서는 알 수 없는 일에 몰두하다가 어스름해지면 다시 자취방에서 만나 밖으로 나가서 술을 마시거나 동시 상영 삼류 영화관에서 코를 골거나 하품을 섞어가면서 시시덕거리곤 했다.

나는 지극한 지루함과 무색의 절망에 지쳐 온순하게 그네들을 쫓아다녔다. 책가방을 들고 학교를 가는 대신 김의 하숙방에서 그들과 합세해 의미 없는 불평의 욕설도 같이 나누고 그들의 자질구레한 심부름을 즐거이 해냈다. 그들이 시내의 골목 속으로 뿔뿔이 빨려 들어가고 난 뒤 오후의 서너 시간을 나는 집에 돌아와 장롱 사이의 틈에 앉아 멍하니 보냈다. 그들처럼 저녁이 되면 김의 자취방으로 가서 영락없이 벌어지는 그들의 술잔치에 끼어 막걸리나 소주도 홀짝거려보았고, 황의 명령에 따라 불유쾌한 어지럼증을 일으켰던 담배 연기도 들이마셔보았다. 그들의 험악스런 외양과는 달리, 골목 깡패의 생활이라는 것은 내가 생각한 것만큼 강렬한 색채의 영광도 고독도 없었고 단지 늘어지는 시간, 턱이 빠져나갈 것 같은 하품, 내일의 기약 없는 무분별한 기력의 소모만이 있을 뿐이었다. 그러나 나는 부랑아에 대한 나의 고집스러운 환상을 버리지 못한 채 이들의 모든 신화가 그들이 내 눈앞에서 사라져버리는 오후의 몇 시간에 이룩되고 있다고 굳게 믿었다. 나는 그들이 할 수 있는 기상천외한 일을 열렬히 상상해보았고 급기야는 그들 뒤를 몰래 밟아볼 마음까지 먹어보았지만 당시의 나의 작은 보폭 때문에 이 계획은 매번 무산되었다. 어느 날 오후 호기심으로 들러보았던 김의 방에서 김의 애인으로만 알고 있었던 고숙자의 거의 발가벗은 몸이 황의 그 역시 2분의 1쯤 벗겨진 상체에 얽혀 곤하게 잠들어 있는 것을 문틈으로 목격한 이후 나는 이들의 신화를 재축조하는 일을 완전히 포기했다. 황의 빈곤한 가슴에는 칼집이나 총알이 남긴 상처도 없었으며, 시퍼런 용의 문신도 없었고, 곯아떨어진 그의 얼굴에는 한껏 조야한 수심의 그늘이 있을 뿐이었다. 그들이 당시 삶의 어떤 어려운 고비를 넘기고 있었는지, 어떤 깊이의 무기력과 권태 때문에 말없이 졸졸 뒤를 쫓는 하잘것없는 꼬마를 그들의 반복되는 순례에 동참시켰는지 나로서는 알 길이 없다. 그들이 나의 신상에 대해 물을 때마다, 행여나 그들을 실망시킬까 봐 나는 나의 짧은 과거를 각색하고 현재를 맘껏 과장하는 과정에서 불가피하게 드러났을 앞뒤가 맞지 않는 거짓말이 그들을 상당히 즐겁게 했으리라는 것을 상상할 수 있을 뿐이다. 그러나 이들에게 속속들이 실망할 만한 충분한 시간적인 여유도 없이 김, 황, 고와의 거의 동거에 가까운 이 생활은 끝이 나버렸다. 나의 연달은 무단결석으로 인해, 어느 날 새벽 초롱초롱한 눈의 여담임 선생님이 어머니와 나의 곤한 잠자리를 무단 침입한 때문이었다. 그 즉시로 나는 오랫동안—아마도 천년 이상을—내버려두었던 책가방을 쌌다. 당시 우리의 수준과 음량에 맞지 않은 "봄의 교향악이 울려 퍼지는 청라 언덕 위에……"를 조율이 잘못된 풍금 소리에 따라 부르면서 나는 앉아 있는 의자가 현기증 나는 고속도로 뒤로 뒤로 미끄러지는 느낌과 함께, 모든 일이, 결정적으로, 나의 의도와는 무관하게 뒤틀려져버렸다는 위로받을 수 없는 우울을 맛보았다. 어지럼증으로 감은 눈앞에 아버지의 얼굴이 마구 아른거렸다.

  김, 황, 고와 어울려 다녔던 기간이 실제로 얼마나 되었는지, 그들과 겪은 작은 일화들의 순서가 어떠한지는 정확하게 생각이 나지 않는다. 내 기억 속에서 그 기간은 그들을 처음 만난 날처럼 늘 안개비에 싸여 있고 어둑한 저녁나절의 우울하면서도 감미로운 여행의 분위기 속에 고정되어버렸다. 때때로 나는 그들이 정말로 존재했던 것인지, 김의 자취방이 정말 그 골목에 있었던 것인지, 아니면 어느 날 내가 비를 피해 기어들어간 버려진 터널 속에서 잠시 꾼 꿈은 아니었는지 자문해볼 정도로 이들에 대한 자질구레한 기억들의 모서리는 많이 닳아 있었다. 그로부터 몇 년이 지난 후 나는 텔레비전 화면을 통해 김정구라는 이름을 지닌 플라이급의 권투 선수가 챔피언 타이틀에 도전하는 시합의 중계를 시청한 적이 있다. 그러나 상대편의 공격에 점점 일그러지기만 하는 그 얼굴의 임자가 정말 내가 알고 있었던 그 김정구인지 아닌지를 확인해볼 수 있는 조금의 근거도 기억에 떠올라주지 않았다. 그렇다고 나의 기억을 더듬어 김의 옛날 자취방 근처를 어슬렁거리지도 않았고, 권투 협회에 연락을 취해 화면 속의 권투 선수의 신상에 대해 알아보는 수고를 하지도 않았다.

  어쨌건 아버지는 여전히 종무소식이었고 나는 외출을 금지당한 채 다시금 지루한 기다림의 나날이 시작되고 있었다. 어머니는 내가 혼자 있는 시간이 불안했던지, 며칠이 지나자 오후의 외출에 나를 데리고 나가기 시작했다. 우리는 아버지 친구들의 직장을 방문했고 어떤 때는 몇 시간이나 기다려 몇 가지 쓸데없는 조언을 얻어내곤 했다. 아버지의 친구들은 직업도 각각이었고 나이에도 일관성이 없었다. 지금 생각해보면 대부분이 펴지 못한 지식인의 면모를 지니고 있었고, 어머니가 조심스레 말문을 열면, 어머니 옆에 마치 잘못 쳐진 동그라미처럼 동그마니 서 있던 내 머리를 쓰다듬으면서, "아니 박 형이 그럴 리가 없는데……"라고 얼버무리곤 했다. 그러나 그 말을 하면서 그들 중 어느 누구도 놀라는 기색이 없었던 걸 보면 어머니의 갑작스런 방문이 그들에게는 오히려 당연한 일인 것처럼, 다시 말하면, 어머니의 남편이자 그들의 박 형이 어느 날 홀연히 사라지는 일은 예상 가능한 일로 믿고 있었음에 틀림없었다. 그들 중에는 떠나는 어머니나 나의 주머니에 극구 지폐 몇 장을 구겨 넣어주는 사람도 있었다. 아버지가 가출을 한 이상 그 식구가 굶고 있으리라고 생각한 데서 온 배려였다. 그러나 나로 말할 것 같으면 이 시기가 경제적으로는 황금기였다. 어머니가 중요한 일에 몰두해 있는 만큼 지폐 한 장 동전 몇 개쯤 없어지는 것에 신경을 쓸 리 없었으므로 용돈이 떨어지면 나는 어머니의 지갑을 몰래 열기만 하면 되었다. 업무 중이거나 외출 중인 아버지의 친구들을 기다리는 동안 나는 도처에 널린 구멍가게에서 평소에는 금지되어온 주전부리들을 아낌없이, 비밀스럽게 재빠르게 모두 맛보았다.

"모일 모시경에 박 형을 어느 근처에서 본 듯하다" "누구누구를 수소문하면 알지도 모르겠다" "일이 잘못돼 어디어디에 피신해 있는지도 모르겠다" "내가 알고 있는 박 형이라면 지금 어디 조용한 곳에서 도를 닦고 있을 것이다" "박 선생님이라면 큰일을 위해 잠시 집을 비우신 것이 아니겠느냐" 등 불분명한 예측과 엉뚱한 가정에 가득 찬 잘못된 정보에 휘둘려 동서남북으로 장안을 쏘다니던 어머니와 나는 마침내 전혀 예기치 않은 장소와 사람에게서 아버지에 대한 가장 최근의 소식, 그것도 믿을 만한 소식을 들었다.

그날도 우리는 파김치처럼 먼지에 절어 집으로 돌아오는 차를 기다리고 서 있는데, 누군가가 쩡쩡 울리는 목소리로 반색을 하면서 어머니에게 접근했다.

"아이고, 박 선상님 새댁 아니시오?"

이마와 뺨에 주름살이 밀집해 있는 얼굴을 쫙 펴면서 한 50세가량의 여인이 우리 쪽으로 내달려왔다. 옆구리에 끼웠던 예닐곱 개의 발 뭉치를 아예 바닥에 내려놓고는 어머니의 손을 움켜잡고 마구 흔들어댔다. 어머니는 이에 대해 마치 대사를 외듯, "어머, 밀양 아주머니 아니세요"라고 기운 없이 답변했다. 어머니의 신혼 시절이자 나의 유아기에 집안일을 돌보아주었다는 어른들의 대화에 자주 인용되던 그 밀양 아주머니였다.

"이게 우리 얼마 만이오?"

"아마 3,4년 돼가지요."

어머니는 지난 세월을 계산하는 성의를 보였다.

"4년이 다 뭐요! 벌써 5년 반이 넘었는데."

밀양 아주머니가 우렁찬 목소리로 단호히 수정했다. 그리고 일방적으로 어머니에게 지난 5년 반 동안의 별다른 발전 없는 과거를 영탄조로 요약 보고했다. 그사이 큰아들이 공사장에서 떨어져 왼쪽 다리를 절단했다는 것과 그 바람에 며느리가 지병에 화병이 겹쳐 손녀 둘을 남기고 죽어버렸다는 소식도 덧붙였다. 그리고 갑자기 내가 눈에 뜨인 듯 내 머리카락을 마구 헝클면서 물었다.

"요게 형균가? 새댁 이제 애가 몇이나 됐소? 다 아들잉가? 저어기 그리고 참 박 선상님은?"

밀양 아주머니는 어머니의 대답은 아랑곳하지 않고 마지막 질문에 이르러서는 한껏 목소리를 낮출 뿐 아니라 비밀 얘기라도 하려는 듯 어머니의 소매를 잡아끌기까지 했다. 밀양 아주머니의 말에 따르면 2,3일 전 발을 팔러 우연히 어느 집에 들어갔는데 열린 방문 안에서 밖을 내다보고 있던 사람들 중의 하나가 꼭 아버지 같았다는 얘기였다. 얼굴이 텁수룩했고 전과는 많이 달라져서 처음에는 의심쩍어 했지만 밀양 아주머니를 보자 급히 고개를 돌리고 딴 방으로 사라진 걸로 보아 박 선생님이 자기를 알아보고 피했는지도 모른다고 했다. "대낮에 그 양반이 남의 집에서 뭘 하고 있었을꼬?" 밀양 아주머니는 반쯤은 자문조로 반쯤은 어머니를 향해 물었다. 어머니가 창백해진 얼굴을 가누면서 밀양 아주머니가 아버지 비슷한 사람을 보았다는 집의 위치를 확인했을 때 우리는 더더욱 놀랄 수밖에 없었다. 발 장수 아주머니가 본 것이 확실하다면 아버지는 우리 집에서 기껏해야 열 집 정도의 사이를 두고 있는 지척에 있는 집에 기거하고 있었기 때문이었다. 동네에서 가장 넓은 정원을 가지고 있는 그 큰 집에는 사군자를 치면서 소일한다는 화가가 일찍이 해군인가 육군인가의 소령의 전쟁미망인이 된 누이와 단둘이 살고 있다고 해서 마을의 궁금증을 불러일으키는 집이었다. 나로 말할 것 같으면 학교 가는 길에 매일 지나치는 집이고 집주인인 화가의 누이라는 여인의 비밀스러운 듯한 외출을 여러 번 목격한 바 있다. 그런데 아버지가 그 집에 묵고 있을지도 모른다는 이야기를 듣자마자 이상하게도, 단아하게 머리를 모아 틀어 올린 그 누이라는 사람의 조심스런 걸음걸이에서 어떤 강렬한 것, 어렸던 나까지도 여러 번 뒤를 돌아보게 했던 꼭 홀릴 것 같은 위험스러운 분위기를 느꼈던 것이 갑자기 상기됐다. 나와 같은 위험을 느껴서였는지는 모르겠지만 동네 사람들은 화가라는 집주인을 대신해서 잦은 외출을 한다는 이 여인에 대해서 그다지 좋은 얘기를 하지는 않았다. 특히 동네 여인들의 견해는 엄격 단호했다. 그 화가의 집에는 지기, 그림 애호가, 문하생, 식객 등 사람들이 수시로 드나들어 시선을 끌었는데, 그 많은 사람들이 대부분 이 여인 때문에 그 집에 복작거린다는 유의 얘기였다.

어머니도 바로 그 순간 나와 비슷한 생각을 했던 것인지 밀양 아주머니가 본 것을 꼬치꼬치 캐물었다. 어머니의 얼굴에 갑자기 화색이 돌고 눈에 윤기가 돌았다. 밀양 아주머니는 어머니의 요구에 따라, 집 안의 구조며, 마루나 열린 방의 생김새, 방 안에 앉아 있던 사람들의 숫자, 부엌과 엇비슷해 보이는 사랑채 같은 불필요한 세부 사항을 알려주었고, 어머니는 그것들이 하나하나 숨겨진 진실을 찾는 열쇠라도 되는 것처럼 숙고하는 자세로 들었다. 어머니는 무언가를 물으려는 듯 말문을 반쯤 열었다가는 망설이는 채로 그냥 입을 다물었다.

빠른 시일 내에 다시 볼 것을 기약하고 밀양 아주머니가 가버린 후, 우리는 황망히 집으로 돌아오는 전차에 올랐다. 차 안에서 어머니는 한마디 말도 하지 않았고, 내가 예상한 대로 발육 부진한 나의 손을 으스러지게 잡았다. 차에서 내려 걸으면서도 그것은 마찬가지였고 아버지가 묵고 있을지도 모르는 문제의 집 앞에 이르렀을 때는 어머니도 나도 약속이나 한 듯 고개를 숙이고 빠른 걸음으로 그 앞을 지나쳤다.

다음 날 아침 나는 그 집을 피해 멀리 돌아 학교에 갔다. 그날은 두 자리 덧셈을 배웠고 길거리에 버려진 뼈라는 경찰서에 가져가야 한다는 것을 배웠다. 수업이 끝난 후, 나는 아이들과 어울려 공차기를 했고, 그 애들과 섞여 집에 오면서 굳게 닫힌 그 집 대문에 돌멩이 하나를 집어던졌다. 던지고 나서 뛰어 도망치지도 않았다. 왜 그랬느냐는 아이들의 질문에 대답하지도 않았다. 집에는 어느새 외갓집에 가 있던 동생들이 돌아와 있었고 어머니는 할머니가 싸준 차조며 수수 같은 것이 든 올망졸망한 작은 보따리들을 풀고 있었다. 당시 여섯 살난 바로 밑의 동생과의 재회를 기념하기 위해서 나는 동생이 좋아하는 왕개미를 잡으러 뒤꼍으로 갔다. 뚜껑을 열면 속이 찌르르한 환약 냄새가 나는 갈색 병 속에 나는 여남은 마리의 왕개미를 가두었다. 왕개미들은 어두운 병 속에서 어지러이 움직였고 곧 고꾸라져 떨어질 것을 알면서도 줄기차게 병의 매끄러운 벽면을 기어오르려고 애썼다. 왕개미들의 민첩한 발의 동작을 오래오래 관찰하면서 나는 질기디질긴 무료 속에서 한순간 김, 황, 고의 얼굴을 떠올렸다.

  나는 한시라도 빨리 어머니가 그 집으로 가서 아버지를 불러내기만을 기다렸다. 350발짝만 걸어가 그 집의 초인종을 누르기만 하면 될 텐데 어머니는 도무지 그 비슷한 일조차 계획하고 있는 것 같지 않았다. 어머니는 하루 종일 집 안을 정리하고 가구와 마룻바닥이 반짝거릴 정도로 닦고 문지르는 데 소비했다. 가끔 걸레 쥔 손을 멈추고 한참을 넋을 잃고 앉아 있곤 했다. 그렇다고 그 얼굴에는 부아를 속으로 삭인다거나, 슬프다거나 혹은 독기를 품었다거나 하는 분명한 표정은 나타나 있지 않았다. 우리들한테는 평소보다 더 소홀했고 어린 동생이 목청을 뽑으며 울어대도 그 소리를 못 듣는 것 같기도 했다. 집은 하루 사이에 몰라보게 변했다. 아버지가 집을 비운 후 사방에서 나타나는 흐트러진 자국들은 하나하나 어머니의 가차 없는 손길에 지워져갔다. 집 안에 안락하다 못해 감미롭기까지 한 완벽한 청결과 질서의 냄새가 감돌았다. 아버지의 부재를 말해주는 흔적이 없어졌을 뿐만 아니라 아버지의 흔적까지를 찾아보기가 힘들 정도로 딴 집이 되어가고 있었다. 그렇다고 어머니가 아버지의 옷가지나 필수품들을 모두 보자기에 싸서 보이지 않는 곳에 넣어두었다는 것은 아니다. 물건들의 자리바꿈으로 인해서 엄연히 있는 아버지의 물품들이 쓸모없는 무엇처럼 변모해버렸다. 어머니는 가까운 구멍가게에 찬거리를 사러 나가는 일 외에 외출을 일절 삼갔다. 이상한 불안감이 나를 사로잡아 나는 학교가 파하자마자 집으로 돌아왔다. 하루에 두 번 그 집 앞을 지날 때마다 바늘이 가슴팍을 후비기라도 하는 것처럼 불쾌하게 심장이 뛰었다. 그래서 그 집 앞을 지날 때는 사력을 다해서 뛰었다. 누가 그 집 대문을 열고 나오지는 않는지, 행여 조금 열린 대문 사이로 집 안이 들여다보이고 혹 아버지의 모습이 잡히지나 않을지 하는 막연한 기대는 이미 며칠 사이에 사라져버렸다. 어머니는 어쩌자고 속수무책으로 집안일에만 매달려 있는지 나는 이해할 수가 없었다. 때때로 나는 어머니가 한밤중에 우리를 두고 도망갈까 봐 밤이면 잠을 설쳤지만 시간이 지나감에 따라 나는 왠지 모르게 절대 그런 일이 일어날 수 없음을 확신했다. 그러나 가끔가다가 당장에 눈물을 솟구치게 하는 어머니의 무표정한 얼굴을 대할 때면 모든 희망적인 기대가 한순간에 무너져버리곤 했다.

    가슴팍을 찌르는 통증이 점점 더 심해왔다. 아버지가 없어진 지

거의 한 달이 되어가고 있었다. 장롱 사이의 틈에 앉아 어머니의 눈치만 살피던 나는 어느 날 장롱 사이에서 나왔다. 낮잠이 든 어머니를 깨우지 않으려고 소리를 죽인 채 대문을 빠져나와 나는 단숨에 아버지가 묵고 있다는 화가의 집까지 뛰어갔다. 그리고 하루에도 수십 번이나 상상 속에서 해냈던 것처럼 눈에 선한 초인종을 눈을 질끔 감고 길게 눌렀다. 나는 얼마를 그러고 있었는지, 어떻게 가루가 되지 않고 그 자리에 버티고 서 있었는지 조금도 기억에 없다. 단지 한 남자가 문을 열었을 때 그 사람을 똑바로 쳐다보면서 아버지의 이름 석 자를 댄 기억만이 생생하게 남아 있다. 그다음은 아무리 애써보아야 순서가 제대로 잡히지 않은 채, 지나치게 빛에 노출된 몇 장의 스냅사진처럼, 주변의 정경에서 절단된 영상들만이 머릿속에 고정되어 있을 뿐이다. 수없이 들여다보아도 익숙해지지 않는 사진, 잡동사니를 넣어두는 구두 상자나 날짜가 지난 일기장 갈피, 못쓰게 된 지갑 속에서 손만 뻗으면 곧 찾아낼 수 있을 것 같지만 결코 만져지지 않는 실체 없는 사진들.

  오랫동안 면도를 멀리한 데다 몰라보게 야윈 아버지의 얼굴이 나타나기 전에 방 앞에 드리워진 발을 젖히는 희고 가는 손.

  놀라움이나 미안함 같은 내가 상상했던 감정보다는 무언가 안타까운 것처럼 아연해하던 아버지의 시선.

  다시금 아버지의 얼굴을 가리면서 드리워지는 발 자락을 황급히 치켜올리는 한복 소매.

  우뚝 서서 그 자리에 굳어져버린 것 같은 아버지의 뒤에 미끄러지듯 내려와 엇비슷이 서서 나를 바라보던 아버지를 바라보던 여인.

  주변의 경치 없는 빈 뜰에 홀로 선 것처럼 나의 시선은 아랑곳하지 않고, 이루어질 듯 말듯한 꿈의 한 자락에 매달린 채, 조그마한 움직임이라도 그 꿈을 무너뜨릴까 봐 숨 쉬기조차 멈추어버린 두 사람.

집에서는 본 적이 없는 흰 모시 적삼을 펄럭이면서 다시 안으로 들어가버린 아버지.

아버지 없는 자리에 여전히 시선을 주고 있다가 급히 고개를 숙이는 여인의 위험한 옆얼굴.

손에는 두루마리를 든 채 한 달 전 어느 아침 출근할 때의 복장으로 갈아입고 아무 일도 없었던 것처럼 나를 향해 걸어오던 아버지. 그리고 그러한 아버지를 감히 바라보지 못하고 뒤돌아설 때 눈부시게 드러나던 여인의 목덜미.

아버지의 눈빛과 내 눈빛의 마주침. 그 시선 속의 묘한 공모의 짜릿한 빛깔.

그 눈빛은 어딘가 나를 나무라고 있던 것 같기도 했다. 후에 아버지는 말했다. 그즈음 겨우 화필이 손 안에서 부드럽게 움직였는데…… 그날 아버지 손에 들려 있었던 것은 네 폭짜리 병풍을 위해 집주인 화가가 그린 사군자였다.

나는 온몸이 저릿거리는 것을 느끼면서 장롱 사이에서 눈을 뗐다. 막연한 그리움이 밀려왔다. 수십 번도 더 머릿속에서 굴리고 굴려 이제는 자막이 다 지워지고 영상이 다 낡았어야 마땅한 이 무성영화는 그러나 생생하게 단장을 다시 하고 마치 나의 여름병의 예고편처럼 찾아든다. 물론 늘 동일한 순서로 화면이 구성되는 것도 아니고 동네의 배경이 변하고 계절이 바뀌기도 하며 등장인물들이 뒤섞이기도 한다. 그리고 나는 심한 의혹에 사로잡힌다. 어느 안개비가 내리던 날 정말로 빈집을 뒤로하고 낯선 어느 골목의 층계에서 외로운 어깨를 한 세 명의 부랑자를 만났던 것일까. 내가 살던 유년의 동네에는 정말로 그 유명한 청송 장호진 화백과 그의 누이가 살던 넓은 정원을 가둔 높은 담의 집이 있었던 것일까. 내 머릿속에서 늘 단아하면서도 뜨거운 옆얼굴을 감추듯 드러내놓고 있는 여인은 내가 우연히 본 영화 광고 포스터 속의 이름 없는 배우는 아니었을까. 게다가 그 밀양 아주머니라는 사람은 첫애가 태어난 이후 우리 집에서 일하는 할머니와 어딘가 닮아 있지 않은가. 우연하게 기억의 밑바닥에 남아 있는 몇 개의 영상으로부터 내가 이 모든 이야기를 만들어내고 매번 보물처럼 쓸고 다듬었던 것은 아닐까. 그러나 내가 여덟 살 때 아버지는 오랫동안 소식 없이 집을 비운 적이 있었고 어느 날, 허기져 산하를 헤맨 사람처럼 초췌한 모습으로 두루마리 하나를 팔 밑에 낀 채 대문을 들어선 적이 있었다.

  나는 장롱 사이의 협소한 틈에서 빠져나왔다. 그리고 매번, 다양하게 변형 각색되는 예고편이 끝난 후에 늘 하듯이 장롱 하단 우측의 사각의 여닫이문을 열쇠로 열었다 .거기에는 네 개의 서랍이 있었고, 오래된 서류를 정리해두는 이 서랍들을 빼내면 장롱 저 깊숙한 곳에서 신선한 참나무 향기가 그윽하게 풍겨 나오면서 두 개의 숨겨진 서랍이 모습을 드러낸다. 그리고 잘 닦인 구리 손잡이가 어둠 속에서 은은한 광채를 발한다. 팔을 살며시 뻗어 나는 이 계절에도 투명하고 차가운 전율을 전달하는 구리 손잡이를 천천히 잡아당긴다. 서랍 속에는 흰 비단에 싸인 네 점의 사군자화가 비밀스럽게 숨 쉬고 있다. 비단의 매끄러운 촉감과 함께 넷으로 나뉜 두루마리가 손끝에 느껴지자마자, 몽상 어린 나의 기억에 대한 모든 의혹은 순식간에 사라져버린다. 김, 황, 고, 동네 어귀, 화백과 그의 누이, 먼지 하나 없이 반짝이는 방 한가운데에 망연히 앉아 있던 어머니, 이 모두가 생생하게 살아서 움직이기 시작한다.

전화가…… 일곱 번, 여덟 번, 아홉 번 울린다. 아내였다.

"형규 씨, 나예요. 당신 지금 뭐 하고 있는지 다 알아요. 또 장롱 비밀 서랍 열어놓고 앉아 있죠?"

늘 그렇듯이 나는 아내의 질문에 대답하지 않는다. 아내는 여보 여보를 연달아 부르면서 조금 안달을 하다가 지쳤다는 듯이 어조를 낮춘다. 나는 피식 나오는 웃음을 애써 참고 침묵을 유지한다.

"여보 내 말 좀 들어봐요. 우리 그 그림 팔아가지고 아프리카 밀림 지대로 여행이나 다녀와요. 청송 그림 시시한 것 한 점도 요새 얼마나 나가는 줄 알아요? 전화 한 통만 하면 서울 시내 화상들이 모두 집으로 몰려올 거예요."

이미 오래전부터 최소한 1년에 한 번은 하는 아내의 제안이다. 아내가 나의 여름병의 존재를 조금도 믿지 않는다는 것을 간접적으로 전달하는 수단이기도 하다.

"안 돼!"

나는 아내가 꼭 마음에 들어 하는 어조로 나지막하고 엄격하게 말한다.

"형규 씨, 정말 왜 이래요? 당신이 말하는 그런 동네가 어디 있다구 그래요. 내가 정말 시어머님께 당신 얘기를 다 털어놓았으면 좋겠어요? 정 궁금하면 모두 확인해보면 되잖아요."

나의 긴 침묵에 아내는 달래는 자세로 돌입한다.

"여보, 내가 조금 전에 당신 회사 이 부장한테 전화했는데 모든 일이 잘되고 있으니까 집에서 푹 쉬래요. 그리고 이 부장이 그러는데 어제 오더가 두 건이……"

나는 아내가 예상한 대로 수화기를 살짝 내려놓는다. 그리고 채 열을 세기도 전에 전화가 다시 울린다.

"형규 씨, 제발 이러지 말아요. 있잖아요, 요새 재미있는 영화가 하나 개봉된 모양인데 내가 표 사놓을 테니까 준비하고 나와요."

"오늘은 안 돼. 정말 피곤해."

"그럼 내일은요?"

"그건 내일 두고 보자구."

"정말 그렇게 피곤해요?"

아내는 내 거짓말을 짐짓 믿는 척하면서 걱정스럽게 되묻는다.

"정말, 정말이야. 내가 왜 토끼 같은 내 아내에게 거짓말을 하겠어, 안 그래 상희?"

나 또한 은근하게 대꾸한다.

"좋아요. 당신이 정 그렇다면 나 오늘 늦을 것 같은데 애들 걱정 말고 그럼 편히 쉬세요."

"그러라구, 그래. 내 걱정일랑 말고. 애들은 저녁 먹으면서 텔레비전 연속극이나 보면 된다구. 재미있게 보내구려."

나는 순간, 수화기를 놓자마자 방긋 웃으면서 손을 씻으러 가는 아내의 모습을 떠올린다. 그리고 조금 전까지 했던 단호한 결심, 아늑하고 감미로운 나의 여름병에 종지부를 찍으려 했던 나의 결단을 포기하기로 한다. 어떻건 그 결심은 최소한 1년은 연기된 셈이다. 내가 제시한 게임의 규칙을 아내가 저토록 훌륭히 지킬 뿐만 아니라 멋지게 새 규칙을 만들어내기까지 하는 이상 내가 꼭 결단을 내려야 할 필요가 어디 있겠는가. 나는 일하는 할머니가 아이들을 데리고 산책에서 돌아오기 전에 장롱을 옮기느라 흐트러진 방 안을 정리하기 시작했다.

〔1989년 가을〕

저기 소리 없이 한 점 꽃잎이 지고

　당신이 어쩌다가 도시의 여러 곳에 누워 있는 묘지 옆을 지나갈 때 당신은 꽃자주 빛깔의 우단 치마를 간신히 걸치고 묘지 근처를 배회하는 한 소녀를 만날지도 모릅니다. 그녀가 당신에게로 다가오더라도 걸음을 멈추지 말고, 그녀가 지나간 후 뒤를 돌아보지도 마십시오. 찢어지고 때 묻은 치마폭 사이로 상처처럼 드러난 맨살이 행여 당신의 눈에 띄어도, 아무것도 보지 못한 듯 고개를 숙이고 지나가주십시오. 당신이 이십대의 청년이라면, 당신의 나이에 어쩔 수 없이 갖게 되는 야생의 빛나는 시선을 가지고 있다면, 먼지 낀 때에 절어 가닥 난 긴 머리채에 시든 꽃송이로 화관 장식을 하고 꼭 당신을 바라보고 있지만은 않은 초점 잃은 시선으로 그녀는 머리채에 꽂힌 꽃보다 더 붉은 웃음을 흘리면서 당신 뒤를 쫓아올 것입니다. 그녀가 당신의 상의나 팔꿈치를 뒤에서 잡아당길 때, 원컨대, 무엇을 하는지도 모르고 당신에게 자석처럼 접근하는 그녀의 손을 되도록이면 부드럽게 떼어놓아주십시오. 그녀를 무서워하지도 말고, 그녀를 피해 뛰면서 위협의 말을 던지지도 마십시오. 그저 그녀의 얼굴을 잠시 관심 있게 바라보아주시기만 하면 됩니다. 그리고 바쁜 당신에게 약간의 시간 여유가 있다면, 번진 분 자국과 입술의 윤곽을 무참히 벗어난 자줏빛이 범벅이 된 뺨을 그저 가볍게 만져주시면 됩니다. 언성을 높이지도 말고 더더욱, 당신의 옷자락에 감히 때 낀 손가락을 대고자 하는 그녀에게 냉소적인 야유나 욕설을 삼가주십시오. 음지에서 양지를 갈망하다 시들어버린 그 소녀를 섣불리 동정하지도 말고 당신의 무관심, 혹은 실수처럼 일어난 당신의 미소와 손짓에 온순히 멀어져가는 그녀의 뒤에 대고 액땜하듯, 입안의 농축된 침을 힘껏 모아 그녀가 남긴 발자국 위에 퉤 내뱉지도 마십시오. 당신의 길을 잠시 막아서는 그녀를 구타하고 넘어뜨리고 짓밟고 목을 졸라 흔적도 없이 없애버리고 싶은 무지스러운 도피의 욕구가 일어난다 해도 말입니다. 설령 당신이 그렇게 한다 해도 또 다른 수많은 소녀들이 여전히, 언젠가는, 실성한 시선과 충격에 마모된 몸짓으로 젊은 당신의 뒤를 쫓아와 오빠라 부를 것이기 때문입니다.

1

열넷? 열다섯? 그래, 기껏해야 열다섯.
남자는 여자아이의 면 셔츠 밑에서 초라한 곡선을 그려내고 있는 가슴 부분에 눈길을 주면서 그가 방금 내린 가정 때문에 조금 당황했을 것이다. 술 취한 여자아이가 숨을 헐떡거리면서 남자의 뒤를 바짝 따라오고 있었다. 허리춤에는 작은 보따리를 끼고 웃는지 어쩐지 알 수 없는 표정으로 숨을 몰아 쉬고 있었다.

모년 모월 모시. 정확하게 오후 3시.

공사 중인 강변은 비어 있다. 멀리 기중기에 달린 삽의 갈퀴가 금방이라도 떨어질 것처럼 불안정하게 공중에 멈추어 있다.

뙤약볕의 웅웅거리는 침묵 속에서, 술기가 벌겋게 오른 얼굴을 드러내놓고 한 소녀가 강변과 그 위의 차도를 잇는 층계 위에 서서 층계를 반쯤 덮은 선명한 그늘을 부러운 듯이 바라보고 있었는지도 모른다. 멀리 그녀의 시야 오른쪽에서 한 남자와 그의 그림자가 소리 없이 이동하는 것이 보였을 것이다. 그때 그녀는 층계 중간을 막아놓은 출입 금지 표지판을 뛰어넘어 잰걸음으로 층계를 내려갔을 것이다. 그녀가 층계를 거의 다 내려갔을 때, 동물처럼 소리를 내지 않고 경사를 뛰어내리는 누군가가 있는 것을 알아채지 못하고 남자는 그 부분을 지나쳤을 것이다.

관자놀이에서 북처럼 쿵쿵대는 박동에 채찍질당하는 짐승처럼 소녀는 남자의 뒤를 쫓아가 그의 우람한 등 뒤에 바짝 붙어 섰다. 그때 그곳을 지나간 사람이 다른 그 누구였다고 해도 그녀는 그 사람의 뒤에 붙어 섰을지도 모른다. 그녀는 뒤를 돌아다보지 않는 남자의 발걸음에 힘들게 보조를 맞추느라 그때까지 자제했던 가쁜 숨을 단번에 터뜨렸다. 남자가 뒤를 돌아보았고 그가 후에 저주하고 구타하게 될, 그리고 더 후에는 고통스럽게 그리워하게 될 얼굴, 술기에도 불구하고 마르고 건조한 얼굴을 한, 폭발적인 호흡의 주인을 바라보았다. 남자가 멈추자 그녀도 걸음을 멈추었고, 남자가 얼굴을 들여다보자 그녀 또한, 큼직하고 뾰족한 이빨 새에 반쯤 타 들어간 담배를 끼워 물고 따가운 햇살을 순간적으로 냉각시키는 시선으로 그녀를 내려다보는 남자를 올려다보았다.

남자는 별다른 반응 없이 다시 걸음을 옮겼고, 그녀는 약 1미터 간격으로—마치 남자가 그 거리를 엄격하게 유지하라고 명령이라도 한 듯—자꾸 흐트러지려 하는 발걸음을 필사적으로 모았다. 남자의 등 뒤에서는 어느새 헉헉거리는 소리가 났다. 그렇다고 남자는 걸음을 멈추지도 뒤를 돌아다보지도 않았다. 남자는 그녀 또래의 여자애가 왜 대낮에 술을 마시고 공사장 인부 이외에는 통행이 금지되어 있는 지역에서 배회하는지, 왜 이토록 결사적으로 그의 뒤를 따라오고 있는지 하는 등의 질문을 던지지 않았다. 대낮에 술에 취해 비틀거리는 저 나이 또래의 여자애들이란 부지기수일 테고 그 이유란 게 뭐 그리 특출날 것이 있겠는가. 쫓아버릴 필요도 없는 것이, 이런 종류의 여자애들이란 마치 존재하지 않는 것이나 다름없었으므로. 남자는 강변을 돌아 도로로 올라가는 대신, 늘 하는 대로 방향을 바꾸어 입구에 잡목이 무성한 기슭의 숲으로 들어갔다. 비탈 위쪽 도로에는 차량이 내리 뿜는 먼지를 고스란히 받아 쓴 채, 한밤중 혹은 대낮이라도 실수로 굴러떨어질 차 한 대, 트럭 한 대쯤은 흔적 없이 삼켜버릴 수 있을 만큼 이 계절에 더욱더 야릇한 푸른 기색으로 무성히 얽혀 있는 건조한 숲. 남자는 후에 다른 날과 달리, 그날 잠시 숲 앞에서 머뭇거렸다고 말할 것이다. 그러나 숲에 들어가기 전에는 정말 아무런 의도도 없었다고, 엄격한 조련사의 눈치를 보듯 온순하게 그의 뒤를 쫓는 여자애의 존재를 한순간 잊어버릴 정도로 그날의 숲이 이상했었다고만 말할 것이다. 그래서 숲 속의 경사지가 그날따라 가팔라 보였고 나른해진 오후의 신체에 조금 험하기까지 해서 남자는 경사지의 중간쯤에 주저앉아 담배를 피워 물었다. 그때 남자는 여자애를 다시금 바라다보았고, 더위와 가쁜 호흡으로 마치 얼굴 전체가 충혈되어 있기라도 한 것 같은 그녀가 왜 미친개처럼 그의 뒤를 여기까지 쫓아왔는지를 잠시, 아주 순간적으로 궁금하게 생각했다. 그리고 이제는 숲에 가려 거의 보이지 않는 강 쪽을 향하고 있는 여자애의 초라한 모습을 곁눈으로 바라보았다. 그녀를 쳐다보는 남자의 시선을 인식했음인지 여자애는 반쯤 그쪽으로 돌아앉아 그로서는 이해할 수 없는 몇 마디 말을 입안에서 굴리면서, 그를 섬뜩하게 하는 웃음을 흘렸다. 예쁘다거나 추하다거나 하는 느낌조차를 무화시키는 다른 어떤 것이 무어라고 말로는 되어 나오지 않지만, 이 작은 몸뚱어리가 머물러 있는 세상은 남자가 알고 있는 그것과는 전혀 다른 곳이리라는 결정적인 느낌이 그의 본능적인 방어적 근육들을 수축시켰다. 숲 저쪽 위의 포도에서 차들이 굴러가는 소리가 충동처럼 그의 관자놀이를 울렸다. 남자는 그가 느낀 이런 불편한 감정을 육체적인 공포라고 생각했다. 아니면 그는 모든 느낌을 육체적인 반응으로 번역해내는 사람이었고 모든 종류의 육체적인 공포를 공격으로 해소하는 데 습관화된 사람이었을지도 모른다. 그는 그가 모르는 세계에서 그를 향해—일종의?—웃음을 흘리고 있는 여자애를, 덫에서 빠져나오려는 몸짓으로 거칠고 무질서하게 뒤에서부터 덮쳤다. 남자는 그녀가 쉰 목소리로 깔깔거리며 웃는 것을 듣고 있다고 착각했다. 그는 웃음의 두꺼운 껍질을 벗겨내듯, 그러나 너무 쉽사리 벗겨져 나가는 여자애의 누더기에 당황하면서, 도피하기 위해, 확인하기 위해 그녀의 빈곤한 신체를 공격했다. 해소도 쾌락도 없는 어두운 구멍의 심연 속에서 남자는 잠시 머물렀다. 여자애가 어느 순간 잠시 웃음을 멈춘 듯했고 남자는 진저리를 치면서 가차 없이 그녀를 밀어냈다. 웃음도 동작도 멈춘 여자애는 엎드려 누운 채 숨을 가삐 내쉬었다. 여전히 동그만 작은 보자기를 움켜쥔 채였다. 정적 속에는 남자는 그가 방금 한 일이 조금 무서워졌을지도 모른다. 사방을 돌아본 후, 그의 시선이 허락하는 한도 내에서는 아무도 없었으므로, 일순간 남자는 이렇게 안식하고 취한 채 누워 있는 여자애를 없애버릴 생각이 들었을지도 모른다. 그러나 다시 한 번 무엇인가가, 그로서는 정체를 알 수 없는 무엇인가가 그를 설득했다. 저 애의 얼굴을 봐, 저 얼굴이 무서울 게 뭐 있어. 오히려 즐거워서 무슨 가락인가를 흥얼거리기까지 하지 않아. 눈빛이 이상하다구. 무슨 눈빛이. 그저 길들여지지 않은 눈빛인 데다, 저렇게 취해 있기 때문이겠지. 가락도 음정도 맞지 않는 흥얼거림은 어느새 멎었다. 눈을 감은 채로…… 여자애는 어쩌면 잠이 들어버렸는지도 모른다. 남자는 최대한도로 소리를 죽이면서 일어섰다. 이대로 도망쳐버리자. 제깟 것이 저 정신에 얼굴이나 기억하겠는가. 그러나 그것은 남자의 오산이었다. 채 발걸음을 떼기도 전에 여자애가 부스스 일어나 그를 뒤따를 채비를 했다. 남자의 생각을 모두 읽어낸 듯 적당히 벌어지다 만 입술에 걸린 저 미소. 다시금 남자의 모공이 수축했다.

얼마 후, 여자아이는 여전히 50센티미터의 간격을 유지하면서 남자의 뒤를 쫓았고 그들이 마주친 곳에서 그다지 멀지 않은 곳에 위치한 남자의 숙소까지 마치 돌팔매질을 피하려는 것처럼 두 팔로 머리를 감싸쥔 채, 그 어둡고 비좁은 공간으로 미끄러져 들어갔다. 이미 소녀의 얼굴에는 서서히 술기가 가시고 있었고 지하실의 어두움에 익숙해졌을 무렵에는 졸음으로 반쯤 눈을 감고 있었다. 그녀는 창고 한구석의 바닥에 누웠다. 다음 날 아침, 남자의 거친 발길질이 그녀의 허리를 한 번, 두 번, 세 번, 걷어찰 때까지, 그녀는 누울 때에 오그린 자세 한번 움직이지 않고 봇짐처럼 내던져져 있었다. 남자는 한밤중에 이 여자애가 잠든 채로 죽어버릴지도 모르고 그런 끔찍한 일이 일어나기 전에 그녀를 깨워 내쫓을까도 생각했다. 그러나 여자애는 나지막하게 코까지 골고 있었고 건수가 뒤틀려버린 하루 일과가 되살아나 무력감으로 다시 잠자리에 들었다. 그는 후에 이 여자애는 애초부터 재수가 없었다고 말했다. 쥐처럼 소리 없이 움직여 다니고 내던지면 내던져지고 꺾으면 꺾이고 욕설과 구타를 스폰지가 물을 빨아들이는 것처럼 흔적 없이 다 받아내고, 그의 변덕에 따라, 그의 지랄 같은 변덕이 명하는 대로 졸아들고 늘어나는 것처럼 보여도, 여자애의 존재는 그의 원인을 알 수 없는 무력감과 함께 누구에게인지 모를 분노의 감정을 유발시켰다고 말했다. 그녀와 동거한 몇 달이 바로 지옥이었고 그녀가 눈앞에서 사라진 이후에는 또 다른 방식으로 지옥은 계속되었다고 말했다.

남자가 참을 수 없었던 것은 그녀의 침묵이었다. 남자의 뒤를 쫓아 숙소에 기거한 지 한 달이 넘도록 여자애는 정말 한 번도 입을 떼지 않았고, 한 발자국도 밖으로 나가지 않았다. 남자는 처음에 그녀가 선도원 같은 데서 도망쳤거나, 어디서 일을 벌이고 난 뒤 숨어 있는 것으로 생각했다. 그럴 수도 있는 일이다. 그러나 남자는 질문을 던지는 수고를 하지는 않았다. 질문을 던져보아야 대답을 하지도 않을 것이고 다그친다면 딴전을 부릴 것이었다. 창고를 개조한 남자의 좁은 숙소 한구석에, 그녀가 기어들어온 그날 잡아놓은 자리에 둥지를 쳤다는 표현이 적절한 것이, 적어도 남자가 머물러 있는 동안 다른 곳에 있는 것을 본 적이 없었다. 남자는 외출할 때 자물쇠로 문을 잠갔다. 그는 왜 그렇게 하는지도 모르는 채로 문 밑에 자물쇠를 하나 더 달아놓기까지 했다. 그녀가 방 밖으로 뛰쳐나가 그를 궁지에 몰아넣을 무슨 일을 저지를 것이 두려웠는지도 모른다. 아니면 주위의 눈초리가 무서웠거나, 아니 그보다는 위험한 전염병이 더 이상 퍼지지 못하게끔 격리시키는 절박한 기분으로 그녀를 그렇게 가두어두었을 수도 있다. 그러나 그 이유가 남자에게 중요하지도 않았고, 중요한 것은 남자의 이러한 직감적인 조치에 대해 여자애는 거의 3주일 동안 아무런 반응도 보이지 않은 채, 언제 잠을 자고 언제 밥알을 주워 먹는지 감시하듯이 늘 같은 자리에 무릎을 감싸쥔 자세로 그의 일거수일투족을 바라보면서 짧은 대면의 시간을 재수 없게 만들어버리곤 했다. 다시 한 번 남자는 이제 악취까지 풍기면서 존재를 공표해오는 저 계집애를 가루가 되도록 두들겨 내쫓을까 하고도 생각했다. 아니면 앙상하고 볼품없는 저 애를, 새의 깃털을 뽑듯 발가벗겨 내쫓아버릴 수도 있었다. 그는 무엇 때문에, 매번 그녀를 바라볼 때마다 격렬하게 솟아오르는 폭행의 욕구를 초인적인 힘으로 다스려야 했는지 끝내 알지 못했다. 설령 녹초가 되게 두들겨놓아도 다시금 표정 하나 바꾸지 않고 누웠던 풀잎처럼 스스로 일어나 앉을 일이 무서워 오히려 그 자신이 기진맥진할 때까지 으르렁거렸다. 한동안 남자는 그녀를 건드리는 일은 엄두도 내지 못했다. 더러웠고 무서웠고 끔찍했다.

남자가 술에 취해 들어왔다. 그녀는 웅크린 채 구석의 비닐 위에 모로 드러누워 있었다. 그가 들어오는 소리에 움찔하지조차 않는 그녀의 죽은 듯한 모습이 눈에 띄자마자 남자는 머리카락이 온통 곤두서고 사지에 흥건히 고여 있던 술기운이 와락 빠져나가는 것 같은 지독한 느낌을 받았다. 남자는 다짜고짜 누워 있는 그녀의 초라한 몸뚱이 위에 대야로 물을 들이부었다. 세 번, 네 번 여자애가 부르르 몸을 떨면서 눈조차 제대로 뜨지 못하고 일어나 앉았다. 아예 옷이라고까지 할 수 없는 때 전 천 조각을 살가죽 벗기듯 떼어내자 온통 보라색 멍으로 뒤덮인 허벅지와 앙상한 팔뚝이 남자의 취한 눈두덩을 갈기듯이 시선에 들어왔다. 갑자기 여자애가 눈을 번쩍 떴다. 미친 것처럼 부르르 치아를 떨면서 모공이 파랗게 질릴 때까지, 물통이 바닥날 때까지, 네거티브 필름 속에서처럼 앙상하게 드러나는 뼈마디 위로 물을 들이붓기 시작했다. 추한 동물처럼 푸르륵거리면서 여자애는 바닥에서 깨진 시멘트 조각 하나를 집어 들었다. 남자가 말릴 틈도 없이, 설령 남자의 손아귀에 잡혔다 해도 어디서 솟는지 모를 힘으로 그것에서 빠져나오면서, 빠른 동작으로 경련적인 리듬에 사로잡힌 것처럼 집어든 돌조각으로 몸을 문지르기 시작했다. 돌조각의 날카로운 이빨이 허벅지에 뱃가죽에 등허리에 종아리에 마구잡이로 가로세로 붉은 선들을 긁어내기 시작했다. 돌의 이빨이 만들어낸 출혈의 자국이 풀리기도 전에 다시 거친 여자애의 손길이, 더 어찌해볼 수도 없는 빈곤한 몸뚱어리 위에서 마구 춤추었다. 붉은 빗발이 후려쳐지고 또 후려쳐져 붉은 면이 되고 그녀의 손이 닿지 않은 부위에 흉측한 흰 얼룩을 드문드문 남긴 채 한참을 경련은 계속되었고, 어느 한순간 자지러지는 듯한 외마디 소리를 내지르는 것과 동시에 그녀는 피에 전 장작처럼 모로 쓰러졌다.

 공포 때문에 남자는 완전히 눈앞의 악몽을 직시할 수 없었다. 증거를 지우는 범죄자의 불안정한 손길로 미지근한 여자애의 몸뚱어리를 들어 방바닥에 내던졌다. 그리고 여자애의 이가 부러질 정도로, 가는 숨결마저 가꾸러지도록 술병을 여자애의 입안에 들이대고 그렇게 한동안 천 길의 어둠 속에 그녀와 갇혀 병 속의 액체가 한 방울 남김없이 여자애의 수축된 목구멍 속으로 흘러들어갈 때까지 사력을 다해 버티었다. 그리고 한참을 기다렸다. 5분, 다섯 시간, 혹은 몇 겹의 겹에 질린 시간이었는지 남자는 알 수가 없었다. 서서히 한 가닥의 착각이 기정사실이 되어 그의 단선적인 의식 속에 자리 잡기 시작했다. 극도의 공포 속에서, 앙상한 뼈와 살가죽 위에서 길길이 난무하던 여자애의 손이 그의 손으로 변했고, 여자애를 날뛰게 하던 경련적인 자해의 리듬이 그의 몸속에서 끓어오르곤 하던 가해의 리듬으로 이전되었다. 그는 눈앞에 쓰러진 막대 같은 몸뚱어리를 보기가 무서웠다. 남자는 왜, 무엇 때문에 그가 이 여자애를 이 지경으로 구타했는지 알 수가 없었고, 언제, 어느 순간에 격렬한 첫번째 파동이 그를 사로잡았는지 기억해내고자 그 자신의 마디진 두 손을 눈이 시리도록 직시했다. 눈을 부릅뜨고 그는 그의 몸속에 숨어 살던 수치스러운 악령의 분부대로 그의 두 손이 여자애의 몸 위에서 벌이는 구타의 난무를 생생하게 다시 보았다.

 마침내 여자애의 목으로 시작해서 얼굴에 붉은 기운이 퍼졌다. 여자애의 누런 이빨이 드러나면서 입술이 벌어졌다. 그리고 독이 퍼지듯이 거친 숨결이 악취를 풍기며 퍼져 나왔다. 여자애가 초점 잃은 동공을 드러냈다. 남자도 그녀도 각자 다른 고비를 한 고개 넘고 있음을 직감적으로 알아차렸는지도 모른다.

  그들은 각자 다른 방향으로 여러 번 이 같은 고비를 넘길 것이다. 아니면 매 순간이 고비이고, 그들의 흔들리는 그림자가 내딛는 매 발걸음 밑에 지뢰가 있었으므로 이 순간이나 저 순간이나 그다지 구별이 되지 않았을 수도 있다. 남자는 흉측하게 붉어져 당장이라도 끈끈한 액체가 배어 나올 것 같은 자국들을 다시 한 번 또렷이 바라보았다. 이후 남자는 사방에서, 무한한 하늘에서, 강변의 모래사장에서, 흰 쌀밥이 담긴 공기 속에서 후에 멀쩡해진 여자애의 살갗에서, 사방에서 이 자국들을 보게 될 것이다. 남자는 이날 밤, 바로 이 영원히 각인된 상처 조각과 그 상처 조각이 숨 쉬고 있는 수치스러운 흔적들과 정사했다. 여자애는 눈을 조그맣게 뜨고 거뭇거뭇한 천장의 벽지를 바라보고 있었다. 다시 한 번 여자애의 입이 넓게 벌어지고 거기에서 웃음소리, 혹은 신음 소리 비슷한 괴음이 흘러나왔다.

2

  몇 밤이나 지났나. 몇십 밤이, 몇백 밤이…… 벌써 어둠이 사방에 극성스럽게 와 있는데…… 나는 왜 이렇게 졸리기만 할까. 잠을 깨야지. 어서 잠에서 깨어나야지. 내 살은 꼬집어도 아프지도 않아. 비틀어도 피 한 방울 나지 않아. 그렇게 많이 걸었는데도 발가락 하나 부러지지 않았어. 아, 내 저주받은 창자는 어떻고. 시작해야지. 지금부터 정말 시작해야지. 그런데 무슨 시작이지. 벌써 여름이 한

창이야. 아니면 여름이 이미 가고 있는지도 모르고. 그때는 늦봄이 었는데. 나는 점점 멀어져 가고 있어. 무서운 속도로 멀어져 가고 있는 거야. 어디에서? 하늘은 왜 저렇게 부옇지. 연기가 사방을 덮은 게 틀림없어. 아무리 멀리 걸어야 소용없어. 늘 따라오는 희뿌연 하늘. 저기 좀 봐. 해에서는 꼭 검은 석탄 가루들이 쏟아져 내리고 있고. 어지러워. 그래 어지러워서 그런 거야. 무얼 먹어야 하나. 이 끝도 없는 구역질. 전에는 한 번도 맡아본 적이 없는 이 냄새가······ 내 몸에서 나는 냄새가 분명해. 빗속에서도 이 냄새가 났어. 나는 비가 냄새를 씻어내릴 줄 알았는데, 어디서부터 이게 내 몸에 스며들어와 내 피와 섞였을까. 누가 나를 가만 내버려두겠어. 나 때문에 모든 사람들이 미쳐버릴지도 몰라. 나는 숨 쉬기가 힘든 정도인데, 언젠가는 나를 가두어버리고 얼굴과 목을 으깨고 그 위에 두껍게 뻥끼칠을 해버릴 거야. 차라리······ 나는 없어져버렸어야 했어. 머릿속의 속삭임도, 잠자는 동안에도 쉬지 않는 영사기처럼 철컥철컥 돌아가면서 춤추며 맞부딪치는 사진들도 운동을 멈추겠지. 그날부터 한 달이 지났을까, 두 달이 지났을까. 내 다리가 좀 더 길었으면, 내 팔이 좀더 굵었으면······ 흐흐 끔찍해. 빠작거리며 갈라지기만 하는 이 가슴은 아직도 무심하게 통통 뛰기만 하고 있으니. 척 둘로 접히던 엄마 몸에 순식간에 구멍들이······ 사람 몸에 그렇게 빨리 구멍이 나고······ 그러고는 모든 게 끝이야. 내가 지금 뭐라고 했지. 엄마라고 했나. 우리 엄마. 구멍 나버린 엄마. 내가 조금 더 빨리 뛰어나왔다면. 나를 휘어잡는 팔을 빼내는 데 걸린 시간이 없었다면······ 모든 일이 바뀔 수 있었을까. 엄마가 시장 골목의 어두컴컴한 통로에 나를 밀어 넣고는 말했어. 무슨 일이 있어도 꼼짝하지 말고 있어. 엄마가 밤에 찾으러 올게. 나는 엄마 모습을 놓치지 않으려고 골목을 뛰쳐나왔어. 우리는 왜 거기 있었을까. 엄마. 허수아비처럼 휘둘려 채 비명도 지르지 못한 채 헉하고 고꾸라지던 엄마. 내가 뛰어나갔을 때는 이미 벌어진 눈자위를 되잡을 시간도 없이 상처가 공중으로 몇 번 튀다가 밀어닥치고 밀려가던 사람들 틈에 쓰러지던 엄마. 엄마랑 나는 그날 왜 거기 있었을까. 동네 사람들이 수군거리면서 웅성대던 자리마다 엄마가 섞여 고개를 숙이고 서 있었어. 구멍이 몇 개였는지, 어떻게 뚫렸는지 보지 못했어. 내가 엄마 손아귀의 뼈마디를 느꼈을 때 구멍은 이미 콸콸 흐르는 피에 엉겨 보이지도 않았어. 엄마가 내 손에 얼마나 힘을 주었을까. 아니 내가 엄마 몸에 구멍이 나는 걸 봤다고 생각하는 그때에 시커먼 휘장이 펄럭거리고 다가와 나를 덮쳤고 내 손을 움켜쥔 엄마와 같이…… 그냥 엎어졌나? 벌써 수천 번이나 생각해봤잖아. 그 휘장 다음은 아무것도 없어. 어지럽게 움직이는 사람들, 소리치는 목소리들. 난 땅바닥 저 밑에서 들려오는 소리를 듣고 있었던 건가. 그날 아침에 나는 무얼 했지. 그 전날은, 그 전전날은? 모든 기억이 내 눈을 덮치던 검은 휘장에 말려 다 녹아버렸어. 그날은 무슨 날이었을까. 그 많은 사람들. 점점 더 뒤죽박죽 섞이는 얼굴들. 엄마랑 나는 왜 거기 있었을까. 어떻게 해서 그 자리에 있었을까. 잔칫집에 가는 것처럼, 소풍이라도 가는 것처럼 엄마도 나도 단 한 벌밖에 없는 외출복을 차려입고…… 엄마랑 나랑은 버스를 탔었지. 시내를 가려면 버스를 타야 하니까. 어떤 버스를 탔는지 버스 안에 누가 있었는지, 우리가 말을 주고받았는지, 입을 다물고 있었는지 아무 생각도 나지 않아. 버스 정류장까지 가는 길 위에서는 누구를 만났을까? 다리 앞에서 시내 나가는 버스를 기다리면서 엄마는 구멍가게 아저씨한테 여느 때처럼, 병이 나 드러누워 있는 구멍가게 아줌마 소식을 물었을까. 아니면 길은, 어느새 내 머릿속에 나 있는 길처럼 텅텅 비어 있었을까. 박 씨 아저씨 가게도 문을 닫고 아줌마 병간호를 하러 집으로 돌아가버렸던가. 아 정말 나는 난생처음으로 이렇게 멀리까지 왔어. 이제 다시는 돌아가지 못하게 될 거야. 다시 돌아가려 해도…… 안 돼. 돌아가면 안 돼. 이제는 엄마도 없는데 누가 나한테 말을 걸겠어. 엄마 뒤를 울면서 황급히 쫓아나가던 나를 본 동네 사람들이 많을 텐데 이제 와서 내가 혼자 돌아가면 모두들 뭐라고 손가락질을 하겠어. 난 이제 혼자야…… 그날 이후 난 혼자가 된 거야.

무슨 일이 일어났던 걸까. 어떻게 해서 엄마랑 나는, 잔칫집에라도 가는 것처럼 외출복을 차려입고…… 제발 어서 빨리 내 머릿속 어느 구석에 쳐져 있는 검은 휘장이 걷혀야 될 텐데. 모든 게 모두 뒤섞이고, 대답은 없이 나는 질문만 던지고. 엄마가 억세게 잡아채던 내 손. 바스라질 것처럼 움켜쥐어 오므라지던 엄마의 손아귀. 엄마의 입이 움직이는 것 같았는데…… 엄마는 오빠 얘기를 하려고 했던 것 같은데 내 머릿속의 구멍에는 이 시린 바람만 들락날락할 뿐이고. 우리가 그러면 오빠를 보려고 시내에 왔던 것일까. 내가 미쳤어. 오빠는 이미 죽었다는데. 엄마는 그 당장엔 나한테 아무 말도 하지 않았지만 이상한 아저씨들이 왔던 그날 밤 엄마가 나를 껴안고 통곡할 때 엄마 몸에서 전달된 무언가가 나한테 오빠가 죽었다는 걸 알려줬지. 작년 가을에 양복 입은 아저씨 두 명이 툇마루에 앉아서 엄마가 시장에서 돌아오기를 기다렸어. (그 아저씨들이 그날 오빠가 죽은 것을 알려줬던 거야.) 엄마는 그 아저씨들한테 알아들을 수 없이 목메인 목소리로 소리를 질러대서 순식간에 동네 사람들이 다 모여들었었지. 나는 창피해서 방으로 숨었어. 나는 그 아저씨가 무슨 말을 했는지도 모르지만 직감으로 그 말이 거짓말일 거라고 단정지어버렸어. 엄마가 양복 입은 아저씨들한테 그렇게 악을 쓰다가 소매를 잡고 늘어지면서 대들었어. 문틈으로 보니 양복 소매가 뜯겨져 나가고 있었고 한 사람은 바짓가랑이가 잡히는 바람에 미끄러졌어. 엄마는 몸부림을 치고 땅바닥에 누워 마치 향순네 개처럼 몸을 좌우로 패대기치면서 버둥거리고 머리를 땅바닥에 대고 마구 짓찧었어. 나는 뛰어나가서 엄마를 말리려고 했는데 양복 입은 사람들이 나가려는 걸 보고 엄마가 벌떡 일어서더니 막대기를 뒤흔들면서 못 나가게 했어. 엄마한테, 조그만 엄마한테 언제 그런 힘이 있었는지. 엄마 치마 깃도 터지고 그것도 상관 않고 엄마는 그 사람들한테 대들었어. 동네 사람들은 감히 말리지도 못했고 그렇다고 엄마를 따라서 그 사람들한테 덤비지도 않고 눈을 둥그렇게 뜨고 때로는 혀를 끌끌 차면서 그냥 빙 둘러서 있을 뿐이었지. 갑자기 그 사람들이 눈을 부릅뜨더니 엄마를 힘껏 떼밀어놓고 엄마가 몸을 추스르는 사이 사람들 사이를 비집고 골목을 빠져나갔어. 이미 대절해놨던 택시를 타고 뺑소니쳐버린 거야. 그 후로 한참이 지나서야 엄마는 오빠가 죽었으니 정신차리라고, 공부 잘하라고 말했어. 엄마는 그때부터 이상해졌던 거야. 시장에도 안 나가고 삭신이 쑤신다고 누워 있는 일이 잦았지. 그런데 엄마는 지금…… 무슨 생각을 하고 있을까. 내가 이렇게 눈을 뜨고 살아 있는 것을 보고…… 뭐라고 할까. 난 이제는 가슴 밑이 뻐근하지도 않아. 아니면 내 심장이 벌써 타버렸나. 엄마는 그 소식이 있은 후에 왜 그렇게 시내 외출이 잦았을까. 물건 받아 오는 것도 다 집어치우고 단 한 벌의 공단 치마를 꺼내 입고 일찍 시내에 나갔다가는 저녁때 내가 돌아올 때면 멍하니 툇마루에 앉아 내가 오는 것도 보지 못하고 무엇엔가 열중해 있는 일이 잦아졌어. 그때 나는 엄마가 무서웠어. 나를 버리고 어디로 도망갈까 봐 겁이 났지. 내가 엄마를 흔들면 왜 이 난리야, 뭔 일이 난지도 모르고 언제나 정신을 차릴 거여 이 병신아, 하고 오히려 악을 써댔어. 동네 아줌마들도 길가에 앉아 있다가 내가 지나가면 혀를 끌끌 차면서 쟤가 좀 모자라서 다행이지 그렇지 않았음 오죽 지 오라비를 찾을꼬 하는 소리를 들을 때마다 가슴이 철렁 내려앉았어. 오빠가 죽은 걸, 내가 만져보지 못했는데 어떻게 믿으라는 건지. 오빠는 늘 먼 곳에 있었으니까 방학이 되면 또 내려올지 알 게 뭐야.

엄마가 그때부터 시장을 그만두고 무슨 다른 일을 준비하고 있었던 건 아닐까. 정자가 그랬는데, 엄마가 정자 할아버지한테 어려운 편지를 써달라고 몇 번씩 들렀다는 거야. 그런데 가끔씩 시장에 나가기도 하는 걸 보면 나는 엄마가 무슨 일을 따로 하고 있는지 아니면 내가 걱정하는 것처럼 나를 두고 어디로 도망가려는 건지 알 수가 없었어. 나는 엄마가 마루 끝에 앉아서 가만히 있는 게 제일 무서웠어. 나를 바라보지도 않고 눈물이 나오지도 않는데 눈자위가 온통 시뻘게가지고. 눈물 대신 눈가에 피가 모였던 거겠지. 나는 새빨간 눈물이 흘러내릴까 봐 그것도 무서웠어. 엄마는 무얼 믿고 시장에 나가지 않았을까. 우리는 무얼 먹고 살고 어떻게 오빠한테 돈을 부쳐주려고. 난 정신이 나가버렸어. 그래 오빠가 죽었으니까 엄마가 돈을 부칠 필요가 어디 있었겠어. 그런데 오빠는 정말 죽은 걸까. 죽는 건 어떤 건가. 그냥 구멍이 뚫리는 건가. 죽을 때는 굉장히 아프겠지. 죽지 않고 그게 얼마나 아픈지 나 같은 게 알 게 뭐야. 그래 그날 그냥 익사해서 사람들 물살에 밀려 시내에 넘쳐 들어온 것 같은 소리·몸짓·얼굴 들이 파도에 빠져 흔적도 없이 사라졌어야 했는데. 그날은 낯선 파도들이 춤추는 날이었는데 푸른 양미간에 묻힌 얼굴들이 어깨동무를 하고 밀려갔다가 밀려오고…… 엄마는 그 속에 뛰어들어갔어. 나를 송충이 떼어놓듯 팽개치고 뒤도 돌아보지 않고. 나는 악을 쓰고 엄마를 불러댔는데…… 나는 뛰어갔어. 엄마가 까만 한 점으로 사람들 틈에서 영원히, 내게서 영원히 사라질까 봐. 그러고 나서 무슨 일이? 아, 그리고 갑자기…… 그렇게…… 빨리…… 한꺼번에…… 파도가 더 빨리 사방으로 몰리고…… 흩어졌다가…… 다시 모이고…… 그러고는 또 검은 장막. 그 이후는 아무것도 보이지 않아. 손톱으로 아무리 찢어 내리려 해 봐야 다시 휘덮는 휘장. 매 순간 뇌를 휘감은 이 뱀 같은 휘장.

 엄마는 작년 가을부터 이상해졌어. 양복 입은 사람들이 앉았던 자리에 놔두고 간 흰 봉투 속에는 뭐가 들어 있었을까. 오빠가 엄마하고 나한테 보낸 편지였을까. 나는 오빠를 찾아야 돼. 그런데 죽은 오빠가 엄마한테 편지를 쓸 수는 없잖아. 나는 오빠한테 편지를 쓴 적이 없어. 내 마음속에서 나오는 목소리를 대문짝만 하게 오빠아 하고 쓰고 나면 더 할 말이 없었어. 오빠는 우리한테 보내는 편지에 꼭 내 말을 써넣었어. 그런데 오빠의 편지는 일주일에 한 번이다가, 한 달에 한 번이다가 그러다가는 점점 드물어졌어. 작년 여름에는 할 공부도 많고 돈도 벌고 해야 한다고 나흘밖에 다녀가지 않았잖

아. 그래, 작년 여름 방학 때도 오빠 얼굴이 무슨 역귀신이 씐 것처럼 누르둥둥했어. 또 오빠 친구들이 몇몇 찾아왔다가…… 그냥 돌아갔지. 작년 여름 방학에 오빠는 겨우 나흘을 머물렀어. 나흘 동안 오빠는 한 번도 집에서 보낸 적이 없었어. 아침 새벽에 산으로 들어가서는 해가 지고 난 다음에야 돌아왔어. 그리고 얼마 후에 오빠는 아주 사라져버린 거야. 지금 아무도 없는 우리 방은 어떻게 됐을까. 정순이가 몇 번이나 왔다가 되돌아갔겠지. 얼마나 많은 사람들이 왔다가…… 그냥 되돌아갔을까. 아니면 마을이 전부 텅텅 비어버렸는지도 몰라. 빈 부엌은 얼마나 외로울까. 툇마루에 내가 앉아서 졸던 자리는 얼마나 서러울까. 그렇게 낡아 빤질빤질해진 나무도 울 수 있을까. 엄마는 어디로 사라져버렸을까. 나는 꼭 오빠를 찾아야 해. 누군지는 모르지만—그 아저씨들인가—오빠 무덤이 있다고 그랬던가. 오빠한테 이렇게 할 말이 많은데. 오빠를 만나기 전까지 나는 이 검정색 휘장을 이빨로라도 벗겨내야 되는데. 아으 지쳤어. 무슨 한이 있어도 그 장막을 벗겨내야 돼. 역시 나는 길 떠나기를 잘했어. 그런데 왜 이렇게 졸리지. 아 졸려. 자면 큰일나는데. 목이 말라. 늘 목이 말라. 어쩌면 이렇게 움직일 수조차 없담. 물을 마시면 정신이 좀 날 것 같은데. 자면 안 돼. 자 꼬집어볼까. 잠을 깨야지. 내 살은 꼬집어도 아프지도 않아. 이렇게 비틀어도 살점 하나 부르트지도 않아. 손가락에 힘이 없으니 꼬집어지지도 않고…… 정말 잠이 들면 안 되는데…… 오빠를 찾아야 돼. 오빠 무덤이라도 찾아야 돼. 오빠가 얼마나 놀랄까. 엄마 소식을 물으면…… 뭐라고 대답해야 될까. 나 혼자만 살아서 먼 길을 왔다고 오빠가 돌아누워버리면 어떡하지. 죽은 사람도 화를 낼 수 있는 걸까. 얼굴을 찡그

리고 입을 벌리고 먼 길을 온 나한테 화를 낼 수 있는 걸까. 오빠는 무덤 속에서 얼마나 숨통이 막힐까. 아 목이 말라. 자면 안 돼. 길을 잃어버려서는 안 돼. 오빠는 지금쯤 자고 있겠지. 지금은 밤이니까.

3

그녀가 어떻게 해서 옥포까지 왔는지를 알고 있는 사람은 없다. 몇 명의 유흥객과 낚시꾼이 금강가를 돌아다니던 한 여자애의 모습을 기억하고 있지만 그것이 꼭 그녀였다고 말할 수 있는 증거는 아무것도 없다. 우리가 알고 있는 그녀의 신원에 대한 외적 정보들은, 그날 아침 그녀의 모친과 마을을 떠난 이래 사라져버린 그녀를 찾아내는 데 아무런 도움도 주지 못하거니와, 마을 사람의 도움으로 얻은 사진 한 장을 내밀었을 때 그나마 사람들은 아니라고 고개를 저었다.

그러나 이러한 부인하는 고갯짓 또한 믿을 만한 것이 못 될는지도 모른다. 한 여자애를 보았다고는 말해도 그들은 긴 머리채를 하고 있는 열서너 살가량의 여자애라는 것을 기억할 뿐이고, 자세히 물으면 별로 주의를 기울이지 않았다고 할 뿐이었다. 그날, 그 자리에서 그녀는 모친의 사망을 보고 공포에, 아니 공포보다도 더 큰 어떤 것에 밀려 은신처를 찾았을지도 모르고, 그 기간 동안 그녀가 어떻게 변해 있을지를 누가 말해줄 수 있겠는가. 머리채, 입고 있는 옷, 하다못해 얼굴 표정⋯⋯ 이런 것들이 믿지 못할 증거물로 변하는 순간들이 있다. 만약 그들이 본 것이 그녀였다면, 그녀는 그날 이후 약 20일간 이 일대를 헤매고 다녔다고 볼 수 있다. 그녀는 그 기간을 어느 알지 못할 곳에서 꼼짝 않고 있다가 옥포에 나타났던 것일까? 그녀가 그사이에 무엇을 했고 어떻게 끼니를 연명했는지를 말해줄 사람이 아무도 없다. (그녀 자신이 기억조차 못 하고 있을) 어떤 일들을 거치면서 그녀가 옥포까지 왔는지 우리의 상상력은 곧 어두운 벽에 부딪혔다. 대도시만 아니라면, 이 나라의 산하를 빈 배로 헤매는 사람의 마른입을 축여주고 갉아대는 위벽을 부드럽게 달래줄 손길을 만나는 일은 아직 가능하지 않은가. 널려 있는 논밭, 과수원의 한쪽 귀퉁이에 숨어 들어가 그곳에 자라는 몇 포기 먹을 것을 서리했다 해서 뭐 그리 큰일이 났었겠는가. 어떻건 배를 채우는 일과는 다른 일에 그녀는 매달려 있었음에 틀림없다.

내산 마을의 외곽 강 씨 집 선산에서 무덤에 기대 평화롭게 잠들어 있는 그녀를 강 씨 집 막내가 일하러 갔다가 만났다고 했다. 선친들의 무덤가를 맴돌다가 거기서 은신처를 찾은 여자라 해서 강 씨 집 막내는 선뜻 그녀를 내쫓지도 못했다. 그길로 읍내에 있는 술집의 옥포댁에게 심부름꾼으로 맡겼다. 예비군복에 고무장화를 신고 있었던 강씨 집 막내를 보자마자 그녀가 자꾸 마을 쪽으로 도망을 쳐 한참 애를 먹었다고 한다. 딸딸이에 얹혀 읍내까지 가는 동안 세 번이나 딸딸이에서 뛰어내린 걸 사정이 딱한 것 같아 도망가도록 내버려두지 않고 옥포댁한테 어렵게 넘겨주었노라고 했다.

그녀는 옥포댁의 식당에서 꼭 일주일을 머물렀다. 오후 늦은 나절에 도착해서는 밤이 깊을 때까지 옥포댁의 발뒤꿈치를 떠나지 않았고 밤이 되어서 끝내 신열을 앓아 저녁나절 옥포댁이 갑자기 너무 많이 먹인 음식물을 모두 게워냈다. 옥포댁은 긴 설명을 하지도 않고 뭐 딱 부러지게 덧붙이지도 않은 채, 가슴이 울컹하니 짐작하는 바가 있어 애를 씻겨 옷을 새로 입힌 후에 팔에 보듬고 잠이 들었다고 한다. 새벽이 되자 단지 신세가 서럽고 딱해 할딱거리는 그녀의 이마에서 열이 내릴 때까지 등을 토닥여주었다고 했다. 옥포댁은 그녀에게 아무것도 묻지 않았다. 그녀 또한 입을 열지 않았는데 이튿날 일어났을 때는 이미 그녀의 눈자위가 많이 흐트러져 있었다. 그러나 옥포댁이 주의 깊게 살핀 이 징후는 아무런 증거도 되지 못한다. 그녀는 어쩌면 아무것도 보지 못한 그녀의 두 눈을 손가락으로 찌르고 싶었는지도 모른다. 아무것도 막을 수 없었던 두 팔, 짚더미 같은 무용지물의 육체, 감당하기 어려운 어린 나이, 이 모든 것을 자르고 내던지고 저주하고 싶었는지도 모른다. 가장 깊은 수면의 시간에조차 그녀의 기억을 덮쳐 누르는 가위의 무게에 몇 번이나 아직 완전히 성숙하지 않은 온몸을 패대기쳤을까. 옥포댁이 말한 대로 두 팔을 휘저어대는 그녀의 이상한 잠버릇을 무엇으로 설명할 수 있을까. 그녀가 대항해 싸운 것은 어쩌면 잠 자체였을지도 모른다. 눈을 뜨면 수면의 휘장 대신 일상의 웅얼거림과 마른 가루 날리는 햇빛이 있다. 그녀가 모든 것을 잊어버리는 순간은 있었을 것이다. 그러나 작은 소리, 막연한 어떤 얼굴, 냄새, 잠깐의 침묵, 하찮은 무엇이 다시금 그녀를 벌떡 일어서게 하거나 혹은 그녀를 마비시킨 채 풀 수 없는 수수께끼 속으로 내던진다. 늘 동일한 질문, 왜, 그날, 거기에. 왜 엄마를…… 늘 동일한 강도의 고통이 되살아났을 것이다. 이 고통 속에 어느 순간 얼굴들이 둥둥 떠오르고 사건이 거센 물살로 이해할 수 없을 정도로 빠르게 흐른다. 그 고통의 박동 속에서 그녀는 수많은 잊어버린 얼굴과 사건을 다시 만난다. 소리 지르는 얼굴, 쓰러지는 얼굴, 위협하고 구타하는 얼굴, 피 흘리고 쓰러지는 수많은 얼굴, 발가벗겨진 채 숭어처럼 팔짝거리며 경련하는 얼굴, 헉하고 소리 지를 시간도 없이 사라져버리는 얼굴, 쫓기는 얼굴, 부릅뜬 얼굴, 팔을 내휘두르며 무언가를 외치는 얼굴, 굳어진 얼굴, 영원히 굳어진 보통 얼굴들. 깔린 얼굴, 얼굴 없는 얼굴, 앞으로 나아가는 옆얼굴, 빛나는 아름다운 이마의 얼굴, 꿈과 힘이 합쳐진 얼굴, 그리고 다시 모로 쓰러지는 얼굴, 뒤로 나자빠지는 얼굴, 다시 깔리는 얼굴, 그녀의 이름을 부르다 말고 꺼지는 눈빛의 얼굴…… 그녀는 가끔 오열도 눈물도 없이 맹맹한 눈자위로 어깨를 들먹거리는 습관이 있다고 옥포댁은 말했다. 그녀는 모든 얼굴들을 두서없이, 선택 없이 그녀의 핏속에 용해해서 녹음해가지고 있을지도 모른다. 그녀의 몸은 감당하기 힘든 많은 얼굴들을 녹음해두느라 피폐해버렸을지도 모른다.

  옥포댁은 그녀에게 많은 것을 바라지 않았다. 그녀는 옥포댁이 넘겨주는 접시를 옮겨 받고, 더러워진 바닥을 치우고, 빈 주전자를 채우고 설거지를 하는 일을 순순히, 탈 없이 해냈다. 일주일은 이렇다 할 아무런 문제 없이 지나갔다. 가끔 국그릇을 떨어뜨리고 종지를 깨는 일이 있었지만 일주일에 모두 합해 다섯 번을 넘기지 않았다. 일주일 동안 옥포댁이 알아낸 것은 그녀가 혼자라는 것과 어디 먼 곳으로 살붙이를 찾으러 가는 중이라는 것이었다. 6일째 되는 날 옥포댁은 그녀가 일을 하지 않고 문 앞에 넋을 잃은 채 밖에 시선을 주고 있는 것을 보았다. 낮에는 가는 비가 내렸고 밤에 손님이 부르는 소리도 듣지 못한 채, 옥포댁이 넘겨준 음식 접시를 들고 문 밖의 어두운 진창에 고인 물에 간간이 반사되는 빛을 주시하고 앉아 있었다. 그리고 다음 날 오후 한 떼의 장정들이 왁자하게 장거리를 지나가는 소리가 들렸을 때, 그녀의 모습은 이미 사라진 뒤였다. 약간의 돈, 그녀가 얻어 입은 옷, 올 때 지니고 있었던 작은 보따리가 없어졌을 뿐이었다. 그 속에는 무엇이 들어 있었느냐고? 며칠 동안이나 그 더러운 것을 하도 움켜쥐고 있길래 뭐냐고 물으니 대답을 해야 말이지. 그래서 그거 보자기가 너무 더러우니 빨아주겠다고 해도 막무가내야. 자는 틈에 보자기를 펴보니까 꽃자주색 나들이옷 한 벌인데 슬쩍 헹군 기척은 있었어도 흙물, 핏물이 여기저기 절어 있었어. 설마하니 이 어린애가 무슨 무서운 일을 저질렀거나 당했다는 생각보담 그저 다 사정이 짐작되어 그 당장에 정성들여 깨끗이 빨아 부엌 불가에서 말려 말쑥하게 다려놨지. 선반에 다시 올려놓았는데 내 손길이 간 걸 눈치나 챘던감. 그 정신에 뭘 알겠어. 넋이 빠져도 천 번은 더 빠지지 않았겠나 말이야. 옷 갈피에 지폐 두 장을 끼워 넣었는데, 그걸 일러줄 틈도 없이 그냥 내쳐 떠나버렸어. 무슨 허깨비가 씐 것처럼 늘 정신이 딴 데 팔려 있었던 게 얼마나 냉가슴이었을꼬. 그런데 그 아가 찾는다는 피붙이는 찾았는가. 말 좀 해보시게. 그녀가 장거리의 무엇을 보고 그렇게 후닥닥 도망치듯 떠나버렸는지 옥포댁은 알 수 없다고 했다. 그녀 자신도 무엇이 그녀를 끌어당겼는지 몰랐을 것이다. 그녀가 도망치던 날 장거리를 지나가던 장정들은 장항 쪽으로 공사를 맡으러 떠난 인부들이었다고 했다. 그러나 아홉 명의 인부들 중 그녀를 보았다는 사람은 없었다. 그날 그 시간 옥포에서 다른 곳으로 떠나는 모든 버스의 안내원들 중 어느 누구도 갈색 면치마에 군청색 상의를 입은 채로 뛰어나갔다는 그녀의 모습을 기억하고 있지 않았다. 옥포

식당에 기거하면서 다시금 원래의 모습을 되찾은 그녀의 행적을 따라가는 일은 한동안 난관에 봉착할 수밖에 없었다. 그녀가 또다시 흙탕물에 뒤섞이고 얼굴에, 몸에 때가 끼고 헝클어진 머리가 다발로 엉키어, 보는 사람의 시선을 어쩔 수 없이 멈추게 하기까지는 얼마간의 시간이 필요한 것인가.

지도 위의 선과 점들은 모두가 착시를 유발할 뿐이다. 정연하게 한 지점에서 다른 지점으로 연결되어 있는 선들은 실상 얼마나 불분명하고 불안한 함정들인가. 한 지점은 수도 없이 많은 방향으로 이어질 수 있다. 그리고 그녀가 그 많은 가능한 선들 중에서 어느 것을 선택했으리라고 추정하게 하는 아무런 확실한 좌표도 없다. 그녀는 떠나온 방향으로 되돌아갔을 수도 있고 오던 길을 계속해 갔을 수도 있다. 아니면 정반대의 각도를 택했을 수도 있으며 그녀가 위치했던 지점의 주변을 수없이 맴돌았을 수도 있다. 한 지점에서 다른 지점으로의 이동을 추정하는 일은 이러한 불확실성 때문에 선적인 이동이 아니라 그 주변 지역을 모두 답사해야 하는 면을 만드는 이동으로, 시간이 걸리고 말이 삭제된 무한한 내적 요인을 동시에 추리해야 하는 복잡한 이동이 된다. 그녀의 무분별한 여정을 포착하기 위해서는 그녀의 가능한 내면으로 들어가야 했고, 그 속에 그녀와 같이 머무르면서 내면의 지시를 따라야 했다. 그것은 시간이 걸리는 작업이었다. 매번의 추적에서 그녀는 우리를 멀리멀리, 시간적으로, 공간적으로 앞지르는 수밖에 없었고, 그 거리만큼 그녀의 흔적은 절망적으로 희미해졌다. 우리의 사랑하는 친구, 우리를 먼저 떠나버린 친구의 누이동생의 흔적은 이미 상실해버린 꿈처럼 우리의 빈곤한 일상의 갈피에서 매 순간 생생한 상처로 되살아났다. 그것이 우리의 여정을 결정짓는 단 하나의 확실한 지도였다.

4

내 눈 속에는 깔깔한 모래알들이 들어차 있고 내 내장은 썩어가고 있는 것이 분명해. 내 눈이 모래에 덮여 멀어가고 있는 거야. 눈을 뜨려고 하면 눈까풀이 모래에 스쳐 내는 쉿쉿 소리가 들리기까지 하잖아. 눈이 멀면 정말 안 되는데. 누가 나를 알아볼까. 내가 나를 알아보지 못하는데. 아, 이상한 꿈인데. 왜 갑자기 이렇게 정신이 번쩍 나고 곤한 낮잠을 자고 일어난 것처럼 몸이 가벼워지는지 모르겠어. 어느 마을에 내던져졌어. 얼굴은 보지 못했지만 거대한 두 손이 뒤에서 내 허리를 잡고 들어올렸다가 한 번도 가본 적이 없는 마을 한 귀퉁이에 내던졌어. 왜 그런지는 모르지만 고맙다는 인사를 하려고 쑤시는 몸을 뒤척여서 뒤를 돌아다보니까 아무도 없었어. 대낮이었는데 갑자기 멀리 있는 산이 천천히 움직이더니 그 쪽만 깜깜하게 됐지. 이상하게도 무섭지가 않았는데, 꿈이어서 그랬을까. 허리 부근에 여전히 나를 잡고 있었던 큰 손의 느낌이 그대로 남은 채 가만히 엎드려 있는데, 갑자기 마을 사람들이 하나둘씩 나타나더니 내가 누워 있는 곳을 빙 둘러싸고 밑도 끝도 없이 사실대로 본 것을 모두 말하라고 윽박지르는 거야. 내가 일어나려고 하니까 누군가가 발로 등을 누르면서 말하지 않으면 꼼짝 못 한다고 말했고 둘러섰던 사람들도 모두 박자를 맞춘 듯이 그 말을 반복했어. 꿈속에서도 나는 입을 꼭 다물고 꿈이니까 눈을 떠야지, 눈만 뜨면 되는데 하고 중얼거렸지만 내 눈에 모래가 들어차서 너무 껄끄러웠어. 어떻게 빠져나왔는지 모르지만 나는 언덕을 뛰어오르고 있었는데 멀리서 검은 점들이 움직이는 것 같더니 그 점들이 두꺼비만 한 징그러운 딱정벌레로 늘어나 엉금엉금 기어서 내 뒤를 쫓아오는 걸 보고 나는 더 힘을 내서 뜀뛰기를 했지. 언덕 꼭대기에 굴이 있다는 걸 알고 그리 뛰고 있었던 거야. 그러니까 나는 동굴이 있는 곳으로 뛰고 있었던 거지. 동굴이 있는 걸 내가 어떻게 알았을까. 꿈은 정말 이상해. 내가 굴 안으로 들어갔을 때 쉭쉭 소리를 내면서 이제는 내 몸의 3분의 1정도의 크기로 쑥쑥 자란 딱정벌레들이 여섯 개의 털이 빳빳하게 돋아나 있는 다리들을 힘들게 움직이면서 줄을 지어서 굴 입구를 향해 올라오고 있었어. 아, 그 끔찍스럽고 번들번들한 검정색 동공과 악취가 날 것 같은 잔등이와 흰 줄을 내보이면서 벌름거리는 가슴팍이라니. 나는 재빨리 동굴 벽에서 돌조각을 떼어냈는데 동굴에 들어서자마자 내 힘이 상상도 할 수 없을 만큼 세져서 내가 손가락만 대고 조금만 힘을 줘도 돌들이 쩍쩍 갈라져 떨어져서 나는 그 돌들로 한 마리씩 한 마리씩 마구 딱정벌레의 양미간과 가슴팍을 목표로 정하고 그 괴물들을 때려눕히기 시작했어.

그런데 꼭 전쟁 만화에서 그런 것처럼 나머지 딱정벌레들이 벌렁 뒤로 나자빠져서 사지를 흉하게 움직거리고 있는데 한 마리가 굴 입구까지 머리를 들이밀어, 두 팔이 뻑적지근하게 큰 돌덩이를 들고는 너무 겁이 나 눈을 뜰 생각도 못 하고 마구 벌레를 향해 찍어댄 후 행여나 흉측하게 짓이겨진 번들거리는 촉수와 머리가 내 몸을 덮칠까 봐 눈을 감고 굴속으로 깊이깊이, 끝도 없이 도망가서 한

구석에 엎드려 숨을 죽이고 기다리다…… 순식이 할머니한테 이 꿈 얘기를 해주면 뭐라고 할까. 불길한 징조라 해도 이젠 겁날 것이 뭐 있어. 기다릴 게 있어야지. 안 그래? 한번 말해봐. 더 이상 잃을 게 아무것도 없는 나 같은 계집애에게. 아 한바탕 울 수나 있었으면. 내 몸의 물기가 다 빠져나갔어.

그래. 언젠가 한밤중에 덤불숲에 나를 내려놓은 손이 있었지. 단단하고 큰 두 손이 허리를 뒤에서 잡아 잠들어 있었던 나를 사람의 눈에 띄지 않는 덤불숲에 내려놓았어. 내가 정신이 들어 뒤척거리며 일어나서 돌아다보려고 안간힘을 쓸 때 이미 멀어져가는 차 소리를 들었지. 나는 자고 있었던 게 아니야. 정신을 잃고 쓰러졌던 거지. 부서지는 것 같은 엄마의 몸뚱어리, 일그러져 허겁지겁 맞기 전에 내 이름을 입안에 담은 엄마의 얼굴을 보는 순간 검은 휘장, 두껍고 깜깜한 휘장이 내 눈을 덮어버렸어. 휘장이 덮쳐지는 그 순간, 엄마가 비틀거리는 바로 그 순간의 전도, 그 순간의 후도 나는 볼 수가 없었어. 그 휘장을 걷어냈어야 되는데. 아 나는 그 휘장을 죽는 한이 있더라도 찢어냈어야 하는데. 멍청이처럼 기절을 해버렸다니. 나중에 어떻게 엄마 얼굴을 볼 거야. 그 휘장을 아직까지 머리 어느 구석에 씌워두고선. 그 순간부터 얼마 동안이나 내가 휘장에 덮여 그 자리에 쓰러져 누워 있었을까. 그렇게 휘장에 덮여 쓰러져 있는 내 몸을 사람들이 밟고 지나갔는지도 몰라. 내가 정신이 들어 뒤척거리려고 할 때 넘어진 장롱에 등이 눌린 것처럼 꼼짝할 수도 없었고, 등 전체에 누가 마구 망치질을 하는 것처럼 아팠지. 나는 등뼈가 부러진 줄 알았어. 아픈 것보다는 등뼈가 부러진 게 틀림없다는 생각 때문에 나는 소리 내서 울기 시작했지. 거봐, 네가 얼마나 멍청하고 바보 같은 계집앤지. 모든 사람이 널 놀리고 너한테 욕을 퍼붓는 건 당연해. 깜깜한 밤중이었어. 으실으실 추운 습기가 살 속을 파고들어서 나는 점점 더 땅속으로 파고들어가려고 몸을 움직거렸지만 그럴 때마다 뼈마디가 외마디 소리를 지르면서 뚝뚝 꺾여질까 봐 그냥 추운 걸 참기로 했어. 고개를 조금 들어 주위를 바라보았지만 어디에고 불빛 하나 없었어. 눈을 감으면 머릿속에 떠오르는 괴물들이 무서워 눈을 떴지. 그러면 어둠의 산이 무너져 내려오고. 언제였던가—작년? 재작년?—엄마가 사준 나들이 치마에 눅눅하게 습기가 배고 습기에 섞여 땅바닥이 숨기고 있는 추악한 비밀이 스며들어와 영원히 지워지지 않을 얼룩이 될까 봐 겁이 났지. 그렇지만 그런 걱정은 아무것도 아니야. 부러졌는지도 모르는 등뼈의 고통은 아무것도 아냐. 그에 몇천 배, 몇만 배나 되는 무서운 느낌이 서서히 내 젖어버린 뼛속으로 스며들어오기 시작했어. 서서히, 독약이 퍼지는 것처럼, 누웠던 신경을 모두 일으키면서. 그 무서움이 너무 커서 나는 부서질 것만 같은 등뼈를 추스르고 벌떡 일어나 사방을 휘돌아보며 꺼억꺼억 까마귀 소리를 냈어.

달도 없는 밤, 커다란 육식 조류의 날개처럼 하늘을 가로질러 덮어내리고 있는 구름장, 그 사이로 진물 흐르는 종기처럼 아프게 반짝거리면서 내 목덜미에 소름을 돋게 했던 몇 개의 별. 어디서부터인가 새벽이 올 텐데. 저쪽, 저기 나무의 음산한 그림자들이 엉겨붙어 이리저리 움직이는 곳. 아니면 저쪽, 시야를 막는 아무것도 없이 어둠 속으로, 점점 더 짙은 검정색 어둠 속으로 빨려 들어간 도깨비 나라. 아니면 쳐다만 봐도 간장이 녹아들 것만 같은 저 산. 저벅저벅 땅 위에 돋아나 있는 모든 것을 밟으면서 이쪽으로 움직여 오는 산. 아 저기 저 엄청난 산이 기울어 내게로 쏟아져오네. 한 번, 두 번, 세 번. 아니야, 새벽은 산이 가로막지 않은 저곳에서 올 거야. 저기 길이 뻗어져 멀리멀리까지 나 있는 곳에서. 어디를 둘러보아도 살아 움직이는 것이라곤 찾아볼 수가 없어. 땅 위를 기어 다니는 지렁이나 메뚜기 같은 벌레들밖에는, 아니면…… 독사뱀이나 구렁이. 나는 숨 한번 크게 쉬지 않은 채로 울뚝불뚝 돋아난 소름을 쓰다듬지도 못하고 얼마나 오래 그렇게 앉아 있었을까.

누가 나를 이리로 데려다 놓았을까. 그리고 갑자기 아귀처럼 사방에서 울어대는 풀벌레의 어지러운 소리가 귓속으로 쏴아 쏟아져 들어왔어. 그제야 나는 모았던 숨을 터뜨리고 벌레들아 벌레들아 나 좀 살려줘 하면서, 산이 쩡쩡 울리도록 목을 놓고 통곡하기 시작했어. 새벽이 내가 예상했던 대로 흙길 저쪽 끝에서 다가올 때까지. 목구멍까지 울컥울컥 솟구쳐 오르는 두 마디 '엄마야' '오빠야'를 꾹꾹 눌러 배 밑으로 내려보내느라 허리가 다 뻑적지근했지. 그 이름은 이제 아무렇게나 부르면 안 돼. 절대로 이렇게 어두운 산 밑에 앉아 울면서 불러서는 안 돼. 알았지? 절대 울면서 불러서는 안 돼. 너무 많이 울어서 나는 하룻밤 사이에 쪼글쪼글하게 늙어버렸을 거야. 이제는 아무도 나를 알아보지 못할 거야. 마을 사람들을 다시 만나도 그들은 나를 못 보고 지나가겠지. 엄마와 오빠는 나를 알아볼까. 우리는 서로 닮았으니까 내 얼굴에 검버섯이 덮이고 상처가 나고 주름이 생겼어도 엄마와 오빠는 나를 알아볼 거야. 난 단숨에 늙어버렸어. 그리고 나는 불러서는 안 되는 이름을 배 속에 뭉쳐뒀어. 나는 혼자야, 혼자. 내 눈과 목을 단번에 덮어버린 휘장을 벗겨내지 못해서 나는 혼자가 되었어. 그런데 기절해 쓰러져 누워 있었던 나를 차에 실어 어두운 산 밑에 내려놓은 사람은 누구일까. 그 사람은 나를 알고 있는 사람일까. 그 이후 내가 길에서 만난 수십 명도 넘는 사람들 중에 그 사람도 끼어 있었을까.

그래. 나는 동이 틀 때까지 목을 놓고 울었어. 공포에 질려서, 검은 어둠에 대고, 풀벌레의 울음이 뒤섞여서 나중에는 내 이마에 더듬이가 생기고 어깻죽지에 녹색 날개가 생길까 봐, 그것이 무서워서 더 소리를 높여서 울었지. 그리고 길을 따라갔어. 새벽의 길이 그렇게 푸르스름한 눈을 하고 일어서는 것을 나는 그날 처음 보았어. 그 길을 어둠이 쫓아올까 봐 뒤도 돌아보지 못하고 걸으면서, 나는 오빠를 찾기로 결심했던 거야. 내 머릿속의 누군가가 그 길로 곧장 걸어가면 오빠가 누워서 나를 기다리고 있는 곳에 도착할 거라고 속삭이면서 용기를 북돋아주었어. 나는 온몸이 삐걱거리고 다리를 삐어 절고 있는 것도 잊어버리고 내 앞에 펼쳐져 있는 빈 천지를 바라보았지. 나는 이제부터 그 빈 천지 속을 머리를 풀어 헤치고 헤매야만 해. 오빠도 깜깜한 곳에 갇혀 얼마나 무섭고 외로울까. 누군가가 엄마와 내 소식을 가져다주기만을 기다리고 있을 거야. 그런데 정작 오빠가 소식을 물으면 뭐라고 대답을 해야 하나. 무슨 이야기로 내 상한 몸을 변명할 수 있을까. 내게는 아직 시간이 조금 있어. 차근차근하게…… 엄마와 나…… 그날…… 그리고 검은 휘장이 있었다고 어떻게 말할 수 있겠어. 오빠만 좋다면 우리 동네로 돌아가는 거야. 마을에는 밤에도 환하게 불이 켜져 있겠지. 사람들은 누군가를 기다리고 있을지도 몰라. 눈을 부릅뜨고, 어쩌면 손에는 몽둥이를 들고. 난 못 해. 오빠가 그러자고 해도 난 그 환한 빛 속을 걸어 집까지 갈 수가 없어. 나는 결코 검은 휘장 얘기를 오빠한테 해줄 수가 없어. 그것만은 절대로. 오빠의 죽은 몸이 슬픔으로 가루가 되어 흔적도 없이 사라지면…… 그땐 길을 떠난 걸 후회하긴 너무 늦었을 테니까.

　새벽빛이 점점 더 푸르게 길 저편에서부터 퍼져왔고 나는 몸 둘 바를 모르고 그 속을 걸어가기 시작했지. 밤새도록 기다렸던 새벽빛인데, 그 빛이 부드럽게 내 몸을 감싸는 것이 죄스럽고 무서웠어. 나는 그때 어디쯤에 있었을까. 흙길이 촉촉하게 젖어 있었고 길 저쪽 끝에는 엷은 안개가 둘러쳐져 있었는데 그 속에 꼭 살아 움직이는 사람들이 있는 것 같았어. 어쩌면 두 사람, 세 사람이 어깨에 무언가를 걸쳐 멘 형상으로 내가 있는 쪽으로 오고 있는 것 같은데…… 나는 한 걸음도 더 뗄 수가 없었어. 그리고 안개 속에서 움직이는 것이 무엇인지 확인해볼 생각도 하지 않고, 너무 무서워서 눈을 감았지. 우리 동네에 끼던 안개와는 달랐어. 난생처음 본 이상한 새벽, 난생처음 본 안개를 피해 어디론가 숨어야 하는데 나는 한 발자국도 뗄 수가 없었어. 나는 눈을 감고 밭을 가로질렀어. 두 번이나 논두렁에 빠지고 여전히 눈을 감은 채 덤불가시에 종아리가 따가울 때까지 허우적거리면서. 아, 다시, 차라리 밤이 되었으면, 그래서 아무의 눈에도 띄지 않고 멀리멀리 길을 걸을 수 있었으면. 그래 산속에도 길이 있을 거야. 산속에는 먹을 것도 있을 거야. 얼마 동안이나 나는 굶었을까. 산기슭의 덤불에 숨어 푸르스름한 밭쪽을 내려다보았지. 길 저쪽에도 내가 온 길 쪽에도 사람의 모습은 없었어. 뾰족한 갈퀴가 훑어내는 것처럼 배창자가 뒤틀리고 쓰라렸어. 배 속에서 꾸르륵 소리가 멎은 지는 이미 오래되었지. 불쌍한 뱃가죽, 얼마나 바짝 말라붙어 있을까. 물 있는 골을 찾아서 내장

벽이랑 창자를 적셔주어야지. 나는 운이 좋았어. 꽃잎도 따 먹고 순도 잘라 먹고 가끔가다 떫은 열매도 따 먹고 아주 드물게, 버려진 산등성이에 심어진 배추 뿌리와 고구마도 먹었어. 그리고 어느 날 정신없이 따 먹은 분홍빛 꽃잎과 싸리 순을 다 게워냈어. 그래도 다음 날 아침에는 또 꽃가지를 찾으러 비탈을 오르내리고. 산속의 길로만, 그림자가 왼편에 생겨서 오른편으로 자지러지는 것을 어김없이 바라보면서 몇 날을 걸었지. 밤이 되면 바람 없는 골을 찾아서 나뭇가지를 덮고 잠을 잤지. 세 밤을 잤나, 다섯 밤을 잤나. 잠도 처음에는 연두색이다가 회색이다가 군청색이 되고, 그때쯤이면 내 몸이 증발해버리는 것처럼 아무런 소리도 들리지 않고 나는 멀리 빠른 속도로 빨려가곤 했지. 그리고 엄마를 만났어. 가끔가다가 오빠를 만났지. 어느 날 번쩍 눈을 뜨니까 오빠가 비스듬히 서서 나를 내려다보면서 웃고 있었어.

그래서 오빠야 하고 불렀는데 그 얼굴은 곧 사라지고 그 자리에서 한 남자가 나를 똑바로 내려다보고 있었어. 상고머리에 반점이 있는 남자. 등에 걸친 망태기를 휙 풀숲에 내던지고 무서워하지 말라는 뜻으로 손을 내저으면서 괴성을 지르던 남자가 있었어. 다시 눈을 감았다가 뜨니까 남자가 찐 감자 두 알을 내게 내밀었어. 갑자기 모든 무서움이 달아나고 감자 두 알을 단번에 삼켜버렸지. 천렵을 나온 벙어리 남자. 얼굴엔 검은 반점이 있었는데 그 반점 때문인지 내 가슴에 그늘이 덮이는 것 같았어. 남자가 개울물을 떠다가 주었지. 다음 날에도 벙어리 남자는 먹을 것을 가져다주었지. 호박 풀떼기하고 찐 옥수수였어. 구역질이 사라지고 딸꾹질이 생겨서 한번 시작하면 한참 동안이나 멈추지를 않았어. 남자가 내 등을 두드려

주어도 멈추지를 않았어. 너무 오랫동안 곡기를 끊었으니 창자가 동했던 거야. 세번째 날에도 남자는 먹을 것을 가지고 왔어. 그리고 낡은 옷 한 벌도 가지고 왔어. 내가 입고 있던 옷을 나는 그때 처음 쳐다보았어. 그렇게 예쁘던 옷이 진흙에 범벅이 되어서 알아볼 수도 없게 되어 있었어. 나는 남자가 소리도 내지 않고 하는 말을 알아들을 수 있었어. 내가 벙어리하고 얘기한 것은 처음이 아니야. 우리 동네에도 예전에는 벙어리가 살았었는데, 벙어리 장손이 아저씨가 가지고 있던 밭뙈기를 탐낸 여자한테 장가를 들었다가 그 여자가 장손이 아저씨 몰래 밭을 팔아버리는 바람에 홀딱 망하고, 도망간 여자 빚까지 뒤집어써서 그냥 이 집 저 집 막일을 하고 지냈지. 그런데 2년 전에 서울 간다면서 마을을 떠나버렸어. 내가 초등학교 들어갈 때 장손이 아저씨가 필통을 사 주었지. 장손이 아저씨 목에서는 아무런 소리도 나지 않았는데 이 벙어리 남자는 말을 하려고 하고 그때마다 목에서 괴상한 소리가 나. 나는 내미는 옷을 받아 들었어. 나더러 옷을 벗고 갈아입으라는 거지. 물에 가서 빨아주겠다는 거야. 벙어리는 내가 옷을 갈아입는 것을 찬찬히 살펴봤어. 그리고 내 치마를 빨아가지고 왔지만 거기에는 여전히 얼룩이 남아 있었어. 비누를 가지고 비벼 빨아야 되는데 언젠가 그럴 때가 오겠지. 이 옷을 잃어버려서는 안 돼. 내 얼굴이 쪼글쪼글하게 변하고 상처투성이가 돼서 엄마나 오빠가 나를 못 알아보면 이 옷을 꺼내서 보여줘야지. 오빠랑 엄마랑 추석날 가서 산 옷이니 내가 누군지를 알아볼 수 있을 거야. 벙어리가 나뭇가지에 옷을 걸어놓고 내 곁에 누워서 내 다리랑 배랑 한참을 쓰다듬었어. 그리고 무슨 말을 하려고 입을 자꾸 벌려도 이상한 소리만 새어 나왔어. 한참을 그렇게 안간힘을 쓰다가는 그만 꺼억꺼억 하면서 말 대신 주먹 같은 눈물이 벙어리 눈에서 뚝뚝 떨어졌어. 나는 신기해서 그 얼굴을 쳐다보았지. 내 눈에서는 엄마 눈에서 그랬던 것처럼 이제는 눈물조차 나오지 않거든. 엄마도 어떤 때는 말도 못 하고 벙어리처럼 꺼억꺼억 소리만 내면서 가슴을 쳤지. 그리고 저녁이 왔어. 벙어리 남자는 그때까지 내 옆에 누워서 내 머리도 쓰다듬고 목에 붙은 검불을 떼어주고는 했지. 그리고 채 밤이 되기도 전에, 눈 깜짝할 사이에 내가 잠시 눈을 붙인 사이에 파랑새 한 마리가 내 가랑이 사이로 해서 내 몸속으로 들어왔지. 그리고 밤이 되니까 벙어리는 망태기를 들고 바쁘게 산을 내려갔어. 떠나기 전에 꼭 이 자리에 있으라고, 다음 날도 먹을 걸 가져오겠노라고 했어. 이미 어둠이 짙어져서 벙어리의 몸짓과 나무의 검은 움직임이 몽롱해진 내 눈앞에서 엉켜서 흔들렸어. 나는 그때 내가 조금씩 돌로 변하고 있는 걸 알았어. 내 양손 안에는 언제 주워 들었는지 모르게 돌멩이가 들어 있었어. 그리고 아주 막연하게, 내용 없는 나쁜 꿈의 언저리처럼, 흐릿하게 왜 내 몸속에 파랑새가 들어와 뾰족한 부리로 나를 쪼아댔는지, 그리고 그게 무엇을 뜻하는지를 알 것 같았어. 그렇지만 그건 잠시 동안의 착각일 뿐이야. 나는 어떤 일 하나 제대로 이해해본 것이 없는걸. 모든 일은 비집고 들어가면 들어갈수록 복잡해지고 내 작은 머릿속에는 수없는 끈들이 마구 집을 치다가는 이내 온통 뒤엉켜버려 꺼먼 석탄으로 굳어져버리니 말이지. 그러고는 끝이야. 파랑새가 비집고 들어올 때 많이 아팠지만 소리 지르지 않았어. 그 정도는 이제 아무것도 아니야. 수천 마리나 덤벼보라지. 나는 절대 소리를 지르고 무릎을 꿇거나 빌거나 하지 않을 거야. 그날, 내가 정신을 잃고 까무라쳤던 바로 그날, 나도 모르는 새에 나는 40년 아니 50년이나 100년을 살아버렸던 거지. 이미 그날, 엄마가 고통으로 저절로 벌어진 입을 채 다물지도 못하고 충격으로 높이 쳐올려진 팔이 복부에 난 구멍을 막기 위해 내려오면서 아직 공중에서 두 날개처럼 펄럭이고, 그 완성되지 않은 동작에 머무른 나의 기억에 검은 휘장이 덮친 바로 그날, 모든 것은 돌이킬 수 없이 망쳐져버렸어. 내가 산그늘 속에서 한밤중에 깨어났을 때는 나 자신도 모르고 있었지만 나는 순식간에 무섭게 바뀌어 있었던 것에 틀림없어. 사람들한테 속임을 당했거나 모욕을 받고 난 후에 엄마는 자주, 두고 보라지들, 내일부터 나는 더 이상 내가 아닐 거야. 나한테 똑같이 대했다가는 큰 코 다칠 테니. 그래두 엄마는 다음 날 바보처럼 그 사람들과 장터에서 시시덕거리곤 했잖아. 그런데 엄마는 어느 날, 엄마도 모르게 이상한 사람이 돼버렸어. 사람들 말대로 엄마 혼백이 빠져나갔던 걸까. 그게 뭔지는 모르지만 내 생각에는 오히려 그 혼백이 엄마 속으로 들어온 것 같았어. 꾹 다문 입술에 마른 눈자위, 그을린 뺨에는 붉은 기운이 돌았고 걸음걸이 하나 흐트러지지 않은 채, 옆도 보지 않고 고개는 먼 곳을 향해서 꿋꿋하게 쳐들고 빠른 걸음으로 엄마는 걷기 시작했어. 한번은 마을 사람들이 모여 있는 데서 한 시간이 넘게 무슨 얘긴가를 했는데 나는 엄마가 사람들 입이 딱 벌어지게끔 그렇게 말을 잘하는지 몰랐어. 그런 엄마가 글씨 앞에서는 늘 더듬거리는 나한테 종이 쪽지를 읽어달라거나 내용을 알 수 없는 편지를 불러서 쓰게 하거나 하는 일이 참 이상했어. 아니 설령 하룻밤 사이에 엄마가 글을 쓸 줄 알게 되었다고 해도 나는 놀라지 않았을 거야. 엄마 같은 처지에 있었다면 내가 만난 벙어리라도 갑자기 말을 하게 되었을지도 몰라. 게다가 그날 벙어리는 어느 한순간 말 몇 마디를 거의 쏟아놓을 것만 같았어. 나는 벙어리가 부탁한 대로 다음 날 그를 기다리지 않았어. 어둠이 짙어지다 못해 희부예졌을 때 나는 보따리를 들고 산을 내려가기로 했어. 등성이를 따라 길이 끝나는 데까지 걸었지. 길이 끝나면 또 다른 길을 찾아 한참 헤매고, 길을 찾았을 때는 또 그 끝까지 걸어갔어. 산이 끝난 곳에는 들판이 있었고 들판이 끝난 곳에 길게 누운 강이 멀리서 나타났어. 그리고 마을을 만났지. 다시 피해서 산속으로 들어갔어. 그러다가 너무 배가 고파서 거의 기다시피 해서 산에서 내려왔고…… 사람들을 만났지. 처음에는 어쩌다가 한두 번씩, 그러나 점점 자주 나는 앞으로 앞으로 걸어 나가는 목적을 잃었고 사람들을 만나면 마치 무엇에 홀린 것처럼 아무거나 주는 것을 다 받아먹으면서 하루, 이틀 혹은 더 오랫동안 이유 없이 그 사람들하고 머무르곤 했지. 사람들이 떠나면 나도 떠났어. 강가에 닿을 때까지 나는 쉬기도 하고 뛰기도 했지. 내가 한 걸음 다가설 때마다 뒷걸음질 치는 것 같았어. 강이 바로 내 앞에 나타났을 때 대번 나는 바다를 생각했지. 그리고 마치 내가 길을 떠난 이유가 바다를 보기 위해서인 것처럼 강변을 따라 물살의 흐름을 따라 걷기 시작했지. 모든 것이 희미해졌지. 아무리 걸어도 바다를 만날 것 같지가 않았어. 어느 날 강가에서 소나기에 깨어 일어났을 때 나는 내가 길을 떠난 이유를 겨우 다시 기억해낼 수 있었어. 강가에서도 나는 손으로 헤아릴 수 없을 만큼의 사람들을 만났지. 여자도 만났고 남자도 만났고, 도망치는 아이들, 내 길게 자란 머리채를 뒤에서 잡아당기면서 낄낄거리는 아이들, 그리고 으르렁거리며 짖어대기만 했지 내 뒤를 쫓아오지조차 않던 개들도 있었어. 나는 강변을 따라 바다가 있는 쪽으로 걸어갔어. 어느 날 다시 비가 내렸고 내 몸이 녹아 물이 되기를 바라면서 한나절은 빈 강변에 누워 있었어. 그런데 날은 개고, 나는 녹지도 않고 흐무러지지도 않은 내 몸을 고스란히 일으켜 세우는 수밖에 없었지. 강가에서도 여러 번 파랑새가 부리를 틀고 내 몸속으로 들어왔어. 지금 내 몸속에는 수십 마리의 파랑새들이 제각기 둥지를 짓고 살고 있어. 내가 눈을 감고 가만히 있으면 배 속에서 머릿속에서 무수한 새 울음소리가 뒤섞여 내 몸에 경련을 만들 때도 있지. 이 새들은 이렇게 갇혀서 어쩌자는 걸까. 밖으로 가려고, 주인을 찾아가려고 이렇게 짹짹거리는 건지도 모르지. 그러려면 그러라지. 나는 턱뼈가 아플 정도로 입을 크게 벌리고 헛구역질을 하면서 파랑새들이 빠져나오게 안간힘을 써보지만 내가 잠든 사이가 아니라면, 한 마리의 파랑새가 내 입속에서 날아 나오는 걸 본 적이 없어. 어느 날 강변을 멀리까지 따라간 후에 나는 목적지인 바다를 잊어버렸어. 그래서 배를 타고 강을 건넜지. 강을 건너고 나서 나는 길을 떠난 후 처음으로 뒤를 돌아다보았어. 그리고 다시는 돌이킬 수 없는 곳에 내가 와 있다는 것을 알았어. 잠시 내가 걸었던 저쪽 멀리 반대편 강변 숲에서 황색 기운이 일렁거리더니 숲·강변·강물 모두가 벌겋게 온통 불길 속에 타오르는 것이 보였어. 누가 저쪽 기슭에 불을 놓았을까. 누가 내 눈 위에 불비를 내리게 했을까. 사람들이 무더기로 아우성을 치면서 강을 건너오는 것이 보였어. 모두 나를 향해서 팔을 내휘두르면서. 어디론가 피해야지. 너무 오랫동안 나는 할 일을 잊었던 거야. 이제 와서 저 강을 다시 건널 수는 없잖아. 이제는 영영 다시 건너갈 수는 없는 거야. 오빠를 만나기 전에는. 내가 물을 건너는 동안 수많은 얼굴들, 내가 길에서 만난 얼굴들, 모두 어느 한구석엔가 폭탄을 숨겨놓고 있는 사람들의 슬픈 얼굴들이 물속에 다 녹아들어갔어. 나를 몰매질한 사람들, 내게 잠자리와 먹을 것을 준 사람들, 내 이마를 짚어주고 알약을 가져다준 사람들, 내 몸에 파랑새를 들이밀고 난 다음 황급하게 도망치던 사람들. 자 이 얼굴들은 강물아 모두 너의 것이다. 나는 힘이 없고 내 머릿속에는 더 이상 자리가 없으니 내 대신 이 모든 것을 지니고 있으렴. 어느 날 내 머릿속에 장막이 걷히고 내가 나를 그늘 없이 사랑하게 될 때 다시 돌아올 테니 그때까지만 간직하고 있으렴. 고마운 강. 안녕, 다시 만날 때까지 안녕.

5

　남자는 더 이상 여자애에게 술을 먹이지도 않았고, 울컥 치밀어 오르는 알 수 없는 분노 때문에 폭력을 휘두르지도 않았다. 그녀를 학대할수록 그다음 날은 기분이 좋지 않았고, 그의 손찌검이 여자애에게 아무런 변화도 일으키지 않는 것이 그의 신체를 무기력하게 만들었다. 저녁나절 그의 거처인 창고로 돌아올 때면, 외출할 때 그녀가 앉아 있던 바로 그 자리에서 어김없이 여자애의 모습을 발견하곤 했다. 때로 어지러워진 창고 안이 정리되어 있기도 했고 더럽혀진 그릇들이 말끔히 씻겨져 있기도 했다. 남자는 가끔 찬거리를 사들고 귀가하는 일까지 생겼고, 그럴 때면 남자가 어떤 지시를 내리기도 전에 여자애는 기계적으로 앉았던 자리에서 먼지를 털고 일어나 창고 한 면에 있는 석유 곤로에 불을 당겨 밥을 하고 찌개를 끓이기도 했다. 여전한 침묵 속에서 그들은 준비된 쟁반을 앞에 놓고 식사를 했다. 벌레처럼 움츠린 몸을 더욱 움츠리고 입안의 밥알을 세기라도 하듯 천천히 입을 움직이고 있는 정신 나간 여자애의 얼굴을 남자는 가끔 반은 진저리치면서 반은 홀린 듯이 쳐다보곤 했다. 자세히 쳐다보면 쳐다볼수록, 어림잡을 수 있는 그녀의 나이에 맞지 않는 표정, 청춘을 다 살아버린 것 같은 망연한 표정이 드러나 그를 당황하게 만들었다. 무엇이 저 어린애를 저 꼴로 만들었을까. 질문을 채 던지기도 전에 그 꼴을 만든 데 자신도 한몫 낀 것만 같아 먼저 흠칫할 수밖에 없었다.

그녀를 그렇게 바라보고 있자면, 남자는 그녀가 비록 멍하게 웃는 일이 잦다고 해도 그녀의 머릿속이 부분적이나마 고장이 났으리라는 평소의 생각이 부질없이 느껴지곤 했다. 그녀는 분명 그로서는 알 수도 없고, 다가가기에는 너무 먼 어떤 다른 나라에서, 그쪽 세상의 질서로는 지극히 정상적인 생활을 하고 있는지도 모를 일이었다. 다만 그것이 무엇인지 남자로서는 알 길이 없어 매번 그녀의 행동이 이상스럽게 보이는 만큼, 어쩌면 그 자신도 그녀에게 이상하게 비치리라는 생각이 들어 남자는 급히 시선을 거두었다. 그러나 저 애 머릿속에 생각이라는 것이 들어갈 틈이 있기나 할까.

남자는 지금까지 도시의 음지를 배회하는 수많은 미친 사람을 보았다. 대부분 그냥 지나쳐버리거나 웃음거리로 돌렸던 비슷비슷한 얼굴들이 처음으로 남자에게 괴상한 의문부호로 다가왔다. 쟁반 건너편에 앉아 돌이라도 골라내듯이 조심스럽게 입을 오물거리고 있는 여자애의 얼굴에 그가 언뜻 본 수많은 실성한 사람들이 한꺼번에 겹쳐지더니 순간 쪼글쪼글 주름 잡힌 얼굴로 변했다. 그 쪼글거리는 살점이 녹아내리기라도 할 것처럼 흐물거려서 그는 빨리 손을 뻗어 여자애의 턱을 받쳤다.

"많이 먹어라. 어서 기운 차려야지."

그가 상상도 하지 못한 보드라운 목소리가 그의 입에서 새어 나오는 것에 놀라면서 그는 좀 전의 끔찍한 영상 때문에 냅다 머리를 휘둘러댔다. 그렇지만 남자는 여자애의 얼굴에서 손을 뗄 수가 없었다. 거센 돌풍을 동반한 뜨거운 물줄기가 내장을 태우고 위를 난도질하고 식도를 바싹 말리면서 몇 번 지나쳐갔다. 남자는 이 이상한 신체적 현상을 얼버무리려 했다.

"얘야, 미안하다. 정말 미안하다."

남자의 눈자위가 붉어지는 것을 보고 여자애는 밥알 담긴 입을 크게 벌리고 왁자하게 웃어젖혔다. 밥알이 쟁반에 튀고 남자 또한 여자애를 따라서 어깨를 들썩이면서 울면서 웃었다. 남자는 그녀와 똑같이 되어, 그녀 속에 들어가서 어딘가에 망가진 장치가 있다면 그걸 고쳐주고 싶었다.

이즈음의 어느 날 남자는 동료에게 꼭 무슨 열병에 감염된 것 같다고 말했다. 꼭 흑사병에 감염된 것만 같은데 그런 병이 요즈음에도 있느냐고 농담처럼 묻고 절대 가까이 다가오지 말라고 말하기도 했다. 때때로 남자는 새벽이 될 때까지 술을 마시고 화투짝에 집중하면서 여자애가 잠들어 쓰러져 있는 사이에 도둑처럼 창고에 돌아오곤 했다. 이럴 때면 목을 조이는 것처럼 사방에서 다가오는 알 수 없는 두려움 때문에 이 여자애와의 생활을 어떻게 해서든지 청산해야겠다는 생각을 하기도 했다. 제발 그녀가 어디로 가버려주었으면

하고 바라다가도 술에 취한 몽롱한 시선이 어둠 속에 자루처럼 쪼그리고 누워 있는 그녀의 모습을 발견하지 못하기라도 할 때에는 갑자기 정신이 말짱히 깨서 황망히 그녀가 누워 있는 자리를 더듬기가 일쑤였다. 마른 나뭇가지 같은 여자애의 팔목이 잡힐 때에야 불안으로 고동치는 그의 숨결이 안정되었다. 그의 당황한 손길에 여자애가 잠결에 작은 동물이 내는 신음 소리를 낼 때면 남자는 그녀를 아기 다루듯 다독거렸다.

"그래 실컷 자거라. 안심하고 자."

남자는 여자애가 잠이 들어 있을 때가 좋았다. 이상스럽게 괴성을 지르지도 않고 낄낄 웃어대지도 않았다. 가끔 정상적인 사람처럼 몇 마디 말을 웅얼대기라도 하면, 남자는 마치 대화를 하듯 "옳지. 그래서?" 하고 대답을 기다리곤 했다. 어떤 때는 밑도 끝도 없는 몇 마디의 대화를 나누기 위해 옆에 쪼그리고 앉아 그녀가 꿈속의 사건을 웅얼거리기를 오랫동안 기다리기도 했다. 대체로 여자애의 꿈은 평화로운 것처럼 보였다. 어둠 속에서도 까칠까칠한 뺨이 드러나는 그 딱한 얼굴을 하고서 누군가를 향하듯 쌩긋 미소 짓는 것도 남자는 보았다. 반수 상태에서 혹시나 무슨 결정적인 답이 나올 것을 기대하면서 남자는 여자애를 가만히 흔들어 깨우고 마치 신탁이라도 기다리는 사람처럼 양미간을 좁히고 귀를 기울였다. 그리고 물었다.

"네가 있는 데가 어디냐. 말해도 괜찮으니 대답해봐."

속삭이면서 간질이는 그의 숨결에 여자애는 손으로 귓바퀴를 한 번 쓸어내릴 뿐 다시 깊은 잠 속으로 빠져들었다.

남자는 이제 호기심에서였건 혹은 저지른 일에 대한 두려움에서

였건, 그녀와의 생활의 초기에 자주 그랬던 것처럼, 여자애의 신원이나 사연을 캐고자 하는 헛된 질문을 던지지 않았다. 호기심을 채우려고 그녀를 달래거나 윽박지르지도 않았다. 알아봐야 그만한 애의 사연이란 뻔한 것이어서가 아니었다. 그는 작은 머리를 쥐어짜 어린 여자애를 저 지경으로 실성하게 만들 수 있는 것이 무엇인지 가능한 사연들을 헛되이 짚어보았다. 그러나 그 사연들은 그녀의 얼굴을 바라보자마자 그녀에게 알맞지 않은 것으로 변했다. 무언가 그의 한정된 상상력을 훨씬 뛰어넘는 것, 더 강한 색깔, 더 끔찍한 무엇이 있을 것만 같은데, 거기까지 다가가기도 훨씬 전에 그는 두통으로 상상을 포기하기도 했다. 어쩌면 그 끔찍한 어떤 일의 한 중간에서 엉뚱하게 자기 자신의 얼굴이 그녀를 그렇게 만든 장본인처럼 드러날 것이 무서워 남자는 더 생각하기를 멈추었는지도 모른다.

언제부터인가 그녀에게 술을 먹이고 그녀의 몸을 거칠게 다루고 그 속에 침투하는 일이 불가능하게 되었다. 그와 반비례로 전혀 다른 욕구가 일어나기 시작했다. 대체 저 애가 나를 다른 사람과 조금이라도 구별하고 있을까. 저 애가 웃을 때 나를 보고 웃는 것인가. 아니면 망가진 뇌의 한구석에 매달려 있는 익명의 초상화를 보고 웃고 있는 것일까. 이미 두 달 전 강변에서 내 뒤를 쫓아왔을 때 나를 나로 알아보았기 때문일까. 남자는 여자애의 빈 시선 속에서 고통스럽게 그 자신의 모습이 확인되는 순간을 찾고자 했다. 그녀에게 구두를 사다 주고 옷을 사다 주고 머리빗을 사다 주었다. 매번 남자가 대가로 되돌려받은 것은 한참 동안이나 그의 등골이 오싹 진저리치게끔 했던 붉은 빛깔이라고밖에 달리는 표현할 수 없는 웃음이었다.

6

 그녀는 장항으로 가지 않았다. 그녀가 바다 쪽으로 갔으리라는 생각은 잘못된 것이었다. 다시 옥포로 돌아와 그녀가 머물던 술집에서 시작하는 수밖에 없었다. 각지로 떠나고 각지에서 오는 많지 않은 수의 버스들이 지나치는 곳이어서 그 장소에 매달리는 수밖에 없었다. 그녀가 다시 강을 넘어 집이 있는 쪽으로 되돌아갈 수도 있으리라는 생각이 잠시 스치기는 했지만, 그 가능성은 단번에 제외되고 우리는 강 이편의 여러 마을로 그녀의 이동 가능성을 한정시켰다. 무슨 이유인지는 모르겠지만 그녀가 다시 강을 되돌아 건너는 일을 상상할 수가 없었다. 옥포댁의 고마움을 잊을 수가 없다. 옥포댁의 수소문은 훨씬 체계적이었고 광범했다. 그리고 역시 옥포댁의 도움으로 서천 옥포 간 용달차를 부리는 임 씨를 만났다. 서천으로 가는 길녘에서 그녀 비슷한 모습을 한 여자애를 보았다는 것이다. 더 정확히 말하면 서천의 알부자 김 아무개의 조카 김상태가 자전거를 끌고 누구랑 동행하는 것이 눈에 띄었는데 상태 옆에 있었던 것이 아마도 옥포댁이 찾는 그 여자애 비슷할지도 모른다고 말했다는 것이다. 그런데 용달차 임 씨는 우리를 보자 옥포댁에게 한 것 이상의 얘기를 하기 꺼려했다. 누구냐고 물었고 왜 찾느냐고 물었고 김상태가 사는 곳이 어딘지 모른다고 말했고 어쩌면 잘못 보았을지도 모르는 일이라고 말했다. 여러 이야기를 꾸며대고 임 씨를 안심시켰다. 옥포댁이 거들고 술잔에 안주까지 탁자 위에 놓았다. 그녀가 옥포댁의 먼 친척이라고 했다. 임 씨를 통해 그녀와 동행했다는 사람의 대강의 윤곽을 잡고 사는 언저리도 대강 알아낸 다음에 옥포댁에게 후에 꼭 연락할 것을 약속하고는 서천으로 가는 차에 올랐다. 그날 오후 갑자기 비가 내리기 시작했다. 덜컹거리는 뒷좌석에 앉아 바라보는 들판이 기적처럼 비옥했고 빗속에 산들이 더욱 푸르게 짙었다. 무연한 풍경 위에 고르게 빗줄기가 떨어지고 있었다. 아프지 않은 채찍처럼, 그러나 애무라고 하기에는 강하게 상처를 남기지 않는 다스림의 매질처럼 비가 땅 위에 내리고 있었다. 차는 더욱 덜컹거렸다. 점점 더 지나치게 덜컹거리는 차의 요동에 따라 흐느적거리는 몸을 내맡기고 승객들은 꼭두각시처럼 불평 한마디 안 하고 앉아 있었다. 우리는 침묵하고, 차창 밖의 젖은 도로에 시선을 집중하고, 각자 머릿속으로는 수많은 악몽을 재현하고 있는지도 몰랐다. 갑자기 우리 중의 하나가 낮은 한숨을 길게 내쉬었다. 주체할 수 없는 격렬한 충동으로 그의 어깨가 들썩거렸다. 쉽사리 멎을 것 같지 않은, 그렇다고 오래 계속되기에는 숨이 막힐 것 같은 그러한 오열이었지만 우리 중 어느 누구도 그의 등을 토닥여 주고 눈물을 씻어주지 않았다. 우리 대신 그가 소리를 터뜨리고 핏줄을 조이고 있을 뿐이었다. 서천으로 가는 길은 길었다. 적어도 그렇게 느껴졌다. 다행히 승객 중의 어느 누구도 우리가 앉아 있는 쪽을 돌아보지 않았다.

 27, 8세가량의 길고 창백한 얼굴의 김을 쉽게 만날 수 있었다. 건강 때문에 학업을 포기하고 3년 전부터는 집안의 도움으로 임대 사업을 하고 있는 사람이었다. 어두운 사나이였고 입을 떼기를 꺼려 했다. 서천에서는 명목상 작은 운동기구점을 가지고 있지만 진짜 사업은 대천에 있는 한 건물의 임대업이라고 했다. 김의 신경은 불

안정할 정도로 예민해 보였다. 그녀의 얘기를 꺼내자 놀란 시선으로 아예 입을 꽉 다물어버렸다. 무언가를 숨기는 자의 표정보다는 일을 아예 덮어두고 없었던 것으로 하고자 할 때의 표정으로, 그 닫힌 문을 여는 데는 시간이 걸리리라는 생각이 들었다. 우리도 침묵하고 한참 앉아 있었다. 거의 비어 있던 다방의 요란한 선풍기 소리만 들려왔다가는 이내 다른 생각의 물결 뒤로 사라져버렸다. 사연을 그럴듯하게 꾸미고 돌려서 얘기할 필요가 없음을 직감적으로 알아차리고 김에게 그녀를 찾고 있는 이유의 자초지종을 설명했다. 그는 고개를 끄덕이고 더 길게 말할 필요가 없노라고, 그도 대충 짐작해 알고 있는 이야기라고만 간단히 말했다. 그를 찾아오게 된 연유도 말했다. 김은 그렇다면 다 알 텐데 뭘 물을 게 있느냐는 듯이 냉소적인 표정으로 그의 입이 벌어지기만을 기다리고 있는 사람들을 하나하나 바라다보았다. 그는 한참 만에 용달차 운전자 임 씨의 말을 믿느냐고 물었다. 무슨 말인지 이해하지 못한 채 임 씨는 김에 대한 지극히 간단한 정보 외에는 아무 얘기도 덧붙이지 않았다고 대답했다. 무언가 모를 것이 우리를 초조하게 만들었다. 김의 표정으로 보아 그녀가 이 마을에 머무는 동안 어쩌면 돌이킬 수 없는 어떤 일이 일어나버렸을지도 모른다. 더 이상 지체할 수가 없었다. 우리의 나이에 치명적인 결점은 참을성의 부족이다. 우리는 단번에 최상의 것을 바라는 버릇을 가지고 있고 그것이 더 많은 실수를 야기한다는 것을 알고 있음에도 우회나 기다림 같은 지혜가 설득력 있는 것으로 다가오지 않았다. 가능하면 그를 위협하고 윽박지를 생각을 가다듬고 있는 차에 김은 우리의 그러한 표정을 읽었는지 그녀는 무사한 곳에 가 있을 것이라고 우리를 안심시켰다.

그는 우리를 읍의 외곽으로 안내했다. 버려진 농가 주변에는 여름의 마구 자란 잡풀이 숲을 이루고 있었다. 얼마 전부터 서천에 이상한 소문이 돌았고 그 소문을 김은 운동기구점의 손님의 입을 통해 전해 들었다고 했다. 읍 외곽의 이 버려진 농가에 언제부터인지 여자가 하나 살고 있는데 수많은 서천의 남자들이 겁 없이, 무상으로 이 여자를 범했다는 소문이었다. 언제든지 이 농가에 들르면 준비를 하고 있던 그 여자를 건드릴 수 있다는 것이었다. 묘령의 젊은 여인이라는 설도 있고 앳된 계집이란 설도, 또 이미 중년을 바라보는 무르익은 여자라는 소문도 있었다. 시집에서 쫓겨난 거지라는 얘기도 나돌고, 창녀촌에서 도망 나온 여자라고도 했고, 아니면 그냥 미친 여자일 거라고도 했다. 소문은 돌고 돌았어도 김은 이 농가에 숨어 있다는 여자를 직접 찾아갔다는 사람은 만난 적이 없었다.

그런데 심부름을 다녀온 그의 점포의 직원이 문제의 농가 주변에서 건드리기만 해도 손바닥에 피가 날 정도로 날이 선 잡풀을 그야말로 미친 듯이 뜯어내고 있는 한 여자애를 보았다는 얘기를 전했다. 저녁이 되어, 그는 자기 자신도 모르게 농가 쪽으로 차를 몰았다. 김은 다시 한 번 의심 어린 시선으로 그의 입을 주시하고 있는 우리들을 하나하나 도전이라도 하듯이 바라보았다. 진부한 상상일랑 집어치우라는 듯이 손을 내저었다. 그는 우리가 찾고 있는 그녀와는 상관없는 이야기를 하기 시작했다. 어려서부터 등에 업고 다녔고 좀 커서는 그의 연인이 된 동네의 여자애가 채 어른이 되기도 전에 죽었다고 했다. 나이 차이 때문에 동네에서는 말이 많았고, 그녀가 죽자 그의 탓이라고 했고, 어떤 여자애들은 그만 보면 피해 달아나는 일까지 있었다고 했다. 그가 죽은 여자애 나이 또래의 애들에게 독기를 품어 병들게 한다는 소문 때문이었다. 처음에 사는 일이 지옥이다가 시간이 지날수록 죽은 여자애의 영상이 점점 또렷이 살아나 이제는 가슴 바닥에 놓아두고 그냥저냥 살아간다고 했다. 김은 가슴을 쓰다듬으면서 그는 혼자 몸이 아니라고 말했다. 김상태가 노상 병을 앓는다고 했던 임의 말이 이해가 되었다. 버려진 농가의 여자애 얘기를 들었을 때 김은 희생된 그의 과거를 생각했고, 죽은 그의 애인의 나이 또래의 여자애에게 해를 끼친다는 동네의 소문이 거짓임을 떠돌이 여자애를 구해줌으로써 뒤집어엎고 싶었다. 우리는 초조함을 표시했다. 김의 감상주의에 휘말려 들어가기에는 너무 시간이 급했다. 질문을 일절 삼가는 대신, 쟁점이 흐려지는 그의 말에 무언의 채찍질을 가했다.

소문대로 행여나 움막 비슷한 그 안에 사람이 있을지도 몰라 버려진 농가에서 멀리 떨어져 한 시간을 기다린 후 김은 전등 하나를 들고 안으로 들어갔다. 그리고 맨바닥에 손등으로 회중전등의 빛을 막고 꼼짝도 하지 않고 누워 있는 그녀를 보는 순간…… 난생처음으로 자신이 그녀와 동일한 인간인 것이 수치스러웠고 무서웠다고 했다.

바로 그 순간에 우리들 중의 하나가 정확한 신원의 확인을 위해, 이미 수도 없는 사람에게 들이밀었던 그녀의 사진을 김에게 내밀었다. 그의 시선이 잠시 놀라운 기색을 나타냈다. 그리고 이내 평정을 되찾고 빨려들듯이 사진 위에 잠시 머물렀다. 그러고는 천천히 고개를 흔들었다. 누군가가 주먹으로 탁자를 쳤다. 처음부터 시작할 일이 까마득했다. 그런데 김이 덧붙였다. 이건 내가 본 그 애의 얼굴은 분명 아니오. 그러나 그 애가 운이 좋았다면 지금쯤 이렇게 되어 있을지도 모르지요. 언제 찍은 사진인지 모르나 그저 겨우 그 애의 윤곽을 알아볼 수 있으니 얼마나 끔찍한 일이오.

김이 그녀를 찾아냈을 때 그녀의 몸은 소문 이상으로 망가져 있었다고 말했다. 며칠, 몇 주일을 굶었는지 완전히 혼수상태에 빠진 듯 겨우 수족을 움직거릴 뿐, 그녀가 살아 있다는 것을 말해주는 것이 하나도 없었다고 했다. 악취가 심했고 몸은 멍으로 뒤덮여 있었다고 했다.

그러니까 그녀가 서천에 도착한 것은 옥포댁을 떠난 지 약 열흘이 경과했을 때이고 그녀가 떠돌아다닌 지 약 40일이 넘어가고 있을 때였다.

김은 그날 밤 그녀를 병원으로 옮겼다. 누군가가 그녀를 차에 싣는 김을 보았고 병원 사람들의 입을 통해서 괴이한 소문이 퍼져 나갔다. 소문은 냄새처럼 고약할수록 빨리 퍼지는 것인지. 그녀를 병원에 옮겨놓은 다음 날부터 오래전부터 김을 괴롭히던 소문보다 더 흉하게 이야기가 꾸며지고 불리어져서 마구 서천 사람 입에서 입으로 전해졌다 한다. 소녀 적에 죽은 김의 연인의 혼이 고스란히 앙갚음을 하러 되돌아왔다는 유의 시대착오적인 소문이었다. 병원 입구에는 사람들이 모여 쑥덕거렸고 그녀가 누워 있는 병실 유리 창문이 깨져 나가기도 했다. 사흘이 지난 다음에는 몇 사람이 병원 원장을 만나 부정한 여자, 남자 귀신이 씐 여자를 서천에서 쫓아내달라고 행패를 부리는 사람까지 있었다. 결국 그날 밤 김은 그녀를 대천으로 옮겼다. 차 안에 누워 그녀는 헛소리를 했다. 문장이 되어 나오지는 않는, 끊겨진 몇 마디의 단어를, 그리고 끝내는 더 이상 발설할 수 없는 말, 발설되어 나오지 않는 말들 때문에 호흡이 찬 입을 벌리고 차의 좁은 공간 안에서 몸을 뒤틀었다. 죽은…… 오빠, 검은……, 구멍, 빨간 구멍…… 등의 단어들이 수없이 반복해서 튀어나왔지만 그것은 이미 독립된 단어가 되지는 못했다.

그러니까 대천에서 그녀의 의식이 잠시 정상에 가까운 상태를 회복했을 수도 있다. 그녀가 김의 생소한 얼굴을 알아보고 무서운 듯 움칠했다. 어린 나이에 이미 그녀의 눈자위에 검은 무리가 여러 겹 지어져 있었다.

기억이 옳다면 그녀를 버려진 농가에서 데려온 후 그녀의 얼굴에 처음 나타난 표정다운 표정이었고 그것이 무서움의 표정이어서 김은 가슴이 아팠다. 김은 그녀를 안심시키고자 했지만 그녀의 눈에는 방어와 불신의 불꽃이 지펴져 있었다. 그러나 그는 병상 옆에 앉았다. 그것은 무해한 방어이자 불신이었고 마치 실수처럼 혹은 미처 지워버리지 못해 우연히 남은 감정의 찌꺼기에 불과한 것이었다. 그녀의 나이가 감당하기에는 너무 크고 깊은 어떤 것으로 이미 늙어버린 얼굴. 그 얼굴이 점점 일그러지고, 오랫동안 막아놓았던 심연의 물살에 서서히 빠져들어가는 김의 어두운 얼굴을 주시했다. 그때 이상한 일이 일어났다. 쇠꼬챙이처럼 바짝 마르고 검게 그을어 단단한 그녀의 손이 병상가에 놓인 김의 손을 잡았다. 그렇게 한참을 앉아 있은 후, 김의 입이 어떤 제어를 가하기도 전에 스스로 열렸다. 그리고 아무에게도 감히 말하지 못했고, 속으로 속으로만 으깨서 다져 넣고 꺼내 보기를 피했던 아픈 사연이 그의 입에서 물꼬 터지듯 흘러나왔다. 그녀가 그의 얘기를 듣고 있었는지, 듣고 있었다면 그의 말을 이해했는지 김은 알 수 없노라고 했다. 그녀는 아마도 김을 이해했을 것이다. 사연 자체를 설령 듣고 있지 않았다 해도 그녀는 김의 고통의 깊이를 손을 내밀던 그 순간에 이해했을 것이다. 이미 그녀에게 있어서 모든 사연은 군더더기에 불과했는지도 모른다. 고통에는 종류도 구별되는 색채도 없다. 모든 고통은 한길로 통하는지도 모른다. 한번 들어서면 감염될 수밖에 없는 그 길 위에서 모든 사연들은 그저 강도로 치환될 뿐 서로를 알아볼 수밖에 없었을 것이다. 초라한 병상에 엎드려 어깨를 들썩거리는 이 나이 많은 남자의 얘기가 끝나기도 전에 그녀는 다시 잠 속으로 빠져들어갔다. 그러나 그것이 다였다. 그녀가 다시 깨어났을 때에는 여전히 무표정의 얼굴로 공포 혹은 방어의 어떤 표정도 배어 있지 않았고 내밀었던 손은 아주 거두어져 습관처럼 팔뚝이며 어깨 넓적다리를 꼬집는 동작을 되풀이하고 있었다. 마치 한 오라기의 의식이 남아 있는 한은 잠 속에 나가떨어지지 않으려는 것처럼, 아니면 살점에 감각 신경이 남아 있는지를 확인하려는 것처럼 온몸을 꼬집어댔다. 바람 속에 잘못 부착된 전구처럼 그때마다 어슴푸레한 그녀의 눈이 느리게 깜박거렸다. 때로는 여전히 해골을 닮은 얼굴을 들어 그에게 웃음을 흘려 보내기도 했다. 그의 얼굴과 그녀가 찾는 얼굴을 혼동이나 하는 것처럼 그를 부르려고 입을 움직거리는 때도 있었다. 어느 날 김은 별 기대 없이 혼자 말하듯이 나지막하게 그녀의 이름과 살던 곳과 어디를 가고 있는 중이냐고 물었다. 그녀 또한 혼자 말하듯이, 그러나 김을 똑바로 쳐다보면서 엄마가 구멍이 뚫려 죽어 오빠 찾아 서울 간다고만 말했다. 행여나 해서 던진 신상에 대한 다른 질문들을 그녀는 아예 이해조차 하지 못한 것 같았다.

   그녀는 자신이 누워 있는 곳이 어딘지 궁금해하는 기색도 없이 주는 음식을 반쯤은 토해내고 반쯤은 삼키면서 며칠이 지났다. 의사의 말에 의하면 그녀의 몸 기능의 많은 부분이 마비되어 있거나 장기간의 치료가 요구되는 상태였다. 어쩌면 죽을 때까지 치유되지 않을 정도로 피해가 큰 부위도 있었고, 등과 허리 등에 심한 타박상의 흔적이 있는데 그 상태로 오랜 기간을 버틸 수 있었던 것이 기적이라고 말했다. 자세한 세부 상태는 큰 병원에나 가야 알 수 있을 거라고 덧붙였다. 마비된 기능들의 대부분은 대천의 개인 병원에 머물러 있던 일주일간으로는 조금의 차도도 보이지 않을, 쉽사리 회복될 정도를 이미 넘어선 단계에 놓여 있다는 것이다. 단지 기이하게도 위의 소화 기능만은 놀라울 정도로 빠른 회복 속도를 나타냈다. 오랜 기간의 허기를 상상했던 김이나 의사에게 이 사실은 불가사의하게 보였을 수도 있다. 그러나 그것은 우리에게 오히려 당연하게 보였다. 그녀처럼 갑작스런 충격을 견디어내느라 몸이 분쇄되는 것 같은 상실의 고통을 겪은 사람이 그 대가로 얻는 것은 잡초 같은 생명력일 것이다. 목숨을 부지하기 위해서 돌이라도 부수어내는 소화력을 그녀의 위는 터득했을 것이다. 혹은 며칠을 비워두어도 썩지 않게끔 그녀의 위가 단련되었을 것이다. 기적이 있다면 그런 식으로라도 살아남아 여기저기 흔적을 남긴 그녀의 생명 자체가 아니겠는가.

   우리가 뒤늦게, 너무나 뒤늦게 그녀의 모친이 이미 이 세상에 없는 것을 확인하고 그녀를 찾아 나섰을 때 바로 이러한 잡초같이 재생했을 생명력에 희망을 두었다. 그녀에게 있어 몸은 마음보다 훨씬 강인했을 것이다. 설령 그녀의 의식이 때때로 알 수 없는 구렁텅이로 곤두박질해 들어가고 혼돈과 광기의 지하 지대를 치달을 때도 그녀의 육체는 그가 맡은 최소한의 기능을 철저히 완수했을 것이다.

해의 방향을 그 육체는 느꼈을 것이고 구렁을 피해 기계적인 발걸음을 떼었을 것이며, 어김없이 허기를 채울 것을 따라서 움직였을 것이다. 그녀가 살붙이와 생면부지의 사람을 혼동하고 어제와 오늘, 과거와 현재를 혼동하고 잊어버렸을 때에도 육체만은 어느 구석엔가 사건의 냄새를 녹음해두고 있어서 어떤 이성적 추리보다도 정확한 방향 감각으로 여정을 채우고 있었을 것이다.

  8일째 되는 날, 관 속에서 해골이 일어서듯, 그녀가 침대보를 휘젓고 일어섰다. 이미 그녀는 비틀거리지도 않았고 머리맡에 놓여 있던 보따리를 집어 들고 곧장 문으로 향하는 것을 간호원이 붙잡았다. 간호원이 김에게 연락을 취해주어 병원에 도착했을 때, 그녀는 이미 병원을 빠져나간 다음이었다. 그녀의 걸음은 빨랐을 것이다. 옆을 바라보지 않고, 그녀의 본능이 시키는 대로, 그녀의 의식 저 깊은 곳에 매몰되어 있던 한 시점을 향해 그녀는 직진했을 것이다. 김은 대천역을 이틀간이나 지켰으나 그녀를 발견하지 못했다고 한다. 대천에서 그녀를 보았다는 사람은 없었다. 김은, 병원을 떠날 때의 상태로 보아 그녀가 그리 오랫동안 생명을 부지하지 못했을 것이라고 말했다.

7

  나는 울지 않았어. 사람들이 나한테 돌을 던지고 나의 흉측해진 몸에 침을 뱉고 두들길 때 나는 소리를 지르지도 않고 눈물을 흘리지도 않았어. 염천에 갈라진 논바닥이 흠뻑 내리는 물줄기를 빨아들이듯이 나는 모든 것을 달게, 눈을 감고, 사지를 펼친 채 받아들였어. 아 그때마다 가벼워졌던 나의 어깻죽지. 갈증에 말라붙은 입, 결사적으로 다물어진 나의 입을 사람들이 찢듯이 열고 그 속으로 입안이 탈 듯 독한 액체를 마구 부어 넣을 때마다 나는 누구에겐가 손을 모으고 빌었지.

이 액체가 창피스러운 나의 호흡을 정지시키고, 구더기들이 우글거리는 심장을 터뜨리고, 바싹 마른 여름 나뭇가지에 불이 붙듯이 삐뚤게 삐뚤게만 흐르는 나의 핏줄들, 수치스러운 기억처럼 질길 대로 질겨진 채 뼈에 달라붙어 있는 나의 살가죽, 그리고 윙윙대며 신음 소리만을 울리는 내 뼈를 남김없이 태워, 수분 한 방울 남기지 않고 태워, 흔적 없이 먼지로 사라지게 해달라고 빌고 빌었지. 그렇지만 나는 깨어날 때마다 어김없이 어느 한구석 부서지지도 사라지지도 않은 내 몸을 동그마니 발견하곤 했어. 누군가가 나를 놀리고 저주하고 있는 거야. 그래서 나는 달갑게 이 저주를 받아들였지. 어느샌가 배 속 저 깊은 곳에서 공허한 공기가 자유롭게 이동하고 나는 그 공기를 밖으로 내보내려고 입을 벌렸지. 사람들은 내가 웃는다고 다시 때리고 윽박질렀어. 나는 죽을힘을 다해 입을 다물었지. 갑자기 내가 입을 벌리면 악취 나는 오물이나 흑록색의 벌레들, 번들거리는 가죽에 덮인 파충류가 기어 나올까 봐 무서웠던 거야. 어떤 사람들은 내가 입을 다물면 다물수록 더욱더 이를 악물고 내게 덤벼들었지. 내가 한마디 말도 하지 않았는데 사람들은 어떻게 내가 벙어리가 아니라는 것을 알았을까. 내가 만났던 그 벙어리처럼 진짜 벙어리였더라도 사람들은 나에게 윽박질렀을까. 아마도 내 폐 속에서 어김없이 독가스로 변하는 공기를 뿜어내는 것을 사람들은 웃음으로 생각했기 때문일 거야. 내가 조금씩 소리를 흘려 내보내는 것을 웃는다고 생각했을 거야. 그들은 무엇을 알고 싶었길래 그렇게 내가 말을 하지 않는다고 구박했을까. 내 이름? 내 나이? 아니면? 내가 무슨 몹쓸 비밀이나 숨기고 있는 것처럼 많은 사람들이 내 입을 쳐다봤어. 나는 그들에게 내 머리를 덮고 있는 장막을 찢어 버려달라고, 그러면 그 뒤에 있는 걸 다 보여주겠다고 빌고 싶을 때도 있었지. 그런데 장막조차…… 그런데 정말 검은 휘장이 내 골 속 어디에 정말 쳐져 있기나 한 것일까. 기차를 타고 굴속을 지나갔어. 긴 굴이었는데…… 정말…… 그게 굴이었는지 지금은 내 머릿속의 마른 해면이 기억이 흐르지 못하게 모두 빨아들이고 있는 거야. 나는 객차 사이에 있는 통로의 간이 좌석에 앉아 있었어. 밖에는…… 아마도 긴 굴을 지나고 있었을 거야…… 어두웠고 여닫이문에 붙은 유리창에 비친 한 얼굴을 보았어. 마치 창 저쪽 편에 붙어 서서 감시하듯이 나를 바라다보는 난생처음 본 얼굴. 내가 차창으로 가까이 가자 그 늙어빠져 생기 없는 얼굴도 저쪽에서 가까이 다가왔어. 꼭 미친년 같은……

그래 너무 오랫동안 잠을 잤고, 너무 오랫동안 입을 다무느라 미쳐버린 것이 틀림없는 더러운 얼굴이 끈덕진 벌레처럼 끈적하게 창 위에 붙어 있었어. 기차는 바쁘게 숨가쁘게 알 수 없는 공포 속을 달려가고 있었고, 주위를 돌아다보니 아무도 없었어. 마치 달리는 기차 안의 사람들 모두 잠이 들어 있는 것 같았지. 창 저편의 그 여자의 가쁜 숨소리가 기차 소리를 뚫고 내게 들려온 것 같기도 했지. 나는 일어섰어. 내가 일어서자 그 여자도 같이 일어섰지. 내 속마음을 훔쳐보기라도 하는 것처럼 무서움에 표정을 일그러뜨리고. 밖에서는 기차의 속도 때문에 바람이 문 밑의 텅 빈 구멍으로 번번이 몰려들었지. 나는 문만 열어젖히면 되었어. 아니면 창 저편에 악착같이 붙어 있는 그 여자가 기차에서 떨어져 어둠 속으로 흔적 없이 사라지게 하기 위해서 그저 달리는 기차의 문을 몇 번 흔들면 되었는데…… 갑자기 창 저편의 얼굴이 손을 내밀면서 멀어지기라도 하는 것처럼 모습이 흐릿해지더니, 그 얼굴이 있던 자리에 불 밝혀진 어떤 작은 역의 모습이 드러났어. 빈 역에서 기차가 잠시 멈추고 기차에서 내린 몇 사람이 역 쪽으로 가면서 통로에 앉아 있는 나를 흘깃 쳐다보았어. 알기도 전에 헤어져야 하는 수많은 얼굴들. 나는 한순간, 조금 전까지 창 저쪽에 걸려 나를 주시하던 흉한 얼굴, 그 얼굴을 없앨 수 있는 기회를 영영 놓쳐버린 줄 알았어. 그러나 기차는 다시 어둠 속을 달렸고 사라진 얼굴이 차츰 유령처럼 차창에 다시 나타났어. 나는 그 얼굴에서 시선을 뗄 수가 없었어. 내 창자가 감추고 있는 악취의 강도만큼 일그러진 얼굴. 내 긴긴 여행의 유일한 동반자. 번득번득 휘감기는 살기 때문에 여행은 끝이 날 것 같지가 않았고 기차는 도깨비들의 소굴이 된 것만 같은…… 길고도 긴 여행이었어. 그러나 그 살기는 내가 기차의 창에서 처음으로 그 얼굴을 보았을 때의 충격에 비하면 정말 아무것도 아니었어. 천천히, 기차 바퀴의 단조로운 박자에 홀리듯이 나는 내 동반자의 얼굴에 익숙해지기 시작했어. 내가 눈을 감으면 그 얼굴이 어둠 속에 떨어져 가루가 되어버릴까 봐 날파리 떼처럼 무더기로 사방에서 덤비는 회색 잠과 온몸으로 싸웠지. 뒤통수 근처에서 단지 펄럭거리기만 하면서 덮칠 기회를 보며 위험을 경고하는 검은 휘장의 자락을 움켜쥐려고 얼마나 발버둥을 쳤던지. 매번 곤두박질을 치고 그 얼굴을 쳐다볼 때마다 그 얼굴이 변하기 시작했어. 한번은 눈 주위를 둘러싼 검은 무리가 벗겨지더니 서서히 반점과 찌그러진 주름이 사라지고 우묵히 팬 뺨에 혈기가 돌기 시작했어. 완전히 변한 얼굴. 어디서 많이 본 듯한 얼굴. 내가 반수 상태에서 본 그 빛나는 얼굴은…… 바로 내 얼굴이었어. 그 뒤에도 나는 얼마나 자주 이 얼굴을 떠올렸던가. 엄마가 알아볼 수 있는 얼굴. 오빠가 알아볼 수 있는 얼굴. 그 일이 일어나기 전의 얼굴. 그날 아침, 엄마를 따라 나서기 전, 꽃자주색 나들이옷에 마지막 안녕 인사를 하기 위해 거울 앞에 섰을 때의 얼굴.

기차는 밤 속 더 깊이 달리고 통로를 지나가는 사람은 하나도 없었지. 마치—얼마 전이었던가, 아니면 벌써 오래전의 일인가?—산 밑의 마을에서 한밤중에 혼자 깨어났을 때처럼, 습기 찬 냉기와 무섭도록 검은 그림자들과 눌려 죽을 것만 같던 공기의 무게. 지하에서 전진하는 군대처럼 쿵쿵 울리는 기차의 바퀴 소리. 나는 얼떨결에 눈을 감아버리고 말았지. 쿵쿵거리는 바퀴 소리가 점점 더 커지고 내가 다시 창 저쪽에 매달린 얼굴을 바라보았을 때, 머리에 꽃까지 꽂고 있었던 발그스름하게 미소 지은 얼굴은 어느새 검고 쭈글쭈글 오므라들고 뺨이 팬 괴물로 다시 변해 있었어. 앙상한 팔뚝을 휘저으면서 그 얼굴이 입을 벌렸어. 그 사이로 처음에는 쇳소리 같은 숨소리가 새어 나왔어. 쉭쉭 소리를 내면서 끓는 주전자 주둥이 같기도 했어. 무슨 일인가가 일어나려고 하고 있었어. 나는 입을 벌리지 말라고 하려고 했는데…… 그 얼굴을 마주 보고 서서, 어찌해야 할 줄 모르고. 경련이 한바탕 사지를 휩쓸고 지나갔어. 나는 창에 어린 얼굴에서 눈을 뗄 수가 없었지. 그 벌린 입에서 나는 악취가 내 코를 적셨어. 나는 거미나 실뱀이 그 입으로부터 기어 나와 내 발을 물지나 않을까 겁이 나서 한자리에 서 있을 수가 없었어. 갑자기 창 속의 얼굴이 처음에는 작은 소리로, 그러나 지하에서 쿵쿵대는 발소리가 점점 커지니까 그 작은 소리가 고함으로 변했어. 그 얼굴은 입을 벌리고, 아, 해서는 안 되는 말들을 하기 시작했어. 내가 네 검은 휘장을 벗겨주마. 언제부터 그 휘장이 네 머리를 덮었다는 거야. 거짓말, 나를 똑바로 쳐다봐, 자 어디 덤벼봐, 네 골을 열고 그 막을 단번에 이 손톱으로 빼내줄 테니. 자 내가 다시 얘기해주지. 싫어? 싫어? 자 덤벼봐. 나를 똑바로 보고 그 뻔뻔한 입술로 흉악한 그림을 그려봐. 그 얼굴이 악을 쓰기 시작했어. 나는 유리창을 마구 두들겼지. 더 엄청난 말들, 더 끔찍한 말들이 새어 나올까 봐, 그 입을 어떻게 해서든 막으려고. 유리 저쪽의 일그러진 얼굴도 사지를 허우적거리면서 내게 덤볐어. 무엇이 안 보인다는 거야. 네 엄마의 움켜쥔 손의 촉감이 여전히 뜨겁게 남아 있는데…… 뭐 오빠를 찾겠다구? 오빠의 무덤을 찾아내겠다구? 그 몰골로, 그 더러운 벌레처럼 우글거리는 기억들을 보자기에 가두고 대체 네가 뭘 하겠다는 거야. 넌 늘 저주받은 멍청이였어. 생물 선생님은 네게 자주 얘기했잖아. 너는 늘 음지 식물일 거라고. 자 사라져버려, 네 주제에 뭘 어떻게 하겠다는 거야. 나는 고함으로 벌어진 입을 다물게 하려고 죽을힘을 다해 유리창을 두드렸지. 힘이 모자랐어. 그 얼굴은 여전히 근육을 씰룩거리며, 눈을 부릅뜨고 나를 향해 덤벼들었고…… 달콤한 유혹이 순간 손을 벌렸어. 저 얼굴이 내게 덤벼들어 단번에 말들을 쏟아내고 그리고 내 목을 졸라 하얀 평화의 나라로 나를 데려가게끔 나를 내맡기는 것. 그것은 순간이었고 하나 둘 모든 사람들의 희미한 모습이 창에 비치자 그 유혹보다 더 큰 힘, 수치의 힘이 내 몸을 온통 경련하게 했어. 주먹에 힘이 빠지고 나는 정말, 1초라도 빨리 그 얼굴의 입을 막아야 했기에 머리로 유리창을 들이받았어. 점점 세게 한 번, 두 번, 세 번…… 몇 번인지도 모르겠어. 유리가 깨어져가는 투명한 소리와 함께 고함은 사라지고, 그 얼굴은 산산조각이 나서 보이지 않았어. 그 얼굴이 마침내 박살나버린 거야. 기차는 여전히 바람을 들여보내면서 깊은 밤 속을 달리고 있었고, 기겁해서 입을 막고 통로에 둘러선 사람들의 얼굴이 희미하게 아주 희미하게 흔들렸어. 그리고 나를 기차에 태워주었던 표 받는 아저씨가 하얗게 질려서 통로로 뛰어왔지. 나는 애원하는 몸짓으로 그의 앞에 무릎을 꿇었지. 나도 모르게. 정말 오래간만에 눈물이 철철 흘러넘쳤어. 한밤중의 깊은 잠에 빠진 기차 안이 모두 깨어 일어나 통로 쪽으로 밀려오는 것 같았어. 가물가물 사라지려는 의식을 깨우려고 나는 사지를 꼬집으면서, 모여든 그들 앞에서, 더 늦기 전에 할 얘기가 있다는 것을 알았지. 창 저편의 얼굴을 왜 죽였는지를 변명하고 사죄를 받으려는 것이 아니었어. 나는 그냥 얘기를 하려 했던 거야. 그런데 사람들의 얼굴이 눈 위를 흘러내리는 끈적한 액체에 가려 보이지를 않았어. 말을 하기 위해서 일어서야 하는데 자꾸만 바닥에 자석이 달린 것처럼 나를 잡아당겼어. 누군가가 외쳤어.

"여기 애가 죽어가고 있으니 빨리 기차를 멈춰요."

기차는 내 귀 밑에서 여전히 지하 행진을 계속했지. 사람들이 외친 것처럼 나는 죽어가고 있었던 모양이야. 숨긴 말들이 벌레가 되어 나를 안에서 갉아먹고 나는 껍질만 남은 채 죽어가고 있었던 거지. 그러나 나는 다시 한 번 살아났어. 늘 그렇듯이, 저주스럽게도.

그 후로 나는 얼마나 자주 창가에 잠깐 비쳤던 얼굴을 되살리려고 했던지. 찌그러지고 게거품을 뿜어대던 그 얼굴이 아니라, 예쁘지는 않지만 붉은 뺨에 머리에 꽃까지 꽂고 있던 기적 같은 그 얼굴. 엄마가 알아볼 수 있는 얼굴. 오빠가 알아볼 수 있는 얼굴. 매번 그 얼굴이 자꾸 멀어져만 가는 지평선 위를 떠다니면서 내게 길을 가르쳐주었지. 기차 내에서의 일이 있은 후에 내가 내 또래의 아이들과 같이 갇혀 있던 회색 건물에서 도망치는 길을 알려준 것은 바로 공중에 떠서 미소를 지락 말락 하면서 나를 바라보던 그 얼굴이었어. 얼마나 먼 길을 여기까지 왔나. 몇 밤이나 지났나. 그날이 꼭 어제 같은데, 아무리 멀리, 오랫동안 도망쳐도 내 뒤에 꼭 붙어 따라오는 그날. 조금만 뒤돌아보아도 사방 어디에서나 번쩍 눈앞에 마주 서는 그날. 그래 검은 휘장은 있지도 않았어. 모든 것을 가려줄 검은 휘장을 너무 열렬히 바랐기에 나는 오랫동안 그걸 믿었지. 물보다도, 유리보다도 더 투명한 그 기억의 막에 바로 내가 흰 페인트칠을 했던 거야. 그 끔찍한 사람들처럼 나도. 내가 죽어버리기 위해서, 사람들의 눈에 띄지 않기 위해서 내 몸에 칠할 수 있었던 단 하나의 색깔이었으니까.

8

어느 날부터인지 여자애가 몸을 가꾸기 시작했다. 정성 들여 얼굴과 팔꿈치와 목을 닦고 헝클어진 머리에 빗질을 하기 시작했다.

대개는 시늉에 불과한 것으로 엉킨 머리카락에 빗이 박히는 적은 드물었다. 하수도 근처의 기둥에 붙어 있는 조각 거울 앞에서 보내는 시간이 많아졌다. 바빠진 손으로 빗질을 서두르면서 그녀는 끊임없이 입속으로 무슨 말인가를 중얼거렸다. 낮고 불분명해서 이해가 되지 않는 일련의 소리 사이로 가끔 고함이 섞여 나오기도 했으나 그것은 억 같기도 했고 악 같기도 했고 윽 같기도 했다. 아주 빨리, 혀를 굴리는 바람에 각 단어들의 모서리가 마멸되어 형체를 분간하기 힘들었다. 아침이면 벌떡 일어나 황망히 단장을 끝내고 여전히 거울 앞에 붙어 서서 맘대로 벌어진 제 얼굴을 들여다보고 깔깔거리기 일쑤였다. 그렇지만 여자애는 몸치장을 위해서 남자가 사다 준 옷가지며, 구두를 걸쳐보는 것 같지는 않았다. 창고 안은 말끔하게 정리되어 있었고 시멘트 바닥을 씻어내는 데 그녀의 일과가 소비되기도 했다. 여자애의 몸에 나 있는 멍이나 상처는 좀처럼 없어질 것 같지 않았다. 언제부터인가 여자애의 상처들이 남자의 몸에 하나하나 구멍을 뚫어내는 것 같았다. 꼭 그녀의 상처가 눈에 거슬려서가 아니라 남자는 그녀를 대하는 매 순간이 고통스러웠다. 무엇이 고통스러운지도 모르는 채, 살이 타들어가는 것 같아 남자의 우악스럽고 단련되지 않은 가슴속에 연소되지 않는 불덩이가 늘 상 울렁거렸다. 도시마다 회오리처럼 퍼지는 소문의 물결, 입에서 입으로, 금기처럼 빠르고 세세하게 전달되는 가장 끔찍스럽고 믿기 어려운 그 소문의 한 자락을 귓바퀴에 걸칠 때마다, 남자는 왜 그 소문의 한중간에서 그녀의 모습이 떠오르는지를 알 수 없었다. 더 정확히 말하자면, 남자가 그 악몽 같은 도시의 이야기를 들은 것은 단지 이 며칠 사이의 일은 아니었다. 그러나 그녀의 아물지도 않은 상처를 통해, 모든 의미가 비어버린 실성한 웃음을 통해, 흔적이 없이 지워져버린 인격의 모든 부재를 통해서 남자는 점점 더 자세히, 점점 더 강한 증폭과 깊이로 그녀가 겪었을지도 모르는 소문의 도시 전체를 보았다. 소문이 말하고 있는 바로 그 사건, 꼭 그 사건이 아니었다 해도 그에 버금가는 어떤 것을 그녀가 경험하지 않고는 저러한 상태에 다다를 수는 없었을 것이다. 그는 태산 앞에 앉은 기분으로 술잔을 기울였다. 그녀가 어떤 경로로 이곳까지 와서, 수많은 사람 중에 하필 그의 뒤를 쫓아왔는지를 남자는 알 수가 없었다. 그의 뒤를 쫓아오기 전에 벌써 얼마나 많은 사람의 얼굴을 혼동했을 것이며, 매번 사방에서 그녀를 부르는 흔들리는 초상화의 뒤를 얼마나 많이 쫓았을 것인가. 그가 누구인지, 무엇 하는 사람인지, 왜 그녀를 근심스럽게 바라보고 있는지에 생각이 미치지조차 않았음은 분명한 사실이었다. 그녀가 바로 그 핏빛의 소용돌이의 도시, 그 소용돌이의 한중간에서 이곳에까지 내던져졌으리라는 것은 남자의 머릿속에서 이미 기정 사실이 되어 있었다. 애써 이 같은 가정을 뒤엎으려 하면 할수록, 몇 달 전 이래로 주변의 초췌하고 근심 어린 얼굴들이 그에게 전해준 소식들이 어두운 밤을 내리치는 번개 속에 드러나는 경치처럼 수천 배 생생하게 기억에 떠올랐다. 그 얼굴들 중의 몇몇은 박동이 끊길 정도로 조여진 심장을 폭탄처럼 부여안고 차마 가족 걱정을 할 엄두도 내지 못했었다. 그렇다면 저 애는? 남자는 잠들어 있는 여자애가 잠든 그대로 죽어버리는 일을 상상했다. 지금은 저렇게 생명력이 넘치는 거친 호흡을 내뿜고 있지만 이튿날 그녀는 평소에 하듯이 놀란 것처럼 벌떡 깨어나지도 않고, 낡은 옷 보따리처럼 한구석에 누워 있는 그녀의 몸에 손을 댔을 때 그 몸은 이미 차갑게 식어 굳어져 있고 아무리 흔들어도…… 남자는 황급히 사진기를 꺼내 잠들어 있는 여자애의 얼굴에 들이대고 서너 번 셔터를 눌러댔다. 여자애는 사진기가 방사하는 빛에 아랑곳하지도 않은 채, 겨우 몸을 돌려 누웠을 뿐 깊은 잠 속의 생소한 세계에서 서서히 소멸되어가고 있었다. 그날 밤 남자는 뜬눈으로 밤을 새웠다.

그녀의 제의에 가까운 아침 치장은 여전히 계속되었다. 늘 그녀의 베갯머리에 놓아두었던 보따리를 풀어 꽃자주색 옷을 걸치고는 작은 거울이 답답하다는 듯 거울 앞에서 뒷짐을 지고 가까워졌다 멀어졌다 하면서 거울 속에 잘린 자신의 모습을 안타깝게 지켜보면서 미소 지었다. 남자가 돌아올 때면 어김없이 그 거울 앞에서 뒷짐을 지고 서성거리는 여자애를 발견하곤 했다. 저녁이 되면 입었던 치마를 벗어 정성스레 보자기에 싸놓기를 잊지 않았다. 남자는 그녀의 상반신이 비칠 정도 크기의 거울을 바꾸어 달아주었다. 그러나 거울이 바뀐 것을 눈치도 채지 못한 것 같았다. 남자는 여자애가 무엇엔가 소일하는 것이 안심이 됐다. 그렇게 하나씩 하나씩 뇌신경의 나사가 풀리는 것이 당연한 것처럼 보였다. 그렇지 않고서 어찌 그 모든 악몽에서 압사하지 않고 살아남았겠는가.

남자가, 그의 부재시에 규칙적으로 행해지는 여자애의 낮의 외출을 알아차린 것은 한참 후의 일이었다. 어느 날 귀갓길에 그는 시장의 양지 편에 쭈그리고 앉아 있는 여자애를 보았다. 그녀가 행여나 창고 밖으로 나오리라는 것을 상상해본 적이 없었으므로 남자는 그녀를 못 알아보고 지나칠 뻔했다. 그러나 헝클어진 머리에 어디서 땄는지 시든 꽃까지 꽂고 행인들에게 뜻 모를 미소를 짓고 앉아 있던 그녀는 남자에게도 역시 동일한 미소를 던졌다. 그를 보자 눈이 약간 빛나는 듯했으나 그렇다고 그것이 그를 알아보았다는 증거일 수는 없었다. 이미 오래전부터 그곳에 있었던 듯 시장의 누구도 그녀에게 특별한 시선을 던지지 않았다. 그녀의 치마 앞자락에는 어처구니없게도 동전까지 몇 닢 놓여져 있었다. 시장 사람들의 말에 의하면 그녀가 오후 늦게 시장에 나와 그렇게 앉아 있은 지가 벌써 일주일이 넘었다고 했다. 남자는 그의 거처를 그들에게 알려주고 친척 동생이니 무슨 일이 일어나면 알려달라고 별다른 기대 없이 부탁했고 그들 역시 무심하게 그러겠노라고 했다. 남자가 여자애의 손을 잡아 일으키자 먼지처럼 가벼운 몸이 순순히 따라왔다. 치마폭에서 떨어진 동전들이 투명한 소리를 내면서 굴러떨어졌다. 남자는 특별한 이유 없이 가슴이 철렁 내려앉는 걸 느꼈다. 흔한 동전처럼 그녀가 손가락 사이에서 어느 틈엔가 스르르 빠져나가 수많은 발걸음에 밟히고 흙에 덮여 쇳조각이 되어 영원히 잊힐지도 모른다는 두려움? 그것보다 남자를 더 불안하게 한 것은 외양으로는 종잡을 수 없는 그녀의 행동거지가 어쩌면 그녀만이 알고 있는 비밀스럽고도 치밀하게 진행되는 어떤 계획의 단면일지도 모른다는 의심이었다. 그렇지 않고서야 어떻게, 비어버린 것 같으면서도 정확하고 반복적인 저 애의 생활을 설명할 수 있을까. 게다가 그 계획이라는 것이 설령 있다면 그것은 남자로서는 비집고 들어갈 수도 없이 꽉 짜여진 것일 테고 그가 아무리 머리를 짜내보아야 한 치도 이해할 수 없는—안 할 말로 미쳐버린 사람들끼리만 통하는—어떤 것이리라는 확신이 다시 한 번 그를 태산 앞에 앉아서 멍하게 한숨짓는 꼴로 만들었다. 에잇, 그는 누구에게인지 불분명하게 침을 탁 뱉고 끌다시피 여자애를 창고로 데려왔다.

그렇지 않아도 불규칙한 남자의 생활이 더욱 불규칙하게 되어갔다. 그것은 꼭 여자애의 탓만은 아니었다. 실상 그녀가 남자에게 요구하는 것도 없었고 무엇이든지 스펀지 조각처럼 부으면 빨아들이고 쥐어짜면 내뱉으면서 한 번도 남자의 생활에 방해를 준 적이 없었기 때문이다. 그러나 원인은 말할 것도 없이 그녀였다. 그러한 그녀를 바라보는 것 자체가 악몽이었다. 완벽한 무반응이 고통이었다. 그녀를 깨우고, 정상은 아니더라도 조금만이라도 사람 비슷한 무엇으로 돌려놓기 위해 무엇을 어떻게 해야 하는지 깜깜한 것이 미칠 일이었다. 그렇다. 남자는 일을 쉬고 여자애의 아침 치장이 끝나기 전에 창고를 나와 골목 어귀에서…… 지루하게…… 여자애가 문을 나서는 것을 기다렸다. 어디서 주웠는지 입술에는 새빨간 연지 자국이 톱니처럼 삐죽삐죽 번져 있기까지 했다. 여전히 자주색의 낡은 외출복에, 발에는 남자가 사다 준 에나멜 구두가 짝이 바뀌어 신겨져 있었다. 반쯤 돌아서서 담배를 피우고 있던 남자 쪽으로는 아예 시선조차 주지 않은 채, 몽유병자처럼 두 손으로 허공을 더듬으면서 앞을 보고 걸어갔다. 그녀는 시장을 지나치고 사람들에 부딪혀도 말 한마디 없이 느린 걸음으로 대로를 향해 걸어갔다. 가끔 여자애는 걸음을 멈추고 머리카락을 쓸어 올리거나 치마의 주름을 바로잡았다. 행인들은 바쁜 중에도 걸으면서 그녀를 뒤돌아보며 묘한 웃음을 던지곤 했다. 대로로 나오자 여자애는 정확하게, 잠시 망설이는 기색도 없이 왼쪽으로 돌았고 그 길의 끝에서 다시 한 번 미끄러지듯이 왼쪽 길을 택했다. 그 길은 강변길로 이어져 있었고 그때까지 약 10미터의 간격으로 여자애를 뒤쫓고 있던 남자는, 여자애가 약 두 달 전 그의 뒤를 쫓아오던 강변의 공사장 길로 통하는 층계 쪽으로 발걸음을 돌리자, 지금까지 잠자코 있었던 원시적인 공포가 그를 사로잡는 것을 느끼고 걸음을 멈추었다. 그리고 사방을 휘둘러보았다. 당장 쫓아가 그녀를 잡아채 다시 창고에 가두어버리자는 생각이 스쳐갔으나 그보다 더 강한 호기심에 이끌려 다시 그녀 뒤를 따르기 시작했다. 층계를 다 내려가기도 전에 강변과 도로 사이를 채운 숲 속으로 여자애가 기어들어가는 것이 보였다. 그는 걸음을 빨리해서 그녀가 사라진 곳에 서서 성긴 나무 사이로 여자애의 거동을 숨을 죽이고 살폈다. 여자애는 숲 속 깊이 들어가지 않았다. 그리고 나뭇가지 사이로 내리비치는 햇살을 손등으로 가리고 좁게 나 있는 공간에 사지를 펼치고 누웠다. 그렇다고 그녀는 잠이 드는 것 같지는 않았다. 그녀를 처음 만나던 날처럼 제대로 풀려 나오지 않는 목소리로 노래를 부르고 있는지도 모른다. 어떻건 남자는 실제로 그 음을 들은 것 이상으로, 몇 달 전의 어느 날 그를 진저리치게 했던 흥얼거리는 높낮이 없는 가락을 분명히 살려낼 수 있을 것만 같았다. 그는 층계에 웅크리고 앉아 기다렸다. 그녀가 그때처럼 아무 음절이나 흥얼거리기를 기다렸고, 아니면 저녁까지 잠이 든 채로 숲 속에 남아 있기를 바랐다. 그렇게 기다리는 일이 초조하지 않았고 강가의 익숙한 풍경이 그의 불안정한 심정을 가다듬어주는 것 같기도 했다. 그는 여전히, 지루한 것도 모르고, 그렇다고 어떤 생각에 몰두하지도 않은 채, 기다렸다. 큰 새 한 마리가 푸드득 나는 것만 같은 기척에 그는 무릎에 기대었던 무거운 고개를 들었다. 그녀가 이미 경사지를 날렵한 동물처럼 기어오르고 있었다. 재빠르고 가볍게. 그가 층계를 되돌아 올라갔을 때 그녀는 이미 숲을 빠져나와 건널목 쪽으로 걸음을 옮기고 있었다. 저럴 때는 어디

미친 구석이라고는 하나도 없는데. 붉은 불 앞에서 멈추어 서서는 머리에 붙은 지푸라기를 털어내고 치마의 뒤를 훑어내렸다. 여러 번 정성스럽게 쓸어내렸다. 길 건너편은 묘지였다. 이편에서 보면 끝이 없이 층층이 펼쳐져 둔덕을 이룬 거대한 비석의 숲 한 자락이 비스듬히 보였다. 남자는 녹색 불이 붉은 불로 바뀌기 전에 바삐 저만큼 묘지의 입구로 향하고 있는 여자애의 뒤를 쫓았다. 설령 그가 계속 뛰어가 그녀가 했던 것처럼 뒤에 바짝 붙어서 걷는다 해도 여자애는 뒤를 돌아보지 않을 것이다. 여자애의 걸음걸이는 몰두한 사람의 불균형한 선을 그려내고 있었다. 남자는 달려가 여자애의 어깨를 흔들어 말을 걸고 싶었다. 그러나 그가 마주칠 빈 시선, 동공 속에 비친 그의 모습을 그대로 반사해버릴 것임에 틀림없는 그녀의 거부의 시선이 무서웠다. 그녀의 걸음이 빨라졌다. 묘지를 구획 짓고 있는 무수한 길 중에서 그녀는 이미 정해놓은 방향이 있는 것처럼 망설임 없이 한길로 접어들었다. 그리고 길의 거의 끝부분에서 멈추어 섰다. 묘석들이 줄지어 정렬해 있는 상단으로 서둘러 뛰어 올라가는 것이 보였다. 남자는 그늘 한 점 없이 노출된 좁은 길에 멈춰 서서 숨을 만한 곳을 찾느라 사방을 둘러보았다. 갑자기 벌거벗긴 듯한 느낌, 벌거벗겨진 몸 위에, 채찍처럼 내리갈기는 햇살. 그는 여자애가 올라간 곳과는 반대되는 방향으로 피했다.

완전한 침묵. 마치 거리가 정지되기라도 한 것처럼, 어디에고 길이 없는 것처럼 갇혀버린 느낌. 여자애는 끝도 없이 사방으로 정렬해 있는 묘비들 중에서 특정한 것을 찾고 있는 것 같지는 않았다. 그녀는 이미 예정된 절차를 따르는 사람의 익숙한 동작으로 묘석들 위에 드문드문 놓인 꽃다발에서 몇 송이씩을 골라잡아 비어 있는 묘비에 한 송이씩 내려놓고 그 앞에 차례로 주저앉았다. 서서히 그녀의 몸이 좌우로 흔들리고 분명 입으로는 무언가를 중얼거리기 시작했고, 그에 따라 좌우의 흔들림이 점점 격렬해졌다. 남자가 있는 곳에서는 들리지 않는 웅얼거림. 설령 남자가 그녀 가까이 다가간다 해도, 발음되어 나오기 전에 이미 입안에서 가루가 되어 풀썩거리는 먼지처럼 새어 나오는 이 말들을 이해할 수 없을 것임을 남자는 미리 알고 있었다. 거의 경련에 가까운 요동, 그에 따라 남자는 여자애가 점점 더 목소리를 높이고 끝내는 외마디 소리를 내지르고 있다고 생각했다. 남자의 귀를 때리는 소리는 점점 배가되어 묘지 전체를 누르고 있던 침묵을 몰아내고 함성이 되어 거대한 가상의 벽 안에 갇힌 채 쩡쩡 울렸다. 묘석들이 제각기 흔들거리는 듯했고 이제 그 함성은 벽에 금을 내고 그 틈으로 홍수처럼 사방으로 터져 나가려 하고 있었다. 남자는 모로 쓰러져 눈을 감고 그 소리를 들었다.

그러나 그것이 다였다. 다시금 침묵이 찾아왔고, 그는 조금 비틀거리면서 자리에서 일어나는 여자애의 모습을 보았다. 그로서는 한 번도 본 적이 없는 평화로운 얼굴을 하고 그녀는 뒤를 돌아서 걷기 시작했다. 머리에는 서너 송이의 시든 꽃이 꽂혀져 있었다.

그녀는 이내 빠른 걸음으로 묘지 지역을 빠져나갔다. 거리의 어느 얼굴, 어느 풍경에도 한눈을 팔지 않고, 그녀의 머리를 가득 채우고 있는 얼굴을 향해 풀린 미소를 흘리면서, 남자가 어떤 방법으로도 확인할 수 없는 어떤 일에 몰두한 채 기계적으로 발걸음을 옮겼다.

남자가 예상한 대로 여자애는 시장 근처에 다다르자 남자가 그녀를 발견했던 그 자리에 가서 쪼그리고 앉았다. 옷매무새를 고치고 이미 비어버린 시선을 들어 행인을 바라보거나 그녀의 코앞을 스쳐 가는 수많은 구둣발들을 놀란 듯이 바라보며 키들거리기도 했으며 갑자기 엄한 표정이 되어 앙상한 손등을 쓸어내리기도 했다.

 남자는 수많은 행인들이 하듯이 여자애 앞을 지나쳐 숙소로 돌아왔다. 그리고 기다렸다. 해가 떨어지기 전에 여자애가 돌아왔다. 남자의 존재를 알아채지조차 못한 채 구석의 그녀 자리에 누워, 이내 잠이 든 것 같았다.

 다음 날도, 그다음 날도 그녀의 외출은 조금의 변화가 없이 반복되었다. 강변의 숲 속에서 그리고 돌아오는 길의 시장에서 머무르는 시간이 조금 줄어들거나 지연될 뿐이었다. 닷새째 되는 날 남자는 여자애의 뒤를 쫓는 일을 포기했다. 아침이면 어수선한 잠에 뒤척여 엉켜진 머리에 꽂혀 있던 마른 꽃들이 그녀의 머리맡에 죽은 나방처럼 널브러져 있곤 했다. 그녀 뒤를 쫓는 지난 나흘간을 남자는 어떤 방법으로도 위로받을 수 없는 절망 속에서 지냈다. 그걸 어떤 말로 표현해볼 수 있을까. 열에 들뜬 절망, 일상의 삶에 가끔 투정처럼 다가오는 무너지는 느낌들의 비슷비슷한 한계를 턱도 없이 뛰어넘는 절망. 그는 그녀 뒤를 쫓으면서 언뜻 지하 저 깊은 곳, 여자애가 거주하고 있는 광기에 가까운 그 지대를 언뜻 보고야 말았다. 그곳에 이르는 길은 무한할 것이다. 각기 다른 사연으로 묘지에 와 통곡하는 사람들이 이 땅의 사방에서 수만 갈래의 다른 길을 통해서 몰려들 수 있는 것처럼 남자는 이렇다 할 계기도 없이, 그녀에 대해 더 알아낼 것도 없이, 서서히 광인들만이 사는 지하 지대로 미끄러져 내려가는 느낌이었다. 그녀의 행동이 이상해 보이지도 않았고, 그녀가 중얼거리는 말을 듣지 않아도 무조건 받아들일 수 있었다고나 할까. 그 지하 지대가 남자에게는 백색으로 보였다. 시신이 타고 난 다음의 뼛가루의 그 백색. 그러니까 이야기될 만한 고통거리마저, 타버린 살처럼 모두 제거된 곳.

남자는 그녀가 언젠가는 그 백색의 구멍 속으로 완전히 미끄러져 들어가 다시는 그의 앞에 모습을 나타내지 않으리라는 것을 알고 있었다. 그녀는 미끄럼을 타듯 그 속으로 빨려 들어가, 점점 잦아지는 그녀 특유의 웃음소리를 멈추지도 못하고 즐거이, 조건 없는 망각의 행복 속에 갇혀버릴 것이다. 그리고 죽음 속의 삶이 시작될 것이다. 남자 혼자로서는 그녀를 운반하는 그 속도를 멈출 수 없음을 그는 점점 분명하게 인식하기 시작했다. 어찌 그녀가 마주하고 있는 그 거대한 태산을 그 혼자 거두어줄 수 있다는 말인가. 갑자기 남자는, 그녀가 창고에 와서 거처를 정한 이후에 그에게 말 한마디 건넨 적이 없었음을 새삼 기이한 사실처럼 상기했다. 그 사실이 남자의 가슴이 미어질 것 같은 아픔을 주었다. 그녀의 빈 시선 앞에서 남자는 매번 배반되었고, 그건 그녀의 잘못이 아니었다.

이제 그녀를 그녀로서 되돌려놓기 위해서 남자가 할 수 있는 일은 단 한 가지밖에는 남아 있지 않았다. 그는 언젠가 찍어놓은 적이 있는 여자애의 사진 석 장을 꺼냈다. 여자애는 석 장의 사진 속에서도 잠들어 있었다. 그러나 여자애를 알고 있는 사람이라면 비록 눈 감은 사진 앞에서라 할지라도 어떻게 그녀를 알아보지 않을 수 있을 것인가. 그는 난생 해본 적이 없는 심인 광고 문안을 머릿속에서 고치고 또 고쳤다. 위의 사람의 가족이나, 알고 계신 분은 연락 바람. 이름 미상. 나이 약 15세. 신장 140센티미터 정도. 특징……

남자는 이 부분에서 쓸 말을 잃었다. 지금 그녀가 지니고 있는 윤곽은 지하 지대로의 여행이 시작되기 전의 그녀의 얼굴에서 얼마나 지워지고 많이 파손되었을까. 주름살과 반점으로 흐물거리는 살갗, 앙상하게 드러난 턱뼈와 팬 뺨, 이미 흐려져버린 시선. 남자는 특징 부분을 제외하기로 했다. 그녀가 그동안 설령 수천 번의 변신을 했다고 해도, 그녀를 한 번이라도 알았던 사람이면, 어찌 그녀를 알아보지 않을 수 있겠는가. 남자는 석 장의 사진 중, 그나마 분명하게 그녀의 얼굴이 전면을 제시하고 있는 사진을 들고 황망히 창고를 뛰어나갔다.

9

그래 검은 휘장은 있지도 않았어. 내가 내 마귀 같은 손으로 검은 휘장을 짜서 두껍게 쳐놓았던 거야. 그리고 말하곤 했지. 절대 다시는 생각하지 마. 매번 그 일을 생각하면 그때마다 휘장의 천이 조금씩 닳을 것이고 나중에는 올이 성기어져서, 그 사이로 탐조등 불빛에 드러난 밤의 골짜기처럼 그날의 일이 모두 알려질 테니까. 나는 너무 배가 고팠던 날이 많았고 그때마다 나하고 한 약속을 잊어버리고, 배고픈 것을 잊느라고, 자꾸 잠 속으로 오그라져 들어가는 나를 깨우느라고 그 일을 생각하지 않을 수가 없었지. 꼭 무엇을 잊기 위해서도 아니었어. 생각들이 줄을 지어서 나를 방문했어. 수시로. 내가 내 손으로 짜놓은 검은 휘장은 이제 다 낡아버린 거야. 아니, 그러니까 검은 휘장은 있지도 않았어.

엄마가 이상해진 건 양복 입은 아저씨들이 오빠가 죽었다는 소식을 가져온 다음부터가 아닐는지도 몰라. 그 아저씨들이 정말 집으로 왔었나? 아니면 엄마가 이미 소식을 들은 후에 흰 봉투를 가지고 왔었던 것일까. 모든 일들이 서로 뒤섞여 있어. 옛날 일과 가까운 일을 누군가가 모두 한 보자기 속에 가두어놓고 뒤흔들어놓은 것처럼. 그리고 나도 그 속에 뒤섞여서 갇혀버렸어. 엄마가 시내에 가서 무얼 했는지 나는 알 수가 없어. 시장에만 나가는 것 같지가 않았어. 저녁이면 무슨 종이들을 가지고 돌아왔지. 그리고 나한테 읽어달라는 거야. 엄마는 글자를 잘 읽을 줄 몰랐거든. 물론 나는 틀릴까 봐 겁이 나서 읽기가 싫었지만 엄마가 악을 쓰고 머리를 두들기는 바람에 더듬더듬 읽어내려갔어. 그렇지만 나는 소리를 냈을 뿐이지 탄원서가 무엇인지 본인이 무슨 말인지 한 줄도 온전히 이해한 적이 없는 그런 지루한 글자들이었어. 엄마는 산 입에 거미줄 치겠느냐 하면서 새벽같이 물건 받으러 나가는 일도 내팽개치고 바쁘게 사람을 만나러 다녔지. 엄마는 몸이 완전히 지쳐서 되돌아왔고 나는 쳐다보지도 않았어. 어느 날 학교에 갔다가 오는 길인데 엄마가 목청을 높여 악을 써대면서 통곡하는 소리가 밖에까지 들려왔어. 나는 엄마가 누구랑 싸우는 줄 알고 그게 누구인지 몰라서 겁을 먹고 방 안으로 들어갔지. 방 안에는 아무도 없었어. 엄마가 헐떡거리는 셔츠 앞자락을 움켜쥐고 뜯어내려는 것처럼 온몸을 뒹굴면서 혼자서 그렇게 소리를 지르고 있었던 거야. 그때만 해도 나는 엄마가 계획하고 있었던 시장의 자리를 사는 일이 잘못되어서 그러는 줄만 알았지. 왜냐하면 엄마 앞에는 일이 잘 안 될 때만 도착하는 누런 편지 봉투하고 무엇인가 인쇄된 종이가 발기발기 찢겨져 있었으니까. 그런 일이 있은 후에 엄마가 일주일이나 넘게 앓아누웠지. 매일 우리 집에 와서 먹을 걸 찾는 순덕이네 똥개 말고는 아무도 우리를 찾아오지 않았어. 나도 학교를 이틀이나 빠지고 엄마 옆에 누워 뒹굴었지. 참 기분이 좋았어. 엄마가 그렇게 아팠으니까 꼼짝할 수도 없고 덕분에 긴긴 나절을 엄마 옆에 누워서 냉수 떠오고 이불 하나 더 내리라면 또 그렇게 하고. 그 이후로 엄마는 다시 열심히 시장에 나가는 것 같았는데…… 그래 모든 게 지금은 분명하게 생각나지 않지만 엄마는 그 이후 조용하게 새벽이면 시장에 갔다가 내가 이미 잠들어 있을 때 돌아오곤 했어. 내가 전등불에 눈이 부시어 눈을 뜨면, 침을 묻혀 가지고 하루 번 돈을 세고 있는 엄마 모습이 보여 나는 안심하고 다시 눈을 감곤 했지. 그런데 그만…… 그 뒤로 오빠 없는 방학이 지나고, 오빠 없는 봄이 한창일 때…… 그 날이 온 거야. 모든 일이 다시 예전처럼 시작될 수도 있었을 텐데. 아, 그날 나는, 어쩌면 엄마를 살릴 수도 있었을 텐데. 아 엄마, 구멍나버려 고꾸라지던 엄마. 내 이 손이 빨리 썩어야 될 텐데. 아니면 독물 속에 첨벙 집어넣어 녹여버리든지. 아직도 진저리가 날 정도로 생생한 엄마 손의 촉감. 열에 올라 뜨겁던 엄마의 손. 이제는 다 틀려버렸어. 아무리 생각하지 않으려 해도 내 몸이 먼저 엄마 손의 촉감에 놀라 깨어 일어나곤 했는데, 어떻게 보지 않을 수 있고, 어떻게 내 머릿속의 바람을 막을 수 있단 말이야. 나는 천벌을 받을 거야. 그리고 더 큰 벼락이 떨어지기 전에 오빠한테 가서 모든 얘기를 해주어야 돼. 오빠는 무덤 속, 밤이면 냉기가 엉덩이로부터 등골을 타고 올라오는 그 어두운 구멍에서 나를 기다리고 있을 거야. 눈이 빠지게 기다리고 있을 거야. 오빠가 나를 알아볼까. 이렇게 귀신처럼 변해버린 나를 알아볼까. 단 한순간만이라도 오빠가 알고 있는 그 얼굴을 되찾을 수 있다면. 설령 내 입에서 괴물의 혓바닥이 들락날락한다 해도 오빠는 옛날의 내 얼굴을 보고 나를 용서해줄지도 모르는데.

　오빠 나야, 너무 오랫동안 걸어서 그동안 좀 쉬었어. 나를 알아보지? 알아본다구 말해봐. 너로구나 하고 말해봐. 오빠한테 할 얘기가 얼마나 많은데. 자 이렇게 꽃을 꽂으니까 이제는 나를 알아볼 수 있겠지. 오빠도 알고 있는 이 옷 생각나지. 오빠가 추석에 온다고 엄마랑 시내 가서 산 옷, 오빠가 예쁘다고 그랬지. 시집 보내준다고 그랬지. 더 많이, 더 예쁜 옷들을 사준다고 그랬지. 그런데 안 사줘도 돼. 오빠가 나를 알아보면 돼. 아 이렇게 할 말이 많은데. 지금까지 왜 그렇게 무서웠는지 몰라. 절대 내가 얘기하는데 귀를 막으면 안 돼. 그러면 나는 그만 가루가 되어서 이 자리에 폭삭 무너지게 될 거야. 나는 내가 생각해도 징그럽게 여러 번이나 죽었다가 살아났어. 그래 나는 수천 번이나 내 몸이 가루가 되어서 넓고 넓은 우주 위를 소리 없이 떠다니기를 바랐었지. 그런데 바뀐 것은 하나도 없고 눈만 뜨면 동일하게 다가오는 검은 휘장. 아니 눈만 뜨면 나는 허겁지겁 내 얼굴을 두꺼운 휘장으로 덮었지. 언제까지 이 어두움이 계속될 수 있을까. 그래, 그날 얘기를 해줄게. 그런데 그날이 언제였을까. 며칠 전부터 마을의 사방에서 사람들이 서넛씩 모여서 수군거렸지. 길은 평소하고 같았는데 아이들이 밖에 나와서 놀지 않았기 때문에 더 넓고 길어 보였어. 그 빈 길 위에 어른들이 모여서 이마를 모으고 양미간을 찌푸린 채 가끔은 하늘을 보고 화염을 뿜듯이 숨을 터뜨렸지. 좋은 날씨였고, 사방에서는 이름 모를 향기, 달콤하지만 마음을 콕콕 찌르는 아픈 계절이었어. 나는 심심했고 엄마는 점점 더 내가 모르는 일에 열중하고 있었지. 엄마가 겉으로는 더 열심히 시장에 나가고 돈 몇십 원 때문에 이를 악물고 싸워도 나는 엄마가 딴 사업에 몰두하고 있고 그것을 숨기기 위해서 그런다는 것을 알고 있었지. 그날 아침에 비가 온 것 같아. 그런데 비를 맞은 기억은 없으니 이상하지. 내 머릿속의 그날은 바짝 말라 지붕이 활활 타버릴 것만 같았어. 뭐라고 설명할 수는 없지만 왜 어른들이 모여 서서 동네 청년들이 마을 밖으로 나가는 것을 걱정스럽게 바라보는지 알고 있었어. 그래 그날 아침에는 비가 왔는지도 몰라. 아니면 엄마가 밤새도록 울었기 때문에 내가 방 안에서 어슴푸레한 새벽에 눈을 떴을 때 밖에 비가 온다고 생각했을까. 엄마가 거울 앞에 앉아서 머리를 다듬고 있었어. 시집가는 색시처럼 연분홍빛 아사 치마저고리를 차려입고. 거울 속에 비치는 엄마 얼굴이 잠깐 흔들렸지만 그 눈은 새벽의 어둠 속에서 광채가 났어. 내가 깨어서 가만히 쳐다보는 것을 알아차리자 엄마는 평소처럼 윽박지르지도 않고 오늘은 학교 가지 말라고 덧붙였지. 엄마 말투 속에는 나를 불안하게 하는 부드러움이 있어서 나는 벌떡 일어나서 엄마 따라 시장 가겠다고 했지. 엄마는 이년아 엄마가 오늘 시장 안 간다면 어쩔 테야, 내가 어디 가는 줄 알고 따라오겠다는 거여 이 멍청아, 하고 말했지만 나는 이미 일어나서 세수할 채비를 했어. 이것이 죽으려고 환장을 했나 아침부터 설치구 야단이게 하는 엄마의 말은 콧물에 섞여 그만 흐려져버리고 말았지. 엄마는 갑자기 뒤를 돌아서서 나를 똑바로 쳐다보았어. 나는 엄마 눈 속에 이상한 낌새가 있는 걸 봤어. 박수무당이 칼 위에 올라서기 전에 그렇게 텅 빈 불꽃을 눈에 지피면서 모인 사람들을 쳐다보고 부정한 사람들을 가려내 곤 했지. 박수무당은 누구를 지목하고 굿판에서 내쫓는 일이 없었 어. 그 끔찍한 시선을 하고 사람들을 바라보면 제풀에 부정한 사람 들이 슬슬 굿판에서 멀어져갔을 뿐이야. 나는 엄마의 시선이 무서 웠지만 그것을 피할 수가 없었지. 나는 엄마가 그날 아침 시장에 가 지 않을 것이라는 걸 알았지. 엄마가 영원히 나를 버려두고 도망간 다고 생각했어. 모든 의식이 순간적으로 이루어졌고 나는 죽자 살 자 엄마를 쫓아가려고 파랗게 질린 채 엄마 눈 속에 내 시선을 박아 넣었어. 엄마는 이미 나를 바라다보고 있지도 않았어. 그러고는 무 엇에 홀린 사람처럼 손지갑을 움켜쥐고는 뒤도 돌아보지 않고 방문 을 열고 나갔어. 순간 나는 무언가가 쿵 하고 머리를 내려치는 소리 를 들은 것 같았어. 그리고 바삐 움직였어. 내 머릿속 생각보다도 훨씬 빨리 몸이 움직여주었지. 엄마를 따라가야 돼 하는 결정을 내 리고 나니까 모든 일이 어지럼증보다도 빠른 속도로 이루어졌어. 나는 작년 추석에 엄마랑 시내에서 산 자주색 치마를 꺼내서 입었 지. 그리고 나 자신도 놀라서 거울 앞에 섰지. 나 자신의 모습조차 알아볼 수 없을 정도로 내 얼굴에서 파란 빛이 이는 것 같았어. 나 는 그 얼굴한테 이유도 없이 안녕 하고 말했지. 게다가 이마 위의 머리를 쓸어 올리고 미소까지 지었어. 다시 한 번 안녕 하고 인사했 지. 그리고 뛰어서 벌써 골목 멀리 걷고 있는 엄마 뒤를 쫓아갔지. 그리고 집을 돌아다보았어. 엄마랑 나는 어쩌면 다시는 돌아오지 않을 집을. 나는 엄마를 허겁지겁 부르지도 않았어. 시내를 가려면 차를 타야 했고 어차피 정류장 앞에서 엄마는 차를 기다려야 할 테 니까. 새벽길은 비어 있었어. 그런데 멀리 보이는 정류장 근처의 어두운 빛 속에 너댓 아니 예닐곱 명의 사람들이 서 있는 것이 보였어. 박 씨 아저씨 구멍가게는…… 생각이 나지를 않아. 닫혀 있었는지도 모르지. 그리 이른 시간도 아니었을 텐데. 아니 나는 엄마의 모습과 사람들의 모습만 빨아들이고 있었기 때문에 다른 것은 볼 수 없었는지도 몰라. 엄마가 땅속으로 꺼질까 봐 아니면 새벽 안개 속에 녹아버릴까 봐 겁이 났지. 무엇인가가 이번에 엄마 뒤를 쫓아가지 않으면 나는 엄마를 영영 찾지 못할 것이라고 겁을 주고 있었어. 이미 얼마 전부터—벌써 오래전부터 조금씩 조금씩 나를 떠나고 있던 엄마가 정말 나를 떠나버린다면 나는…… 나는 뛰지 않으려고 애쓰면서, 최대한도로 두 발을 놀렸지. 마치 고속도로를 달리는 영화 속의 배우의 다리처럼 어디를 밟는지를 생각조차 하지 않으면서. 그렇지만 나는 뛸 수가 없었어. 뛰어서는 안 된다는 규율이 엄마와 나 사이에 있기라도 한 것처럼. 내가 다리가 짧은 어린애라는 것, 그리고 내 심장의 박동과 근육의 원대로 말을 들어주지 않는다는 것을 얼마나 저주했던지. 드디어 엄마 옆에 다다르자 나는 엄마의 허리띠를 두 손으로 움켜잡고 품에 얼굴을 묻었어. 꼭 숨이 넘어갈 것 같았지. 그때 그냥 숨이 넘어가서 땅에 쓰러져 영원히 죽어버렸어야 했는데. 엄마는 나를 보자마자 미친 것처럼 두들기면서 이년아 집에 좀 들어가지 못하겠니, 당장 죽고 싶어서 그래, 들어가어여, 어여 하고 악을 써댔어. 처음에 나는 가만히 맞고 있었는데 엄마가 나를 질질 끌어 집이 있는 쪽으로 내던졌어. 다시 이쪽으로 왔단 봐라. 나는 다시 벌떡 일어나서 이번에는 허겁지겁 뛰어서 엄마 허리춤에 매달렸지. 엄마는 이년아, 단 한 번만 단 한 번만 엄마 말 좀 듣고 집에 들어가 꿈쩍 말고 있으라고 쉰 목소리로 말했어.

엄마가 절대 도망가지 않고 밤중에 돌아올 테니 집에서 꼼짝 말고 있으라고. 나는 엄마 말을 믿을 수가 없어서 더더욱 엄마한테 매달렸지. 무서움과 울음이 복받쳐서 발을 구르면서 엄마한테 대들었어. 그리고 한 치도 떨어지지 않으려고 엄마 치마 허리춤에 아주 손목을 걸어 넣고 애걸했어. 이상하게 거기 모여 있던 사람들은 모두 외면을 하고 우리를 쳐다보지 않았던 것 같아. 그런데 그 동네 사람들의 얼굴이 지금은 하나도 생각이 나지 않아. 차가 왔어. 엄마는 마지막으로 나를 떼어놓으려고 했지만 나는 엄마 치맛자락을 뒤에서 붙들고 차에 올라탔어. 어떤 길로, 얼마나 가서 그날 엄마랑 내가 거기에 도착했는지 아무런 기억이 없어. 아마 엄마 옆에 앉아서 잠이 들었었는지도 모르지. 단지 엄마 허리를 두 팔로 껴안고 있었던 것만 생각날 뿐이야. 한순간 엄마는 허리에 둘러쳐진 내 두 손을 꽉 움켜잡았어. 으스러질 것처럼. 엄마는 밖을 쳐다보고 있었지. 엄마 옆얼굴이 밉게 찌그러져 있었어. 나는 내 손을 꽉 움켜쥔 엄마 손 위에 뺨을 대고 잠이 들었던 것일 거야. 내가 차 안에서 깨어 있었다면 모든 일이 다르게 일어날 수 있었을까. 대체 무슨 일이 엄마 머릿속에서 일어났던 것일까, 내가 기억할 수 없을 만큼 오래전부터 그날처럼 매 새벽, 무언가를 향해서 집을 떠나고 있었는지도 모르지. 어쩌면 오빠가 죽었다는 소식이 도착하기 훨씬 전부터. 그렇지만 어떻게 그걸 내가 알 수 있었겠어. 내 작은 머리가 무엇을 알 수 있단 말이야. 그런데 그날, 나는 벼락이 머리 위에 떨어지듯이 순식간에 모든 일을 알아버렸어. 말로 되어 나오지 않는 일. 그날이 한번만 다시 돌아온다면, 엄마가 단 한순간만이라도 살아 돌아온다면, 모든 일을 다시 시작해볼 수 있을 텐데. 갑자기 거인이 된 내 몸 위로 엄마를 높이높이 받들고 지평선 끝까지 춤추면서 걸어갈 텐데. 아, 불쌍한 엄마.

  시내에 가기 위해 우리는 얼마나 많이 걸었는지. 우리는 시 외곽 외딴길에서 차를 내렸지. 그리고 오래 걸었어. 그날 이후 내가 걸은 거리에 비하면 아무것도 아니지만 시내는 매번 걸음을 내디딜 때마다 한 걸음씩 물러서는 것 같았어. 그래 냄새 때문에, 숨통을 막아도 쑤시고 들어오는 냄새 때문에 그 길이 악몽 속에서보다 더 멀었어. 나는 엄마 허리춤에서 손을 빼고 길거리에 쪼그리고 앉아 빈 속에 남은 똥물만을 토해냈지. 그리고 무서움에 질려서 벌써 멀어진 엄마를 따라 비틀거리면서 뛰었어. 맞아, 그 냄새를 맡은 그 순간부터 모든 것이 다 변해버렸어. 나무도 산도 하늘도 지붕도. 오장육부가 뒤집히는 것과 동시에 내 골 속에 그 냄새가 배기 시작한 거야. 그리고 냄새가 둥지를 쳤어. 아주 잠깐 나는 엄마의 뒷모습을 후회하면서 바라보았지. 그리고 이미 후회하기에는 너무 늦어버린 것을 알았어. 피가 빠져나갈 정도로 빨리, 엄마랑 나는 생전 본 적이 없는 골목을 수십 개나 돌고 또 돌았어. 엄마는 춤을 추는 것 같았어. 춤을 추면서 학처럼 나는 것 같았어. 거리를 메우고 있던 수많은 다른 춤추는 학에게 가기 위해서. 그림으로 그려낼 수도, 말로 엮어낼 수도 없는 그날. 엄마는 오랫동안 사람들에게서 떨어져 가슴을 부여안고 서 있었어. 그리고 바로 엄마한테 꼭 붙어서 벌벌 떨고 있는 나를 바라다보았어. 공중에서도 헬리콥터가 돌아다니고 있었고 학들이 일제히 날개를 펼치듯이 사람들이 소리 지르기 시작했어. 엄마는 나를 한 건물 속에 집어넣고 문을 쾅 하고 닫았어. 나는 허겁지겁 어두운 통로에서 뛰쳐나왔어. 엄마는 말 한마디 안 하고 나를 번쩍 들어 다시 통로에 집어 던지고 나는 일어서자마자 다시 뛰쳐나오고. 나도 엄마도 한마디도 안 하고 서로 씩씩거리기만 했지. 엄마의 얼굴이 밉고 무섭게 변했어. 나는 엄마가 정나미 떨어지게 보이려고 일부러 그런 표정을 짓는다고 생각했지. 얼마나 오랫동안 반복되었을까, 이 소리 없는 실랑이가. 엄마도 지치고 나도 지쳤어. 마침내 나는 엄마 손목을 양손으로 꼭 쥐고 놓지 않았지. 그리고 엄마는 미친 학처럼 춤추러 갔어. 사람들의, 함성의, 냄새의 홍수에 실려 그 물살에 뼈가 녹을 때까지 나도 물살에 섞였지. 점점 더 물살이 높아졌어. 사방에 소리와 높은 벽이 앞으로 앞으로 나를 운반했어. 엄마는 내 손을 으스러지게 움켜잡고 내 가랑이가 찢어질 정도로 앞으로 앞으로 나갔다가는 밀물처럼 밀려오곤 했어. 귓속에 가득, 멀리 하늘에서 내려오는 것처럼 함성이 밀려오고 물살이 내 입안으로 들어오듯이 나는 숨을 쉴 수가 없었어. 이 파도의 밀물 썰물이 얼마나 오랫동안 반복되었을까. 나는 엄마 얼굴을 쳐다볼 수가 없었어. 엄마는 딴 세상에서 딴 세상 사람들과 춤추고 있었어. 엄마 얼굴이 그렇게 불그스레하게 빛나는 걸 보는 게 눈이 부셨어. 그러면서도 마치 내가 있는 세상과 한 가닥 인연을 가지려는 것처럼 내 손을 놓지 않았지. 내 머리 뒤에서 합창하는 그 수많은 얼굴들. 잊어버릴 수 없는 얼굴들.

갑자기 아우성이 터졌어. 저 앞에서 무슨 일이 일어나고 있었던 거야. 그리고 그 거대한 물살이 뿔뿔이 흩어지기 시작했어. 그 빛나던 얼굴이 일그러지고 찢기고 젖혀지면서 무더기로 바닥에 나동그라졌어. 그래 그 얼굴들을 똑같이 물들이고 있었던, 피, 피. 빨간 피. 갑자기 그 큰 시가지가 비어지는 것처럼 사람들의 물살이 사방으로 흩어졌어. 악을 쓰면서, 신음하면서, 피를 토하면서, 엎어지고. 그 위로 떨어지는 광란의 막대기들, 번쩍이는 금속의 날들. 잔혹한 웃음을 낭자하게 흘리면서 도망가는 학 떼를 덮치는 얼굴들. 꺾이는 얼굴, 일그러진 얼굴, 얼굴들. 빛을 모두 잃은, 순식간에 비어버리는 얼굴들. 나는 도망가야만 했어. 누군가가, 나는 먼저 마치 한밤중의 고요 속을 혼자 걷기라도 하는 것처럼 우리 뒤에서 누군가가 달려오는 것을 들었지. 그리고 엄마가 달려 나가는 저쪽에서도 한 무리의 사람들이 우르르 몰려오는 것을 보았지. 쓰러지는 얼굴, 일어서다가 다시 억 하고 쓰러지는 얼굴, 신음하고 다시 일어서다가 소리도 없이 풀썩 쓰러지는 얼굴, 잠시 땅바닥에 내던져진 붕어처럼 팔딱거리며 경련하다가 소리 지를 시간이 없이, 고통스러워할 시간도 없이 굳어져버리는 얼굴들, 영원히 굳어져버린 얼굴들. 깔린 얼굴, 얼굴 없는 얼굴. 엄마는 내 손을 움켜잡고 달렸어. 소리 지르면서, 땅바닥의 얼굴들을 뒤로하고. 누군가가, 아니 한 무리의 사람들이 뒤에서 오고 있었지. 나는 뒤를 돌아보지도 않고 눈을 감았어. 누군가가 엄마를 뒤에서 덮쳤고 저쪽 먼 곳에서는 소리보다도 빨리 무언가가 엄마 가슴에 와 꽂혔어. 엄마는. 그건 한순간의 일이야. 그 일은 동시에 일어나버렸는지도 몰라. 그래 눈을 똑바로 뜨고 그 순간을 바라보아야 해. 엄마 얼굴이 뒤로 꺾였고 구멍이 나버린 엄마가 나를 향해 얼굴을 돌리면서 입을 벌렸을 때 엄마의 눈은 이미 흰자위만 보였어. 나는…… 그래. 자 천천히 머릿속에서 일어난 일을 되새겨봐. 내 뼈가 고통으로 녹을 정도로 천천히, 아주 천천히. 엄마의 목이 뒤로 활처럼 휘었지. 마치 어려운 춤을 추어내는 것처럼. 얼굴이 내 쪽으로 돌려지고 입이 조금 벌어졌지만 아무

소리도 새어 나오지 않았어. 그래 그 순간 내가 뭣을 했는지 가르쳐주지. 자 잘 봐. 내가 세세하게 말해주지. 너는 눈을 똑바로 뜨고 엄마 복부의 구멍에서 흘러나오는 검은 액체를 바라보았어. 갑자기 주위의 아우성 소리가 선명하게 가락가락 귓속으로 쏟아져 들어왔지. 그리고 소리로 되어 나오지 않는 고통 때문에 너를 더욱 움켜쥐고 있는 엄마 손, 돌처럼 순식간에 굳어져버린 것만 같은 엄마 손, 뜨거운 손, 달아오른 돌, 내 손을 까맣게 태워버릴 것만 같은 엄마 손아귀에서 손을 빼려고 너는 미친 듯이 팔을 휘둘렀지. 엄마의 일그러진 얼굴을 보지 않으려고 눈을 감고, 아니면 엄마의 뒤집힌 흰자위를 괴물 보듯 바라보면서. 그런데 소용돌이 속에서 굳어져버린 엄마의 손이 너를 놔주지 않았어. 너는 이미 마른 장작처럼 쓰러지는 엄마의 무게에 끌려가면서 다른 손으로, 그래 잔인하게 엄마 손가락의 갈쿠리를 하나씩 떼어내려 했어. 그다음에 너는 어떻게 했지? 눈을 크게 뜨고 그 1분도 안 될 순간에 네가 한 일들을 천천히 머릿속에서 하나하나 다시 돌려봐. 독이 퍼져 네 몸을 태우더라도, 억눌린 뜨거운 호흡에 네 피가 말라 가루가 되어버리더라도. 너는 급기야 한 발로 엄마의 내팽개쳐진 팔을 힘껏 누르고 네 손을 빼어냈어. 엄마의 근육살이 발밑에서 미끈거렸지. 너는 사력을 다해 밟았어. 그러고는 무더기로 이동하는 무리를 피해 달아났지. 몇 얼굴을 밟았는지도 모르는 채, 몇 얼굴이나 네 다급한 발길로 차 내던졌는지도 모르면서 뒤돌아보지 않고 골목으로 뛰어 들어갔어. 눈을 감고 어디로 뛰는지도 모르면서 뛰었어. 넘어지면서, 등 뒤에서 끊임없이 들려오는 산만한 발소리가 들려오지 않을 때까지. 아니 엄마의 손이 점점 늘어나 나를 다시 덮칠 것만 같아서 두 손을 겨드랑이에 끼워 넣고. 아 발 밑에서 미끈거리던 엄마 팔의 느낌, 내 손아귀 속에서 아직도 뜨거운 엄마 손의 촉감. 눈앞에 선연하게 흔들거리면서 달라붙는 영상들을 쫓기 위해 연신 도리질을 하면서 나는 뛰었어. 함성은 여전히 나를 따라오고 있었고 숨이 막혀서 꼭 피를 토할 것만 같았지. 등 뒤에서는 거머리처럼 발소리가 달라붙고.

그리고 이후 나는 다시 그날 그 자리로 돌아올 수 없었어. 내 끔찍한 범죄의 자리. 나 혼자 살아남으려고 나는 엄마의 손, 팔, 흰 눈자위를 내 발로 짓이겼어. 엄마가 눈자위도 없이 나를 보고 있었어. 나를 원망할 줄도 모르고 이미 숨이 멎어 뻣뻣한 뼈와 살의 덩어리가 된 채. 엄마는 거친 삽날이 다시 한 번 피도 나오지 않을 상처, 더 이상 고통 없는 상처를 내는 것도 모르고 어디론가 실려 갔겠지. 입을 벌린 채 엄마는 무슨 말을 하려고 했을까. 내 쪽으로 돌려진 으깨진 얼굴은…… 그러나 평화로웠어. 내가 엄마의 꿈을 짓이겼지.

나는 이제는 다시 고향으로 돌아갈 수 없을 거야. 그 수많은 사람들이 모두 나를 기억하고 있겠지. 얼마나 지옥같이 긴 시간 동안 나는 엄마의 손아귀에서 내 손을 빼내려고 실랑이를 벌였는데. 그날 그 자리에 있던 사람들의 무수한 입을 통해 그 끔찍한 소문이 여름 산의 불처럼 퍼져 나갔겠지. 늘 귓전에서 들리는 쉿쉿거리는 소리들. 소문이 숨가쁘게 퍼지는 소리. 그래 동네 사람들이 모두 막대기를 들고 마을 어귀에서 내가 돌아오기만을 기다리고 있을 거야. 등불을 밝히고 밤이나 낮이나, 손에는 각목을 들고. 나는 이제 갈 데가 없어. 오빠의 무덤밖에는. 오빠를 두 번 죽이게 된다 해도 이 이야기는 꼭 해야 돼. 그러고 나면 나는 그 자리에서 가루로 변해 땅

속으로 스며들 수 있겠지. 자 이제는 무섭지 않아. 검은 휘장을 뜯어내고 내 흉악한 얼굴을 달처럼 무덤 위에 떠올리는 거야. 모든 사람이 다 볼 수 있도록 내일 다시 곰팡이 난 내 몸을 햇볕에 말려야지. 그리고 오빠에게 모두를 말해야지. 사방에서 서성거리는 무수한 오빠들, 무덤 속에서 기지개를 켜고 일어나 앉아 그들이 다른 행사에 몰두하기 전에.

10

우리는 부지하세월로 대천에서 머물렀다. 그녀를 되찾으리라는 가능성 없는 어두움 속에서 머물렀다. 우리가 흘려보내는 매일매일이 그녀와 우리 사이에 점점 더 큰 시간적 거리를 만들어내고 있음을 인식하고 있으면서도, 몸은 마치 마비되기라도 한 것처럼 끝없는 무기력 속에서 모든 일이 다시는 돌이킬 수 없이 결정적으로 어긋나기만을 기다리는 듯했다. 우리는 안절부절못하지도 않았다. 그녀는 대천역에서 기차를 타지 않은 것이 분명했다. 우리는 더 이상 지도를 쳐다보지 않았다. 길 가는 사람을 붙잡고 낡은 사진을 내보이며 공연한 질문을 던지지도 않았다. 잘못된 과거에 매일 조금씩 물을 주면서 온실 속에 괴물을 키우며 자위하는 김 씨의 퇴폐성이 당시의 우리의 무기력과 잘 조화되었다. 그가 제공한 거처에 머물면서 술 속에서, 잠 속에서 우리의 장식할 것 없는 청춘이 조금씩 해체되어갔다. 가끔 우리는 그녀가 대천역에서 기차를 타지 않았음을 상기했다. 그러나 시간이 경과하고 그 말조차 우리의 몸뚱어리에 조금의 반응도 불러일으키지 않은 채, 그릇에 담긴 액체처럼 잠시 기울다 다시 원위치로 돌아오곤 했다. 김은 그녀가 시골의 어느 한구석에서 신음 소리조차 못 내고 죽어버렸을 것이라고 취중에 반복했다. 조금만 그대로 기다리고 있다가 대천과 그 주변의 경찰서에 신고된 변시체들을 점검해보는 것이 나을 거라고 하기도 했다. 그러나 우리는 비이성적인 기적 같은 것에 기대고 있었다. 어느 날, 그녀가 뚜벅뚜벅 걸어 우리 눈앞에 나타날지도 모른다는 기대. 피로가 우리를 미신적으로 만들었고 잠시 정신이 깨었을 때 우리는 자학적이 되었다.

그리고 어느 날 우리는 다시 수소문에 나섰다. 이 지역에 꼭 그녀와 동일한 이유는 아니더라도, 그렇게 많은 사람들이 그녀처럼 무엇엔가 홀린 채 떠돌아다니고 있다는 사실은 놀라운 일이었다. 그러나 그녀를 보았다는 사람을 찾을 수는 없었다. 그녀 비슷한 여자아이들만 있을 뿐이었다. 그녀를 찾아내지 않고는 그녀를 찾기 이전의 생활로 돌아갈 수가 없었다. 설령 그녀를 찾아낸다고 해도 어찌 그사이 아무 일도 없었던 것처럼 태연한 생활을 할 수 있겠는가. 그녀의 영혼이 정신 나간 도깨비불처럼 깜깜한 밤 속을 휘젓고 돌아다니는데…… 무엇으로 친구의 빈자리를 메우고, 이 빠진 빗살처럼 호적부에서 지워져 보는 이를 섬뜩하게 할 그 빈 공간들을 어떻게 재생해낼 수 있겠는가. 죽음은 죽은 자에게는 사건이 아니다. 그 죽음은 남아 있는 사람에게만 혹독하게 생생한 사건이 된다. 죽음은 대답이 없기 때문에. 모든 죽음은 완성되어야 할 것의 미완성이기 때문에.

그녀를 그중 가까이서 볼 수 있었던 김 씨의 말을 믿는다면, 그리고 우리가 어느 날 그녀를 만난다면 그녀는 우리에게 죽은 사람 이상의 고통을 줄 것임에 틀림없다. 바로 그녀가 살아 있음으로 해서. 그녀의 몸은 사는 일에 몰두해 있음에 반해 다른 것을 너무 순간적으로 어찌해볼 겨를도 없이 미완성 속에 고정돼버린 채, 죽음 이상의 어두운 광기의 방 속에 갇혀져버렸을 것이기 때문에. 살기를 그친 산 사람을 만나는 일이 보는 이에게 얼마나 극심한 고문일까. 이것을 사람들은 단순히 미쳐버렸다고 자주 말한다. 얼마나 간단한 말인가. 그렇게 말해버리고 나면 다시금 세상에 질서가 잡히는 것 같아 사람들은 여럿이 모여 이구동성으로 친숙한 이름들을 들먹거리고 무릎을 쳐가면서, "글쎄 그 친구가 그만 돌아버렸다는구먼" 하고 딱한 표정을 지으며 말한다. 어쩌면 김의 말대로 그녀가 그냥 죽어버리고 다시는 우리 앞에 나타나지 않는 편이 나을지도 몰랐다.

김이 외출하고 없는 사이 우리는 연락처를 남겨놓고 대천을 떠났다. 도둑놈같이 또는 찰거머리처럼 달라붙는 정부가 잠든 사이에 줄행랑을 치는 가짜 신분증에 가짜 직업을 가진 놈팡이처럼. 우리의 가버린 친구의 고향, 그러니까 그녀의 고향에서 시작된 지난 한 달 남짓의 시간이 우리에게 남긴 용납할 수 없는 인상을 안고 대천에서 밤 기차를 타고, 차창 밖으로 시선조차 주지 않은 채, 맨 처음의 계획대로 역마다 내려 수소문할 엄두도 못 내고, 그것보다는 그녀가 우리가 탄 기차보다 훨씬 앞서 이미 이 길을 달려갔으리라는 직감 때문에 모든 허탈한 상상을 엄격히 검열하면서 귀를 모아 발밑에서 들려오는 기차 바퀴 소리에 집중했다.

한밤중에 우리들 중의 하나가 소스라쳐 우리를 모두 깨웠다. 우리는 허둥대면서 황망히 창밖을 바라다보았다. 기차는 천안역을 향해 달리고 있었다. 그러나 우리를 깨운 친구는 말도 못 한 채 입만 벌리고 기차의 통로 쪽을 가리켰다. 찻간의 맨 마지막 좌석에 한 얼굴이 잠들어 있었다. 열두서넛 기껏해야 열다섯 정도 될까 한 여자애가 아무렇게나 자란 헝클어진 머리카락에 얼굴이 반쯤 덮인 채, 좌석에서 비스듬히 미끄러져 잠들어 있었다. 이미 오래전부터 씻지 않은 땟국 낀 얼굴, 팬 두 뺨, 움푹 들어간 그늘진 눈자위. 그러나 입에는 가벼운 미소가 깃들여진 채 묘사될 수 없는 지극히 평화로운 옆얼굴을 드러내놓고 깊디깊은 수면에 몰입해 있었다. 이미 올이 풀린 면바지의 무릎 위에는 때가 끼어 무늬조차 구별할 수 없는 작은 보따리가 놓여져 있었고, 마른 가지처럼 미동도 하지 않은 채, 그러나 가끔 가다 미소 지은 입술에 작은 경련이 있었다. 그리고 서서히 우리는 완전히 잠에서 깨어났다. 그와 동시에 가슴이 무너지는 충격과 함께 우리의 착시 현상도 끝이 났다. 숨을 들이쉬고 다시 통로 옆을 바라보았을 때, 우리는 이십대 중반의 지극히 평범한 시골 여인의 곤하게 잠든 얼굴을 발견했을 뿐이었다. 이 동시적인 착시 현상은 그러나 우리들의 뇌 속에 오래 남아 있었다. 착시 속에서 본 지복의 미소가 우리들이 그녀에 대해 상상한 모든 영상을 지우고 우리의 기억 속에 끊임없이 되살아났다. 그 미소가 그녀를 찾아 떠난 우리의 동기들이 모두 경솔한 것이라고 비웃기라도 하는 것 같아 우리는 말짱하게 잠이 깬 채, 새벽까지 남은 시간을 왜 우리가 그녀를 찾고자 여행을 떠났었던지에 대해 곰곰이 생각하는 데 보냈다. 이미 가버린 친구의 누이를 찾아 위안해주려고? 그리고 그의 어머니의 죽은 혼을 안심시키려고? 그날, 그 도시, 그 이후 무언가를 했어야 했기 때문에? 그렇지 않고서는 더 이상 사는 일이 불가능했기 때문에? 우리의 미성숙한 고통을 섣불리 치유하기 위해서? 그녀의 모습에서 끔찍함의 구체적인 흔적을 찾고자 하는 자학 심리? 아니면 이미 피폐될 대로 피폐된 그녀를 보호해주겠다는 경박한 인도주의? 어딘가를 돌아다니고 있을 그녀처럼 잠을 두려워하면서 깨어 있기 위해서? 악몽을 암처럼 세포 속에 품고 그러고도 앞으로 나가기 위해서?

우리가 착시 속에서 흘끗 본 그녀의 미소의 뜻을 이해한 것은 이로부터 많은 시간이 흐른 뒤였다. 그리고 자연스럽게 어느 날 그녀가 그 미소를 머금고 우리에게 나타날 것을 기다렸다.

새벽이 다가오고 있었다.

친구의 기일이 다가오고 있었다. 그의 누이를 찾지 못한 채 가을이 가고 있었다. 우리는 그날을 준비하기 위해서 모였다. 누군가 하숙집 방문을 벌컥 열어젖혔다. 기차 안에서 우리를 황망히 깨워 모두를 기적 같은 착각의 회오리 속으로 몰아넣었던 그 친구였다. 그의 손에는 구겨진 신문 한 장이 들려 있었다. 그가 우리 앞에 신문을 펼치고 신문 하단, 심인 광고란에 들어 있는 한 얼굴을 가리켰다. 빈 미소를 입 꼬리에 흘린 채 눈을 감고 있는 광고 속에 있는 한 얼굴은 아주 미약하기는 해도, 우리가 친구의 고향 사람에게서 구한 그의 누이의 사진 속의 얼굴과 분명 닮아 있었다. "위의 사람의 가족이나 알고 계신 분은 연락 바람. 이름 미상, 나이 약 15세. 신장 140센티미터 정도……" 우리는 신문의 발행일자를 확인했다. 이미 한 달 반경이나 지난 신문이었다. 우리들은 당장 자리를 털고 일어났다. 그러나 꼭 그녀를 찾을 수 있으리라는 확신은 없는 채였다.

우리는 신문에 적힌 주소로 찾아갔다. 창고 비슷한 지하실의 유리문을 두드리자 한참 있다가 키가 크고 우람하나 창백한 얼굴을 한 우리보다 서너덧 살 웃돌아 보이는 남자가 나왔다. 그 남자의 어딘가가 우리에게 충격을 주었다. 그 충격은 곧 이상한 친근감으로 변했다. 남자는 강변 공사장에서 일하는 장이라고 자기소개를 했다. 남자는 조금 말을 더듬었다. 우리가 그를 찾아온 이유를 말하자 이미 남자는 제정신이 아니었다. 그녀가 결국 다시 돌아오지 않은 것이 분명했다. 남자는 처음보다 더 심하게 말을 더듬거리면서 띄엄띄엄 그녀에 대한 얘기를 시작했다. 남자가, 어떻게 해서 그녀가 귀가하는 자기의 뒤를 무작정 쫓아왔는가를 어렵게 설명했을 때, 우리는 그 남자를 보는 순간 우리를 사로잡던 이상한 친근감이 어디서 오고, 왜 그녀가 난데없이 강변을 지나는 수많은 사람 중에서 그 남자의 뒤를 쫓았는지를 이해했다. 남자의 옆얼굴과 큰 체격의 어딘가에는 이미 1년 전에 우리 곁을 떠난 친구의 모습이 서려 있었다. 남자의 이야기는 몇 시간에 걸쳐 계속되었다. 우리는 그가 말을 중단하지 않도록 되도록 질문을 삼가면서, 거의 오열 섞인 독백에 가까운 남자의 이야기를 무한히 깊은 심연을 뛰어내리는 기분으로 들었다. 남자는 매 구절마다 자책하고 있었다. 오히려 우리들에게 매달렸다. 그녀를 꼭 찾아달라고 그녀를 찾을 수 있는 방도를 알려달라고 애원했다. 우리는 그 남자를 위로하지 않았다. 그를 거짓된 약속으로 안심시키지도 않았다.

  남자가 이야기를 다 끝냈을 때 우리는 늘 그렇듯이 연락처를 남겨두고 우리의 하숙방으로 돌아왔다.

  그리고 며칠 뒤에 있을 친구의 기일에, 친구의 조촐한 제상에 올릴 서한을 작성하기 위해 마주 앉았다.

우리는 오랫동안 침묵했다.

우리가 한 번도 직접 본 적이 없는 그녀의 미소가 우리 주변에 떠돌고 있었고, 머리에 시든 꽃을 꽂고 꽃자주색 치마를 팔랑거리면서 오빠의 있지 않은 무덤 앞에 가볍게 내려앉는 한 소녀의 영상이 아주 잠시 우리의 뇌리에 스쳤다.

〔1988년 여름〕

초판 해설

고통의 아름다움 혹은 아름다움의 고통
── 최윤의 소설들

김병익

  우리 앞에 놓여 있는 최윤은 소설가, 그것도 그 기대가 매우 큰 소설가의 모습으로 다가오지만, 그러나 그의 얼굴은 그것만이 아니다. 그는 프랑스 문학의 교수로서 강단에 서고 있고 문학비평가로 등록하고 있을 뿐만 아니라, 한국 문학의 뛰어난 불어 번역자로 우리 문단의 국제화를 위한 커다란 기여를 하고 있는 중이다. 문학이란 이름으로 포괄할 수 있는, 그러나 장르가 다르고 그 작업의 성격이 다른, 그 여러 개의 얼굴들이 그의 첫 창작집 『저기 소리 없이 한 점 꽃잎이 지고』의 작품들에서도 활발하게 드러난다. 『문학과사회』의 1988년 여름호에 표제의 중편을 발표함으로써 문단에 데뷔했고 데뷔 4년 만에 단편 「회색 눈사람」으로 화려하게 동인문학상을 수상한 그는, 발표 순서를 거슬러 차례를 잡은 이 처녀 창작집에 모두 8편을 수록하고 있는데, 그것들마다가, 다른 주제들을, 그 주제에 따른 다른 문체로 다양하게 변주되고 있는 것이다. 가령, 그의 등단 작품은 5월 민주 항쟁의 비극을 다루고 있지만 그의 최근작

「당신의 물제비」는 삶이란 인간의 예상과 어긋나버린다는 내면적 지혜의 깨달음을 제시하고 있으며,「아버지 감시」와「벙어리 창(唱)」이 분단을 말미암은 이산가족의 문제를 제기하고 있는 데 비해「판도라의 가방」과「갈증의 시학」은 탈출에의 꿈과 욕망의 물질화라는 현대적 주제에 대한 현학적 탐색을 가하고 있고,「한여름 낮의 꿈」역시 그 연장선에서 자기 은폐의 심리를 드러내는 데 반하여「회색 눈사람」은 운동권에 끼어든 한 젊음의 서러운 기억들을 되살려내고 있다. 폭넓게 산포된 그의 주제들은 그리고 폭넓게 다양한 문체들의 모범을 끌어들인다. 전통적인 리얼리즘적 서술 문체도 물론 동원되고 있지만 주관적인 내면적 문체에서 주제의 효과를 아름답게 살려내기도 하고 연설투인 것과 고백투의 것으로 그 색조를 달리하는 독백체의 문장이 그 울림을 극대화시키기도 한다. 언어에 들이는 작가의 각별한 각고는 문체에 엄격한 불문학과 문장 구조에 세심한 번역 문학가로서의 그의 자산과 연계되는 것이겠지만, 특히 그 서정적인 문장들의 아름다움은 때로 그것을 소설이라기보다는 수상으로 혹은 은유로 읽히게 만들기까지 한다. 뒤에 자세히 볼「회색 눈사람」이나「저기 소리 없이 한 점 꽃잎이 지고」는 서정적인 문장이 객관적 현실의 고통을 어떻게 껴안아 문학 본유의 정서적 확산 기능을 맡게 되는가를 뛰어나게 보여주는 훌륭한 범례가 되겠거니와, 작품적인 성과에서는 큰 울림을 만들도록 미처 깊이 파들어가지는 않은「당신의 물제비」조차, 그 서두는 이렇게 아름답고 암시적인 문장으로 시작되고 있다:

밤의 창에 비친 불 밝혀진 우리 삶의 실내는 현실보다 더욱 그윽하고 아름다운 비밀에 감싸인 듯하다. 단면만이 비치기 때문일까.

　우리가 눈으로 보고 관찰하는 것보다, 세상 혹은 인간의 '안'은 보다 착잡하고 내밀한 존재이며 그래서 단면만을 드러내는 그것들의 숨겨진 본질은 우리가 결코 충분히 알아낼 수 없다고, 위 문장은 산문적으로 번역될 수 있겠는데, 이 소설에서 그것은 남편의 돌연한 죽음의 수수께끼와 그의 주검이 짓고 있는 입가의 미소가 품은 비밀을 주인공 여자는 끝내 알아내지 못한다는 것, 그것은 결국 민주환 박사가 과학의 우연성에 대해 쓴 글이 시사하는 바대로, "한계성과 무한성이라는 심히 아름다운 상반된 우주의 법칙을 마주하게" 될 때 "과학자는 질문을 잘못 던졌음을, 다른 방식으로 질문을 던져야 함을 인정하는 것을 배운다"는 사실을 받아들이게끔 만드는 것으로 전개되고 있지만, 그 깨달음은 최윤의 소설 창작 원리 혹은 그의 세계 이해의 기반으로 자리한다. 그것은 보여진 바와 실재해 있는 바 사이의 엄혹한 차질을 염두에 두고, 표면적인 것으로부터 내면적인 것으로의 가능한 삼투를 시도함으로써 인간과 세계의 본질을 드러내려 한다는 작가의 시각을 지시한다. 최윤의 주인공들은 그래서, 한 개인적 좌절에 의해서든 역사적 현실에 의해서든 그들이 운영하는 삶의 형태를 겉모습과는 달리 얼마나 내밀한 숨김의 존재론적 힘에 작용받고 있는가를 탐색한다. 개인의 좌절에 대한 그 탐색은, 「판도라의 가방」에서처럼 떠돌아다니는 고아의 기이한 행적에 대한 설유문체의 '우화'(작가는 寓話와 愚話 두 가지로 읽도록 권한다)로 나타나기도 하고, 「갈증의 시학」에서는 물질에의 결여감 때문에 물질화로의 극단적인 변신을 도모하는 '욕망의 상상력의 포화 상태'를, 우리 문학에서는 희귀한 2인칭 소설의 수법을 사용해 드러내기도 하며,「한여름 낮의 꿈」에서는 정력적인 도시의 기능인 이 무기력 속으로 스스로를 방기시켜버린다는, 이청준적 주제를 다시 소화해낸 '여름병'으로 반복되기도 한다. 이런 관점에서 채택되어, 오늘날의 개인들이 품고 있는 좌절을 주제로 다루는 그의 소설들 전반에 가로질러 드러나는 접근법은 심리주의적인 것이다.

그리고 최윤이 그런 인간들의 심리에서 기저로 발견하는 것이, 희망에의 안간힘에도 불구하고 그것의 궁극적인 부재 혹은 배반이라는 쓰디쓴 전망이다.「갈증의 시학」에서 '너'가 "구차한 청춘을 저당잡힌 금액"으로 거래하여 받은 "가죽이 덮인 사각의 상자"는 우리에게 '희망'만을 마지막 단서로 남겨준 '판도라의 상자'이며 그 안에 든 것이 그녀의 미래를 보장해줄 것 같은 '다이아몬드'지만, 그러나 그것은 "썩어가는 너의 살의 깊은 지층에서 형성된 종기에 지나지 않"는 것이며, 그 상자의 획득은 "꼭 거쳐야 할 제의적 절차에 불과"한 것이고 "너의 어처구니없는 해프닝을 위한 상징적 액세서리"였다. 그 절차는 도심지의 현란한 야간 불빛 속에서의 자폭이다. 그녀의 그 자폭은 가난에 의해서든 실패한 결혼에 의해서든, 추구해온 물질의 덧없음에 의해서든 "사회면의 한 줄을 차지할 가치도 없을는지 모"를 사건이지만, "어쩌면 즐거이 물질이 되어버린 너의" 그 죽음은 판도라의 상자에 남겨진 희망에 대한 불신의 제의적 '결정(結晶)'임을 증거한다. 바로 그「판도라의 가방」이란 제목을 가진 작품은 우화적인데, 그 우화는 이곳을 떠나 소망하는 섬으로 찾아가려는 희망의 무한한 아니면 무망한 유예를 가르쳐준다. 자신이 그리고 그 운명을 만들어주어야 할 여인의 그림이 정확하게 '판도라의 가방'에 맞는 것이지만, 그 가방을 열 수 있게 해줄 그림 속의 그녀를 그는 만날 수 없게 되어 있고, 아니, 그녀 자신이 가짜 판도라의 가방을 들고 다닐 것이기 때문이다. 거기에는, "인간이란 참 질리지도 않고 늘 똑같은 일을 반복하는 데서 기쁨을 찾는 저능적인 존재"라는 주인공의 인식, 쾌락에서 '어두운 구멍', "쾌락이 강해지면 강해질수록 무섭게 변하는 육체의 이기주의라는 구멍"의 발견이란 음습한 깨달음이 도사리고 있다. 밝고 무사하게 보이는 삶에 컴컴하게 도사린 그 '어두운 구멍'은 「한여름 낮의 꿈」에서 '장롱 사이의 협소한 틈'으로 변주되면서, 그 좁은 공간에서야 "이상한 하강적 행복"을 느끼는 도피적 심리를 펼치게 만들어주는 자리이다. 그곳은 "조금 혼란스럽더라도 저릿한 쾌감, 퇴폐적 전율, 고통에 가까운 쾌락"을 허용하며, 그 쾌락이 "무엇과도 바꿀 수 없는······ 아주아주 감미로운······ 천국 비슷한 어떤 것으로, 비밀스럽게······ 혼자서만······, 나 혼자서만······ 끔찍이 즐"길 수 있는 '여름병'의 정체이다. 그에게 그 병적인 쾌락을 즐기도록 만든 것은, 그래서 삶의 일상으로부터 퇴영토록 만든 것은 그의 생애에 어두운 구멍으로 각인되는 여덟 살 때의 상처 때문인 것 같다: "아버지는 오랫동안 소식 없이 집을 비운 적이 있었고, 어느 날, 허기져 산하를 헤맨 사람처럼 초췌한 모습으로 두루마리 하나를 팔 밑에 낀 채 대문을 들어선 적이 있었다." 그 기억은 어두운 구멍을 이해하지도 못하고 없는 것으로 치부하며 사는 사람들의 세상에 자신을 방어하는 기제로 작용한다. 그래서 그는 '여름병'을 즐기고, 그것을 낫구려는 의도에 대해 저항하며 병을 더 유예시키게 만든다.

최윤의 뛰어난, 김현 식으로 말하면, 울림이 강한 문학적 성과들은, 개인의 사사로운 내면적 상처를 대면하는 작품에서보다는 역사적 현실의 무게에 고통당하는 사람의 내면적 정황을 고통스럽게 드러내는 소설에서 더욱 풍요롭고 아름답게 발견된다. 이 언급에서 사용된 고통스러움과 풍요롭고 아름다움이라는 수식어에 주목해주기를 바란다. 여기서 고통이란 단어는 현실 자체의 그것과 그것을 드러내는 어사들의 색깔을 지시하는 것이며 풍요롭고 화려하다는 것은 그 글을 읽는 우리 독자들의 마음의 울림을 가리킨다. 서술된 고통에서 풍요로움과 아름다움을 경험한다는 것은 이 경우 배반적인 것이기보다 반어적인 것이다. 참담한 고통에 대한 서정적 반응은 과학주의적 입장에서는 비역사적이고 반리얼리즘적인 것이 되겠지만, 엄혹한 현실의 무게를 현실적 억압이 아니라 정서의 풍요성으로 꽃피어나게 함으로써, 우리로 하여금, 고통을 통해 사실에 직면한 실제 차원의 대항감을 떨쳐내고 이 삶의 원천적 양상에 대한 근원적인 성찰에 이르도록 만든다. 그것을 우리는 낭만주의적 부정 정신이라고 부를 수도 있을 것이다.

　앞서 말했지만, 「벙어리 창(唱)」과 「아버지 감시」는 분단과 가족 이산의 상처를 다루고 있고 「저기 소리 없이 한 점 꽃잎이 지고」와 「회색 눈사람」은 우리 시대의 더없는 비극이었던 5월의 광주 민중항쟁과 운동권의 주변을 주제로 끌어들이고 있다. 그러나 그 작품들은 객관적 현실을 기반으로 하고 있음에도 그 소설이 접근하고 있는 것은 그 역사나 현실이기보다 그 역사와 현실 속에서 상처 입고 신음하는 사람들의 내면 정경들이다. 작가는 역사에의 보고서를 쓰고 현실에의 르포를 작성하려는 것이 아니라, 역사에 압도당해 상처 입은 사람들의 부서진 정서 바로 그 자체를 드러내려 하고 있는 것이다. 가령 「벙어리 창(唱)」은 이모가 부부 싸움하고 술 마시고 엉뚱한 가출을 하는 기행을 다소 풍자적인 터치로 그리고 있지만, 그 풍자를 통해 드러내는 이모의 한은 분단으로 헤어진 전날의 애인과 그와의 사이에서 태어난 핏덩이의 아들로 해서 빚어진 것이며, 그녀가 느닷없이 창을 배우겠다고 부산을 떨고 동해안의 외진 거진으로 가 있게 되는 것은 그 남자와 아들과 어떤 소통의 길을 찾아서이며 그들과 함께한 안타까운 옛날을 절절한 회상으로 되찾기 위한 것이었다. 북의 가족과 소통하겠다는 그녀의 계획은 비사실적인, 허황된 것이고, 그것이 허황된 만큼, 그 꿈에의 열망 자체는 뜨겁다. 작가의 시선은 자기 소식을 북에 전하겠다는 계획의 실천적 측면에 있는 것이 아니라 거기에 바치는 그녀의 허황한 그러나 뜨거운 욕구로 향하고 있다. 적어도 작중의 화자는 이모의 그 소망이 벙어리가 노래를 부르려는 것과 같다는 것을 알고 있다. 그러나 그는 그런 이모를 통해서 "대양의 흐름을 거슬러 올라가는," 그래서 저희들 몸으로 사다리를 만들어 폭포를 거슬러 오르려는 연어 떼들의 의지를 읽어낸다. 이모는 바로 그 연어들 중의 하나였다. 그녀를 한 깊은 여인으로 만든 것은 한국의 비극적인 역사이며 그것을 이겨내려는 그녀의 꿈을 벙어리의 노래처럼 무용한 것으로 만드는 것이 억압적인 현실이지만, 중요한 것은 그것 때문에 허황한 꿈을 꿀 수밖에 없는, 폭포수의 굉음 앞에서 "괴성 비슷한 고성의 가락을 목이 터지라고 뽑아내고 있"는 그녀의 내면적 정서이다. 작가는 그 기이하고도 간절한 정서를 자기의 고향으로 되돌아가려는 연어 떼들의 의지로 환치하고 있는 것이다.

그의 또 다른 분단소설인 「아버지 감시」는 특이한 설정을 하고 있다. 6·25 때 가족을 남겨두고 단신 월북한 아버지가 중국에서 보낸 편지로 가족과 연락이 이루어졌고 드디어 초청장을 받고 유복자처럼 태어나 자란 막내 '나'가 유학하여 연구소원으로 근무하고 있는 프랑스의 파리로 온다. 그러나 아버지와의 해후를 앞두고 '나'를 뒷바라지하기 위해 와 있던 어머니는 병으로 고국에 돌아가 작고하고 만다. 소설은 그 '나'가 난생처음 보는 그래서 소문으로만 듣던 아버지를 모시며 이루는 부자간의 기이한 대면 장면을 그리고 있다. 기이하다고 했지만, 그 대면은 40년간을 그리던 아버지와의 감격적인 해후, 그리고 쓰라린 이산가족의 설움을 토로하는, 우리가 상식적으로 예상할 수 있는 모습이 아니라, 무덤덤하며 진지한 화제에 대해 침묵하거나 이야기를 돌리는 아버지를, "아버지의 일거수일투족을 추호의 여지도 없는 엄격함으로 바라보"는 아들 창연의 심리적 긴장이 연속되는 만남의 모습이었다. 물론 공항에서의 그들의 첫 만남에는 "노인이 되어버린 아버지의 품으로 달려가 그 자리에서 한바탕 대성통곡"을 하며 가족들의 그 간난의 세월에 대해 보고했고 아버지의 북에서의 재혼과 그 가족, 중국으로의 탈출에 대한 생애의 경과를 듣는 감격과 한풀이는 이루어진다. 그러나 그 흥분이 지나고 나서의 부자간의 나날은 차라리 분노와 고통의 연속이었다: "〔……〕 어떤 순간에는 바로 그 노력 때문에 심술 섞인 노여움이 오히려 꼬일 대로 꼬여 돌파구를 찾는 것이다. 나의 심술은, 아버지의 다정한 어조에서 이상한 말로 딴청이나 부리면서 껄끄러울 수 있는 화제의 방향을 딴 곳으로 돌리려는 단련된 속임수만을 보았다." 아들의 그런 심리에는 아버지의 텅 비어버린 듯한 무관심과 무료함의 표정과 태도, 자신의 월북과 중국으로의 탈출 행위가 연상시킬 수 있는 이상주의적 태도의 무기력한 상실, 동구권의 해체와 공산주의의 패배에 대한 아버지의 무반응, 그리고 차라리 '망령'이 되어 그의 가족들에게 그처럼 엄청난 고통과 질곡을 안겨준 희생에 대한 속죄감의 부재 등등에 대한 비난과 원한과 실망이 함께 뭉뚱그려져 있다. 요컨대 아버지와 아들의 해후에는 분단의 역사와 이산의 설움, 그것들이 우리에게 함정으로 파놓은 간난과 왜곡 그리고 현실 변화 등등의 기구한 역사와 현실의 침전이 일구어놓은 '거리'가 끼어들고 있었고 그 거리는 집요하게 부자간의 관계를 각박하고 고통스럽게 만들고 있는 것이다:

아버지가 겪은 과거와는 무관한, 나이를 종잡을 수도 없고, 미움이나 애정 같은 감정의 기복과는 동떨어진 이 무표정의 표정은 이번에는 나로 하여금, 그저 생소한 사람의 흑백 사진을 바라볼 때와 같은 거리를 요구하고 있었다. 아버지와 나 사이의 이 무언의 시선의 교차는 한참이나 계속됐다.

그러나 「아버지 감시」라는 이 살벌한 소설은 최윤에게서 거의 유일하게 화해적인 결말을 보여준다. 부자간의 이 기이한 상면의 모습과 그 사이에 끈질기게 달라붙은 거리감은 우리의 통일과 이산가족의 재결합에 대한 열망을 매우 착잡하게 만들고 분단 반세기의 세월이 만들어낸 이질화의 극복이 결코 순탄치 않으리라는 예상을 암시해준다. 현실은 그처럼 순진하게, 고통스러웠던 역사의 비극적인 켜를 없었던 것으로 넘겨가지 않으며, 원한과 원망의 소용돌이

속에서 시달림받아온 사람들은 그 한풀이에도 불구하고 전날의 상처와 보상의 욕망을 결코 쉽사리 지우지 못한다. 그럼에도 최윤이 화해적 결말로 유도하는 과정은 매우 시사적이다. 그는 우선 아들과 그 가족들이 자신에 대해 씌우고 있는 망령을 벗겨버리기를 희망한다: "나도 네게 할 말이 좀 있다. 내가 바로 그 망령을 벗어나 보고자 이렇게 온 게 아니냐. 너희들 속에 살고 있을지 모르는 내 망령을 더 늦기 전에 없애야 할 것이라는 생각을 오래전부터 해왔다." 망령은 그러므로 두 개다. 하나는 아버지 자신이 지니고 있는 망령, 다른 하나는 아들과 가족이 품고 있는 그것이다. 그 망령들은 과거의 상처가 지금의 그들에게 작용하고 있는 어떤 선입견 혹은 고정관념일 것이다. 그 망령을 벗길 수 있을 때 '용서'라는 말이 일으키는 희생에 대한 '마음 찢김'을 모두 싸안는 자제된 비극적 정서의 감정이 들어 있다. 아버지 자신은 잘못이 없다는 것, 그 무죄를 고집하는 것에 대한 용서를 아버지는 아들에게 소망한다: "용서할 거리가 없다고 우기는 사람을 용서하는 것이 얼마나 힘든 일인지 이 아비는 잘 알고 있다." 아들은 아버지의 의견에 모두 찬성하는 것은 아니다. 그러나 그는 아버지를 용서할 수 있는 빌미를, 그런 아버지에게서 비로소 발견한다. 아버지는 "뜻 없이 건성으로 사는 일이 그 당시나 지금이나 내게는 가장 큰 부끄러움"이라고 술회하고 있으며, 그리고 "바로 있는 그대로의 나의 모습을 너희들에게 꼭 보여주고 싶었다"라는 발언에서 "아버지의 당당함"을 찾아내는 것이다. 용서를 빌지 않는 아버지, 자신의 실패를 인정하되 그 실패를 자신의 잘못으로 돌리지 않는 아버지를, 아들은 "부당하게만 보"고 있음에도, 바로 그런 아버지의 의연함에서 "상상 속의 아버지의 얼굴에 자주 나타나던 이상한 빛까지 발하는 것"을 찾아보게 된다. 이 의연한 속죄 아닌 속죄의 태도에서 그는 '용서'의 근거를 찾아낸다. 아버지는 결코 사회주의를 버리지 않았고 자신의 실패를 수락하되 그 이상주의를 비난하지 않았다. 아버지가 처음으로 아들에게 부탁한 일이 페르 라 셰즈 공동 묘지의 '코뮌 병사들의 벽'을 구경시켜달라는 것이었다. 아들이, 그리고 작가 최윤이, 아니 우리 모두가, 분단의 벽을 허물고 진정 화해의 길을 틀 수 있는 가능성은, 역사적·현실적 왜곡과 잘못을 반성하며 실제의 참모습을 확인하되 당당하게 그것들과 맞설 수 있을 때 진정한 화해의 심정에 다다를 수 있다는 것을 이 소설의 결말로 내놓는다. 그 결말은 부자간의 관계를 삭막하게 만들던 아들의 심정이 이렇게 따뜻하게 껴안는 모습으로 "거진" 다가가고 있음을 보여준다:

나는 길 저쪽 끝에서부터 또 한차례 몰려오는 바람을 막을 양으로, 아버지의 어깨를 껴안으면서 대답했다.
"이젠 거진 다 왔습니다. 아버지."

아마도 우리 단편 문학의 백미 중의 하나로 꼽고 싶은 「회색 눈사람」은 객관적인 현실의 고통에 대한 정서적 수용이라는, 앞서 최윤 문학의 미덕을 살려낸 가장 아름다운 예가 될 것이다. 이 회상체의 소설은 춥고 가난한 시절의 더없이 춥고 가난한 여대생의, 화자의 표현을 빌리면, "어두운 구도의 한쪽에 쳐진 창문의 저쪽에서 새어 들어오는 따뜻한 빛이 있는 것도 같"은 이야기를 담고 있다. 그 구도는 아픔이었고 그러나 다사로운 것이었다. 그 이야기는, 고학으로 고생스레 대학을 다니던 젊은 날의 통과의례를 위한 기록이기도 하고 1970년대 그 엄혹한 시대의 운동권 학생들의 회억이기도 하며, 이루어지기를 처음부터 기대할 수 없었던 애틋한 사랑의 아픔이기도 하고 만남과 헤어짐의 인생 유전이 일으키는 아득한 운명의 변환을 훑는 고백이기도 하다. 1980년대의 우리 문학에 주도력을 가져왔던 운동권의 이야기가 그것의 현실적·실천적 무게로 다가오는 것이 아니라 슬프고 아프면서도 아름다우며, 추우면서도 다사롭게, 서정적 울림을 울려주는 이유는 무엇일까. 아니, 그 서정적인 정경들의 회상이 어찌 보면 개인적인 감상으로 전락할 수도 있을 함정을 뛰어넘어, 1970년대의 시대적 고통을 보다 객관적이고 현실적인 무게로 확산할 수 있는 힘은 어디에서 나온 것일까. 소설의 동기 자체는 그리 복잡한 것은 아니다. 이모의 돈을 훔쳐 대학에 진학하고 어렵게 학교를 다녀야 하는 여대생 강하원이 우연히 구한 직장이 인쇄소였고 거기서 다시 우연히 운동권의 출판물을 만드는 사람들을 도와주었으며, 그들이 검거, 수배된 후 자신의 여권을 그 운동권의 여자에게 주어 미국으로 가게 만들었다는 충분히 가능한 하나의 에피소드를 그 소설은 이야기한다. 자기 이름으로 도미한 여인의 죽음에 관한 짧은 기사에서 떠올린 젊은 날의 그 짧은 삽화는 그러나 화자-주인공의 일생에, 아니, 젊은 날을 어떤 형태로나마 춥고 가난하게 겪어내야 했던 모든 사람들에 "일생을 두고 영향을 미치는" 인각된 사건이었다. 이 인각된 시절을 기억하여 되짚는 화자의 서두를 보라:

아, 그때…… 하고 가볍게 일축해버릴 수 없는 과거의 시기가 있다. 짧지만 일생을 두고 영향을 미치는 그러한 시기. 그래도 일상의 반복의 힘은 강한 것이어서 많은 시간 그 청록색의 구도 위에도 눈비가 내리고 꽃이 지고 피면서 서서히 둔감한 상처처럼 더께가 내려앉아 있었던 모양이다.

세월이 가면서 더께가 내려앉았지만, 문득 돌이켜 기억을 일으키면 아프고 쓸쓸하고 그러나 풍요하고 기다림으로 부풀어 있었던 어느 한 시기에의 회상은 동통을 가져오면서 반짝이는 별이 되어 우리의 무디어진 마음에 빛나는 빛으로 살아온다. "아프게 사라진 모든 사람은 그를 알던 이들의 마음에 상처와도 같은 작은 빛을 남긴다"는 소설의 마지막 문장이 진술하듯이, 그것들은 사라진 것이어서, 그리고 그 각인의 짧은 시기가 그 시대의 색깔처럼 춥고 마음과 몸이 고픈 피폐한 시절이어서, 더욱 그 빛은 아름답고 영롱하고 따뜻하다. 이 소설을 읽으면서, 아니 읽고 난 뒤에 더욱 오래고 더욱 진하게, 마음의 울림에 마음을 맡겨두게 되는 것은 그 사건이나 그 정황 자체 때문이 아니라 그것들을 지금의 우리에게 되살려 우리를 적셔주는 서술의 힘 때문이다. 그 서술의 힘은 우선 서정적인, 때로는 시적이기까지 한 아름다운 문체에서 비롯되는 것이지만, 그 문장들을 떠받쳐주는 것은 절제력이다. 그 절제력은 문장의 아름다움을 감상적이거나 사사로운 정서로 떨어지는 것을 방비하며 회상체에 끼이게 마련일 과장된 독백을 억제하고 인물의 영웅화 혹은 비소화로 경도될 위험을 피한다. 그것은 잔잔하게 흐르며 상기하고 기록하면서, 수식어를 절약하며 때로는 간명한 단문체를 사용함으로써, 어쩌면 건조하게까지 느끼도록, 그래서 읽는 마음의 울림을 더 크게 울리도록 서술한다. 가령 인쇄소가 폐쇄되고 화자 강하원이 서성이며 불안해하던 시기의 술회 부분을 읽어보자: "불안한 나날이 시작되었다. 문밖에서 조그만 소리만 들려도 나의 가슴은 두근거렸다. 정말 이상한 일이었다. 나의 가슴은 두려움 때문에 두근거리고 있는 것이 아니었다. 그것은 기다림이었고 그리움이었다. 그것은 더 구체적으로 말하면 안에 대한 기다림이었다." 이 술회는 하원의 내면적 동정을 묘사하고 있다. 그러나 그 묘사는 주관적 정황임에도 객관적 서술로서의 엄격한 통제하에 진행되고 있다. 주관적 정황/객관적 문체의 이 어긋남이 내면적 통절함을 더욱 북돋고, 통제의 힘 때문에 묘사되지 못하고 있는 부분이 행간을 통해 독자의 내면으로 스며들어 억제할 수 없는 감동의 선회를 경험하게 만든다. 문체에서의 작가의 자체는 하원의 안에 대한 연모의 감정에도, 동료들과 헤어져 소식도 알 수 없게 된 가운데 함께 일할 때의 원고를 다시 베껴내는 고독한 작업에서도, 그리고 유명한 민중 예술가가 된 안이 이웃 도시에 강연을 왔을 때 그에게 도미한 김희진의 원고를 전해주도록 맡기면서 그와의 직접 대면은 피하는 데서도, 다시 말하면 인물들의 행위에서도 마찬가지로 적용된다. 그것이 절제되었기 때문에 그것들이 제시하는 은유의 효과를 더욱 풍요하게 키워내고 그 숨겨진 부분을 되살리는 우리의 상상력에 감동의 울림을 일으킨다. 그 은유의 아름다운 울림은 아이들이 만든 회색 눈사람에 어울려 맴돈다. 흰색이 아니라 회색의! 그 회색은 연탄재로 더러운 가난한 산동네의 색깔이고, 그리움과 기다림이 희망을 못 가진 그러나 절망을 하기에는 너무 기대가 큰 마음의 색조이며, 춥고 그러나 희미한 겨울날의 그 계절과 그 시절의 암울한 분위기였다. 그녀는 동네 아이들이 만든 회색의 목도리를 둘러준다. 눈사람의 장식을 마쳐주는 것은 그녀가 안과 함께 만드는 은밀한 책자의 완성을 위한 것이었고, 그녀가 그 눈사람에 감아주는 목도리는 "조개탄을 아껴 써야 했던 어느 저녁, 안이 오버 주머니에서 꺼내 목에 둘러주었던" 목도리였다. 이 은유를 통해서, 회색의 눈사람, 그것을 포근히 감아주는 목도리의 은유의 힘을 입어, 한 젊음의 통과의례이면서, 열정을 버린 열망과 간절함을 숨기는 가난한 기다림으로 추운 시절의 아름다운 고뇌를 고백하는 이 소설을 1970년대의 그 마음 저린 아픔의 시절에 대한 뛰어난 문학적 형상화로 만들어낸다. 고통 없이는 돌이켜볼 수 없다는 수사법의 가장 진지한 의미에서의 그 고통을, 그리고 그 돌아봄의 아름다운 마음가짐을 말 그대로의 것으로, 피폐하게 살았지만 그 피폐함 때문에 얼마든지 풍요해질 수 있는 정서로 그것은 우리를 풀어놓는다. 역사와 현실의 외적 고통은, 이런 풍요한 내면적 정황에 대한 아름다운 울림 없이는 결코 고통으로 돌이켜보아지지 않는다—는 것을, 최윤의 「회색 눈사람」은 우리에게 경험시켜주고 있는 것이다.

이제 우리는 마지막으로, 그러나 최윤에게는 그를 작가로 등단시킨 그의 최초의 작품인 「저기 소리 없이 한 점 꽃잎이 지고」에 이른다. 우리로서는 그의 데뷔작이 우리 중편 문학사의 대표적인 한 성취로 꼽을 수 있을뿐더러, 처참한 광주 민중 학살에 대한 가장 뛰어난 증언의 문학의 하나가 되리라는 데 서슴없이 동의해도 좋을 것이다. 그러나 5월 항쟁에 대한 증언의 문학이라고 해서, 가령 임철우가 집요하게 총체적으로 재구성하고 있는 서사적인 현장 르포의 성격을 그것이 갖는 것도 아니며, 같은 시기에 발표된 홍희담처럼 분명한 사회 계급적 시각을 보여준다고 말하는 것은 아니다. 오히려, 근 4백 매에 이르는 이 소설은 서정적인 그 제목처럼, 그 비극적 현장에 대한 객관적 묘사가 있는 것도 아니며 역사적 전망을 드러내주지도 않는다. 그렇게 하는 대신, 동기는 광주 사태에 있지만 그 현장을 벗어나, 집단이 아니라 상처받은 한 소녀의 유랑을 뒤쫓고 있으며, 그 유랑과 추적은, 그 행위를 묘사하는 데서는 가장 저항적일 짙은 내면적 독백체로 이루어지고 있다. 그리고 거기서 드러나는 그 전망은, 사회적인 것도, 낙관적인 것도 아니기를 지나쳐, 차라리 존재론적이고 원죄적인 것이다. 적어도 작가는 현장에 대한 손쉬운 안내를 하는 대신, 그래서 분명하게 그 사태를 알아볼 수 있도록 유도하지 않는 대신 낯설고 까다로운 몸짓으로 그 비극의 질환을 까발려 우리 스스로가 신음하며 앓지 않을 수 없도록 고통의 심연 속으로 우리를 떠민다. 그런 그의 가혹한 수법의 우선적인 형태가, 빈번한 시점의 이동과 그에 따른 문체의 전환이다. 우리는 힘들여 읽어야 할 이 소설의 형태적 구조를 먼저 절에 따라 도해함으로써 소설의 문맥을 이해하는 길을 더듬어볼 필요가 있다:

프롤로그: 전지적 시점 혹은 '우리'의 언설; 권유문체—실성한 한 소녀를 보면 따뜻하게 대해달라. 그녀는 당신에게 '오빠'라 부를지도 모른다.

제1절: '남자'의 시점; 주관적 서술문체—15세쯤 된 소녀가 자기를 따라와 그녀와 동거하게 된다. 그녀는 말이 없고 스스로의 몸에 상처를 입히기도 한다. 그는 그 이유를 모르는 채 그녀에게서 "영원

히 각인된 상처 조각과 그 상처 조각이 숨 쉬고 있는 수치스러운 흔적들"을 발견한다.

제2절: '그녀'의 1인칭 시점; 독백체—"해에서는 꼭 검은 석탄 가루들이 쏟아져 내리고 있"는 '어지러움' 속에서 그녀는 '검은 휘장'에 가려 육체적으로나 정신적으로 혼돈 상태에 빠져 있다. 그 혼란스런 기억 속에서 오빠가 지난해 죽었다는 소식을 들은 후 어머니가 부산하게 뛰어다녔고 '늦봄'에 그 어머니가 몸에 구멍을 만들며 죽은 일이 회상된다.

제3절: '우리'의 시점; 객관적 서술문체—죽은 친구의 동생인 '그녀'를 찾아 수소문 끝에 그녀가 옥포댁에서 일주일간 심부름을 하다가 종적 없이 사라졌음을 확인한다. 옥포댁은 그녀가 '피붙이'를 찾아 나섰다고 말했음을 알려준다.

제4절: '그녀'의 1인칭 시점; 독백체—그녀는 '혼자' 산속을 헤매며 두려움과 굶주림에 시달렸고 새벽"빛이 부드럽게 내 몸을 감싸는 것이 죄스럽고 무서"워진다. 산속에서 먹을 것을 가져다주는 벙어리를 만났고 그는 그녀의 "가랑이 사이로" "파랑새 한 마리"(성 행위)를 넣어준다.

제5절: '남자'의 시점; 주관적 서술문체—그녀와 동거하는 남자는 "무엇이 저 어린애를 저 꼴로 만들었을까" 질문하면서 그 가해에 자신도 "한몫 낀" 느낌을 갖는다. 그녀의 실성에는 "무언가 그의 한정된 상상력을 훨씬 뛰어넘는 것, 더 강한 것, 더 끔찍한 무엇이 있을 것"으로 그는 생각된다.

제6절: '우리'의 시점; 객관적 서술문체—그녀를 찾는 우리는 대천에서 김상태를 만나 그가 그녀를 병원에 입원시켰다는 전말과

함께 그녀가 "엄마가 구멍이 뚫려 죽어 오빠 찾아 서울 간다"고 했다는 말을 듣는다. 그리고 그녀는 병원으로부터 사라져 종적을 알 수 없게 되었음을 알게 된다.

제7절: '그녀'의 1인칭 시점; 독백체—그녀는 기차를 타고 가면서 차창에 비친 자신의 얼굴을 응시한다. 그것에 들이박는다. 그녀는 "나는 죽어가고 있었던 모양이야. 숨긴 말들이 벌레가 되어 나를 안에서 갉아먹고 나는 껍질만 남은 채 죽어가고 있었던 거"로 의식한다. 눈앞의 '검은 휘장'이 자신이 만들어낸 것임을 그녀는 깨닫는다.

제8절: '남자'의 시점; 주관적 서술문체—그녀가 몸치장을 시작하고 묘지를 순례하는 외출을 남자는 발견하면서 그녀에게서 "점점 더 강한 증폭과 깊이로 그녀가 겪었을지도 모르는 소문의 도시 전체를 보았다." 그는 신문에 그녀를 위한 '심인 광고'를 낸다.

제9절: '그녀'의 1인칭 시점; 독백체—그녀는 '그날의 기억'을 분명하게 기억해낸다. 그녀는 만류하는 엄마를 따라 시내에 나갔고 시위 중에 총을 맞고 쓰러져서도 제 손을 놓지 않는 엄마를, 짓밟고 뿌리쳐 도망쳤었다. 그녀는 "내 끔찍한 범죄의 자리"에서부터 자신에게 '검은 휘장'이 씌었음을 안다.

제10절: '우리'의 시점; 객관적 서술문체—우리는 대천에서의 그녀의 수색을 결국 단념하고 서울로 돌아온다. 기차 속에서 우리는 그녀를 본 것 같은 집단 착시 현상을 일으킨다. 그녀 오빠의 기일을 앞두고 우리는 그녀의 '심인 광고'를 보고 남자를 만난다. 그녀는 사라져 있었고 그 남자는 그녀의 오빠와 매우 닮아 있음을 발견한다.

그래서 "당신이 어쩌다가 도시의 여러 곳에 누워 있는 묘지 옆을 지나갈 때 당신은 꽃자주 빛깔의 우단 치마를 간신히 걸치고 묘지 근처를 배회하는 한 소녀를 만날지도 모릅니다"로 시작되는 「저기 소리 없이 한 점 꽃잎이 지고」는, "우리가 한 번도 직접 본 적이 없는 그녀의 미소가 우리 주변에 떠돌고 있었고, 머리에 시든 꽃을 꽂고 꽃자주색 치마를 팔랑거리면서 오빠의 있지 않은 무덤 앞에 가볍게 내려앉는 한 소녀의 영상이 아주 잠시 우리의 뇌리에 스쳤다"로 끝난다. 원래의 자리로 되돌아오는 이 한 바퀴의 우리의 여정은 오빠의 죽음에 뒤따라 학살되는 어머니의 죽음 때문에 실성한 한 소녀의 길고 고통스런 배회와 그녀를 찾으려는 무모한 시도를 통해, 1980년 5월의 그 잔인한 역사의 현장을, 그러나 찢겨진 개인의 내면 속으로 침전되어 몸과 마음을 영원한 실성으로 만든 치욕을 발견한다. 그 치욕은, 웅장한 외침과 영웅적인 행동, 그것들의 의미와 패배의 추상 속에서가 아니라 일그러지고 찢겨진 구체적인 얼굴들에서 스며난다:

 그 고통의 박동 속에서 그녀는 수많은 잊어버린 얼굴과 사건을 다시 만난다. 소리 지르는 얼굴, 쓰러지는 얼굴, 위협하고 구타하는 얼굴, 피 흘리고 쓰러지는 수많은 얼굴, 발가벗겨진 채 숭어처럼 팔짝거리며 경련하는 얼굴, 헉하고 소리 지를 시간도 없이 사라져버리는 얼굴, 쫓기는 얼굴, 부릅뜬 얼굴, 팔을 내휘두르며 무언가를 외치는 얼굴, 굳어진 얼굴, 영원히 굳어진 보통 얼굴들. 깔린 얼굴, 얼굴 없는 얼굴, 앞으로 나아가는 옆얼굴, 빛나는 아름다운 이마의 얼굴, 꿈과 힘이 합쳐진 얼굴, 그리고 다시 모로 쓰러지는 얼굴, 뒤로 나자빠지는 얼굴, 다시 깔리는 얼굴, 그녀의 이름을 부르다 말고 꺼지는 눈빛의 얼굴……

피카소의 「게르니카」를 연상시키는 이 아비규환의 얼굴들이 그녀가, 아니 우리들이, 그곳에서, 아니 이 잔인한 세계에서, 그리고 이 소설에서 대면하는 인간들의, 그 인간들이 무리지어 보이는 모습들이다. 그것은 하나의 극적인 사건의 현장이기를 넘어서서 우리 삶의 조건으로 확장된다. 그녀는, 그 사건을 회상하는 우리 자신처럼, 그 끔찍한 세계의 모습에서 눈을 가리고 싶어 한다. 그것들은 안 보아야 할 것들이며 있어서는 안 될 것들이며 감추어야 할 것들이고 우리의 뇌리에서 지워야 할 것들이다. 그녀는 그래서 자신의 눈에, 자기의 의식에 '검은 휘장'을 친다. 그 검은 휘장은, 아버지를 죽이고 어머니와 결혼한 오이디푸스가 자신의 운명의 죄를 깨달은 후 자기 눈을 후벼 파고 드리운 그 검은 휘장이다. 그 휘장은, 이 세계와 그 세계의 운명이 드리우게 한 것이지만, 그것을 손으로 쳐놓은 것은 바로 그 자신이다. 그렇게 그와 그녀를 내몬 것이 그래서 함께 배회하도록 만든 것이 그들이 지고 있는 원죄적 심성이다. 남자가 '언뜻 본' 그녀의 "광기에 가까운 그 지대"는 그 원죄적 심상이 자리한 곳이다. "시신이 타고 난 다음의 뼛가루의 그 백색. 그러니까 이야기될 만한 고통거리마저, 타버린 살처럼 모두 제거된" 백색의 마음의 색깔이며, 그 백색은 그녀가 "미끄러져 들어가 다시는 그의 앞에 모습을 나타내지 않"을 구멍이다. 그런 그녀의 모습을 보는 마음은 고통이며 치욕이고 공포이고 악몽이다. 그녀 자신은 남자가 전율하며 느낀 것처럼 "해소도 쾌락도 없는 어두운 구멍의 심연"이지만 그녀에게는 그녀를 "조건 없는 망각의 행복 속에" 가두는 그 백색의 구멍을, 그녀는 처참한 엄마의 죽음의 얼굴에서, 서서히 틀어지는 비디오테이프처럼 회상되는 그 순간에, 발견하고 거기에 미끄러져 들어간다:

　　엄마 얼굴이 뒤로 꺾였고 구멍이 나버린 엄마가 나를 향해 얼굴을 돌리면서 입을 벌렸을 때 엄마의 눈은 이미 흰자위만 보였어. 나는…… 그래. 자 천천히 머릿속에서 일어난 일을 되새겨봐. 〔……〕 엄마의 목이 뒤로 활처럼 휘었지. 마치 어려운 춤을 추어내는 것처럼. 얼굴이 내 쪽으로 돌려지고 입이 조금 벌어졌지만 아무 소리도 새어 나오지 않았어. 〔……〕 너는 눈을 똑바로 뜨고 엄마 복부의 구멍에서 흘러나오는 검은 액체를 바라보았어. 갑자기 주위의 아우성 소리가 선명하게 가락가락 귓속으로 쏟아져 들어왔지. 그리고 소리로 되어 나오지 않는 고통 때문에 너를 더욱 움켜쥐고 있는 엄마 손, 돌처럼 순식간에 굳어져버린 것만 같은 엄마 손, 뜨거운 손, 달아오른 돌, 내 손을 까맣게 태워버릴 것만 같은 엄마 손아귀에서 손을 빼려고 너는 미친 듯이 팔을 휘둘렀지.

"내 끔찍한 범죄의 자리"는 이렇게 마련되었다. 우리 의식의 가장 밑바닥을 긁고 상상의 풍요를 가능한 한 한껏 풀어놓아 눈에 보인 현실을 그 너머의 원초적인 상황으로 바꾸어 보게끔 만드는 언어의 비의를 통해, 작가 최윤은, 그 죄의 전율적인 체험을, 비극적인 사건의 구체를 뛰어넘어 실제(實際)의 차원 이상의, 원죄적인 인간 실재(實在)의 상황으로 고쳐놓는다. 그리고 한 역사적 사건의 의미론적 완성은, 실제에서 실재의 세계로 확산 전이될 때 이루어진다. 그럴 때, '그녀'만이 아니라 그 '남자'도, 그녀를 찾고 있는 '우리'도, 그리고 떨리는 마음 울림으로 그 전이를 살피는 우리 모두도 그 원죄의 상황에 함께 참여하고 있는다. '우리'가 기차 속에서 동시적인 착시 현상을 일으켜 또 다른 그녀를 보게 되는 것은, 그리고 그녀가 그녀이기를 우리가 여기서 갈망하게 되는 것은, 바로 그 원죄적 상황에의 참여를 뜻하는 것이 아니겠는가. 그리고 '우리'와 함께, 우리가 "자연스럽게 어느 날 그녀가 그 미소를 머금고 우리에게 나타날 것을 기다"리는 것도 그 참여의 성취 때문이 아니겠는가. 「저기 소리 없이 한 점 꽃잎이 지고」는 그래서 한 세계의 붕괴와 그것의 재생의 무망한 기다림을 우리에게 남겨준다. 언어로써, 고통의 아름다움화를 통해 그 고통을 슬픈 아름다움으로 증폭시키는 비의의 언어만이 가능케 할 수 있는 문학으로서, 최윤의 이 뛰어난 작품은, 그래서, 역사의 실존화, 비극의 원죄화를 제기하며 그곳으로의 우리의 참여를 요구하고 있는 것이다.

신판 해설

부재의 효과

이수형

1

　불문학자이자 문학비평가, 번역가로 이름이 높던 최현무를 작가 최윤으로 알리기 시작한 등단작 「저기 소리 없이 한 점 꽃잎이 지고」가 발표된 해는 1988년이고, 이 작품을 표제작으로 한 첫 소설집 『저기 소리 없이 한 점 꽃잎이 지고』가 출간된 해는 1992년이다. 굳이 연도를 상기하는 이유는 만 4년 정도의 그 기간이 여러모로 획시기적이었기 때문이다. 소련의 페레스트로이카 착수로 벽두를 장식한 1988년에 공산권 국가들이 대거 참여한 제24회 올림픽이 서울에서 개최되었고, 해가 바뀔 때마다 동구권 블록이 붕괴되고, 서독과 동독이 통일되고, 소련이 해체되는 등의 대사건이 이어졌으며, 1992년 12월 대선에서는 군 출신이 아닌 대통령 후보가 당선되기도 했다. 익히 알려져 있고 또 그만큼 피상적인 해석이긴 하지만, 1988~92년이 80년대에서 90년대로의 이행을 가장 극적으로 보여주는 기간 중 하나라는 사실에는 별반 이견이 없을 것이다.

　이런 점에서 『저기 소리 없이 한 점 꽃잎이 지고』에 수록된 여덟 편의 단편소설들은 80년대적인 것과 90년대적인 것을 동시에 보여주고 있다고 말하는 것도 가능하다. 90년대적인 경향을 지칭하기 위해 포스트 모던이라는 단어만큼 많이 쓰인 말도 없거니와 그 '포스트'라는 접두사가 붙은 몇몇 개념들, 예컨대 포스트 냉전, 포스트 정치, 그리고 좀더 거시적으로는 포스트 역사 등과 같은 말을 떠올린다면, 「저기 소리 없이 한 점 꽃잎이 지고」와 「벙어리 창(唱)」「회색 눈사람」 등은 80년대적인 경향을 드러내고 있고, 「아버지 감시」와 「당신의 물제비」는 80년대적인 것에서 90년대적인 것으로의 이행의 과정을 다루고 있으며, 「한여름 낮의 꿈」「갈증의 시학」「판도라의 가방」 등은 90년대적인 경향을 암시하고 있는 것처럼 보이기도 한다. 물론, 이러한 구분은 다분히 도식적이라서 작품의 전체상을 모두 포괄하기에는 여러모로 부족하다. 그리고 무엇보다, 이른바 90년대의 시대정신을 환영하기 위해 성급하게 구시대적인 것으로 타기될 수밖에 없었던 어떤 가치들을 보다 공정한 시선으로 바라볼 수 있게 된 지금의 시점에서 최윤의 『저기 소리 없이 한 점 꽃잎이 지고』는, 말하자면 시간의 침식으로부터 자유로운 문학이 가진 보편성의 면모를 드러내고 있다. 그 보편성을 무엇이라 부를 수 있을까? 아마도 그것은 모든 좋은 문학이 그렇듯이, 가능성과 한계를 함께 포괄하는 차원에서 던지는, 인간다움이란 무엇인가라는 지극히 평범한 질문에 답하는 과정 중에 찾아질 어떤 것으로 보인다.

2

　인간다움을 묻는 질문으로 시작했지만, 역설적으로 최윤 소설은 우리 역사에서 가장 비인간적인 장면 중 하나였던 사건으로부터 출발했다. 1996년 '꽃잎'이라는 제목으로 영화화되기도 했으며 5·18을 다룬 대표적인 작품으로 꼽히는 등단작 「저기 한 점 소리 없이 꽃잎이 지고」는 "5월이라는 전대미문의 역사적 폭력이 만들어낸 '원죄의식'을 국토 곳곳에 바이러스처럼 퍼뜨리고 다니는 한 소녀에 대한 이야기"인바, 좀더 구체적으로는 다층적인 시점 변화를 따라 "5월이라는 역사적 폭력에 의해 광기 속에 유폐되어버린 한 소녀의 자기 징벌과 잃어버린 외상적 기억의 탐구에 관한 독백" "역사적 폭력의 무자비함을, 그리고 그 폭력의 직접적인 피해자인 소녀의 광기 너머 어두운 심연을 이해해가는 과정에 대한 관찰" "기의를 벗어나 포착할 수 없게 되어버린 기표에 대한 허망한 탐색담이자 5월이라는 이름을 가진 바이러스의 감염 경로에 대한 병적학적 진술" 등 몇 겹의 서사로 읽힌다.[1] 이러한 중층적인 서사로 인해 「저기 한 점 소리 없이 꽃잎이 지고」는 "서사적인 현장 르포의 성격"이나 "사회 계급적 시각"을 제시하지 않고 있음에도 또 다른 의미에서 5·18에 대한 '총체적' 형상화의 성과로 인정될 수 있을 텐데, 왜냐하면 그 독특한 구성의 파급력이 심리적이거나 상징적인 차원에서 사건의 직접적인 당사자는 물론 우리 사회 전체에까지 미칠 것이기 때문이

---

1) 김형중, 「세 겹의 저주」, 『켄타우로스의 비평』, 문학동네, 2004, pp. 90~92.

다. 소설 속에 등장하는 시점의 주체들, 곧 폭력의 피해자인 소녀와 그 소녀를 만났던 남자들, 그리고 소녀를 찾아다니는 '우리'는 "검은 휘장"이 소녀의 눈을 덮었듯이, 그래서 사건의 현장에서 소녀가 목격했던 장면들이 그녀의 의식 어딘가에 깊이 매몰되었듯이 텍스트상에서 휘장에 가려져 부재하는 5·18이라는 구멍을 중심으로 자신들의 존재를 형성해간다.

그날, 내가 정신을 잃고 까무러쳤던 바로 그날, 나도 모르는 새에 나는 40년 아니 50년이나 100년을 살아버렸던 거지. 이미 그날, 엄마가 고통으로 저절로 벌어진 입을 채 다물지도 못하고 충격으로 높이 쳐올려진 팔이 복부에 난 구멍을 막기 위해 내려오면서 아직 공중에서 두 날개처럼 펄럭이고, 그 완성되지 않은 동작에 머무른 나의 기억에 검은 휘장이 덮친 바로 그날, 모든 것은 돌이킬 수 없이 망쳐져버렸어. 내가 산그늘 속에서 한밤중에 깨어났을 때는 나 자신도 모르고 있었지만 나는 순식간에 무섭게 바뀌어 있었던 것에 틀림없어. (pp. 250~51)

도시마다 회오리처럼 퍼지는 소문의 물결, 입에서 입으로, 금기처럼 빠르고 세세하게 전달되는 가장 끔찍스럽고 믿기 어려운 그 소문의 한 자락을 귓바퀴에 걸칠 때마다, 남자는 왜 그 소문의 한중간에서 그녀의 모습이 떠오르는지를 알 수 없었다. 더 정확히 말하자면, 남자가 그 악몽 같은 도시의 이야기를 들은 것은 단지 이 며칠 사이의 일은 아니었다. 그러나 그녀의 아물지도 않은 상처를 통해, 모든 의미가 비어버린 실성한 웃음을 통해, 흔적이 없이 지워져버린 인격의 모든 부재를 통해서 남자는 점점 더 자세히, 점점 더 강한 증폭과 깊이로 그녀가 겪었을지도 모르는 소문의 도시 전체를 보았다.(pp. 276~77)

그녀를 찾아내지 않고는 그녀를 찾기 이전의 생활로 돌아갈 수가 없었다. 설령 그녀를 찾아낸다고 해도 어찌 그사이 아무 일도 없었던 것처럼 태연한 생활을 할 수 있겠는가. 그녀의 영혼이 정신 나간 도깨비불처럼 깜깜한 밤 속을 휘젓고 돌아다니는데…… 무엇으로 친구의 빈자리를 메우고, 이 빠진 빗살처럼 호적부에서 지워져 보는 이를 섬뜩하게 할 그 빈 공간들을 어떻게 재생해낼 수 있겠는가. 죽음은 죽은 자에게는 사건이 아니다. 그 죽음은 남아 있는 사람에게만 혹독하게 생생한 사건이 된다. 죽음은 대답이 없기 때문에. 〔……〕 살기를 그친 산 사람을 만나는 일이 보는 이에게 얼마나 극심한 고문일까.(pp. 300~01)

소녀에겐 연속된 두 개의 부재가 있다. 엄마의 복부에 난 구멍이 첫번째 부재이며, 그 구멍을 가린 검은 휘장은 곧바로 두번째 부재, 곧 기억의 부재를 낳는다. 소녀를 만난 남자에겐 그녀 자체가 하나의 부재, 곧 의미를 알 수 없는 수수께끼이다. 그에게 소녀는 아물지 않은 구멍이자 비어버린 의미이며 부재하는 인격인바, 그 부재를 통해 끔찍스럽고 믿기 어려운 이야기와 소문 들이 발설된다. 소녀를 찾아 나선 '우리'에게도 역시 그녀는 그 자체로 부재이다. 그 부재는 그녀의 오빠이자 '우리'의 친구인 누군가의 죽음을 상기시키고 있다. 「저기 소리 없이 한 점 꽃잎이 지고」 안에 절이 바뀔 때마다 변하는 시점만큼이나 많은 서사가 있다면, 또 그 서사만큼이나 많은 부재들이 있다. 그 부재는 물론 어떤 것이 보이지 않는 상태이지만, 작품에 등장하는 모든 인물들의 심리적 실체 안에서 그것은 보이지 않는 채로, 부재하는 채로 존재한다. 그래서 그들은 그 부재로 인해 자신이 "순식간에 무섭게 바뀌어 있"음을 자각하며 이제 "이전의 생활로 돌아갈 수가 없"음을 확신한다.

부재는 또한 부채이기도 하다. 멀쩡히 있었으며 또 마땅히 있어야 할 어떤 것을 비어 있는, 부재하는 상태로 두는 것이 첫번째 빚짐이라면, 마땅히 있어야 할 것이 비어 있음에도 그 부재를 애써 덮어두려는 것은 두번째 빚짐이다. 그래서 「저기 소리 없이 한 점 꽃잎이 지고」에 여러 겹의 부재가 있다면, 또 그 부재만큼이나 여러 겹의 부채가 있다고 할 수 있다. 이러한 부재=부채가 일종의 죄의식을 유발하는 것은 자연스럽거나 당연한 귀결이다.

「저기 소리 없이 한 점 꽃잎이 지고」는 부재하는 것을 통해 죄의식을 환기시킨다. 부재가 효과를 발휘할 수 있는 이유는 그것이 상징적 혹은 심리적 차원에서 비어 있는 자체로 존재하기 때문이다. 부재(=부채)와 이에 대한 애도(=변제)의 심리적 교환 체계는 인류학의 기본 구조로 간주될 만큼 그 기원이 오래된 것이거니와, 그런 점에서 아무리 그 기원으로부터 시공간적으로 멀어져왔다고 해도 스스로가 인류(人類)라는 사실을 부정할 수 없는 한 우리가 여전히 그 상징적 부재의 경제학 안에 소속되어 있다는 사실 역시 부정할 수 없다. 소녀와 남자와 '우리'가 그 부재의 존재를 거부할 수 없었던 이유 또한 그들이 인류의 구성원이었기 때문이다. 오빠와 엄마의 죽음이라는 부재에 갇힌 소녀는 "죽은 사람 이상의 고통"에서, "죽음 이상의 어두운 광기"에서 끝내 빠져나오지 못한다. 이제 그 부재와 죽음은 남아 있는 자들의 몫이다. "죽음은 대답이 없"지만 뒤에 남은 자들은 대답해야 하는 윤리적 의무를 떠맡는다.

부재가 죄의식을 유발하는 것이 자연스럽거나 당연한 일이라고 했지만, 기실 그것은 애써 피하려 해도 피할 수 없는 의무와 같은 것이다. 주지하다시피 「저기 소리 없이 한 점 꽃잎이 지고」의 서사는 "사회적인 것도, 낙관적인 것도 아니기를 지나쳐 차라리 존재론적이고 원죄적인 것"을 겨누고 있다.[2] 이러한 지향이 5·18을 형상화하는 데 딱 맞지 않을 수도 있고, 넘치거나 모자랄 수도 있지만, 그것이 던지는 메시지를 받아들이지 않을 이유는 없다. 아니, 그것을 받아들이는 것은 인간의 의무이다. 우리가 인간인 한, 그 메시지의 유효 기간은 만료되지 않는다. 어찌어찌해서 그 소녀를 거부하는 데 일시적으로 성공한 것처럼 보여도 "또 다른 수많은 소녀들이 여전히, 언젠가는, 실성한 시선과 충격에 마모된 몸짓으로 젊은 당신의 뒤를 쫓아와 오빠라 부를 것이기 때문"이다.

3

어쩌면 90년대는 새롭게 밀려드는 것을 환영하기에 바빠 이미 과거 속으로 사라졌다고 생각한 것과 너무 성급히 이별하고 그 흔적을 말소하려고 했던 것인지도 모르겠다. 해방 후의 혼란 중에 월북했다 중국으로 건너간 아버지와 남한에 남아 월북자 가족으로 어려

---

[2] 김병익, 「고통의 아름다움 혹은 아름다움의 고통」, 『저기 한 점 소리 없이 꽃잎이 지고』, 문학과지성사, 1992, p. 304.

움을 겪다 프랑스에서 연구원으로 생활하고 있는 아들의 재회를 다룬 「아버지 감시」는 80년대에서 90년대로 넘어가는 그 무렵의 한 사건을 직접적으로 다루고 있다. 아들의 머릿속에서 고매한 열정을 지닌 근사한 혁명가로 상상되기도 하고 불행을 몰고 올 남파 간첩으로 상상되기도 했던, 아무튼 현실에서는 부재한 채 오랫동안 망령으로만 떠돌던 아버지가 귀환한다. 동구 공산주의의 붕괴 사태가 TV 뉴스를 통해 연일 보도되는 사이에 슬그머니 귀환한 아버지는 한편으로는 90년대를 규정한 포스트 냉전의 상징처럼 보이기도 한다. 그렇다면 이제 돌아온 아버지는 그동안 자신의 부재가 남긴 상처를 치유하는 데 힘써야 할 것이다. 적어도 아들의 생각은 그렇다.

한 번도 이 아비를 본 적이 없으되, 네 말마따나 망령으로만 접해 온 너로서는 뒤늦게 나타난 아비에 대해 두루두루 불만족스러울 것이다. 생각건대 두 가지 생각의 가락 사이에서 주체할 수가 없겠지. 하나는 나에 대한 원망으로 내가 네 앞에서 그리고 이제는 이 세상에 없다만 네 어미 앞에서 무릎을 꿇고 한 번만이라도 용서를 빌면서 울부짖어주었으면 하는 것이겠고, 다른 하나는 이왕 모든 것 떨치고 떠난 바에야, 세상이 우러러보는 떠들썩한 위치에 있는 사람이 되어 너희들 머릿속 한구석에 살고 있는 그 망령의 한 자락에 부합하는 사람이 되어 있었더라면 하는 바람 아니겠느냐. (p. 142)

아버지 역시 자신의 부재로 인한 고통에 용서를 구하거나 아니면 그 고통을 보상하기를 바라는 아들의 기대를 충분히 이해하고 있다. 그러나 아버지는 그 어느 쪽도 거절한다. 오히려 그는 "뜻 없이 건성으로 사는 일이 그 당시나 지금이나 내게는 가장 큰 부끄러움이니 어찌하랴"며 아들이 예상치 못한 당당함을 표시하기까지 한다.

포스트 냉전의 90년대를 맞이할 준비를 끝낸 아들의 기대를 배반하는 아버지는 해방과 전쟁의 와중에 사라진 (필경은 월북했을) 아버지라는, 한국 소설에 오랫동안 등장해왔던 인물형의 계보를 잇고 있다. '아비는 남로당이었다'라는 명제로 대표되는, 부재하는 아버지 계보의 서두에는 채만식의「처자(妻子)」(1948)에서 아들에게 곧 돌아오마는 약속을 남긴 채 사라진 남로당 박 선생이 놓일 수 있으며, 최인훈의「광장」(1960)의 주인공 이명준의 아버지 역시 그 계열에 속한다. 물론, 이때의 아버지는 좌우 대립의 와중에서 실종된 이념의 표상이다.

사라진 아버지가 부재한 상태로 존재하는 한, 그 아버지가 표상하는 가치, 가령 정치적 권리와 자유, 또 그러한 권리와 자유를 가능케 하는 이념 등의 가치 역시 부재의 효과를 발휘할 수 있다. 한 차례 전쟁을 치른 뒤 분단이 고착되고 냉전이 공고해진 이래로 그 아버지가 귀환할 수 있으리라고 기대하기는 어려웠을 것이다. 그런데 아버지가 돌아왔다. 그렇다면 아버지의 부재는 회복되었는가? 그러나 역설적으로 아들에게 아버지의 귀환은 부재의 회복이 아니라 부재의 승인, 곧 부재를 기정사실화하고 여태껏 부재한 채로 존재해온 상징적 자리를 말소하는 것을 의미한다.

90년대의 포스트 열기를 등에 업은 아들의 머릿속을 맴도는 "아니 기껏 저렇게 무너질 것 때문에 일생을 폭삭 망치셨단 말예요"와 같은 항의나 "도대체 아버지는 어느 쪽입니까? 설마하니 아직도 저쪽은 아니겠죠?"라는 추궁은 아버지의 빈자리를 채우는 것이 아니라 아버지의 빈자리를 하루빨리 삭제하고 싶은 초조함을 반영한다. 그러나 아들의 기대는 아버지의 완강한 거부에 부딪힌다. 그런데도 아버지와 아들의 갈등이 페르 라 셰즈 묘지에 위치한 코뮌 병사들의 벽을 방문하면서 화해를 모색할 수 있었던 것은 아버지 역시 어떤 부재를 간직한 인간이었기 때문이다. 다시 말해, 아들은 아버지가 자신이 상상했던 이념의 표상이었던 것이 아니라 그도 역시 현실에는 부재하는 이념의 자리를 마음속에 품은 사람일 뿐이었음에 공감하게 됨으로써 아버지와의 화해를 모색하기 시작한다. 죽음을 각오하고 북한에서 중국으로의 이주를 감행해 오랫동안 야인으로 살아왔던 아버지이고 보면 그 부재하는 것에 대한 느낌은 아들에 비할 수 없이 복잡할 수밖에 없을 것이다. 그럼에도 아버지는 죽은 자들을 애도하기 위해 코뮌 병사들의 벽 앞에 서고, 그들이 부재한 자리를 잊지 않는다. 아들이 공감하고 존중하려는 것은 그러한 아버지의 태도 자체일 것이다.

『저기 소리 없이 한 점 꽃잎이 지고』에서 부재는 단지 정치적 이념과 같은 공적인 가치와 관련되는 것만은 아니다. 또 한 번 아버지의 부재라는 소재를 다룬 「한여름 낮의 꿈」에서 그 부재는 오히려 대단히 사적이고 내밀한 욕망의 형태로 드러나기도 한다. "한창 휘몰던 정치 바람에 부풀어 직장마저 팽개치고 삼삼오오 이 집에서 저 집으로 몰려다니면서 무언가 감당할 수 없는 큰 꿈에 시달리고 있던 즈음", 아마도 4·19 직후쯤으로 생각되는 어느 무렵, 아버지가 사라진다. 어머니가 만사를 제쳐놓고 아버지를 찾아 사방팔방으로 나서게 된 이유에는 정치 바람이 휘몰던 당시의 상황 탓도 있을 것이다. 그런데 모종의 큰일을 도모하다 어디서 고초를 겪고 있지나 않을까 걱정스럽던 아버지는 의외로 가까운 곳에 있었다. 아버지는 동네에서 가장 넓은 정원을 가진, 사군자를 치는 화가와 그의 누이인 젊은 전쟁미망인 단둘이 사는 집에 묵고 있었던 것이다. 그 집이 동네 사람들에게 비밀스러운 분위기를 풍기는 것은 당연하다. 예술이나 성(性)과 관련된 지극히 사적인 욕망의 공간이기 때문이다. 그 사실을 알자 어머니는 아버지를 찾는 일에서 열없이 물러난다. 어쩌면 사적인 욕망을 좇는 아버지가 남우세스럽고 그래서 무언의 무시를 표현한 것일지도 모른다. 아무튼 사적인 가치보다는 공적 가치가 더 훌륭해 보이기 십상이다. 그런데 아들은 그렇지 않다.

나는 온몸이 저릿거리는 것을 느끼면서 장롱 사이에서 눈을 떴다. 막연한 그리움이 밀려왔다. 수십 번도 더 머릿속에서 굴리고 굴려 이제는 자막이 다 지워지고 영상이 다 낡았어야 마땅한 이 무성영화는 그러나 생생하게 단장을 다시 하고 마치 나의 여름병의 예고편처럼 찾아든다. 〔……〕 우연하게 기억의 밑바닥에 남아 있는 몇 개의 영상으로부터 내가 이 모든 이야기를 만들어내고 매번 보물처럼 쓸고 다듬었던 것은 아닐까. 그러나 내가 여덟 살 때 아버지는 오랫동안 소식 없이 집을 비운 적이 있었고 어느 날, 허기져 산하를 헤맨 사람처럼 초췌한 모습으로 두루마리 하나를 팔 밑에 낀 채 대문을 들어선 적이 있었다. (pp. 212~13)

그때의 아버지만큼 나이를 먹은 아들은 수십 년 전의 사건이 가물가물하지만 어떤 이유에선지 사라졌던 아버지 혹은 아버지의 부재에 공명하고 있는 것처럼 보인다. 그래서 아들은 수년 전부터 나타나기 시작한 여름병, 곧 의욕 포기증을 통해 그때의 아버지의 부재를 재연하기도 한다.「한여름 낮의 꿈」에서의 아버지의 부재는 단지 일상으로부터의 일시적인 일탈쯤으로 이해될 수밖에 없을 것이다. 가족을 버리고 화가의 저택에 틀어박혀 집에서는 입지 않던 흰 모시 적삼을 펄럭이며 사군자를 배우는 것에 어떤 다른 의미가 있을 수 있을까? 그럼에도 아들은 그때 아버지의 눈에서 보았던 "무언가 안타까운 것처럼 아연해하던" 느낌을 잊지 못한다. 아들이 재연하는 아버지의 부재는 아버지 자신에게 부재했던 것을 좇으려던 아버지의 절실한 시도 바로 그것일 것이다. 철 지난 낭만성에 불과하다는 비난을 받는다 해도 어쩔 수 없는 것이 아들에게, 그리고 아버지에게도 그 부재의 효과가 현실의 삶 전체보다 더 소중하기 때문이 아니겠는가.

4

"우리 단편 문학의 백미"라는 찬사를 받은 바 있는「회색 눈사람」은 과거의 한 시기에 대한 기억이자 그 시기와 관련된 한 사람의 죽음에 대한 애도의 기록이다. 유신 시대, 단 하나의 혈육이던 이모에게서 대학 등록금을 훔쳐 상경한 '나'는 강의보다 생활비 마련이 시급한 고학생이다. 곧 닥쳐올 자신의 죽음을 구체적으로 상상할 만큼 비관적인 상황에 몰려 있던 '나'는 우연히 인쇄소에서 잡일을 시작하고 또 우연히 그 인쇄소를 근거로 지하 운동을 수행하던 문화혁명회의 일을 돕게 된다. 그렇더라도 어디까지나 주변인이었으며,

그래서 석 달 뒤 멤버들이 검거될 때에도 '나'는 무사할 수 있었다. 그로부터 20년이 흘러 40대가 된 '나'는 어느 날 신문에서 '강하원'이라는 이름이 적힌, 그러나 오래전에 무효가 된 여권을 지닌 한 불법 체류자의 죽음을 접하고 그 시절을 다시 떠올린다.

거의 20년 전의 그 시기가 조명 속의 무대처럼 환하게 떠올랐다. 그 시기를 연상할 때면 내 머릿속에는 온통 청록색으로 뒤덮인 어두운 구도가 잡힌다. 그렇지만 어두운 구도의 한쪽에 쳐진 창문의 저쪽에서 새어 들어오는 따뜻한 빛이 있는 것도 같다. 그것은 혼란이었다. 그리고 무엇보다도 아픔이었다. 그것이 미완성이었기 때문에? 그러나 삶의 단계에 정말 완성이라는 것은 있기라도 한 것인가. 아, 그때…… 하고 가볍게 일축해버릴 수 없는 과거의 시기가 있다. 짧지만 일생을 두고 영향을 미치는 그러한 시기. 그래도 일상의 반복의 힘은 강한 것이어서, 많은 시간 그 청록색의 구도 위에 눈비가 내리고 꽃이 지고 피면서 서서히 둔감한 상처처럼 더께가 내려앉아 있었던 모양이다.(p. 36)

나는 늘 그 시기에 대한 짧은 보고서 형식의 글을 쓰고 싶어 했다. "아, 그 길고도 긴 길의 우울한 초겨울 풍경이라니! 사방은 술병 바닥 두꺼운 유리의 짙은 색깔처럼 흐렸지만 나는 그때 처음으로 희망이라는 단어를 만났다……" 이렇게 시작되는 글을. 나는 여전히 우리의 사고가 활자화되는 것을 신성시하고 있는 모양이지만 내게는 그 시기를 분명하게 회상해 써낼 만한 글재주가 없다. 그러나 무엇보다도 나의 삶은 얘기될 만한 흔적이 없다. 안이 일할 때면 가끔 틀어 놓던 그 높낮이도 없고 비슷비슷하게 연결되어 하오의 잠 같기도 한 음악의 소절 같은 나의 삶에 대체 그 누구가 관심을 가질 것인가. 당치도 않은 일이다. (p. 76)

사실 다시 떠올렸다는 말에는 다소 어폐가 있는데, '나'에게 그때는 "짧지만 일생을 두고 영향을 미치는 그러한 시기"로 기억된다. 한 번으로는 부족하다고 생각했기 때문인지 '나'는 다시 한 번 강조한다. "오래전의 그 시기, 술병 밑바닥 유리의 어두운 두께로 다가오는 그 시기는 어쩌면 내 일생에서 가장 사건적인 시기인지도 모르겠다. 그 시기라도 없었다면 나는 나의 삶에 대해 정말 이야기할 만한 것이 없어져버린다." 그토록 소중한 시기였으므로 '나'는 늘 그 시기에 대한 기록을 남기고 싶었지만, 지금까지 실천에 옮기지 못했다. 그러면서 '나'는 좀 전에 했던 말과 정반대의 고백을 털어놓는다. "무엇보다도 나의 삶은 얘기될 만한 흔적이 없다"고. '나'의 삶에 대해 얘기할 만한 게 있다면 그 시기에 대한 것일 수밖에 없는데, 그렇지만 그 시기라고 해서 얘기될 만한 흔적이 있지는 않다는 고백을 어떻게 이해할 수 있을까. 그 시기에 대해서 얘기할 만한 것이 있다면, 그것은 결국 그 시기의 부재에 대해서일 것이라는 뜻은 아닐까.

그때 '나'는 무엇을 했던가? 인쇄소에서 회합했던 지하 조직이 유신 독재를 무너뜨리려는 대의에 복무했던 것은 틀림없었겠지만, 그들 주변에서 몇 가지 지시를 따를 뿐이었던 '나'가 어떤 사명감 같은 것을 가졌다고 보기는 어렵다. 게다가 그 지하 조직마저 기획했던 간행물의 인쇄를 끝내기 직전에 검거된 탓에 자신들이 목표했던 바를 이뤘는지도 확실하지 않다. '나'에게 그 시기는 조직이 검거된 뒤에 알 수 없는 열의에 사로잡혀 끝내 완성하지 못한 간행물의 원고를 다시 썼던 일과 비슷한 의미를 지녔던 것처럼 보인다. 아무도 읽을 수 없는, 아무에게도 읽힐 수 없는 원고를 쓰는 행위는 "수신자 없는 고독한 전파"를 발신하는 행위이다. 부재하는 수신자, 부재하는 독자, 궁극적으로는 부재 자체를 겨냥한 그 행위가 '나'의 삶에서 얘기할 만한 유일한 것이 된다.

나는 시골로 내려가는 기차를 타기 위해 역 쪽으로 걸었다. 어쩌면 이 계절의 하늘은 이토록 무연히 맑을까. 그리고 그 시절의 아픔은 어쩌면 이리도 생생할까. 아픔은 늙을 줄을 모른다. 아픔을 치유해줄 무언가에 대한 기구가 그만큼 생생하고 질기기 때문일까. 이번 겨울에는 동네 아이들을 모아 비어 있는 들판에 커다란 눈사람을 만들어볼까. 며칠 전에 지구를 뜬 그녀의 별에 전파가 닿게끔 머리에 긴 가지로 안테나도 꽂고…… 그러나 사람이 죽은 다음에 별이 되지 않는다는 것은 누구보다도 그 아이들이 더 잘 알고 있지 않은가. 아프게 사라진 모든 사람은 그를 알던 이들의 마음에 상처와도 같은 작은 빛을 남긴다. (p. 77~78)

인쇄 중이던 간행물의 핵심 필진 중 하나였던 여자가 '나'를 찾아온다. 급히 몸을 피해야 하는 그녀를 위해 '나'는 미군과 결혼해 이민 간 어머니의 초청장을 받고 충동적으로 만든 여권을 건넨다. 그녀는 '나'의 여권에 사진을 바꿔 붙이고 미국으로 떠난다. 그 여권에는 '강하원'이라는 이름이 적혀 있는데, 물론 그것은 '나'의 이름이다. 그로부터 20년이 지나 '나'는 '강하원'이라고 알려진 한 여자의 죽음을 애도하기 위해, 그리고 '나'의 그 시절을 애도하기 위해 글을 쓰기 시작한다. '강하원'은 죽었고, '나'의 그 시절도 오래전에 사라졌다. 그러나 사라진 사람이 뒤에 남은 이들에게 작은 빛을 남기듯, 그 시절 역시 아직 생생하다. 무엇보다 그 부재하는 것이 지금의 '나'를 형성해왔기 때문이다. 또 무엇보다 '강하원'의 죽음은 다른 누가 아닌 '나'의 죽음이기도 하므로 '나'는 그 죽음을 자기 안에서 지울 수 없을 것이다.

지금은 부재하지만, "아, 그때…… 하고 가볍게 일축해 버릴 수 없는" 어떤 것이 있다. 그런 것들에 대해 이야기하는 『저기 소리 없이 한 점 꽃잎이 지고』는 많은 것들을 너무 쉽게 일축해버린 우리들을 되돌아보게 한다. 가볍게 일축해버릴 수 없는 것이 있음을 아는 것도, 그럼에도 가볍게 일축해버리길 일삼았던 자신을 되돌아보는 것도 모두 인간답기 위해 필요한 덕목이다.

초판 작가 후기

　생소하다. 이 여덟 편의 작품이 내게는 모두 생소하다. 내가 모르는 누군가가 내 속에 들어앉아 있다가 내 이름을 빌려 쓰고 나온 것처럼.
　무엇이 이 생소함을 만드는가. 이 무슨 교묘한 자기방어인가.
　이런 식으로 나는 이 작품들이 나의 눈에 아직도 행복한 작품들이 아님을 고백한다. 충분한 진실의 면면한 갈피를 드러내 보여주며 과장도 축약도 아닌 딱! 적절한 표현의 옷을 입은 그런 행복한 작품들.
　여기 모인 글들은 그 시도들일 뿐이다.

　이 첫 작품집을 기꺼이 맡아주신 문학과지성사에 진심으로 감사를 표한다.

1992. 10.
최　윤

신판 작가 후기

　언젠가 다시 한 번 읽어봐야지…… 생각은 하고 있었는데 늘 당장 당장의 의무에 치여 그러지 못했다.
　시간이 많이 흘러 작품집이 새롭게 단장하는 기회에 미루어놓은 재독에 임하게 됐다. .
　마음 같아서는 뭉텅뭉텅 고쳐 쓰고 싶은 생각이 굴뚝같다.
　늘 그런 것이다, 시간의 흔적은.
　그것을 존중하여 미미한 첨삭에 머물기로 한다.

　새 책을 내는 것처럼 책 준비에 정성을 들인 문학과지성사에 감사의 마음을 전한다.

2011. 12.
최 윤